拂衣 著

Passion for Life

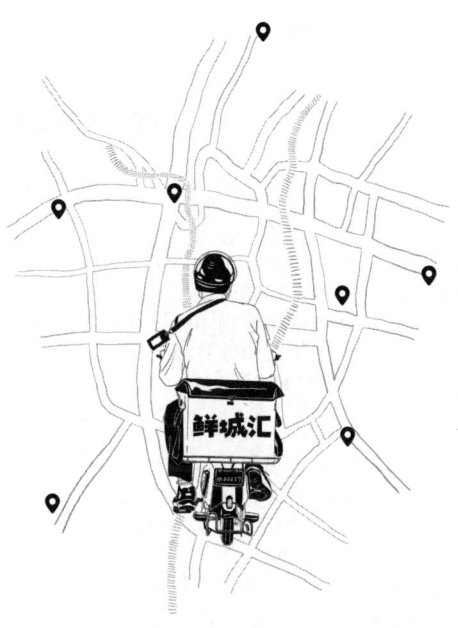

四川人民出版社

图书在版编目（CIP）数据

城市摆渡人 / 拂衣著. —成都：四川人民出版社，2024.6
 ISBN 978-7-220-13662-7

Ⅰ.①城… Ⅱ.①拂… Ⅲ.①长篇小说-中国-当代 Ⅳ.①I247.5

中国国家版本馆 CIP 数据核字（2024）第 076262 号

CHENGSHI BAIDUREN
城市摆渡人

拂衣 著

出 品 人	黄立新
选题策划	书旗小说
监　　制	郭　健
责任编辑	陈　纯
特约编辑	程月圆　黄丽云
责任校对	舒晓利
装帧设计	王　珂
责任印制	周　奇

出版发行	四川人民出版社（成都三色路238号）
网　　址	http://www.scpph.com
E-mail	scrmcbs@sina.com
新浪微博	@四川人民出版社
微信公众号	四川人民出版社
发行部业务电话	(028) 86361653　86361656
防盗版举报电话	(028) 86361653
照　　排	四川胜翔数码印务设计有限公司
印　　刷	四川华龙印务有限公司
成品尺寸	145mm×210mm
印　　张	11.875
字　　数	320 千
版　　次	2024 年 6 月第 1 版
印　　次	2024 年 6 月第 1 次印刷
书　　号	ISBN 978-7-220-13662-7
定　　价	56.00 元

■版权所有·侵权必究

本书若出现印装质量问题，请与我社发行部联系调换
电话：(028) 86361656

目 录

第一章　中年危机 /001
第二章　新手上路 /024
第三章　为了儿子 /050
第四章　再见故人 /070
第五章　新的挑战 /089
第六章　工作宝典 /113
第七章　互助组合 /132
第八章　私下交易 /151
第九章　意外事故 /168
第十章　求职乌龙 /189

第十一章	亲子关系 /208
第十二章	前缘再续 /230
第十三章	约会事故 /248
第十四章	峰回路转 /271
第十五章	彩礼困局 /287
第十六章	工伤赔偿 /304
第十七章	面试风波 /325
第十八章	柳暗花明 /342
第十九章	风雨无阻 /355
第二十章	新的希望 /370

第一章
中年危机

金秋十月，地处沿海的北江市却依旧酷热难当。

连续一个星期都在三十五摄氏度以上的高温，把这座近些年来GDP（国内生产总值）屡创新高、以"活跃创新"为标签的城市晒出了安静低调的假象。

为了躲避炙热，六成以上的市民像沙丁鱼一样堆簇在包裹严实的工业建筑或交通工具里，职场精英们更是把写字楼当作架设在城市里的防空洞，以工作之名理所当然地享受着中央空调带来的凉爽。

地处城市中心区的诺明大厦三十三层，绿盈科技公司的大办公区里，方铭坐在自己的工位上，一边敲着代码，一边不时拿起手边的杂志扇上两把。

托这座5A级标准写字楼的福，办公室的温度大多时候稳定在舒适的二十五摄氏度，就算外面下火球，大楼之内也始终神清气爽，一片祥和。

不过，今天不知是工作气压太低，还是中央空调出了什么毛病，方铭总觉得有点心浮气躁。扇了一阵子风不见效果后，他干脆起身把空调的温度又往下调了两摄氏度，然后走到了一位同事的工位前，悄声问道："小江，乔总不是通知了下午要开会吗？现在都快下班了，这会还开不开啊？"

"这我哪知道啊？"被称作小江的同事撇了撇嘴，声音压得低低的，

"乔总那作风你又不是不知道，公司大老板不下班，他哪里会走？我估摸着吧，这会铁定是要开的，但要等到什么时候，可就说不准了。"

方铭叹了口气，朝乔卓远独立办公室的方向看了看，欲言又止。

见他神色有异，小江好奇地问："方哥，干吗呢？下班有事，着急要走？"

方铭有点烦恼地抓了抓头发："嗯……"

"有事你就去和乔总说一声呗，你是公司的老员工，真到了下班时间有事要走，他还能把你押在公司不放啊？"

"算了，再等等看。"

方铭犹豫了一会儿，最终还是坐回了自己的工位。

在这家知名互联网公司工作了五年，熬夜加班对方铭而言早已是家常便饭，只是最近公司里裁员风声吹得紧，大家都表现得有点战战兢兢，他也不想在这种时候做那只被枪打的出头鸟。

但今天的情况实在特殊，让他心生纠结。

又等了半个小时，见乔卓远那边还是没有任何动静，方铭只能捏着手机，偷偷溜进了茶水间。

"喂，二姨，能不能麻烦你和曾小姐解释一下，改天再见？今天公司要加班，我实在走不开，要不你看约周末，我请她吃饭赔罪行吗？"

"加什么班啊？加班能有相亲重要吗？"电话那头的女人显然不高兴了，语气中都是恨铁不成钢的劲儿，"方铭你也是三十八翻年就三十九的人了，身边还带着个孩子，想要结婚，哪个女人不得多考虑考虑？人家曾小姐是听说你工作不错，性格又老实，才勉强答应见一面，你倒好，事到临头说不见就不见了？"

方铭自觉理亏，听到对方抱怨，赶紧伏低做小地赔笑脸："我这不也是没办法吗？部门前两个月刚换了领导，管理还挺严的，前段时间因为豆豆生病的事，我就没怎么加班，今天再请假，怕是会惹得领导不高兴。"

"我管他高不高兴？反正我是不高兴！"二姨气哼哼的，显然也没听他解释了什么，恨声数落道，"方铭我可告诉你，你妈托我的事，我也算是尽心了。今儿你要是不来，以后就让你妈别再找我！"

随着电话"嘀"的一声被挂断，方铭呆立当场，只觉得心中五味杂陈。

自打六年前和前妻庄小惠离婚，方铭就一直既当爹又当妈，独自拉扯着女儿方豆豆生活。艰辛重重之下，不是没有考虑过重组家庭，找个贤惠的女人来帮把手，只是身为一个资深"技术宅"，他社交范围有限，能够接触到的异性不是有家有口的已婚妇女，就是交流起来有代沟的小年轻，这让他不得不放弃了"近水楼台先得月"，从熟人当中发展结婚对象的念头。

何况当下流行的相亲平台上各种"杀猪盘"案例实在太多，心有戚戚之下，方铭总觉得通过网络找结婚对象不太靠谱。而亲戚朋友介绍的那些所谓的"知根知底"的姑娘，要么觉得他性格无趣，要么嫌他带着个半大不小的孩子，往往都是见了面吃了顿饭，发张"好人卡"之后就再无下文了。

眼看儿子即将四十，而大大小小的相亲始终有花无果，方铭的母亲急了，怒其不争地开始抛下老脸在那些久不联系的亲戚中频繁走动，就盼着他们能给儿子介绍一段好姻缘。皇天不负有心人，经过她这一番折腾，一个星期之前，二姨还真的喜笑颜开地带来了一个好消息。

"这位曾小姐今年三十五岁，还没结过婚，虽然学历不太高，但是人挺能干的。她自己开了个服装店，听说一年能赚好几十万。我把你的条件一说，人家当场就表示愿意考虑。所以我说方铭你也别太挑了，赶紧加好友好好聊聊，聊得好的话早点见个面，如果没什么大问题，争取年底就结婚。"

相较于二姨那一厢情愿的热情，方铭却是顾虑多多。毕竟按照对方的说法，曾小姐没结过婚，条件也不差，怎么会考虑他这个离异又带着孩子的人?

"离异带娃怎么了?且不说你离婚也有五六年了,能把孩子没病没灾地养这么大,就证明你有责任心啊!而且人家曾小姐说了,她是个生意人,不图男方多有钱,只要老实体贴,懂得关心人就好。再说了,你名校毕业,又在绿盈科技这种大公司上班,怎么说也是个职场精英,曾小姐也就是个大专学历,就凭这点,你配她那还不是绰绰有余?"

在二姨和母亲的双重催促下,方铭当天晚上就加了对方,礼貌地做了个自我介绍后,两人就不咸不淡地聊了起来。

只是他不善言谈,除了"早上好""吃了吗""在干吗"之类的无聊问候,实在找不到什么有效的话题来激发对方的谈兴。时间一长,曾小姐像是也倦了,除了节假日偶尔打个招呼问候一声,两人彻底变成了朋友圈里的"点赞之交"。

出师不利的情况下,方铭原本盼着见面之后能够打破这种僵局,但就眼下的情形来看,双方是否还有缘分见面,只怕也得打个问号。

走出茶水间,方铭看了看表,还有五分钟就到下班时间了,但部门同事依旧纹丝不动地坐在那里。

见他出现,小江赶紧挥手招呼道:"方哥,刚才乔总在群里发通知了,会议安排在晚上七点。你要不要一起点个饭?还能省个配送费呢。"

心知晚上的见面算是彻底泡汤了,方铭不由得一阵沮丧。随口要了份咖喱牛腩饭后,他开始绞尽脑汁地遣词造句发消息,试图让曾小姐相信今天的爽约事出有因,绝非他本意。

道歉小作文发出去了二十多分钟,期待中的回复却久等不来。

心烦意乱之下,方铭正琢磨着要不要干脆给对方打个电话,这时门铃发出"叮当"一声响,四周的同事纷纷站了起来。

"这外卖也等太久了吧,我的饭估计都凉了。"

"就是!商家明明就隔了五百米,怎么送了快半小时?"

"对啊,刚才我一直盯着外卖软件,这小哥在咱们写字楼前来来回回跑了好几次,就是不送上来,你说是不是存心的?"

"不行,就这服务态度,一会儿我得给个差评!"

嘀嘀咕咕的抱怨声中,外卖小哥一边把保温箱里的餐盒往外拿,一边耐心解释道:"大家别误会,我就送个外卖,哪会存心耽误客人啊!这会儿是用餐高峰期,你们点的这家餐厅出餐比较慢,所以我就先把其他客人的餐给送了。你们就当帮帮忙,千万别给我差评啊,不然我可是要被扣钱的。"

见他满脸赔笑地站在那儿,工作服被汗水浸得深一片浅一片,虽然长篇大论地解释了一通,但忙着哄抢饭盒的同事们谁也没理会,方铭看着,只觉得不忍心。

他拿了瓶矿泉水,走过去塞到外卖小哥手里:"没事,他们就是随口抱怨一下,不会真的给你差评的。"

外卖小哥受宠若惊地接过水,语气里满是小心翼翼:"真的?"

"当然!我帮你盯着!"为了打消对方的疑虑,方铭主动和他聊了起来,"干你们这行挺辛苦啊,这么大热天的还在外面跑,看你衣服都湿了。"

"那可不?"外卖小哥难得遇到这样通情达理的客人,顿生知己之感,"其实热天还算好,要是遇上下雨天,客户催单又急,那才难搞!别说差评了,遇到车祸受点伤什么的,都是常有的事。我们可不像你们这些坐办公室的,舒舒服服地往那儿一坐,就把钱给挣了。"

在他羡慕的目光里,方铭不由得苦笑。

坐办公室的工作看着环境是好,但每天都坐在这一亩三分地里,也没什么机会活动,身体哪儿都是毛病;遇到点急事想请个假,还得看领导脸色……个中滋味,又岂是别人看起来那么美好的?

没等他再说点什么,见餐盒数量无误,大家都开始坐下吃饭了,外卖小哥笑着将保温箱一收,和他挥手告别。

饭吃到一半，乔卓远出了自己的独立办公室，去了趟洗手间。路过大办公区时，他朝那些菜色各异的饭盒斜了斜眼睛，也没和大家打招呼。

小江见状，忽然意识到了什么，低声惊呼道："糟糕！刚才点餐的时候忘了问乔总，现在咱们倒是吃上了，他还饿着肚子，会不会不太好？"

身边的女同事有些不满地哼了哼："开会的时间是他定的，又没人逼他下班后干活。再说他也这么大人了，自己不会叫外卖啊？咱们又不是他的生活助理，现在没饭吃，难道还怪咱们？"

对方的抱怨让小江有些尴尬，他侧身凑向方铭："方哥，我看乔总这几天心情不太好，要不咱们还是给他叫个餐？不然一会儿他饿着肚子给咱们开会，怕是有咱们受的……"

方铭嘴里含着半口饭，还没来得及表态，大门处的门铃再次"叮当"响起。

紧接着，一个女人眉目带笑地走了进来："不好意思，请问这里是绿盈科技吗？"

前台妹子已经下班，小江自动充当起了接待员："这儿是绿盈科技没错。请问您找谁？"

女人微微颔首，主动做起了自我介绍："我姓许，叫许苓纭，是乔卓远的太太。请问他现在在吗？"

"啊？您是乔总太太啊！乔总他在自己办公室呢……您稍等啊，我这就帮您叫去。"

部门领导的太太大驾光临，众人让座的让座，倒茶的倒茶，一时间忙得不亦乐乎。

方铭在这种事上向来反应慢，一时也想不出自己能做点什么，便继续坐在工位上，一边吃着饭，一边打量起了来人。

对方三十五六岁的模样，长相端庄美丽，身材高挑修长，虽然被一群小年轻众星捧月般地热情招待着，但看上去依旧温柔谦和。比起许多高管身边那种千娇百媚的小娇妻或者气势张狂的阔太太，她的样貌气质显然更符合一个成功男人背后贤妻良母的标准。

就是不知道这下班时间专门找上门来，究竟是来干吗的……

他这边还没琢磨完，那边乔卓远已经脚步匆匆地走了出来："苓纭你怎么来了？北城呢？晚上不用带他去兴趣班吗？"

"兴趣班的老师今天请假，上课时间调整到了后天。刚好晚上也没什么事，想着你要加班，就做了点吃的给你送过来。"

说话间，许苓纭拿出了一个包装精致的便当盒，里面装着虾仁豆腐、清炒时蔬、腐竹红烧肉和香煎黄鱼，不仅色、香、味俱全，而且摆盘精致，相较之下，其他人饭盒里那些敷衍了事的菜色，看上去简直像个笑话。

"哇！嫂子这手艺可以啊！乔总真是好福气！"

"那可不，我光闻这味道都馋了……"

眼见小年轻们一个个羡慕得直抽鼻子，许苓纭赶紧把两个硕大的塑料袋往桌上一放："来的路上我顺便买了点水果、甜点和饮料，大家为了支持卓远的工作加班到现在也都辛苦了，都别客气，赶紧尝尝！"

在同事们兴高采烈的欢呼声中，乔卓远那张一直黑着的脸看上去高兴了不少。很显然，许苓纭带来的美食不仅填补了他的胃，也给他挣足了面子。

把食物分给大家之后，他像是意犹未尽一般，又拉着团队成员给许苓纭一一做起了介绍。

轮到方铭时，乔卓远特别强调道："老方是绿盈科技的老员工了，你别看他这把年纪了，干起活儿来可不输那些小年轻！"

这话明着是在给他戴高帽，但方铭听在耳里总觉得有点不对劲，于是只能干笑一声，谦虚表示："乔总过奖了，我都这把年纪的人了，哪里比得上那些年轻孩子。"

见他神色尴尬，许苓纭赶紧笑着打圆场："方哥我是知道的，卓远经常提起你，说你不仅工作经验丰富，而且对人也特别好。今天有幸见面，我还真得好好谢谢你才是。"

这几句话说得真情实感，让方铭心里舒服了不少，又和对方客气了几句后，才把场面应付完。

一阵寒暄后，许苓纭将果皮、包装之类的垃圾收拾了一下，很快起身告辞。

趁着乔卓远送她下楼的当口，吃饱喝足的"加班狗"们免不了又是一番议论。

"乔总太太看着人不错啊，漂亮体贴又有气质，也不知道两人是怎么认识的？"

"应该是同学吧？乔总的儿子都上初中了，这两人不得二十出头就结婚生子啊。"

"所以说，一个成功男人的背后总有一个贤惠的女人。就乔总太太这样的，乔总在家里铁定啥事都不用管，一心搞事业就成！"

"那可不？要不怎么人家四十不到，就已经年薪百万，坐上咱们绿盈科技技术部老大的位置了呢？方哥你说是不是？"

同事的这几句话说得无心，方铭听在耳朵里却觉得心堵。一想到自己比乔卓远还大上两岁，对方已然是事业有成、贤妻在侧的部门总监，自己却还只是一个高级工程师，身边的另一半更是连个谱也没有，他就忍不住悲从中来。

然而人家都指名道姓地问到自己头上了，他又不能装作没听见。所以最后，他也只能瞪着手机上那篇至今没得到回复的道歉小作文，一边说了句"是"，一边满是心酸地点了点头。

七点开始的部门会议拖拖拉拉开到了十点半。

会议后半程，就连部门里年纪最轻、体力最好的小江都忍不住面露不耐烦，以平均五分钟一次的频率看起了手机。

乔卓远显然早已从一声声哈欠声中觉察到了众人的疲惫和焦躁，却依旧不为所动，事无巨细地把所有工作重点交代完毕后，他朝着方铭一点头："老方，这次的项目时间紧、任务重，你工作经验丰富，要不就由你来牵头？"

方铭正忙着在家长群里和方豆豆的班主任对作业，骤然听到自己的名字，一时间有点愣神。直到旁边的同事暗中示意，他才抱歉地表示："乔总，我最近可能不太方便，你看能不能考虑一下其他同事？"

乔卓远被他当场拒绝，显然有些不爽："怎么，老方你怎么就不方便了？"

方铭只觉得不好意思："其实也不是什么大事，就是我那闺女刚上初中没多久，可能还不太适应，成绩垮得挺厉害……这不马上要考试了吗，项目时间这么赶，我要是牵头的话，免不了得熬夜加班，怕是没时间管她学习上的事。而且我现在手里的项目也挺饱和的……"

见乔卓远的眉头越皱越紧，似乎对他的这番说辞很是不满，方铭赶紧补充道："不过乔总你放心，这项目即使我不牵头，其他同事遇到什么问题都可以随时来问我，而且该完成的工作我一定保质保量认真完成。"

乔卓远不置可否地"嗯"了一声，像是想忍却又没忍住："老方，你的情况我理解，但在座的同事里也不是只有你家有事。前段时间你说孩子生病了需要人照顾，我已经尽量减少你的工作量了，现在你又拿孩子成绩说事。孩子长大的过程中，总会接连遇到各种问题吧？那是不是以后你都不准备加班带项目了？还是说，你连这份工作都不想干了？"

工作以来，方铭一直兢兢业业、认真刻苦，鲜少被领导说句重话，如今被乔卓远这么毫不留情地一通教训，甚至连"辞退"这种重量级的威胁都用上了，一时间只觉得面红耳赤，脑袋里嗡嗡作响，直到会议结束，他都没缓过劲儿来。

当晚回家之后，方铭在床上辗转反侧到凌晨三四点，才勉强合了会儿眼。

醒来后，想起前夜的那场会议，他只觉得余愁未消。还没想好到公司之后该如何面对乔卓远，倒是在送方豆豆上学的路上，意外遇见了昨晚才打过照面的许苓纭。

许苓纭穿了一条裁剪合身的蓝色连衣裙，脸上轻施脂粉，浑身上下只有颈间戴了一条玫瑰金项链，除此之外再无其他首饰，但就是这样简洁素雅的打扮，反而让她看上去更加落落大方、优雅从容。

和方铭相遇，许苓纭显得很高兴，主动打起了招呼："方哥，昨晚到家得有十一二点了吧，今天还起这么早啊？"

方铭一脸无奈："是啊，这不得送女儿上学嘛。"

"你女儿也读中天中学啊？"许苓纭言语中满是惊喜，"巧了，我们北城也在这儿念书，这不，我刚把他送去学校呢。"

见方铭只点头不说话，似乎有点拘谨，为了活跃气氛，她又补充道："对了，我和北城几个同学的妈妈有一个小群，日常会交流一下孩子的学习情况什么的。这周末我们刚好请了一个老师来和我们分享孩子小升初以后的心理辅导问题，方哥你看你太太有没有空，要不要过来一起听听？"

听她提到另一半，方铭只觉得尴尬，干笑了好一阵才期期艾艾地表示："谢谢你啊……只是豆豆她妈妈和我离婚好几年了，平时都是我和我妈在带孩子。我妈年纪大了，我工作又挺忙，所以恐怕参加不了……"

"原来如此，那你平时又要上班又要带孩子，还真是挺不容易的。"许苓纭善解人意地点了点头，随即表示，"北城参加的很多课外兴趣班都在这附近，所以我就近租了套小房子，以后方哥你要是加班，我可以先把你女儿一起带过去，帮忙照顾一下，等你下班后再来接她。"

"不用不用……"方铭感动之下赶紧摆手,"豆豆的事怎么好意思麻烦你?"

"有什么关系?"许苓纭一脸真挚,"反正我也不上班,现在最重要的任务就是照顾好儿子,多个豆豆也就是顺手的事。再说了,你和卓远是同事,本来就应该相互帮忙。所以方哥你千万别客气,以后豆豆有什么需要帮忙的,随时和我说就行……"

对方表现出来的体恤和善意,让方铭原本满是郁闷的心情好了不少。有个女人帮忙操持家事,那种细致又温馨的场面再度摆在眼前,方铭禁不住又有些心动。

尚在感慨之际,自收到他的道歉小作文后就一直没回应的曹小姐忽然发来消息,说想约在他工作地点附近一起吃个午饭。原本以为无疾而终的相亲忽然又柳暗花明出现了转机,这让方铭意外之余也不禁有些惊喜。忙不迭地答应后,他赶紧打车去了公司。

进写字楼前,方铭想起了昨天会议上的不愉快,特地去星巴克买了一套价格不菲的美式牛角包早餐,准备借着送爱心的机会,找乔卓远好好聊聊。

没想到等了整整一上午,乔卓远却始终没在公司露面。

爱心无人可献,方铭只能塞进自己嘴里。只是对于向来精打细算、勤俭持家的他而言,这顿价格严重超标的早餐吃到嘴里,未免有些肉疼。

距离十二点还有半小时,手里的工作总算是告了个段落。

想起中午和曹小姐还有个约会,方铭赶紧点开餐饮点评软件,选了家餐厅,把地址给对方发了过去。四十分钟后,在距离公司不远的一家法式餐厅里,方铭见到了传说中的曹小姐。

曹小姐身高不到一米六,体形微胖,模样没有照片上那么年轻,眉目之间的精气神却很足。大概是见面之后对方铭的形象气质还算满意,落座之后,她的表现比之前活跃了很多。

"听你二姨说,你是在绿盈科技工作?"

"嗯,是的。"

"在这种大公司上班,福利待遇什么的,应该都挺不错的吧?"

"还行吧……"

经历了之前数次不太成功的相亲,方铭再迟钝,也反应过来这是对方在问他工资待遇的潜台词,当即老老实实介绍道:"我现在一个月税后到手有两万六左右,年底根据绩效会发两到三个月的工资作为奖金。不过为了女儿上学的事,前段时间在她学校附近换了套大点的房子,现在每个月有好几千的贷款要还,外加日常的生活开销什么的,存款也没剩多少。"

曹小姐"嗯"了一声,反应还算镇定:"我自己开了个小服装店,钱什么的倒是也能挣一些,以后如果一起生活的话,这方面的问题不算大。我还想了解一下,如果再婚的话,你考不考虑再要一个孩子?"

没想到才初次见面,对方就把话题落到了孩子上面,方铭茫然地"啊"了一声,一时间不知该如何作答。

曹小姐见状笑了笑:"是这样的,我呢因为家庭原因,从小就没怎么好好上过学,所以一直以来就想找一个学历高、脑子好、工作体面的老公,生个聪明点的孩子,教他好好读书,考个名校弥补我的遗憾。你是名校毕业,又在绿盈这样的大公司里做技术工程师,是我遇到过的相亲对象里条件最符合的。所以如果你愿意要孩子的话,我们可以试着交往,顺利的话,争取年底结婚。"

这一番话简单直白,方铭惊讶之余,也不禁有点茫然。在他的认知里,即使自己不再适合挑三拣四,但他所期望的婚姻,也不应该把某种特殊目的凌驾于感情之上。

前思后想好一阵后,他回答道:"曹小姐,谢谢你的坦诚,也谢谢你对我的认可。只是关于婚后是否要孩子,我想放在这个阶段讨论可能不是太合适。一方面,这事得看两个人之间的感情,毕竟孩子在父母恩爱的环境里长大才比较幸福;另一方面,我也得询问一下我女儿的意见……"

"没问题,你的想法我理解,所以关于这件事,我们双方都可以再考虑一下。"曹小姐耐性十足地听他把话说完,并一脸大度地表示了尊重和理解。

之后两人又闲聊了一阵,才在一片礼貌祥和的氛围中挥手告别。

经历了一个中午的观察、试探与斗智斗勇,方铭只觉得身心俱疲。对于这位说不上哪里不好,但真的要作为结婚对象发展,又觉得有些不太对劲的曹小姐,他实在是有些犹豫。

买完单后,方铭正准备散步回公司,却无意间在餐厅角落的位置瞥见了一张熟面孔。

整整一个上午没在公司出现的乔卓远此刻正坐在那儿,冲着桌子对面一个染着栗色头发、戴着一对夸张的大金耳环的女人眉飞色舞地说着什么。聊到酣处,女人似乎因为听到了什么好笑的事,忽然间呛了口水,乔卓远赶紧起身,捏着纸巾动作温柔地在她唇边擦了几下,又满是宠溺地拍了拍她的头。

这种种举动实在是过于亲昵,方铭看了几眼,就像是被烫到一样,赶紧移开目光,只觉得心脏怦怦作响。即使看得并不仔细,他也可以肯定,这个和乔卓远眉来眼去、满是暧昧的女人,并非他的太太许苓纭。

下午两点刚过,乔卓远回到了公司。

见他脸色红润,脚步轻快,一副心情不错的样子,方铭强压下有些过速的心跳,端着一杯刚泡的咖啡,主动敲开了他办公室的大门。

对于他无事献殷勤的表现,乔卓远只觉警惕,直到他将咖啡奉上,又言辞恳切地对自己近期的工作表现做了一番自我检讨后,才面色稍霁。

"老方啊,昨天会上我的话说得是重了点,但你也知道,公司现在正在做人员调整,我要是不把一碗水端平,总是照顾你们这些老员工的话，以后谁走谁留这些事真闹起来，也不太好处理。"

见方铭频频点头，一副做小伏低、绝不争辩的模样，他笑着把话锋一转："昨天会上讨论的那个项目，我已经安排给其他同事负责了，只是……咱们的新项目不是得招几个供应商吗？这几天我考察了一下，觉得这家叫 RTG 的公司还不错，你一会儿看看材料，写份推荐报告给我，我签字以后拿去风控和法务那边过一下，争取早点把合同签了。"

见乔卓远表现得一脸大度，不计前嫌，方铭也觉得松了一口气，小鸡啄米般地点了点头后，把材料接到了手里。

刚随手翻了两页，他忽然觉得有什么不对劲。出现在"项目联系人"那一栏照片上的那个染着栗色头发的女人，似乎有点眼熟。

乔卓远敏锐地捕捉到了他的异常反应，当即试探道："怎么，你之前和汪小敏打过交道？"

"啊？没有没有。"

"那你这是什么反应？"

方铭下意识地擦了一把汗，在乔卓远咄咄逼人的注视下，解释道："乔总，我虽然不认识这个汪小敏，但 RTG 那边的情况还是了解一些的。这家公司成立时间短，资源和实力都有限，要是合作的话，怕是跟不上我们的工作节奏……"

乔卓远不置可否地哼了一声："你说的这些算不上什么大问题，毕竟很多供应商也是和甲方公司一起成长起来的。而且我今早和他们这个项目的负责人汪小敏也聊过了，她表示会倾斜所有资源为我们服务。既然人家都这么表态了，我觉得还是可以给个机会的。"

乔卓远都把话明示暗示地说到这份儿上了，换个人早就屁颠颠地去干活了。

但方铭一根筋通到底，还在不识眼色地继续挣扎："乔总，咱们这个项目难度不小，不是态度好就能顺利推进的。供应商的资源、意识、服务质量都会影响我们这边的整体进度。而且这个汪小敏吧……说白了也就是个销售，为了拿项目经常满嘴跑火车，一旦真的合作了，指不定还有多少坑呢！到时候再来收拾那些烂摊子，只怕就费劲了！"

他这边掏心掏肺地说得起劲，乔卓远的脸色不知什么时候已经变了，他伸手把材料一收，原本和气的态度也跟着冷了下来："既然这样，这事我再考虑考虑。至于推荐报告的事，你就先不用准备了。"

从乔卓远的办公室出来后，方铭只觉得心跳得越发厉害。路过空调出风口那儿被风一吹，原本燥热的脑子也跟着清醒了不少。细细回想了一遍刚才那场对话，他意识到自己应该是又得罪了乔卓远。

但对方究竟是会体谅他一心为公司的态度不予计较，还是准备好了小鞋要打击报复，他却并没有把握。

满心忐忑之下，方铭回到工位后打开文档，想要把那份对RTG的推荐报告写出来表表忠心，然而在强烈的职业道德的约束下，他最终还是在下班之前将那份写了一半的推荐报告拖进了回收站。

那场对话之后的一个星期，一切看上去风平浪静。

和RTG合作的事像是被就此搁置，没有什么人再提及。方铭只当是乔卓远权衡利弊之后，终究还是把他的建议放在了心上，欣慰之余也觉得自己之前的种种揣度过于小人之心，于是工作越发兢兢业业，只盼着能早点做出成绩，投桃报李以回馈领导的信任。

这天上班没多久，他正对着电脑专心干活，人力资源部的经理曹月华忽然悄无声息地出现在了他的工位前。

"老方，你现在有空吗？方便的话，咱们去会议室聊聊？"

虽然曹月华的声音放得很轻，一副不欲惊动他人的模样，但在这个裁员风声正紧的当口，她的出现很难不引起旁人的注意。在周边一片惊疑不定的目光里，方铭先是愣了愣，随后很快站了起来，默默跟在她身后。

进了会议室，曹月华先是十分贴心地把门关紧，然后才挂着职业笑容，亮出了开场白："老方，你在咱们公司干了得有四五年了，是吧？"

方铭下意识捏紧手心，感觉有点汗淋淋的："嗯……下个月就满五年了。"

"对，这日子我记得。说起来，五年前你刚来公司的时候，入职手续还是我给你办的呢。"曹月华弯弯绕绕说了一阵子场面话，见实在没什么可诌的了，才微不可闻地叹了口气，"按道理讲，这个时候我来找你，应该是和你谈合同续签的事。只是现在市场竞争激烈，公司的经营情况不比当年，尤其是好几个部门的领导换血之后，对于在职人员也提出了一些新的要求……"

方铭心下一沉，直接打断了她："听你这意思，是我的合同续约出了什么问题吗？"

曹月华把心一横，亮出了底牌："不好意思啊老方，综合考虑了你的个人表现以及直管领导的意见后，公司决定就不再续签了。当然，为了感谢你这几年来为公司的付出，我们会按照'2N＋1'的最高标准对你进行补偿……"

"不再续签"四个字犹如一道惊雷劈在了方铭头顶，震惊之下，他连声音也跟着大了起来："我的个人表现怎么了？哪个项目我没认真完成啊？觉得有问题的话，现在就可以把这几年的KPI（关键绩效指标）调出来看啊！还有，直管领导你指的是谁？乔卓远？他才来公司不到三个月，凭什么说我不行？"

见他脸色涨红，越说越激动，曹月华赶紧安抚道："老方你冷静点，这次人员调整是公司行为，各部门都有指标，乔总有他的难处，也不是刻意针对谁……"

这个解释并没有让方铭觉得安慰，反而更加委屈起来："既然不是针对我，那这事总得有个说法吧？你让他把觉得我不行的证据拿出来，不然我不服！"

曹月华显然是早有准备，在他执拗的注视下，很快掏出了几张纸。

"老方，既然你这么坚持，那我也就直说了。这是你近三个月的考勤记录，经我们统计，相较于部门的其他同事，你加班时间最短，请假次数也最多……而且乔总那边也表示，你工作效率不高，不太跟得上整个部门的发展节奏，他有心给过你不少机会，你却都没抓住……这些你要不自己先看看，看完了我们再接着聊？"

随着一份份"证据"被摆上桌面，方铭像是被人浇了盆冷水，从头凉到脚。眼前的曹月华嘴巴一张一合似乎还在说着什么，他却一个字都没再听进去了。

公司人员调整的风声吹了不是一天两天，有关裁员、减薪的各种八卦更是传得风生水起，方铭也参与过同事间的议论，却从未想过这种事会和他有关系。

他在这家公司工作了五年，最好的时光都奉献给了这里。几乎每个公司员工都能叫出他的名字，就连大老板都会在年会上主动给他敬酒，和他称兄道弟，这让他产生了一种错觉，坚信自己和绿盈科技是荣辱与共、生死共存的。

即使在前任领导离职之后，他能感觉到新来的部门领导不太喜欢自己，也想过年终奖或许会因此被打上一些折扣，但他从未想过，自己会在不久之后的某一天被毫不留情地扫地出门。

曹月华拿出的这些"证据"其实很可笑。要是较真起来，他就算加班再少，请假再多，每周的工作时间也远超劳动法所规定的四十小时。

真正让他感到沮丧的，是在这一刻他终于意识到，他老了，在互联网这个专属于年轻人的行业里开始走下坡路了。在没有及早爬到管理层的情况下，作为一名普通的程序员，就算他经验再怎么丰富，过去再怎么辉煌，但无论是体力还是精力，都拼不过那些朝气蓬勃的小年轻，所以到了眼下，他理所当然地被公司抛弃了。

见他神色怔怔，嘴唇嚅动着却始终说不出话，曹月华叹了口气，一直挂着职业假笑的脸上终是流露出了一点兔死狐悲的同情："老方，这事你也不用太想不开，看看咱们周边的互联网大厂，超过三十五还没混上总监岗的，被裁员的多了去了，今天是你，明天就轮到我了也说不定。与其现在生气，还不如好好想想，还有什么诉求想要和公司谈，我保证尽力帮你争取……"

听曹月华这意思，被扫地出门这件事大概率没有转圜的余地了。

方铭闭了闭眼，经历了一番艰难的自我平复后，喉咙里终于哼了个声音出来："既然这样，我也没什么要求了，交接资料我会尽快准备好，然后就配合你们办离职手续。"

虽说按照曹月华的良心建议，方铭可以在接下来的一个月里慢慢做交接，不仅可以再拿一个月的薪水，还能在相对清闲的状态下，蹭公司的空调和网络投简历。然而出于某种莫名的自尊，他还是在周末之前就把交接资料准备妥当，事无巨细地交接给相应的同事后，就迅速把离职手续的办理提上了日程。

在此期间，得知他被裁员的同事们都相当震惊，前来约他吃饭送别的人也是一拨接着一拨。

方铭不想去看别人眼中的怜悯，更不希望自己被酒精刺激之后念念叨叨，表现得像个怨妇，于是以要陪女儿学习为借口，婉言谢绝了所有的邀约。

时至他在绿盈科技上班的最后一天，距离下班还有十分钟时，小江和几个相熟的部门同事把他喊进了楼梯间，下行两层，去往他们的秘密基地。

绿盈科技的办公室禁烟，习惯了吞云吐雾的程序员们时常会跑到转换层的位置过过瘾，时间久了，这里也就成了他们聊八卦、换脑子的地方。

一行人默不作声地抽了一阵烟后，小江终于鼓起勇气开口问道:"方哥,你离职以后有什么打算啊?"

"先休息一阵,然后再找个地儿上班呗。"方铭不想把气氛搞得太伤感,赶紧开起了玩笑,"怎么,你还担心你方哥离开绿盈找不到工作啊?"

"当然不是!"小江抽着鼻子,语气里满是遗憾,"方哥你这么厉害,找工作肯定不愁,我就是没想明白,你和乔总又没啥过节,他干吗偏偏把你给'优化'了?要不你去找老板说说看?你在公司待了这么多年,什么表现老板不会不知道,找他说说,指不定有转机呢!"

看他一脸天真,方铭感动之余只能安抚性地笑笑。

经过和曹月华的那番对话,他心里已经很清楚,人员的优化名单是乔卓远提上去的没错,但老板会签字许可,想必也抱了同样的心思。

他是奔四的年纪了,体力上早已拼不过这些二十多岁的小年轻,外加拖家带口有孩子要养,没有办法完全把精力放在工作上也是不争的事实。对绿盈这样的知名公司而言,永远不缺的就是又聪明又有拼劲的新鲜血液,外加他在RTG项目上的不配合态度,乔卓远顺水推舟把他这个碍手碍脚的家伙踢出去,也在情理之中。

虽然道理都明白,但即将离职的事实和对于未来的不确定还是让他禁不住有些惶恐,就连小江和同事们频频叮嘱的"方哥以后咱们要多联系""找到新工作后记得和我们说一声"之类的话,他也只是敷衍地应了几声。

从秘密基地离开前,方铭朝窗外看了一眼。

脚下近百米的地方,是渺若蝼蚁般的芸芸众生和往来不息的车水马龙。

想到离开绿盈之后,或许很长一段时间里他都不会再有机会站在这样的地方,看到这样的风景,他的心就不由自主地沉了沉。

离职之后，方铭在家休息了一个星期，一边调整心情，一边优化简历。

一个星期后，他自觉状态调整得差不多了，开始主动出击联系猎头。

万万没想到的是，残酷的现实再次给了他重重一击。

"方总啊，您的简历我们评估过了，市场上能对标绿盈的公司对您这样的岗位候选人的要求都在三十五岁以下，所以暂时没有特别合适的机会。"

"方总，现在有一家创业公司对您的简历蛮感兴趣的，但是他们的办公地点有点远，来回通勤时间可能要五个小时，您看您考虑吗？"

"方总，实话和您说了吧，您现在这个年纪干互联网技术，在北江市可能不太有竞争力，北江市以外的公司您考不考虑？考虑的话我可以帮您推荐一下……"

自他递简历起，来自猎头的电话倒是没断过，但每一通来电聊到最后，都只会让他的挫败感加重一层。

虽然之前也从各种新闻报道中对如今的就业形势有过大概的了解，但方铭根本没有想到，自己这样一个名校毕业，履历上一水的互联网大厂工作经验，在职期间几乎年年拿优秀员工奖的人，居然会沦落到因为年龄问题，连面试机会都捞不到几次。

经历了几周屡战屡败的打击，猎头的电话逐渐少了。无奈之下，方铭只能降低自己的各项求职标准，考虑起了一些原本不在他选择范围内的小公司。

又是一阵折腾后，终于，一家名为智美创联的公司给他发来了面试邀请。

虽然从资料上看，这家公司地处城郊，规模也不大，但毕竟是他离职之后难得拥有的面试机会，方铭还是非常认真地进行了准备。

面试当天，他坐了一个半小时的地铁，又步行了将近一公里，才大汗淋漓地赶到了目的地。

在简陋的前台处填完面试表后，他还没来得及喝口水，就被负责人力的小姑娘送进了部门领导的办公室。

面试他的部门领导是个三十出头的年轻人，对着眼前这位态度略显谦卑的行业前辈，对方倒是表现得很真诚，三言两语就把公司情况做了个介绍。按照对方的说法，智美创联刚成立不久，业务模式也还没有完全跑顺，所以老板一心想从绿盈这样的大公司里捡点人才，把公司整体的发展节奏给拉动起来。

只可惜公司的想法很美好，现实却很残酷。首先就是加班无可避免，日常工作996，周末单休。至于薪水方面，对方能给他争取到的只有之前工资的三分之一左右，年终奖有没有着落，还得看公司具体业绩。

方铭晕晕乎乎地听完，心中只剩英雄末路之感。礼节性地敷衍了一番，表示自己会好好考虑后，他就一步一晃地出了门。

经过刚才那一番折腾，一身正装打扮的方铭早就闷出了一身汗。

心情低落之下，他实在不想再顶着大太阳步行一公里去挤地铁，于是决定奢侈一把——打辆车。

只可惜他运气实在不好，在太阳底下足足站了十分钟，却连一辆出租车的影子都没看到。等他终于反应过来，点开约车软件叫网约车时，整个人已经被晒到要脱水了。

在车上颠簸了半个多小时，方铭才终于把劲儿给缓过来。路过城市中心区时，望着车窗外那一栋栋熟悉的高楼大厦，再联想到此刻自己的狼狈处境，他不由得悲从中来，眼眶也有点红。

像是觉察到了他低落的情绪，一直跟着电台哼歌的司机主动搭话道："兄弟，你怎么了？看你一路都闷闷不乐的，是遇到什么难事了？"

方铭摇了摇头，一直强撑着的情绪终于在陌生人的善意前崩塌:"倒没啥难事……就是觉得,现在我这个年纪想找个工作,真是太不容易了。"

"嗐!你说到了咱们这年纪,找工作说难也难,说简单其实也简单!"听他语带哽咽,司机往外指了指,"就说我吧,头几年就在这片上班,喏,就是前面那栋最高的海德金融中心,每天拿着笔记本,喝着星巴克,觉得自己可精英了。结果呢?因为总是熬夜加班,身体不行了,就只能辞职了。现在跑跑网约车,这日子不也过得挺好的?"

方铭"啊"了一声,轻声试探道:"你辞职开网约车,就没遇到过前同事?"

"遇到过啊,怎么没遇到过?"司机听出了他的潜台词,朗声笑了起来,"我靠劳动赚钱,一没偷二没抢,又没干什么见不得人的事。遇到了关系不错的前同事,我还能帮他们打个折。再说了,干这个时间自由,家里有点什么急事,我还能随时回去帮把手,不像之前孙子似的,请个假还得看领导脸色,他们不知道多羡慕!"

方铭认真琢磨了一阵:"那不也是因为你会开车吗?像我这种没驾照的,怕是也干不了这个……"

"开不了网约车可以送外卖嘛,再不就是送快递、做保洁、看门、搬砖什么的,不都是活儿?"对方说到这里,主动劝道,"兄弟,天无绝人之路,咱们活人也不能被尿憋死。面子是最不值当的东西,只要不是犯法的勾当,为了养家糊口,干啥不是干呢?"

听完这番话,方铭顿生醍醐灌顶之感。

当天回家以后,他没有再和自己的简历较劲,而是把有关外卖骑手的信息搜集起来,进行了一番研究。

从那些信息详尽的媒体报道里,他很快了解到,随着外卖产业的发展,外卖骑手的数量也在不断增加,超过四百万的从业人员里,不仅包括学历不高的乡村青年,也包括被裁员下岗的昔日精英。

细分来看,外卖骑手分为专职和众包两种模式。前者有相对固定的上班时间,工作任务主要由系统分配安排,收入也相对稳定;后者则类似于兼职，时间虽然自由，但需要在系统里抢单才能获得一定收入。

无论专职还是众包，外卖骑手的上岗条件对于普通人而言非常友好。只要持有健康证，无犯罪记录，年龄在四十五岁以下，会骑电动车，基本就能申请成功。

虽说从绿盈科技离开之后，"2N＋1"的赔偿外加之前的积蓄，方铭也存了小一百万，但每个月毕竟还有几大千的贷款要还，日常的生活开销以及砸在方豆豆各种兴趣班里的钱，更是一笔不小的数目。

在北江市这样的一线城市里，有出无进的情况下，一百万存款并不能带来太多安全感。比起坐吃山空，为了一份合适的工作而无期限地等待下去，暂时干上一份能够带来稳定收入的活儿才是明智的选择。更何况，这无事可做的一个月混下来，方铭觉得自己快要憋出病来了。

经过一个晚上的考虑，次日一早，方铭就向国内知名外卖平台"鲜城汇"提交了求职简历。

而这一次，幸运之神终于对他有所眷顾。

简历提交后的第二天，鲜城汇在北江市的代理机构北江天瑞新餐饮管理有限公司就向他发出了面试邀请。经过简单的面试沟通后，对方很快发来了录取通知，并将他安排在了下属的天华区金融城站点。

至此，方铭正式成为鲜城汇旗下的一名专职外卖骑手，开启了他一边送外卖一边投简历、找工作的漫漫人生路。

第二章
新手上路

报到第一天,方铭见到了金融城站点的站长邓饶。

邓饶是个四十出头的山东汉子,对于方铭的到来显得很热情,三言两语就把站点的情况做了个基本介绍。

金融城站点服务的主要是北江市CBD(中央商务区)周边五公里以内的区域,除了小区客户,写字楼的客户也不少。

站子的规模不算大,加起来有四五十号人,但因为人员流动性比较大,所以人效也高。不过即便如此,在邓饶的操持下,站子经营得还不错,前段时间刚刚拿下了五星评级。

方铭报到之前做过功课,知道人效是外卖平台方对站点的一个考核标准,指的是骑手人均持单量。一般来说,在订单量固定的情况下,骑手越多,人均持单量越少,订单就会越快送到客户手里。但招聘骑手毕竟也有成本,所以对于站点来说,并不是人员越多越好,这其中也讲究一个平衡。

除了人效,平台还会根据站点的投诉率、超时率、准时率等来对站点进行评级。通常评级越高的站点,订单量就会越多,单价也会越高,整体的收益也会跟着上浮。

经过一番琢磨,方铭正庆幸自己进了个不错的站点,忽然听邓饶发问:"对了,你的简历我看了,说起来你学历挺高啊,而且之前的工作也不错,怎么想着来干咱们这一行了?"

当着邓饶的面，方铭不愿意暴露自己如今高不成低不就的求职窘境，于是半真半假地表示："我之前的工作加班太多，年纪一大，身体就不太受得了。想着干外卖这一行稍微自由点，就来试试，也算是一边休息，一边体验生活。"

"兄弟，你要是抱着这种心态干外卖，怕是干不久哦！"邓饶社会经验丰富，见他还在打太极，当即一针见血地把他的托词给驳了回去，"你现在干的可是专职骑手，知道这意味着什么吗？"

方铭点了点头，心想这有什么不知道的。

所谓专职骑手，就是和大部分工作一样，有固定上班时间。简单来说，上午十点半到下午一点半、下午五点半到晚上九点这两个时间段，必须保持在线送餐，至于其他时间，那倒是可以随便安排。

见他一脸了然，邓饶笑着补充："虽然干咱们这一行，总的来说自由度比较高，但是为了能多赚钱，咱们站子里的那些小年轻，一天干上十几个小时的不在少数，你要是想图自由清闲，怕是会失望哦。"

听他这么一说，方铭不由得怔了怔，但眼下他也的确没什么更好的机会可选，只能赶紧表示："站长你放心，我也就那么一说。真干起活来，是绝对不会给你掉链子的。"

"这个我信。"邓饶了然地点点头，"咱们这个岁数的人，上有老下有小的，有一大家子要养，对工作机会都比较珍惜。不像那些小年轻，一个不如意，分分钟就辞职跳槽。"

听对方一口一句"咱们这个岁数的人"，方铭觉得有点一言难尽，但往后还要在对方手下干活，良好的合作关系总是要保持的，于是只能点头称是。

赔着笑脸又和对方聊了几句后，邓饶抬手看了看表："这样吧，晨会时间差不多也到了，我带你去和同事们认识一下，顺便给你找个师父，带你上手。"

几分钟后，方铭跟在邓饶身后，走进了一间光线晦暗的小屋子。

屋子里除了一张长桌和几把椅子，几乎没有任何陈设。头盔、工装、保温箱和电动车电池之类的东西零零散散地堆放在屋子的角落里，想来除了开会，这儿基本上是当作仓库使用。

见到邓饶出现，一屋子或坐或站的骑手们都没太大反应。很显然，人员快速流动的行业特性，让他们对于新同事的到来已经没了太大的好奇和热情。

邓饶清了清嗓子，摆出了一副管理者的架势，简单做了个开场白后，很快朝着方铭指了指："这是新来的同事方铭，从今天开始，就是咱们站子里的一分子了。虽然老方是第一天干外卖，但人家名校毕业，之前还是在绿盈科技这样的大公司里工作，有很多地方值得我们学习。大家以后如果遇到什么问题，就找老方切磋切磋，相信他的加入能更好地提升我们站点的业绩！"

虽然知道邓饶一再给自己贴金，是希望自己能够尽快打破新人身份，融入团队，但昔日的履历在这样的场合下被一桩桩地摆出来，还是让方铭觉得尴尬无比。

所谓凤凰落架不如鸡，都来干外卖了，昔日的一切再如何光辉，也不过是个笑话。何况就外卖这行而言，就算他学历再高、履历再好，大概也比不上一个拿着初中毕业证却年轻力壮的小伙子有竞争力。

只是对方已经声势浩大地把他架上了舞台，方铭也只能硬着头皮继续把戏给唱下去。在众人满是探究的目光里，他尬笑一声，别别扭扭地做起了自我介绍："大家好，我是方铭，以后请多多关照。"

零零落落的掌声响了起来，像是为他此刻的尴尬处境做注脚。

从那些交头接耳、低声议论的架势来看，显然大家都被"名校毕业""在大公司工作过"这几个关键词挑起了兴趣。

等到掌声结束，邓饶指了指一位比他年轻不了几岁的汉子："老杜，咱们站子里除了老方，数你年纪最长，这段时间你就带带他，让他尽快熟悉一下工作流程，争取早点上手。"

被称作老杜的男人不情不愿地哼了一声，朝着方铭一扬下巴，算是打了个招呼。等众人散去后，他才懒洋洋地问了一句："你车租了吗？"

"租了租了。"为了表示自己是真心实意要干这份工作，方铭赶紧表示，"我来之前做过功课，刚已经在站长那儿租了辆车。"

"你车是在老邓那儿租的？"

"是啊，怎么了？"

"没事，租了就租了吧……"老杜一歪头，显然也没有要和他多废话的意思，"既然车子什么的都准备好了，那穿好工装，准备走吧。"

方铭闻言忙跟在他身后，一路上留心看他在系统上点点戳戳、取餐送餐的一系列动作，心里默默记着。

等到上午的工作结束，两人找了个小馆子坐下来吃饭休息，方铭正准备把自己没搞明白的地方认真问问，老杜已经主动开口道："老方啊，你跟着我也一上午了，基本的操作我也和你说得差不多了，下午你就自己跑试试，有什么不清楚的就在工作大群里问。"

方铭心想这才几个小时啊，之前工作带新同事上手，怎么着也得带一两个月啊。但他毕竟初来乍到，也不懂外卖行业的规矩，只能战战兢兢地表示："老杜，我新进这一行，不清楚的地方有点多，你看能不能让我多跟你跑两天？"

老杜堆出一脸假笑："看你这话说的，咱们这行就是体力活，看得懂系统，能认路，哪还有什么好学的？再说了，你一名牌大学的高才生，又是大公司出来的，就更不会有问题了。"

这话细细一咀嚼，方铭总觉得有点不是滋味，但人家已经态度明确地表示不想再带他这个拖油瓶了，他也不好再死皮赖脸地坚持。

吃完饭后，眼见老杜没招呼他就自顾自地走了，方铭只能给自己做了一阵心理建设，然后点开了上线系统。

因为尚在新人保护期，分到他手里的单子数量有限，且距离不算远。接连跑了几单后，发现还算顺利，方铭那满是忐忑的一颗心总算逐渐放了下来。

下午四点多,他接了个送青年时光酒店的单子,取餐之后,就按照系统导航迅速赶往目的地。

十几分钟后,随着"导航结束"的系统提示音响起,方铭站在那片名为金源大厦的高楼前,只觉得茫然。

这种商住两用的高楼在北江市CBD里并不少见,楼栋通常被大小商户和各种小型酒店分租,如果不是对环境非常熟悉,短时间内很难快速锁定目标。

绕着大楼走了几圈后,他始终没有看到青年时光酒店的招牌,于是只好给客人打电话。"先生你好!我是鲜城汇的外卖员,现在已经到金源大厦楼下了。这栋楼分A、B、C三个区域,请问你住的酒店是从哪个区域上去?前台在几楼?"

客人似乎正在睡觉,声音听上去困意浓浓:"不好意思,我是外地过来出差的,不太清楚具体情况,就记得出租车司机把我放下后,我就直接进电梯上楼了。酒店前台应该是在十四楼,你到了通知我去拿就行,麻烦你再看看。"

"哦……好的。"

虽然这个回答听上去依旧含糊不清,但对方礼貌的态度还是给了方铭不少鼓励。好几圈转下来,等到方铭好不容易找到一位物管人员问明情况,搭乘C区电梯赶到青年时光酒店前台时,配送时间早就超了。

客人是个二十多岁的年轻人,等了这么一阵,早已经饥饿难耐。

接到方铭的电话后,他第一时间就冲到了前台,拆开包装盒后,就一脸郁闷地抱怨了起来:"这怎么回事啊?面和汤都坨一起了……知道要送这么久,就不会把汤和面分开打包吗?"

"对不起,对不起!我第一天上班,对环境不熟悉,才会耽误这么久,给你添麻烦了。"

"第一天上班?难怪了……"年轻人对着眼前这份卖相不佳的餐点

满是嫌弃地看了几眼,终于下定了决心,"这面我是没法吃了,不过既然你是第一天上班,我也不和你计较,要不你就赔我十五块的面钱,我重新点一份。"

方铭并不清楚这种情况下自己是否应该掏钱赔偿,但对方表现得通情达理,他也不愿多生事端,委委屈屈地掏了钱后,他又给对方赔了几句不是,这才满心惆怅地下了楼。

前前后后跑了这么一阵,方铭只觉得身心俱疲,把车停在了一家便利店门口,进店买了瓶矿泉水。

出门之后,水还没来得及拧开,一位交警已经等在了那儿:"这车你的?"

"是的是的。"方铭赶紧小跑过去,满脸赔笑地解释,"交警同志,我就进去买瓶水,前后没超过两分钟,应该没有违停吧?"

"倒不是违停的事儿。"交警指了指他车脚镫子的地方,"你这车非法改装了吧?这脚镫子怎么没了?"

"哪能啊?"方铭闻言只觉得委屈,"这辆车我今儿才租,骑了还没半天呢,再说我哪会搞改装啊?"

交警一脸不为所动:"你们这种送外卖的我见多了,为了图方便,改七改八的那还少?你也别解释了,该交罚款交罚款,该把车子复原就复原,不然这车子一扣,你更麻烦!"

开工第一天,因为"非法改装"一事,方铭在收入不到一百块的情况下,复原车镫加缴纳罚款,损失了好几百。

他打电话给邓饶问情况,对方却只是哼哼哈哈地安慰了几句,并没有要承担责任的意思。往后还要在对方手下做事,再有不满,方铭也只能把满腹委屈吞进肚子。

只是比起罚款,更让他难以接受的是交警在面对他这个外卖骑手时,所表现出的轻视和不信任。

尚在绿盈科技工作时,他曾因为骑共享电动车赶时间,和一辆私家车的车主产生过摩擦,但那个时候,即便理亏的是自己,交警的态度也是客客气气的。如今人还是那个人，却因为换了一身外卖骑手的打扮，对方就可以在不问缘由的情况下轻易判定自己的责任。

回想起开工第一天遭遇的一切，方铭只觉得郁结难消。委屈之下，当天回家之后他就忍不住打开招聘网站，铆足了劲儿把自己的简历又刷新了一轮。

送外卖的活儿方铭干了一周，却没在站点再见过老杜。

据小道消息称，老杜是在送餐的过程中和客人发生了摩擦，被一顿辱骂之后，忍无可忍地和对方动了手。一场架打完，老杜被拎进了派出所，被教训罚款不说，人也就此心灰意冷。

被邓饶从派出所里带出来以后，他当场就脱了工服，表示自己就算饿死，也不会再干送外卖这种随时可能被客人指着鼻子辱骂，还得赔笑脸的糟心活。

老杜的遭遇在站子里引发了一阵不小的骚动。

通过其他骑手的议论声，方铭了解到，因为行业歧视，各种无端的差评、投诉、辱骂甚至人身伤害，对外卖骑手而言已是家常便饭，甚至于像老杜这样被激怒到与人动手的情况，也时有发生。

除了精神上的伤害，身体上的损耗也是外卖骑手面临的困境之一。就方铭所在的金融城站点而言，三年内没肇过事的骑手一个没有，撞了四五回的却大有人在。

除了交通意外，天天风吹日晒，吃饭不及时，胃疼、腰疼、膝盖疼等都是常有的事，更别提那些为了赶时间抄近道不慎掉进坑里骨折，高速飞驰时眼睛被迎面飞来的小虫子击中而翻车的情况……

这一切，让原本就心有不甘的方铭越发忐忑，想要尽快找到一份本行的工作，从外卖行业抽身的愿望，也变得越发强烈。

这天下午，方铭正在路上跑着单子，一个陌生号码忽然打了进来："您好，请问是方铭先生吗？"

某种强烈的预感让他心跳加速，赶紧回答道："是我是我，请问是哪位？"

"这里是华研网络的人力资源部，前两天在求职网站上看到了您的简历，经过初步评估，和我们要招的技术工程师还比较匹配，想问问您有意向过来面谈一下吗？"

从绿盈科技离职以来，华研网络算是和他联系的公司里最具知名度的一家。虽然比不上绿盈那么财大气粗，但就实力而言，在业界也颇受认可。更重要的是，华研的办公地点就在他熟悉的CBD区域，和绿盈所在的诺明大厦仅一路之隔。

想到自己有可能重新回到那种高大明亮的写字楼里上班，方铭激动得声音都变形了："有的有的，您看面谈安排在什么时候？"

对方道："用人部门领导最近差旅比较多，所以能抽出来的时间只有今天下午。如果方便的话，您就三点左右来我们公司一趟，和领导见个面，不然的话，面试可能要排到一周后了……"

对于华研这种有名有姓的公司而言，最不缺的就是求职者，一个星期的时间，足以生出各种变数。

虽然时间紧迫，但方铭还是赶紧表示："下午三点没问题，我一定准时到！"

挂完电话后，他抬手看了看表。眼下已经是下午一点四十五分，他手里还有两个单子没送。如果这个时候跑回家换衣服，铁定来不及。前思后想了一阵，他决定先把两个单子送完，然后去附近的商场里买套简单的衬衫休闲裤，把工装换下来，直接去面试。

可惜老天似乎有意和他过不去，第一个单子顺利送达后，剩下的那个单子无论怎么打电话，始终联系不上客人。方铭在门禁处等了半响，也没等到有人开门，无奈之下，他只能给客人发了条短信，表明把餐点放在了快递柜附近后,就匆匆点了"送达"。

经过这么一耽误,时间变得紧张起来。

等他好不容易把新买的衣服换好,骑上小电动直奔面试地点时,距离下午三点,只剩下最后不到五分钟。

方铭把小电动停到了写字楼的地下停车场,刚准备冲进电梯,口袋里的手机却忽然响了起来。见电梯里还站着其他人,个个都是表情沉稳、安静低调的模样,方铭只能尽力压低声音:"喂,你好,请问哪位?"

"你问我哪位?我还想问问你是哪位呢?"电话那头的人气势汹汹,语气暴躁,炸得一整个电梯里的人都能听到,"我点的餐连影子都没看到,你就点了送达,究竟是什么意思?"

方铭控制不了对方那震彻耳膜的音量,身上又没带耳机,狼狈之下,只能卑微解释道:"不好意思,刚才打您电话一直没人接,我这边又比较着急,就把您的外卖放快递柜那儿了。您要不现在去看看,应该还在的。"

"应该?你说得倒轻巧!我可告诉你,我点外卖可是付了配送费的,就你这服务态度,我必须得投诉!"

在对方声色俱厉的呵斥中,方铭反复赔着不是,直到对方好不容易挂了电话,才算是松了一口气。

经过这么一番折腾,他原本就患得患失的情绪变得越发紧张,对于即将进行的面试也莫名忐忑起来。

进了华研网络的大门,前台接待员带他去小会议室里填了份资料,又十分贴心地送来了矿泉水。

在对方周到客气的态度下,方铭起伏不定的一颗心终于平静了些,对于这家公司也越发向往起来。

等了几分钟,随着"咯吱"一声响,会议室的大门被人推开。紧接着,一个西装革履、戴着眼镜的男人走了进来。

四目相对的那一瞬,方铭不禁瞪大了眼睛。眼前这个男人,几分钟前就和他站在一部电梯里，听完了他被客人训斥的全部过程。

对方显然也认出了他，神色微怔之下，眉头微微皱了皱。找了张椅子坐下后，他不冷不热地问道："您就是方先生吧？"

方铭点头称是，只觉得脑子里一片混乱，原本满腔期待的热情，也在对方漠然的态度下迅速冷却下来。

像是觉察到了他的尴尬，男人调整了一下态度，语气放柔和了些："您的简历我看过了，从时间上看，您是十月份离开绿盈科技的，请问一下中间这段时间，您在做什么？"

方铭犹豫了一下，还是老实回答道："我一时没找到合适的工作，所以就先做外卖骑手过渡了一下。"

"外卖骑手？"虽然有一定的心理准备，但是听他承认得这么直接，对方还是有些惊异，"这份工作，和您一直以来从事的职业关联度不是很大吧？做出这样一个选择，请问您是怎么考虑的？"

方铭嘴唇微微嚅动，本想认真解释一下，转念想到对方正值盛年，自己求职路上的各种艰辛挫折就算一一道出，想来也难以理解，于是简单表示："我也没怎么具体考虑过，就想着有房贷要还，有家人要养，有份能赚钱的工作先做着总是好的。"

男人不置可否地哼了一声，似乎对他这样毫无职业规划的做法不甚满意，但出于职业素养，还是继续问了下去："恕我冒昧，刚才在电梯里听您似乎是和客户有所争执，方便了解一下具体是什么原因吗？"

这个和专业知识毫无关系的问题让方铭倍觉尴尬，但自己的命运毕竟掌握在对方手里，即便再不情愿，他也只能复述起了那些让人无奈的鸡毛蒜皮。

等他把整件事情的来龙去脉描述完毕，男人像是欣赏完了一个不太好笑的冷笑话，点头之后很快站了起来："好的，谢谢方先生百忙之中来参加我们的面试，我要了解的问题基本都了解了，如果后续有什么进展，人力会通知您的。"

从坐下来到结束，整场面试没超过十分钟。其间对方既没有问他任何专业技能方面的问题，也没有就之前的项目经验进行讨论。

虽然并未当场拍板，但面试的结果显而易见。只是这机会来之不易，方铭最后还是挣扎了一下："能不能冒昧问领导您一个问题？"

对方抬起眼睛，似乎有点意外："您请说。"

方铭有点艰难地咽了下口水："我知道今天的面试可能不太成功，您似乎连了解我业务能力的意愿都没有……但我还是想了解一下，会对我做出否定，是因为我的年纪吗？还是因为您发现我在送外卖，觉得和贵司对技术工程师的要求不符？"

"和年纪倒没有什么关系……"见他态度直白，对方也十分诚恳地点了点头，重新坐了下来，"做我们这一行，当然是希望能多一些精力充沛的年轻人，但经验丰富的员工，我个人也并不排斥。至于为什么会觉得您不太合适，主要是因为您刚才的表现，让我觉得您可能在责任心、和客户沟通以及多线程事件处理上都存在一定问题……"

在方铭一脸茫然的表情里，他继续补充道："每个人情况不同，您在没有合适选择的情况下去送外卖我也能理解，但如果是连送外卖这么一件技术含量并不高的活儿都做得漏洞百出，不能让客户满意，那我也不太有信心把更重要的工作交到您手里……"

方铭愣愣地听着，原本还满是委屈的情绪在对方条理得当的回答里消失得干干净净，只剩下无尽的遗憾和悔意。

走出华研网络所在的写字楼后，方铭只觉得浑身虚脱，像是大病了一场。

面试官最后那几句评价，让他原本就被摧残得支离破碎的自信心彻底跌进了谷底。正准备找个地方坐下来，收拾一下躁乱的心情，一个陌生号码再次打了进来。

"你好，请问是方铭先生吗？"

"是的……请问您是？"

"这里是鲜城汇的工作人员,现针对'春风服务'进行抽查,请按照系统里发送给您的要求予以配合。"

方铭心下一惊,这才想起自己外卖骑手的身份。

匆匆把系统打开后,满满当当的几行信息被推送到了眼前。

尊敬的骑手您好,为提升鲜城汇的品牌形象,展示骑手的风采,系统将随机抽取骑手上传靓照,进行检核,具体规则如下:

一、被系统抽中的骑手需要在规定时间内完成拍照上传。拍照要求:胸部至额头顶,面部清晰,需要展示头盔、工服、工牌等。

二、以上任务请在收到信息后五分钟内完成,否则将视为不通过。

三、凡照片不通过者,将根据具体情况,进行一定程度的罚款。

四、……

来不及细看到最后,方铭心里暗骂了一句,当即抓起工服,找就近的卫生间换上。

情急之下,他难免手忙脚乱,慌乱之中拍下的照片最终还是因为头发凌乱、忘戴工牌被认定为核查未通过,最终被罚款两百元。

当天夜里,身心俱疲的方铭到家之后,就把自己扔在了床上,认真进行了一番反思。

失业以来,他一直怨天尤人,责怪职场不公,把自己的窘境完全归结到年龄歧视上。即使进入了外卖行业,也只把它当作一个随时要离开的过渡,从没有真心实意地想要把这份工作干好。今天所经历的一切,让他终于意识到,在工作的道路上,他或许是遭遇了一些不太公平的待遇,但他自己身上也并非完全没有原因。

如果一直抱着这种患得患失、勉强敷衍的心情干下去，或许等不到找到新工作的那一天，就连送外卖这份工作也难以保住。

就像面试官说的，如果连这种技术含量不太高的工作他都做不好，别人又怎么有信心把重要的项目交给他呢？

经过这番反省，方铭开始正视自己当下的这份职业。

虽然并没有放弃回归互联网行业的想法，但在投简历找工作的同时，他也认真沉下心来，不断向周遭的骑手同事们学习各种经验，踏踏实实地干好每一天的活儿。

在此期间，生活虽偶有波折，但大抵来说，也算是无悲无喜。

如果说有什么小插曲，大概也就是某天送外卖意外遇到了昔日的相亲对象曹小姐。

得知他已经从绿盈科技离职，并干起了外卖骑手后，曹小姐吃惊之余，一直鼓励连连，并在他的送餐服务结束后，给予了一笔数额不菲的打赏。就在方铭收到这笔打赏，给对方发去消息表示感谢时，他却目瞪口呆地发现，自己已经被对方拉黑了。

至此，两人之间情缘尽断，再无联系。

过往那些断断续续的聊天，也因为那条被系统标注上惊叹号的消息而彻底终结。

冬去春至，转眼已是三月。

经历了一个冬天的学习成长，方铭凭借着不断学习的精神和勤勤恳恳的工作态度，成为站点里的前辈熟手。

又是一个工作日的午餐高峰期，他刚结束手里的活儿，系统很快又给他推送了一个订单，凝神细看之下，地址赫然是诺明大厦三十三层。

成为骑手这么久,这还是他第一次接到老东家那儿发出的订单,一时之间心中难免纠结。

沿着天井路向南,在第四个红绿灯右转,三百米后,他找了个位置把电动车停下,抬头看向了眼前那栋高大气派的建筑。在阳光的照射下,熟悉的"诺明大厦"四个大字镶嵌在全玻璃幕墙结构的建筑上,闪闪发亮,看上去十分瞩目。

离开了快半年,这里的一切看上去似乎没有什么变化,但此刻在方铭看来,仍觉得有些陌生。回想起自己最后一次站在这栋楼里俯瞰街道的情形,方铭不由得有些心酸。

感慨了好一阵,他勉强收敛心神,将头盔压了压,这才拿着外卖袋,匆匆跑进写字楼。

眼下正是午饭时间,诺明大厦的一楼大堂里来来往往地挤满了人。

方铭站在电梯前,看着不断跳动的楼层数字,琢磨着挤哪部电梯能更快把餐点送到客人手里。几步之外的地方,一名身穿保安制服的工作人员高声喊了起来。

"喂!那个送外卖的!你挤那边干吗呢?"

方铭怔了怔,意识到对方招呼的是自己后,当即赔了个笑脸:"大哥,我这不是等着送餐吗?"

"送餐走九号梯,别挤那儿挡着别人!"

顺着他指的方向看去,电梯厅最靠里的地方,十几号穿着不同颜色工装的同行正满脸焦躁地站在那儿,等着那台还在四十多层,以平均两层一停的速度向下挪的电梯。

一看这架势,方铭立马就急了:"保安大哥,九号梯是货梯,高区低区每层都停,这大中午的送外卖全挤那儿,得等到什么时候?"

保安一脸不为所动:"等到什么时候我管不了,送外卖只能用九号梯是物业的规定,你得按规定办事!"

"可之前不是没这规定吗?我在这儿上班的时候,外卖小哥走哪个电梯都可以啊!"

对于情急之下脱口而出的那句"我在这儿上班的时候",方铭说完就后悔了,所幸保安没深究:"之前是之前,现在是现在!我说你这人怎么回事?咱们物业这边的工作业主都还没说啥呢,你还有意见了?"

"您别误会,我不是这个意思……"

手里这一单规定的配送时间只剩五分钟,再耽误下去只怕要超时,眼见离自己最近的那部电梯的门已经打开,方铭干脆把心一横,闭着眼睛就往里冲。

刚挤到电梯门口,脚还没来得及踏进去,一只大手伸了过来,猛地拽住他的衣领就往后拖:"我刚才和你说的话你没听见啊?这是客梯!送外卖的不能走!你这图方便一个劲儿地往上挤,我们主管要是看到了,我这个月的奖金就没了你知道吗?"

方铭狼狈地站在那儿,嘴上一个劲儿地道着歉,心里却在盘算着留给他的配送时间还剩多少。正考虑着要不干脆直接拼了老命从消防楼梯往上爬,肩膀忽然被人轻轻一拍。

紧接着,一个满是惊异的女声响了起来:"老方?是你啊?你这是在干吗呢?"

"曹经理?你好你好……"

眼前的女人穿着一身笔挺的职业装,脸带诧异,赫然正是几个月前把裁员通知书递到他手里的绿盈科技人力资源部经理曹月华。

方铭见状,有些尴尬地咽了下口水,指着手里的餐盒:"客人订了个餐,我这不正想送上去吗?没想到物业规定外卖骑手只能走货梯,我这时间有点赶,所以闹了点误会,让你见笑了。"

曹月华微微叹了口气,看着他身上的外卖服,表情有点复杂。一阵沉默后,她把手一伸:"要不这样吧,你要送什么公司,把楼层信息给我,我帮你送上去。"

方铭大惊:"那怎么好意思?"

"大家同事一场,有什么不好意思的?"曹月华一边说着话,一边把他手里的外卖袋抢了过来,看清地址后,知情识趣地点了点头,随即又安慰道,"老方,现在的环境对年纪比较大的员工是不太友好,外加才过完春节,各大互联网企业的招聘工作还没大规模展开……你这边先过渡着,也别着急,我在猎头那边也有些相熟的朋友,有机会的话,会给你做推荐的。"

虽然不知对方这番话是出自真心还是在客套,但无疑让狼狈中的方铭感觉到了些许安慰:"曹经理,实在是太谢谢你了。其实咱们共事的时候打交道也不多,没想到我都离职了,你还这么照顾我……"

曹月华摆了摆手:"老方你别客气,你的工作能力和态度大家都清楚,之前被裁员,其实公司内部议论也不少。只是领导那边有自己的想法,我们也不好多说什么……不过你放心,是金子总不至于被埋没,以你的能力,一定会很快找到一份合适的工作的。"

听到"领导"二字,方铭不禁有些心塞:"领导嘛,站得高看得远,工作上的人事肯定是要综合考虑的。之前我们部门的那个项目现在怎么样了?大家还经常加班吗?"

"加啊!怎么不加?"说起这个,曹月华显然有点无奈,"听说是供应商那边出了点问题,牵连了整个项目组的同事,现在每天忙着查缺补漏,一个个加班加得怨声载道的。加上乔总家里又出了点事,工作上的事都没心思管,整个技术部现在一片鸡飞狗跳,人力这边忙着安抚,也正头疼着呢。"

乔卓远当初因为和汪小敏的私情坚持要用 RTG,会引发如今的后果,方铭并不意外。但有许苓纮镇守大后方的情况下,乔卓远居然会因为家事分神,这不由得让他感到好奇。

"乔总家出什么事了?严重吗?"

"具体情况不清楚,就是听说他最近在和太太闹离婚……"

"什么?闹离婚?"

这个答案让方铭彻底震惊了。

有了曹月华的帮忙,方铭节约了不少时间,接下来的几单都无惊无险地在规定时间里顺利送达。

午高峰的任务完成得如此顺利,方铭只觉得心情愉悦,午间工作结束后,就找了家熟悉的面馆坐下来。刚把餐点完,手机上忽然弹出一条消息,方铭凝神一看,是同站点的同事陈涛。

陈涛是个来自农村的小伙子,虽然同在一个工作大群里,但他向来表现得谨小慎微。除了在站长交代工作时会回复一句"收到",其余时候很少主动冒泡。私下里,大概是觉得方铭年纪较长,脾气又温和,但凡有点什么事,陈涛总喜欢发消息找他聊。

眼下对方大概也刚结束午间的工作,正在哪个小馆子里吃饭,发来的语音里,背景一片嘈杂。

"方哥,今天下午的活儿你继续跑吗?还是打算休息?"

"我得去豆豆学校一趟,下午就不跑了。你找我有事?"

陈涛的口气有点神秘:"我没什么事,就是听说,咱们站点又来了两个新人,其中一个还是女的!"

"哟,你消息挺灵通的嘛,连新人是男是女都知道了。怎么,有想法啊?有想法的话,明天晨会穿帅点。"

大概是被他调侃得有点害羞,陈涛的声音跟着急了起来:"方哥你就别开玩笑了,我哪有什么想法啊,就是担心新人一多,分到咱们手里的单子会受影响!"

"这你不用操心,咱们是专职骑手,任务都是系统派单。你之前业绩不错,好单会优先分配,影响不了什么。再说了,咱们是一个团队,多几个能干的同事,对站点的整体绩效有好处,你说是不是?"

安抚完陈涛,方铭赶紧把面吃完,回家换了身整洁体面的衣服,匆匆赶往方豆豆的学校。

方豆豆今年十三岁,在中天中学上初一。

因为成绩平平,当初为了把她搞进这所市重点,方铭是求爷爷告奶奶,使出了吃奶的劲儿。

虽然被塞进了名校,身边都是成绩优异、积极向上的同学,但方豆豆的表现却不尽如人意。开学没多久,她就因为顶撞老师、多次迟到、上课开小差、和同学吵架之类的事惹得老师们抱怨不断。几番闹腾下来，方铭作为家长，也就此成了学校的常客。

下午三点，方铭规规矩矩地等在女儿班主任的办公室里。

年轻的班主任见他一脸讨好地坐在那儿，也没有要主动说点什么的意思，就先开了口："方先生你看看，这才多大的小姑娘，心思不放在学习上，整天就想着当'网红'。现在上学化妆还不算，居然把直播搞到课堂上来了！平时她在家里也这样？你和你太太就没发现什么不对吗？"

"对不起对不起，这事是我忽略了……"面对眼前这个年纪小了自己快一轮的女老师，方铭做起了自我检讨，"林老师，豆豆的妈妈不在她身边，平时都是奶奶在带她。我工作又比较忙，容易忽略她学习上的事。不过你放心，以后我一定多花时间在她身上，配合好老师们的工作！"

林老师叹了口气："你们家的情况我理解，不过就算再忙，也不能忽略了孩子，在她这个年纪，一旦缺乏关爱，是很容易出问题的。"

"是的是的，林老师你说得对，以后我一定注意。"方铭自觉有愧，做完自我检讨后，赶紧奉上糖衣炮弹一枚，"这段时间林老师费了不少心，你看什么时候有空，我请老师你吃个饭，一方面是表示感谢，另一方面是想请教一下，以后在配合老师工作的过程中，我该注意哪些问题。"

林老师摆了摆手，显然并不打算吃他这一套："吃饭就不用了，这些都是我应尽的责任。不过恕我冒昧问一句，方先生你是从事什么工作的，加班怎么会这么多？平时我在家长群里发通知，很少见你回复。"

作为专职骑手，上午十点半到下午一点半、下午五点半到晚上九点需要保持在线送餐，客户催单都应付不过来，方铭自然没空在家长群里和老师互动。这些情况他并不打算就此明说，只能用之前的工作做掩护："我是一名技术工程师，在绿盈科技上班。"

林老师脸色稍霁，再开口时，态度也和善了不少："绿盈这种大公司，加班肯定是免不了的。方先生既然在那里上班，应该也清楚如今社会精英之间的竞争是多么激烈。如果平时有机会，我希望你能和豆豆多沟通一下，让她有点紧迫感，不然就这样发展下去，长大了还真想和那些不务正业的人一样，去搞直播、送外卖吗？"

对方说者无心，方铭却听者有意。原本想争辩一句就算搞直播、送外卖也都是靠劳动挣钱，并不是什么不务正业，然而在对方的注视下，他最终还是勉强挤了个笑。

"好的，谢谢林老师，我一定会找时间和豆豆好好谈谈的。"

因为班主任的这番谈话，方铭一夜没睡好，第二天送方豆豆去学校时，忍不住语重心长地叮嘱了一路。方豆豆忙着刷短视频，对他的念叨不屑一顾，直到他厉声警告再被请家长就要没收手机后，才不情不愿地点了个头。

送完方豆豆，方铭在学校附近的早餐铺胡乱买了点吃的，就直接去了站点。

见他出现，陈涛立马凑了过来："方哥，今天怎么来这么早？还有半小时才开晨会呢。"

"这不送完闺女上学就直接过来了嘛，难不成还回家补个觉？"方铭一边回答，一边把手里的油条、豆浆递过去，"喏，早餐，赶紧吃。"

陈涛接在手里，声音喃喃："不都和你说了开工后我路上随便找个地方吃吗，你怎么还给我带？"

"这不顺手的事吗？怎么，你吃不吃？不吃我给别人了！"

"吃吃吃！"陈涛赶紧把油条往嘴里一塞，"嘿嘿"笑了起来。

和方铭这种在北江买了房子，每天干完活后有家可回的人不同，陈涛在这座城市里唯一的落脚处，就是站点提供的宿舍。

说是宿舍，其实条件极其简陋。除了几张上下铺的架子床，也就是几个塞行李的柜子和一套脏兮兮的桌椅，连个开伙烧饭的地方都没有。虽然条件不济，但毕竟价格便宜，离站点也不远，对于陈涛这种经济拮据的外来打工者而言，能有这么个落脚的地方，也足够了。

相熟之后，方铭见他因为不方便做饭而经常饿着肚子忙早班，买油条、包子的时候就会顺手给他带上一份。

陈涛不愿无端受人恩惠，最初总是找各种理由拒绝，随着彼此间的关系一再拉近，他逐渐放下了无谓的自尊心，学会了坦然接收，只是会在遇到商品打折等优惠活动时也给方铭捎上一些。

时至九点半，上早班的同事陆续到齐。

邓饶扯着嗓子交代了一番注意安全，不要为了赶时间而闯红灯，工服要穿戴整齐，随时准备迎接平台方有关"春风服务"的检查之类的注意事项后，朝着方铭和站在他左手边的一名叫陆屿的英俊小伙子招了招手。

"我想你们大概也听说了，咱们站点今天要来两个新人。我想着就安排给老方和小陆带，没什么问题吧？"

当骑手数月，如今方铭已经很清楚，带新人这种活儿不仅耗费时间精力，还会耽误自己的工作，纯属吃力不讨好。所以当初老杜被邓饶指定来带他这个新人时，才会表现得那么漠然。

他还没来得及表态，陆屿已经把眼睛一斜，口气冷漠地表示了拒绝："谁爱带谁带去，我可不带。"

面对他这丝毫不留情面的冷淡态度，邓饶还是挂着笑："小陆你看你这话说的……你可是咱们站点业绩最好的员工，你都不带新人的话，我还能安排谁啊？"

"那是你的事，我可管不了。"陆屿垂着眼睛，还是那副事不关己的冷漠样，"我业绩是好，但那也是我加班加点一单单跑出来的。现在你安排个新人在我这儿碍手碍脚,耽误了我的活儿,损失算你的还是算我的?"

话才说完,陆屿把头盔一戴,骑上他那辆电动车,"刺溜"一声闪没影了。

被这么个小年轻当众打脸,邓饶只觉得面子上过不去,但陆屿的业绩摆在那儿,态度再差,也不能真的拿他开刀。情急之下,他只能在方铭这儿找补:"老方啊,你说咱这站子说大也不大,但作为站长,我上面要应付平台方,左右要处理好和商家的关系,下面还得管着一群刺头!要不是有你在,遇到难处了愿意帮把手,我还真干不下去了!"

方铭知道他是在试探自己的态度,对方都卖惨卖到这份儿上了,他也不好意思再推托:"老邓,我是没问题,不过你说新人有两个,我总不能两个都带吧?"

"那是当然。"见他愿意配合,邓饶很快松了一口气,随即嗓子一扬,朝着不远处的陈涛招呼道,"陈涛啊,另外那个新人就交给你了!跟你方哥学着点,好好琢磨一下怎么给人当师父!"

陈涛的电动车出了点问题,正琢磨着怎么在不花钱的情况下自己应付着修一修,闻言整个人都傻了:"站长,我哪行啊?我这业绩连站子前十都进不了,好多事自己都没琢磨明白呢,怎么给人当师父?"

"有什么不行的?你别学陆屿那小子跟我唱反调啊!"面对向来老实的陈涛,邓饶可就没那么客气了,眼睛一瞪,摆出一副领导架势,"你来咱们站子的时间也不短了,总想着自己的业绩怎么行?再说了,让你带新人也是对你的锻炼,知道了吗?"

面对邓饶强势的态度,陈涛满脸为难却又不敢反驳。直到方铭冲他挤了挤眼,小声说了一句"遇到什么麻烦你来找我",他才苦着一张脸,战战兢兢地点了头。

半个小时后,方铭正心不在焉地检查着出行前的装备,邓饶热情地领着一个三十多岁的女人走了过来。

"老方啊，来给你介绍一下，这是咱们站点新来的同事许苓纭。干咱们这一行的女同志不多，老方你就费点心，有什么困难就帮把手。至于苓纭嘛，你也别太担心，方铭是咱们这儿出了名的好脾气，有什么不明白的地方你就尽管问，他一定会尽心尽力帮你解决的。"

邓饶一边介绍，一边"哈哈"笑着。很显然，在这个一水雄性出没的站子里忽然来了个长相漂亮的女骑手，即使不是那么年轻，也足以让他心情大好。

但对于方铭而言，昔日养尊处优的领导太太出现在这个杂乱又简陋的环境里，冲击力实在太大。

一时之间，满腹的震惊让他几乎说不出话来。

比起前两次打照面时那优雅精致的打扮，眼前的许苓纭朴素了许多，不仅没戴首饰没化妆，头发也剪短了不少，加上身上那套臃肿又宽大的外卖制服，要不是邓饶介绍，只怕面对面走过，他都不一定能把人认出来。

好不容易等邓饶唠叨完，现场就剩下他俩，方铭才挤出笑脸，小心翼翼地打了个招呼："是你啊？还真是没想到……"

"没想到什么？"比起他一脸别扭的模样，许苓纭倒是表现得很坦然，"大家都是普通人，为了养家糊口总得谋份工作讨口饭吃，这不是很正常吗？"

话是这么说没错，但乔卓远身为绿盈科技技术部总监，年薪即使不到同事们口中盛传的百万级别，七八十万也是有的。这两口子就算真闹离婚，就冲他们十几年的婚姻和儿子乔北城，乔卓远再小气，许苓纭也不至于要靠送外卖讨生活。

但方铭毕竟不是八卦的人，和许苓纭也没熟到可以探问隐私的程度，干笑了一声后，他赶紧解释："我不是那个意思，就是觉得咱们北江市干外卖骑手的少说也有好几万人，站点也不算少，咱俩偏偏都落到了老邓手下，还挺有缘分的……"

"那倒也不是。"许苓纭并没有要和他套近乎的意思，认真解释道，

"之前招聘经理是把我安排到另一个站点的,没想到昨天刚上地铁没多久,就接到了他的电话,说是那里人满了,给我换到了这儿。这儿离我住的地方有点远,接送孩子也不太方便,所以我打算先学习一段时间,等干熟了,再找机会换个合适的地方。"

上班第一天,就公然宣布自己想要跳槽的念头,方铭一时间也不知道是该夸她勇气可嘉,还是该吐槽她实在太不懂人情世故。但见许苓纭一脸认真,他也不好多说什么,只能朝着自己的电动车指了指,不动声色地岔开了话题:"行吧,现在时间也不早了,我先带你跑两单……对了,你的车呢?"

许苓纭说:"我没有电动车,不过我已经问过了,老邓说他有个挺熟的朋友那儿有卖,六千左右就能买一辆。要不咱先找他要个联系方式,把车给买了,再开始干活?"

方铭听到这儿,忍不住暗中吐槽邓饶不厚道。

对于很多新入职的外卖骑手来说,容易遇到钱还没挣到就先欠上一屁股债的情况,毕竟这么一份风里来雨里去,许多时候还要受人冷眼的工作,一些骑手还没干到把本钱挣回来的那天,就会因为受不了其中的辛苦和委屈,在一肚子的怨气和怒骂中离开这个行业。所以对于尚未真切体验过这诸般滋味的新人,但凡有点良心的老骑手是不会建议他们一来就花几千块买车的,也就是邓饶这种不放过一点肉的老狐狸,才会在当初坑了方铭之后,如今又为了那点回扣,让空有一腔热情、其实啥行道都还没摸透的许苓纭掏钱放血。

毕竟同在邓饶手下做事,这其中的弯弯绕绕此时也不便对许苓纭言明,方铭只能委婉地建议道:"今天时间也不早了,现在去买车的话怕是一上午都耽搁了。要不我先载你走一段,前面不远的地方有个租车的店,你先租辆车对付几天,等情况熟悉了,再考虑买车?"

许苓纭一贯信奉"工欲善其事,必先利其器"的做事原则,自觉既然干了这一行,就得把基础装备弄好。但方铭话都说到了这份儿上,她也不想上班第一天就因为自己的事耽误了对方的工作,于是点了点头,接过对方递来的头盔后,长腿一跨,骑上了电动车的后座。

十几分钟后,他们在一家名叫鑫隆租车行的小商铺前停了下来。方铭将许苓纭带进店,和老板打了个招呼,就示意她去挑车。

租车行的老板杜鑫这几个月来和方铭也算是混出了点交情,对着许苓纭的背影打量了几眼后,他贼兮兮地一笑:"老方你可以啊,新交的女朋友?"

"什么女朋友,站子里新来的同事!"方铭生怕他的胡言乱语引得许苓纭尴尬,强调道,"你可别乱说话,人家可都是当妈的人了。"

杜鑫闻言有点诧异:"不是吧?都有孩子的人了怎么还出来送外卖?她老公也舍得?"

眼见躲不过,方铭只能压低了声音解释:"这不是和老公正在闹离婚,没办法吗?"

杜鑫"啧啧"笑道:"都到闹离婚这步了,那不就好说了?我看她长得不错,性格也利落,老方你也单身多年了,抓紧机会试试,说不定缘分就来了呢?"

方铭瞪了他一眼,还没来得及接话,身后传来了小伙计一声重重的咳嗽。

在离两人几步之外的地方,许苓纭站在那里,眉头微蹙,也不知道刚才他们那番八卦的对话,究竟听进去了多少。

嗅到了空气中的尴尬气息,杜鑫赶紧赔着笑脸站了起来:"车选好了没?要不要我再给你推荐推荐?"

许苓纭指了指一辆红黑相间的电动车,口气冷淡:"就这辆,多少钱?"

"你眼光真好,这款车子性价比不错,自重也轻,尤其适合女士使用。"场面话说完,杜鑫斜了方铭一眼,开始认真报价,"在我们这儿租车呢,一般是押金一千,租金一月五百,三个月起租。不过你和老方是朋友,我就算你便宜点,押金给八百,租金一个月给四百就成。"

虽然不了解行情，但许苓纭也不想因为讨价还价而耽误时间，简单说了句"行"，就准备付钱。

见她一副任人宰割的傻白甜模样，方铭实在坐不住了，伸手一挡，对着杜鑫笑了笑："老杜，不至于吧，就你这辆车，哪要得了这么多钱？"

杜鑫吹了声口哨，笑得一脸暧昧："那老方你是啥意思啊？"

方铭说："押金六百，租金的话，咱们就先按照一月一租来算。"

杜鑫想了想："也行，既然老方你都开口了，那就这么着。不过你也知道咱们这行的规矩，如果一月一租的话，租金可得再加点，不然被人折腾完了，修修补补的活儿那可少不了，我怎么着也得赚点钱不是？"

"行，那就一个月算四百五，行吧？"

"成交！"

这一番讨价还价，方铭自觉已经使出了洪荒之力，正准备示意许苓纭交钱，只见对方眉头一皱，出声质疑："三个月起租就三个月起租，干吗要一个月一个月地租？每个月还要多交那五十块钱。"

无奈之下，方铭只能低声解释："如果是一下子就租三个月，干不满退租的话，剩下的钱是没法退的……"

许苓纭依旧没反应过来："那我干满三个月不就行了吗？"

方铭半张着嘴，还没想好怎么解释才能说清楚，杜鑫已经忍不住提点道："老方他这也是为了你着想不是？你想啊，外卖这行这么辛苦，干了两天就受不了委屈跑路不干的多了去了。你又是个女的，遇到的糟心事肯定会更多。租上一个月就当体验一把人生，到时候不想干了，就把车退了，那不是能少损失点钱吗？"

许苓纭愣了一阵，脸色逐渐变得有点难看。

原来方铭是这么想的，他就是觉得自己之前是被乔卓远养着吃闲饭的，所以离了他以后自己根本干不成事。刚才不让她找老邓买车大概也是觉得自己是心血来潮来这儿打发时间的，干不了两天就得走人。

　　满心愤怒之下,她将牙狠狠一咬:"方铭我可告诉你,既然这份工作我面试上了,就会一直干下去!你要是觉得带着我跑单会拖你后腿,你大可以告诉老邓,让他给我换个人!"

　　没等方铭有所反应,许苓纭已经将钱包往桌子上重重一拍,厉声表示:"开单!这车我租半年!"

第三章
为了儿子

鑫隆租车行里的这场小风波让许苓纭有了情绪，付完钱以后，就没再主动和方铭说上半句话。

自打和她照面，方铭就一直觉得不自在，觉察到对方的冷淡态度后，更不愿自找没趣，于是整整一个上午，除了出于一个师父的自我修养，不时把系统界面在许苓纭面前晃一晃，提醒一下她基本的工作机制，其余时间方铭和她几乎没有多余的交流。

好不容易熬到下午一点半，上半程的工作告一段落。

方铭原本想着请对方吃个午饭，顺便解释一下，将双方的误会解开，许苓纭已经主动开口问道："现在可以休息了是吧？"

站点的工作是两班制，分为早班和晚班。早班一般是九点半开会，十点半开始工作，干到下午一点半左右就可以休息，也可以选择接着跑。

方铭只当她不清楚，点头之后正想详加解释，就听许苓纭不冷不热地哼了一声："我还有点事，就先走了。谢谢你今天教了我这么多，我会好好消化的。"

方铭不知道她这番感谢究竟是出于真情实感还是在嘲讽，他自觉没教对方多少有用的内容，只觉受之有愧。尴尬之下，那句"要不要一起吃个午饭"的邀请被他知情识趣地咽进了肚子。

把车骑回家后，许苓纭心不在焉地给自己煮了碗泡面。

自打决定和乔卓远离婚，为了避免对方纠缠，她从那个熟悉的大房子里搬了出来，住进了距离乔北城学校不远的幸福家园小区的房子里，房子不大，不到六十平方米。

想起儿子乔北城，许苓纭又是幸福又是心酸。

当年她和乔卓远谈恋爱、结婚时，在北江市知名的盈江律师事务所里工作，虽然年纪尚轻，但因为态度勤奋认真，做事高效利落，很得上司赏识。所有同事都以为她会随着工作经验的积累，迅速成为公司的业务骨干。不料，在乔北城出生后，乔卓远开始怂恿许苓纭辞职。

最开始，对于全职家庭主妇这个身份，许苓纭极其抗拒。毕竟她学历不低，又是真心热爱自己的工作，也坚信自己可以凭能力挣钱，来提升整个家庭的生活品质。

然而幼年时的乔北城体质孱弱，隔三岔五就要往医院跑，乔卓远忙着拼事业，自顾不暇的情况下，能分在儿子身上的时间十分有限。

最初，许苓纭还把希望寄托在两家的老人身上，盼着他们能帮着分担一点，然而两家长辈年纪大了，又无法常住北江，闹了几次矛盾后，许苓纭只能自己亲自上阵。接连不断的请假和旷工很快引起了公司同事的不满，毕竟对于一个女人而言，哪怕家中再忙乱，只要还在上班，她的第一身份还是职场人。几经考虑之后，许苓纭把乔卓远喊到了楼下的小花园里，进行了一番推心置腹的长谈。

在那场谈话里，许苓纭主要表明了以下几个态度：

第一，就家里如今的实际情况来看，她和乔卓远之间必须有一个人要做出牺牲。考虑到双方现有的工资水平以及行业未来的发展潜力，她可以做退出职场、驻守在家的那个人。

第二，虽然即将成为家庭主妇，但并不意味着以后她就只是个靠丈夫给钱吃闲饭的主。相反，作为她舍弃自身工作以及保障后方的条件，乔卓远必须定时定量给她一笔钱作为酬劳。

第三，即使按照分工，她将是负责家庭事务的主力军，乔卓远也不能就此当甩手掌柜，对家务事不管不顾。但凡有需要他出人出力的时候，他要负起他的那份责任。

第四，即使她不出去上班赚钱，和乔卓远依旧保持平等的家庭地位。家里的大小事务她都有权发表意见、提出建议，乔卓远不能因为掌握了家庭的经济命脉就搞一言堂。

对于她的这番长篇大论，乔卓远只觉得好笑，但见她愿意为了儿子退守家庭，也就忙不迭地点了头。

辞职在家的最初那几年，虽然又要带孩子，又要操持家务，时不时还要充当乔卓远的情绪垃圾箱，日子过得那叫一个鸡飞狗跳，许苓纭甚至一度患上了抑郁症，但好在那几条要求乔卓远遵守得还不错，乔北城又乖巧可爱，最难的日子总算一天天熬了过来。

等到乔北城上了小学，乔卓远的收入也日渐丰厚，许苓纭以为这下自己的日子能变得稍微轻松一点，然而，接踵而来的各种家长之间的竞争内卷，让她再次陷入了脚不沾地的忙碌生活。

六年的小学时光，每一个工作日的夜晚，许苓纭不是在陪儿子读书、做作业，就是在家长群里和老师交流沟通。到了周末，还得带着乔北城在一个个兴趣培训班之间奔波。

仔细算来，乔北城读小学的那几年，属于她自己的聚会和社交时光屈指可数，而与之形成鲜明对比的，则是大后方得到保障，回家以后只要哄上两句"儿子好乖"就可以上床睡觉的乔卓远，随着职位的一再高升，频频出没于北江市各种高级社交场所。

好在乔北城争气，小升初以出色的成绩考进了中天中学的重点班，德智体美劳全面发展，很快成为老师们心目中好学生的典范。

许苓纭欣慰之余也会畅想，虽然牺牲了自己的事业，但自己的这个小家会随着乔北城的逐渐长大和乔卓远日渐成功的事业而得以圆满。直到几个月前，她无意中看到了乔卓远手机上和那个叫汪小敏的女人的暧昧对话及开房记录，才像是被人迎头泼了一盆冷水般，就此彻底醒悟过来。

最初她提出离婚，乔卓远只当她是在赌气，以"我不过是犯了天下男人都会犯的错"为借口，苦苦哀求，直至她从家中搬离，一切都没有了转圜的余地，乔卓远才反应过来，很快把目标从"坚决不离婚"改为"一定要把儿子的抚养权抢到手"。

对于许苓纭坚持要离婚这件事，除了乔卓远无法理解，双方长辈也都表示了反对。尤其是发现自家女儿搬家闹独立以后，许母急愤之下，更是口不择言地表示："你既没工作，又不能赚钱，离了乔卓远你还能干什么？"

为了证明自己，也为了儿子乔北城，许苓纭决定重归职场，自食其力。在此期间，凡是劝她"以家庭为重，为了自己和儿子还是忍忍算了，不要和老公赌气"的人，都被她无差别地划进了"敌方"阵营。

所以方铭今天的那番话虽然是出于好意，却也无意中踩中了她的雷区。

吃完泡面，许苓纭满心的郁闷并没有就此消散。

回想起在车行时方铭和杜鑫的对话，她拿起手机，给好友徐菲打了个电话。

徐菲是她当初在律师事务所工作时的同事，当年晚她几个月进事务所实习的小姑娘，如今已成为能够独当一面的知名律师。因为年纪相仿，加上工作时结下的友谊，过去十几年里两人一直保持着联系。如今离婚在即，对方自然而然成了她在这场离婚案上的军师。

作为多年老友，徐菲很清楚许苓纭当下的问题在哪里，接到电话后也不多废话，很快就表示如果两人要诉讼离婚，其实也不复杂。就现在的情况来看，无论是车、房还是存款，大多是他们婚后的共同财产，房产证上也写了两个人的名字。按照民法典规定，这些共同财产他们有平等的处理权。而且乔卓远出轨在先，她又手握相关证据，到时候律师再帮着争取一下，相信在财产分割方面，法官会给出一个合理的判决。

许苓纭耐心听完,赶紧问道:"那北城呢?关于我儿子究竟跟谁,法院会怎么判?"

徐菲答道:"你和乔卓远都想要北城,在这样的情况下,法院一般会依据由谁来抚养孩子对孩子的成长比较有利做出判决。"

许苓纭敏锐地抓住了回答中的关键词:"所谓的'对孩子成长比较有利'具体是指什么?父母的收入算是法院考量的一部分吗?"

"算是吧……所以这就是为什么我建议你,如果可能的话,在开庭前先找到一份稳定的工作,对于你争夺北城的抚养权会更有利一些。"

像是从沉默里觉察到了许苓纭忐忑的心情,徐菲很快又安抚道:"不过你也不用太着急,毕竟你离开职场这么久了,工作还得慢慢找。而且北城已经超过十岁了,他自己的意愿也很重要!他是你带大的,读小学那阵一个星期都见不到乔卓远几面,真的闹起来,还怕他不站在你这边吗?"

又聊了一阵后,许苓纭挂了电话,但满心的焦虑和惶恐,并没有因为这通电话而缓解多少。

下定决心要和乔卓远离婚后,她就针对儿子抚养权的问题查了不少资料,所以徐菲和她说的这些,她其实心里也清楚。只是最终结果如何,她实在没有把握。

从感情上讲,在乔北城成长的十几年里,她自认投入的时间和精力都比作为父亲的乔卓远要多得多,但对于一个已经进入青春期的男孩子而言,嘘寒问暖的关怀和念念叨叨的陪伴,似乎远不及身家优厚的乔卓远不时奉上的新款手机和游戏设备让他开心满足。

思来想去之下,许苓纭给乔北城发了条短信:"儿子,你今天想吃什么?妈妈先做好放进冰箱,你放学以后回来自己热一热就好。"

几分钟后,乔北城回复了:"不用麻烦了。爸刚才给我打电话,说想带我去买台无人机,等我放学就来接我过去,晚饭我们路上解决。"

许苓纭愣了愣,慢慢敲下了几个字:"那好。那买完东西后早点回家。"

这一次，隔了快十分钟，乔北城的回复才姗姗来迟："嗯。好的。"

虽然乔北城的回复从态度到措辞都没有任何问题，许苓纭也不希望因为自己和乔卓远闹离婚而影响到父子俩的关系，然而儿子表现得如此理智中立，态度上似乎并没有因为乔卓远的出轨背叛而对自己更为亲昵偏袒，又让她感觉有些难过。

想要争夺儿子的抚养权，就必须有良好的物质条件做基础，所以无论如何，目前这份工作她一定要保住。而保住这份工作的前提，是得换一个没有私心、真心愿意带自己的师父，这样才能平安度过试用期。

一番考量过后，许苓纭决定找邓饶聊聊，让他给自己换个师父。

就在许苓纭一门心思琢磨怎样才能把方铭从自己身边换走时，另一边，方铭也被同样的问题困扰着。

无论如何，许苓纭是前任上司的太太，就算在闹离婚，当初的光环也还是存在过的。要他对着这么一个曾经养尊处优的漂亮女人指指点点，告诉她哪个商家老板不好对付，哪个写字楼需要爬楼梯，他总觉得这画风有点不对。但见识了许苓纭今天的过激反应，要直接说不干，又担心会伤害到她的自尊心。

思前想后之下，方铭决定先去陈涛那儿探探口风，如果对方不介意，干脆就在不惊动邓饶的情况下，把双方带的新人给换了。

只是万万没想到的是，这口风他还没来得及探，陈涛那边因为新人的出现，闹出了一场让人啼笑皆非的大乌龙。

被邓饶安排给陈涛的新人名叫边响，是个二十四岁的年轻小伙子。得知对方比自己还小几个月，一直惴惴不安的陈涛因为年龄上的优势，总算多了几分自信。

报到当天,就在方铭带着许苓纭上路十五分钟后,传说中的边响才姗姗来迟。

对于新人第一天就踩点上班的行为,陈涛也不生气,在邓饶介绍完以后,主动和对方打起了招呼:"边响是吧?接下去的这几天咱们就一起开工了。有什么不清楚的地方你可以随时问我。"

边响盯着他上下打量了一阵,似乎满目都是新鲜,直到陈涛一脸莫名地问"你怎么了",才"嘿嘿"笑了出来:"这么说起来,我是不是得叫你一声小师父啊?小师父好!小师父辛苦了!"

自入职以来,陈涛一直业绩平平,在这个小站子里也没什么存在感,忽然被人开口叫"小师父",心慌意乱之下不禁也有点开心。害羞地挠了一阵头后,他很快表示:"你今天第一天上班,要不我先陪你去租辆车吧?"

"租车?不用不用。来这儿上班之前,我可是做了功课的,车子、智能手机、蓝牙耳机、分体式雨衣……咱可都备着呢!"

边响一边说着,一边向外一指。

站点外的空地上,一辆崭新气派的摩托车正耀武扬威地停在那里。来做外卖骑手的同事里自带装备的不少,但配置这么高端的,陈涛还是第一次见到。绕着摩托车走了两圈后,他小心翼翼地伸手摸了摸坐垫,语带羡慕:"你这车不便宜吧?得花多少钱啊?"

"还行吧,请了个懂行的哥们儿帮忙给买的。"边响眼睛滴溜溜地转了转,似乎不愿在这个话题上多聊,"行了小师父,咱就别琢磨这车了,赶紧开工要紧!"

陈涛应了一声,想着时间的确也挺晚了,于是赶紧和邓饶打了声招呼,就带着边响上了路。

比起大多数新人初来乍到之际问少看多的拘谨做派,边响明显是个自来熟,半天时间跑下来,不仅业务上的事一直巴拉巴拉地问个没完,就连陈涛家的八卦也没放过。

陈涛一边要取餐送餐、规划路线,一边还要给他传授工作经验,本就已经分身乏术,再被他不断在耳朵边问着各种稀奇古怪的问题,只觉得整个人都要崩溃了。

只是他第一次带新人,本身又是谨小慎微的性格,心中再烦躁,态度依旧软糯温和。好不容易熬到上半程工作结束,秉承着一个小师父的自我修养,陈涛决定请对方吃个午饭,算是接风。

面对他的热情,边响也不客气,考虑了一阵后表示,要不就先吃个面凑合凑合。

陈涛平日里的午饭通常也是粉、面等快餐,听他表态之后,正打算带对方去往自己最中意的那家宝藏店铺,就见边响把手一扬,对着不远处那座豪华气派的商场指了指:"小师父,我知道那个商场里有家面馆还不错,要不我们就去那儿吃呗?"

面对眼前这种消费不低的大商场,陈涛心里有点犯怵,但也不忍心扫对方的兴,于是点了点头,跟在了他身后。

十几分钟后,两人坐进了一家名叫苏南小院的餐馆里,看着菜单上那标价九十八一碗的蟹黄面,陈涛只觉得心惊胆战。

"边响,你说的就是这家啊?"

"是啊。我们就点个招牌蟹黄面,包你吃了下次还想来!"

边响似乎没有觉察到他的窘迫,要了两碗面,又加了两份小菜,随即把付款码一亮,示意服务员买单。

陈涛见状赶紧伸手去拦:"你这是干吗呀?说好了我请客替你接风的!"

"接风的话等下次嘛,哪有一碗面就把我给打发了的?"边响笑嘻嘻的,眼见陈涛手足无措地坐在那儿,赶紧解释道,"小师父,在我们那儿呢,有个规矩,就是拜师学艺第一天,徒弟是得请师父吃饭表示敬意的。你现在这个样子,是不是不想接着教我了啊?"

"当然不是啊!"

听他这么一说，陈涛心里好受了点，但想到这顿足足抵他好几顿饭的午餐，又忍不住有些肉疼。

"说起来，边响你之前是干吗的啊，怎么花钱这么大手大脚？"

"我之前一直在念书，送外卖是我大学毕业后的第一份工作。至于花钱方面嘛……今天这不是特殊情况吗？请师父吃饭，不得用点心啊？"

"既然都大学毕业了，你干吗来送外卖啊？找个坐办公室的工作，舒舒服服地赚钱不好吗？"

"那不是因为和我爸打了个赌吗？"见他一脸疑惑，边响半真半假地解释了起来，"毕业后我本来是打算创业的，就想找我爸借笔钱当创业基金。但是我爸非觉得我缺少锻炼，说啥也不同意，吵了几次以后，我俩就打了个赌，如果我能在送外卖这个最累最需要看人脸色的行业里干满半年，他就把钱借给我。不过这事你可得替我保密啊，我可不想让站长觉得反正我就干半年，转头就把我给扔出去……"

见陈涛频频点头，一副誓死替他保守秘密的模样，边响忍不住"扑哧"一笑，转而问他："小师父你呢？你这么年轻，是不是也是毕业之后就直接干外卖了啊？"

"不是……"说到这个话题，陈涛的声音不由自主地低了下来，"我家是农村的，条件不怎么好，所以念完高中就出来打工了。之前是在广东那边的厂子里干流水线，干了几年觉得挣不到什么钱，也学不到什么东西，听朋友说北江市这儿机会多，就过来了。"

他顿了顿，在对方好奇的注视下努力挤了个笑脸："不过因为我学历低，一直也没找到什么像样的工作，本来都打算回去了，刚好看到邓哥他们那儿在招骑手，和他聊了几句之后，就被他给收了。"

"这么说起来，小师父你这经历也够传奇的啊！"边响听完，夹了半个卤蛋在他碗里，"既然这样，小师父你放心，徒弟我绝对用心学，到时候拿了奖金，再好好孝敬你！"

一顿午餐之后，两人之间的关系拉近了不少。

鉴于小徒弟用心懂事，陈涛传授起工作经验来也越发尽心尽力。

时至下午五点半，送餐晚高峰到来。

面对汹涌而来的单子，陈涛也没了和他唠嗑的心情。两人脚不沾地地忙了近两个小时，天色逐渐转暗。边响实在是累得跑不动了，趁着陈涛在一家奶茶店取餐的间隙，找了张椅子一屁股坐下来："小师父，我不行了……得先在这儿歇会儿。你看你是等等我，还是先自己忙？"

眼下高峰期还没过去，系统里还挂着七八单，陈涛根本不敢耽搁，见对方那一副恨不得长在椅子上的模样，他也只能点头表示："那你就先歇着，等晚一点休息好了联系我，我再带你熟悉周边环境。"

边响哼哼唧唧地瘫在那儿，也不知道他的这番交代究竟听进去没有。

时间紧迫，陈涛没空再搭理他，听到奶茶已经做好，接过饮品和单子检查了一下，就准备往外跑。

还没迈出奶茶店门，他忽然神色一怔，脚步也跟着停了下来。

边响懒洋洋地抬了抬眼睛："小师父，怎么了？被客人投诉了？"

"不是不是！"陈涛一脸紧张地把订单小票往他眼前凑了凑，"边响你看下，这是怎么回事？"

边响被他的样子弄得也有点紧张，赶紧往小票上一看，只见黑体加粗的几个大字外加两个硕大的惊叹号躺在备注栏里——"情况紧急！救救孩子！"

边响低低呻吟一声："小师父，干吗啊？就这也值得你一惊一乍？"

陈涛有点艰难地咽了下口水："你是不知道，我听说很多人遇到紧急情况，就会用这种方式留下暗号求救……所以你说这位客人是不是也遇到什么危险了？"

边响瞪着他看了一阵，像是在判断他究竟是认真的还是在开玩笑："所以你想干吗呀？冲上门当英雄？"

见陈涛依旧傻愣愣地站在那里，似乎真的考虑起他的建议来，边响满心震惊之下，只能苦口婆心地劝道："小师父，你别那么死脑筋，现在无聊的客人多了去了，为了催单，备注栏上瞎写一通也是常有的事！再说了，你就一送外卖的，客人那边猫打死狗狗打死猫的关你屁事？就算真遇到什么危险，那也是打110请警察出马不是？"

半个小时后，边响舒舒服服地喝完最后一口奶茶，拨通了陈涛的电话："小师父，我是边响，你现在在哪儿啊？还忙着吗？"

久久的一阵沉默后，陈涛那带着哭腔的回答才低低传来："我现在在景秀小区，一时半会儿可能还走不了。你休息好了的话，能不能帮我把剩下的单子先送一下？"

"啥？什么叫一时半会儿还走不了？是遇到什么麻烦了吗？"

边响腾地站起来，下一秒已经反应过来了："大哥，你不会是因为那个备注，真的报警了吧？"

这一次，电话那头又沉默了好一阵，才传来几不可闻的一声"嗯"。

"我去！大哥，我今儿也算是长见识了，你那是什么猪脑子啊？"边响气急败坏地交代着，"你等在那儿，哪儿都别去，有事等我过来了再说！"

等边响一路风驰电掣地赶到景秀小区时，闹剧基本已经告一段落了。

面对忽然上门的几位民警和不知所措的陈涛，一位四十多岁的中年妇女满脸堆笑地赔起了不是："对不起对不起，我家这闺女也是爱瞎胡闹，平时在网上学了那些乱七八糟的网络用语，发个朋友圈什么的我和她爸基本看不懂，今天这乱写一气的，给你们添麻烦了，真是特别不好意思！"

站在一旁的那个胖乎乎的小姑娘似乎还有点不服气，声音低低地抱怨着："我留的那两句话在网上很常见啊，平时稍微上上网就能知道是什么意思。我又不是故意要让他报警的，怎么你们一个个都怪到我头上……"

见虚惊一场，民警们倒是表现得很淡定，对着孩子家长叮嘱了几句后，很快转向了陈涛："这位同志，虽然今天没出什么事，但你这种高度警惕的态度还是很值得鼓励的。非常感谢你对我们工作的信任和支持，以后如果再遇到什么危险的情况，也请直接联系我们。"

来自民警的肯定让陈涛那颗沮丧的心得到了些许安慰，等他们走后，他对着边响勉强挤了个笑脸："你来了啊？让你这么着急地跑过来，实在不好意思！"

边响听了一阵，已经明白了事情的来龙去脉，见陈涛一副不打算计较的样子，只觉得怒其不争："这事你就打算这么算了啊？"

陈涛一脸茫然："那不然呢？"

"你就算不教训那个小丫头片子，也得让她妈把你的误工费给赔了啊！"边响咬着牙，一笔笔给他算账，"你看啊，刚才你来景秀小区那阵，后面挂着得有七八单吧？现在这一耽误，后面所有的单子都得超时！就算你一家家地去解释，客户们大发善心都不投诉你，光这超时和差评扣的钱，就够你白干好几天的了！"

"算了吧……这事其实也怪我，是我太老土了，才会被那么两句网络用语搞得战战兢兢的……"陈涛垂头自责了一阵，才小心翼翼地试探道，"对了，接下来的这几单，我转了一些出去，但是还剩了三四单得自己送。你要是有空的话，能不能和我分一下？再耽搁下去，我担心客人那边要投诉……"

"废话！我人都到这儿了，还会扔下你不管吗？再怎么说，咱俩也是组合啊！"见他那一脸倒霉样，边响也觉得没辙了，骑上车后，忍不住又说道，"那我就先出发了，你送完单以后早点休息……今天这事儿就别想了，明天早上我请你喝奶茶！"

第二天，晨会还没开始，有关陈涛乌龙报警的八卦已经经由边响那张嘴，在站点里传了个遍。

边响绘声绘色地向众人描述："说实话，我现在想想也后怕，得亏小师父报了警，如果他当时没报警，而是选择只身上门做英雄，那倒霉丫头和她妈还不知道是哪里来的神经病呢……"

陈涛坐在会议室的角落里，边响每说上一句，他的脸色就红上一分。

见对方越说越兴奋，还手舞足蹈地比画了起来，他终于忍不住嗫嚅道："边响你别说了，我知道错了，以后再也不多管闲事了……"

"不不不，我不是说你管事不对，就是吧，以后遇到事了，咱别傻乎乎的，得多带个脑子。"边响仿佛当教导主任当上了瘾，对着他语重心长道，"现在是互联网时代，各种网络新词汇冒出来是常有的事。你工作之余也得多上上网，了解一下现在年轻人中间都流行什么，这才不至于好心办坏事，把自己带坑里去了，你说是吧？"

陈涛半张着嘴，还没来得及接话，一声冷冷的质问已经在耳后响起："你把话说清楚，说谁没带脑子呢？"

边响一怔，赶紧转身。

几步之外，一个和他年纪相仿的青年站了起来，看向他的目光里都是戾气，一脸不好惹的样子。

旁人遇到这种情况，一般也就解释两句打个圆场，在矛盾还没闹起来之前，赶紧掐灭在襁褓里。

可偏偏边响是吃软不吃硬的性格，听对方语带威胁，当即浑不吝地吹了声口哨："哥们儿，我又没和你说话，你怎么先急眼了？还是说，这种路见不平拔刀相助的事你也干过，我这一不小心，把你也表扬进去了啊？"

对方眼睛微微一眯，几步上前将他的衣领狠狠一拎。

边响微愣之下，立马也不甘示弱地瞪了回去："干吗？这就想动手啊？说了句不带脑子就这么激动，接下来是不是还想证明一下自己'战五渣'的实力啊？"

眼见形势不对，方铭赶紧站起来，将扬着拳头准备动手的青年一拉，低声警告道："陆屿，干什么呢？一大早的，还没开工就带头闹事像什么样子？被老邓看到了又得挨训，你今天的单还想不想跑了？"

暂时拉住了这一个后，他又瞪向边响："还有你啊，叫边响是吧？怎么昨天才刚来，今儿就这么不安分？陈涛他再怎么说也是你同事，昨天会发生那样的事也是出于好心，你觉得好笑，私下说说就算了，当着一屋子的同事说人家没脑子什么的，像话吗？"

之前话赶话地说了那么一句，边响自己也有点后悔，现在见陈涛涨红着一张脸，像是下一秒就要哭出来了，他赶紧顺着方铭给的台阶，当即就弯腰道了个歉："小师父，我刚才话说急了，不是要嘲笑你！一会儿你带我上路的时候我请你喝奶茶赔罪，你可不能因为这件事就不要我了啊！"

边响忙不迭地对着陈涛赔礼，再没看陆屿一眼，像是根本就没有要和对方讲和的意思。方铭知道这两个年轻人大概是互相看不顺眼，一言不合之下就此杠上了，见战火暂时平息，也就没再多事。

十几分钟后，邓饶的老生常谈刚一结束，陆屿就骑上电动车迅速出发了。

边响眼睛一翻，撞了撞身边的陈涛："小师父，刚才那哥们儿什么来头啊？跩得二五八万的，不知道的还以为这站子是他家开的呢。"

陈涛赶紧给他"科普"："他叫陆屿，性格一直挺酷的，除了咱们站长，也就方哥在他面前能说上话。不过他业绩好，每个月的跑单量基本都是咱站子第一，光上个月就跑了快一千三百单，赚了得有一万多小两万块呢！"

边响有点不屑："两万很多吗？也值得你这么崇拜？"

"那是当然啦！"

陈涛只当他是不懂行，便详详细细地解释起来。

对于他们这个站点的骑手而言，三公里之内跑一单是五块钱，三到四公里是五块五，四到五公里是六块，六公里以上是七块，晚上九点后每单加一块，零点到两点每单加两块……但因为每个时间段能送的订单数量有限，正常工作时间一天平均下来也就能送三十来单，加上那些七七八八的补助，普通人一个月也就能赚五六千块钱。

要想多赚钱，一个是得熟悉环境、提高效率，另一个就是得多加班。像陆屿那种收入，起码得每天干上十几个小时不带周末休息，还真不是一般人能受得了的。

听他的口气都是夸赞，边响忍不住嗤笑道："小师父你可别学他啊！像他那种拼法，估摸着都没时间交女朋友，不然怎么会一天到晚脾气都那么冲！"

陈涛反驳道："他有没有女朋友我不知道，不过陆屿长得那么帅，喜欢他的姑娘应该挺多的。反正我听说，但凡是女客户，基本就没给过他差评。"

边响原本只是随口调侃，听他这么一说，反而被激起了胜负欲，当即起身往他身前一站，摆了个搔首弄姿的造型："小师父，那你认真评评理，是他帅还是我帅？"

陈涛仔仔细细将他上下一打量，十分公正客观地评价道："这么看起来，还是陆屿更帅一点。"

"你认真的？"

"是啊！陆屿个子比你高，身材也比你好。眼睛虽然没你大，但站长说他那叫桃花眼，最招女孩子喜欢了……"

他认认真真地说着，边响像是被什么东西噎了一下，半晌之后咬着后槽牙道："小师父你个没良心的，我也是白疼你了。亏我昨天大晚上的帮你送外卖，今天还惦记着请你喝奶茶，结果你倒好，专门帮着外人说话来气我！现在好了，你的奶茶没有了！"

陈涛大惊失色，这才觉察到自己好像得罪了人，赶紧拉着他道歉。

两人小打小闹之间，默不作声坐在一旁的许苓纭慢慢站了起来。

从晨会开始到现在，虽然她一直没说话，却把陈涛和边响的聊天一字不漏地听在耳朵里，那个叫陆屿的青年，也就此引起了她的注意。

虽然据她观察，入站以来就没见过笑脸的陆屿显然不太好打交道，但从他那高出平均值一大截的业绩来看，如果对方愿意带带她，必定能让她的业绩在短时间内有一个质的飞跃。为了乔北城的抚养权，她实在太想保住这份工作了，所以哪怕冒着受冷眼的风险，她也要试上一试。

打定主意后，她正准备去找邓饶谈谈，另一边方铭也跟着站了起来，期期艾艾地堵在了她身前："那个……你要是没什么事的话，要不咱们现在出发？"

许苓纭冷淡回绝道："我找站长有点事，今天就不麻烦你了。"

方铭"哦"了一声，也没再多问，很快就拿着头盔走向了自己的电动车。

按照他之前的打算，是想找陈涛换人的，然而经历了晨会前那场小风波，他意识到那个叫边响的新人也不是什么好对付的主。更何况，对方对着陈涛一口一个小师父地叫着，态度十分亲昵，显然对如今的配置甚是满意，自己若从中插一脚，强行换人的话，还不知道那个吊儿郎当的家伙会闹出什么幺蛾子。

这么一考虑，方铭就此打消了换人的念头，想着自己干脆咬牙坚持个三四天，按部就班地把该教的都教给许苓纭，至于之后能不能坚持干下去，那还得看她自己的决心。

没想到他思绪起伏着好不容易把心理建设做好，许苓纭却根本不接招，无奈之下，方铭也懒得再琢磨她究竟在打什么主意，专心跑起了当天的任务。

方铭走后，许苓纭很快找到了邓饶，态度直白地提出了诉求："站长，我昨天跟着老方跑了一天，感觉沟通可能不是太顺畅，所以想跟你申请一下，换个人带我，你看行吗？"

"换人？你想换谁啊？"

"陆屿……就是咱们站子里业绩最好的那个！"

邓饶闻言头都大了，心想：陆屿要是肯带新人，我至于把陈涛那个木头孩子给临时扯上马吗？

但身为一站之长，为了尊严和面子，这些话他肯定不能对许苓纭明说，便一脸和气地问："苓纭啊，说起来咱们站子里五十多号人，大家和老方处得都挺好。你这刚跟他跑了一天就提出要换人，是闹了什么矛盾吗？"

许苓纭不欲牵扯出家里那些乱七八糟的事，只委婉表示："老方他人是挺好的，对我也很照顾，只是我听说陆屿是咱们站子里业绩最好的同事，所以就想着如果跟着他学习的话，进步说不定能更快点。"

"我说你一个女同志，干吗这么拼啊？"邓饶只当她是赚钱心切，循循善诱道，"老方他性格稳重，做事也细心，虽然有时候是啰唆了点，但是带你这样的女同志就刚刚好。陆屿心高气傲，说起话来还没轻没重的，满心就想着自己赚钱！你要是真跟着他，怕是讨不了好……"

许苓纭见他绕来绕去说了半天，就是不肯表明态度，忍不住有些发急："站长，陆屿是什么性子我不管，能从他那儿学多少东西，我会自己掂量着争取。你就给句话，我这师父到底能不能换？"

邓饶被逼无奈，只能叹气表示："这事我是无所谓，但陆屿那边你得自己去和他谈。不过我可得提醒你，陆屿进咱们站子以来，可是从来不带新人的,到时候他要是不想管,你又把老方的面子给抹了,我可没办法再安排其他人了!"

有了邓饶这句话,许苓纭算是松了口气,当晚回家之后,就大费心思地烤起了杏仁小饼干。自她和乔卓远闹离婚,带着乔北城从原来的房子里搬出来后,因为一直忙于各种琐事,她很久没有在这些事上下过功夫了。

刚动手没多久,一直在房间里埋头苦读的乔北城闻着香味走了出来:"妈,你今晚怎么了?忙了一天也不休息,这么晚了怎么还想着弄这个?"

许苓纭耐心解释道:"妈妈新找了一份工作,但是目前还在试用期,不知道能不能顺利留下来,所以想送份礼物去拜个师。"见乔北城只点头不说话,她禁不住心虚起来,"北城,你也是男孩子,或许可以给妈妈一点建议?你们男孩子都喜欢什么?比起这种小点心,是不是送个电子产品之类的会更好?"

"妈,你别多想,我觉得这个礼物挺好的。"乔北城走上前去,接过她手里的黄油刷,在那些待烘烤的小饼干上细细地刷了起来,"我不知道别人怎么想,但至少对我来说,你亲手烤的这些饼干,就是最好的。"

许苓纭心里一酸,声音低了下来:"北城,妈妈知道让你跟着我从之前的房子里搬出来,有很多不习惯的地方。但是妈妈很自私,是真的很想和你一起生活。所以请你一定要相信妈妈会努力工作,赚更多的钱,让你去读你想去的大学,好不好?"

在她略带哽咽的声音里,乔北城怔了怔,慢慢放下了手里的刷子:"妈,你加油。我相信你一定可以的!"

许苓纭眼睛泛红,伸手将他紧紧抱在怀里:"好,我们一起加油!"

次日一早,许苓纭早早赶到了站点,等到陆屿出现后,就拿着包装好的饼干盒走了过去,热情地打起了招呼:"你是陆屿吧?我叫许苓纭,前两天刚入职咱们站的。"

陆屿看了她一眼,不冷不热地说了句"你好",见招呼打完她没有要走的意思,只能接着问:"你找我有事?"

为表诚意,许苓纭先一步把饼干盒递了过去:"昨晚我给儿子烤了点杏仁饼,看他还挺喜欢的,就带了点过来,你要不也尝尝?"

陆屿一脸的不为所动:"谢谢。不过我不爱吃甜食。"

糖衣炮弹攻势无效,许苓纭自己也觉得有点尴尬,抱着饼干盒的手反复摩挲了一阵,她干脆直奔主题:"我今天来找你呢,是想问问你能不能带带我?我知道你业绩很好,所以想跟着你学点东西……"

陆屿摇头拒绝:"不好意思,我没空带新人。"

许苓纭依旧不放弃:"你放心,我不会耽误你太多时间,你工作的时候该干吗就干吗,我跟在旁边看着就行……"

陆屿歪着头,像是仔细琢磨了一下:"如果我没记错的话,老邓是安排了方哥带你吧?你才跟他跑了没两天就来找我,就不怕他有想法?"

许苓纭只当他是顾忌方铭的心情才加以拒绝,赶紧表示:"方铭那边我自己会去解释,只要你愿意,这事不会有什么问题的!"

陆屿嘴角一挑,没再吭声。

在他那略带嘲讽的笑容中,许苓纭下意识地转过头去,只见距离大门不远处,方铭正拎着几个包子,面带诧异地朝他们走来。

见此,许苓纭也不好再死皮赖脸地纠缠下去,于是走到一旁,一边养精蓄锐,一边静待时机。

见她走远,方铭慢慢走到陆屿身边,递了个包子到他手里:"你又没孩子要送,干吗来这么早?还有,你这小子啥时候转性了,跟个新人都能聊得这么热火朝天?"

"我妈今儿不太舒服,一大早就喊腰疼。把她的事折腾完,我也没法睡了,就提前过来了。至于她嘛……"陆屿咬着包子,朝许苓纭放在桌子上的饼干盒指了指,"人家嫌弃你没教给她本事,准备来我这儿拜山头呢。这不,礼物都准备好了。"

方铭心想许苓纭的运气真够差的,不哼不哈地琢磨了这么久,居然找上了陆屿这么个对谁都一副冷脸的刺头。

对着那盒小饼干看了一阵后,他轻声问:"你答应她了没?"

"当然没有。"陆屿一脸不屑,"我从来不把时间浪费在这种费力不讨好的事情上,你又不是不知道。而且就她对你这态度,呵……"

陆屿性子外冷内热,因为方铭曾帮过他几个不大不小的忙,他也算是对方铭另眼相看。眼下见他为了自己,对许苓纭已然满是嫌弃,方铭感动之余也不禁有些头疼:"你的意思我明白,不过你能不能就当帮我个忙,认真带她几天?"

陆屿有些意外,向来淡漠的脸上难得流露出一点八卦的神情:"她都那么看不上你了,你还让我带她?老方你这是开始怜香惜玉了?"

"少在这儿胡说八道。"方铭一巴掌拍过去,自己也有点窘迫,"我跟她老公是前同事,之前见过几次。她现在闹离婚搞得灰头土脸的,看到故人难免觉得糟心。人一个当妈的,为了养家糊口出来送外卖也挺不容易的,你能帮就帮一把呗。"

"啧啧……行吧。"他都把话说到这份儿上了,陆屿也就没再推托,"不过丑话说在前啊,我脾气可不好,你是知道的。答应带她两天,那也是冲你的面子。要是耽误了我干活,我可不会因为她是女人就心软……"

"得了得了,废话那么多,小毛孩子一个,整天装什么酷?"方铭听到他松口,伸手在他后脑勺上一薅,"还有你啊,别为了赚那点钱,天天不要命地在外面跑!人又不是机器,该休还是得休!改天找个时间,我和陈涛去你家看看你妈,顺便把你家里漏水的那几个地方再好好弄弄。"

第四章
再见故人

有了方铭这番叮嘱,陆屿没再拒绝许苓纭,当日开完晨会,就带着她上了路。

许苓纭一路跟着他,看他取餐、送餐、规划路线,对于哪个商家出餐慢,哪个写字楼有近路可抄,哪个小区的保安不让外卖员进去,需要临时换下工作服都了如指掌,仿佛脑子里有份活地图,惊异之余,也越发觉得自己做了个正确选择。

只是陆屿做事专注,一路接单不断的情况下,并没有太多时间对她进行专门的指点。许苓纭见状也不敢打扰,只暗中观察着他的各种举动,默默做着记录。

午高峰之后,陆屿找了家快餐店吃饭,她才鼓起勇气问道:"方便的话,我现在可以问你几个问题吗?"

陆屿喝了口水,神色淡然:"你说。"

许苓纭赶紧拣重点问:"之前我听其他同事说,正常情况下,就算在早晚两个用餐高峰期,系统能派到每个人手里的单子一小时也不会超过十单,为什么你这里的单子这么多?是因为向站长那边申请了什么特别的权限吗?"

陆屿头也不抬:"因为我业绩好。"

见许苓纭一脸茫然,他大发慈悲地解释了一句:"正常情况下,系统会优先派单给效率高、上线时间多、投诉比较少的骑手。"

许苓纭明白了这大概是一个优者更优、劣者更劣的循环体系，点头之后接着问："高峰时期难免会遇到各种意外，但我听说你就算单子接得再多，差评率和投诉率也很低，这里面有没有什么诀窍？"

"你觉得呢？"

"该不会是因为……你长得比较帅吧？"

"少听他们胡扯。"这句带着赞美意味的玩笑一出口，陆屿终于没绷住，嘴角一弯，认真传授起了经验。

对于骑手而言，避免差评和投诉的窍门其实就是提高用户体验，换句话说，就是想尽一切办法让客户们心情好点。碰到爆单不得不超时的情况，提前打电话过去道个歉，见面的时候赔个笑脸，走的时候再顺手帮客户扔个垃圾，一般来说，只要不是那种心情特别不好或者胡搅蛮缠的客户，基本都能避免被打差评。

许苓纭心想同样的举动如果换张脸，大概也不会有这么好的效果，但陆屿难得有耐心和她说这么多话，她心中再质疑，面上也只能频频点头。

午饭之后，陆屿也没有要休息的意思，很快骑上他的小电动，接着干活。

许苓纭把他视作榜样，自然不甘示弱，即使浑身疲倦，也努力振作精神，紧紧跟在他身后。

到了晚高峰，系统里的挂单量又开始节节攀升，陆屿依旧保持着精密又高效的节奏，偶尔还能见缝插针地接上一两个别人转过来的订单。

好不容易忙到了晚上八点，许苓纭感觉自己的腿都有点抖了，陆屿终于在一家酒楼前把车停下，把手机递给她手中："下面这个单子的客户一直在催，但这家酒楼生意好，堂食的客人很多。你先在这儿休息，顺便和他聊聊，安抚一下。我进去找商家，看看能不能先把外卖的餐给做出来。"

许苓纭说了句"放心"，伸手接过了手机，正和客户聊着，工作群里忽然弹出了一条求助信息,有一个天山路上的港式茶餐厅取餐、送往长青小区的订单需要转手。

许苓纭算了算,他们如今就在天山路上,距离那家茶餐厅直线距离不超过五百米,长青小区和当前这笔订单也在同一个方向,总体来说,还算顺路。

想到陆屿那副游刃有余的模样,许苓纭当即回复道:"单子转我这儿吧,我顺路送。"

刚把单接下,陆屿就拎着一个巨大的外卖袋走了出来,顺便给她递了瓶矿泉水。然而在接回手机后,他的脸色立马就变了:"长青小区这个单子哪儿来的?"

许苓纭从他那骤然凌厉的口气中觉察到了不对劲,当即战战兢兢地表示:"我刚接的。"

"你接的?你凭什么接这单?"

"我看到群里有同事在转单,想着和我们现在要送的这单顺路,所以就……"

"顺路?那你接之前问过我吗?"陆屿被她那副理所当然的态度气笑了,"你知道对方为什么要转这单吗?因为那家港式茶餐厅出餐巨慢,而且外卖包装盒一堆问题,蛋包饭之类的食物每次送到客户手里都会散架糊一盒子……还有长青小区,保安从来不让咱们骑车进去,到了大门口就得下车,剩下的路程都得靠走!你连问都没问我就自作主张把单子接了,是准备让我今天白干吗?"

许苓纭自知闯了祸,在他声色俱厉的呵斥里也不敢多说什么,紧抿嘴唇愣了好一阵,才哼了个声音出来:"对不起,是我自作主张了。要不……这单我去送吧?有什么损失之类的,我赔给你。"

陆屿恨恨地瞪了她几眼,见她神色怯怯,又不断做着自我检讨,便没再吭声,很快把油门一拧,驶向了不远处那家港式茶餐厅。

从茶餐厅取到那份蛋包饭,原本还算充裕的送餐时间仅剩下最后不到十五分钟。陆屿丝毫不敢耽搁,把餐点装进保温箱后,就一路风驰电掣而去，最终在客户第三次打电话来催单前，敲开了对方的房门。

点蛋包饭的是个十八九岁的短发女孩，看模样应该是刚上大学没多久。

发现订单超时之后，她就一直在后台频频发消息催促，陆屿好不容易赶到小区门口时，她还特地打电话来抱怨了一通。

从对方那怨声载道的口气里，陆屿知道被骂是免不了的，敲开对方的房门后，他第一时间就开口道歉："这位小姐，实在不好意思，这家餐厅出餐太慢，小区这边电动车又不让进，耽误了你的时间，请多多见谅。"

女孩原本黑着一张脸，开门之后就待发作，然而在看清陆屿的长相后，语气就带上了一点撒娇的味道："你搞什么嘛，知道餐厅出餐慢就早点过去啊！害我饿着肚子等了这么久，你还有理了？"

陆屿没工夫和她解释骑手的送餐机制，只是背书似的继续道歉："是的是的，下次我会注意，这次就麻烦你多担待一点，别打差评就行。"

女孩不置可否地哼了哼，打开餐盒后看了一眼那份在颠簸中已经毫无卖相的蛋包饭，很快质问道："对了，我的小猪佩奇呢？"

陆屿不明就里，只觉得疑惑，过了好一阵才从女孩的抱怨中得知，这家茶餐厅的老板是一个网红漫画家，为了宣传自己的新店，承诺对于点外卖的客户，会在小票上手绘一只小猪佩奇作为感谢。或许是忙中出错，女孩点的这一单偏偏遗漏了。

陆屿每天忙得连轴转，哪里知道商家为了促销都搞了些什么活动，正在为难之际，身后的许苓纭把话接了过去："真的不好意思，可能今天商家那边实在太忙，就给忽略了。你要是不介意的话，明天我再帮你送一份？到时候一定让他们把小猪佩奇给你画上……"

陆屿不想惯着这种刁蛮客户，虽然知道许苓纭这么大包大揽的是想让自己脱身，但还是满心不爽。

正准备开口阻止,女孩已经把头一抬,看向了他:"算了,明天我又不在这儿,你就算送我也吃不着。要不这样吧,你帮我画一个,就当道歉好了。"

陆屿生硬地表示:"我不会画。"

女孩像是早有预料般,把手机一掏:"没关系啊,现在不会,以后慢慢学嘛。要不你看这样吧,你加我好友,等你画好了发给我,咱们就算两清了!"

听到这里,许苓纭算是明白了,对方未必真的想要什么小猪佩奇,大概是见陆屿长得好看,才一再生事,就是为了和他加个好友。外卖骑手因为各种缘由和客户留联系方式也是常有的事,如果嫌麻烦,大不了等事情处理完毕后删除就好。

就在许苓纭以为陆屿为了维持他那引以为傲的低差评率,会顺水推舟加个好友,就此把麻烦了结时,陆屿却冷声表示了拒绝:"没这个必要吧?点外卖送小猪佩奇这种事是商家的促销手段,你要是没收到,觉得不满可以投诉商家。我只是个负责送餐的,把餐送到工作就算完成了,至于其他的事,不在我的责任范围内。"

半天之前还在把"如何讨客户欢心"的各种手段当作经验宝典加以传授的陆屿,眼下不知为何摆出了一副油盐不进的样子,许苓纭感到诧异,却又不知该如何劝说。

女孩被他态度冷淡地拒绝,只觉得脸上挂不住,当即怒气冲冲地表示:"你什么意思啊?是!你是个送外卖的,可今天的事你就没责任了吗?我都找台阶给你下了,你还这么不识好歹!那我可告诉你,就你这态度,等着被投诉吧!"

"投诉"两个字一出,许苓纭就觉得事情要糟,正想说两句软话,陆屿已经脸色一黑,收敛起了全部的客气:"随便你,爱投诉投诉你的!"

他这一脸的无所谓让女孩有点吃惊,微愣之后像是想到了什么,当即警告道:"你威胁我是吧?别以为你知道我家地址,我就怕你了啊！我可告诉你，我们小区里到处都是摄像头，你要是敢报复我，我随时都能拿着证据报警！"

陆屿看上去已经完全没心情再和她纠缠了，在她的声声怒斥里，眼睛都没斜一下，拎起保温箱转身就要走。

步子还没迈出去，一个略带抱怨的温柔女声忽然传来："静双你在闹什么呀？拿个外卖怎么拿这么久，电影你还看不看了？"

见有人撑腰，女孩越发肆无忌惮起来："姐，这个送外卖的欺负我！我说要投诉他，他还威胁我来着！"

在她理直气壮的叫嚣声中，许苓纭朝客厅里看了看，一个身材高挑的长发女孩正往门口走来。

见她气质清爽、举止温柔，想来也是明事理的人，许苓纭不由得松了一口气，正准备解释，陆屿已经把保温箱重重往地上一放，转过身来："我哪句话威胁你了？要不现在当着你家里人的面把话说清楚？"

短发女孩略微瑟缩了一下，扯了扯身边人的袖子："姐，你看，一个送外卖的，态度还这么凶……"

长发女孩伸手在她肩上拍了拍，示意她别再多话，目光和陆屿相触的那一瞬，脸色忽然变了变："陆屿？"

陆屿呆立当场，原本还满是怒气的一张脸瞬间僵住，像被人施了定身法一般。

即使他外表看上去毫无反应，但从许苓纭的位置看过去，可以很明显地感受到，他的瞳孔里正在经历一场山崩海啸。

见他不作声，长发女孩有些急了："陆屿，我是秦嘉妍啊，你不记得我了？"

原本还一脸委屈的妹妹抬头好奇地问："姐，你和这送外卖的认识啊？"

"当然，我们是高中同学……"

"哈？你高中同学怎么会跑去送外卖？你们那学校不是挺好的吗？"

就算没考上985、211啥的,也不至于去送外卖啊?"

在短发女孩一声声的询问里,陆屿的脸色由红转青再转白,紧接着,他迅速扭头,连地上的保温箱也顾不上了,就脚步匆匆地逃进了电梯。

眼见如此,许苓纾也只能一边说着"不好意思",一边赶紧把保温箱背上,快步追了过去。

小区花园里一片寂静,除了偶尔有一两个遛狗的人路过,几乎没有半点声响。昏黄的路灯下,陆屿像是连东南西北都顾不上分辨,低着头一路快步向前走。

见他越走越快,许苓纾只能扬声喊了一嗓子:"陆屿,你去哪儿?我们是不是得先去拿车啊?后面还有两单要送呢!"

陆屿身形一顿,这才像是回过神来。走到电动车旁,他上下摸索了一阵,从衣服口袋里摸了包烟出来。

见他点火的手都有些抖,显然是心绪未宁,许苓纾担心他继续骑车会有危险,便柔声劝慰道:"今天是因为我自作主张,才会惹出这么多麻烦,实在是不好意思。你要是觉得心里有气,要不就先歇歇?剩下那两单你把地址给我,我去送。"

陆屿低着头,一口口抽着烟,像是根本没听见她在说什么。直到一根烟抽完,他抬腿往电动车上一迈,声音发冷:"你回去吧。"

许苓纾一愣:"什么?"

"我说,你现在就回去吧。"陆屿挥了挥手,也不看她,神色看上去非常倦怠,"还有,从明天起,你别再来烦我了。"

轰走了许苓纾,陆屿也没了加班的心情,剩下的单子或转或拒,随后就骑车回家了。

刚走到一半,手机铃声开始阵阵作响,紧接着,消息一条条弹了出来。

"陆屿,你那边发生什么事了?怎么好几个单子都退单了?发生了什么你和我说一声,我也好给客户解释啊!"

"你小子别吓我啊!打你电话半天也不接,该不是出什么意外了吧?"

"我联系许苓纭了,说你没出什么事。既然没事你就哼一声啊!"

"陆屿!你到底在干吗?"

陆屿被邓饶一条接一条的消息吵得心烦意乱,拿起手机正准备敷衍着回一句"我没事",来电铃声再次响起。

这一次,跳动在屏幕上的名字是许苓纭。

想起不久之前发生的一切,陆屿只觉得满心暴躁,干脆直接挂断,把对方还没来得及表达的歉意和关心,统统掐灭在了襁褓之中。

回到家,陆屿连饭也没顾得上吃,就直接冲到自己的房间里,倒在了床上。虽然平日里结束了一天工作的他也会感觉疲倦,但从来没有哪一天会让他像现在这样,整个人像陷入了一片泥泞的沼泽地里,几乎喘不过气来。

恍惚之间,陆屿做了一个梦,梦里的他回到了高中时代。

学校附近某条昏暗的小巷子里,他满脸警惕地半跪在那里,被他护在身后的,是浑身颤抖、眼带惊恐的秦嘉妍。

听到不远处传来的脚步声,原本堵在他们身前的几个社会青年扔下了手里的棍子,恶狠狠地抛下几句威胁后,很快四下散去。

陆屿捏了捏带伤的肩膀,一直紧绷着的神经终于松弛下来。他翻出一包纸巾,递给了还在轻声抽泣的秦嘉妍:"你别哭了,那些小流氓都已经走了。"

秦嘉妍摇了摇头,语气里满是自责:"对不起,都是因为我你才会和他们打起来的。"

"有什么对不起的，这又不是你的错。再说了，难道发现班里的女同学被小流氓骚扰，我还能装作没看见吗？"陆屿像是被她哭哭啼啼的样子搞得有点头疼，劝了几句不见效果，干脆朝着不远处的小商铺指了指，"你要是觉得心里过意不去，就请我喝瓶汽水，行吗？"

十几分钟后，年轻的男孩女孩手里拿着柠檬汽水，在商铺附近的石凳上并肩坐下。虽然他们才经历了一场斗殴，尤其陆屿身上的伤还在隐隐作痛，但两个人都像是想把共处的时间拉得更长一点，小口地喝着汽水，谁也没有提出要回家。

等到一瓶汽水终于见了底，秦嘉妍才轻声开口："今天真是谢谢你，不过，你家又不在这个方向，怎么会走这条路啊？"

"碰巧而已啦……"陆屿原本想就这么敷衍过去，然而在对方认真的注视下，还是有点别扭地说道，"我看那些小流氓来学校门口堵你也不是一天两天了，今天下了晚自习又看到他们，想着你可能会有危险，就跟着过来看看……"

他顿了顿，很快又叮嘱道："回家以后和你爸妈说一声，以后下了晚自习来个人接你，马上就要高考了，再遇到这种事也挺麻烦的。"

秦嘉妍面带沮丧："我妈最近在出差，我爸医院里又很忙，他要给病人做手术，经常半夜才回家……"

"那算了。"陆屿轻轻叹了口气，像是做好了什么决定一样，"以后下了晚自习你就等着我，我送你回家。"

"那怎么行啊？马上就要高考了，这样会耽误你复习的。"

"没关系，像我这种学霸不差这一时半会儿，想复习总能找到时间的。"陆屿笑了起来，抬头向天空望去，像是望向属于他的璀璨未来，声音也因为带着花香的习习夜风而温柔了起来，"秦嘉妍，你大学准备考哪里啊？"

"我爸妈想让我考浙大。"

"浙大挺好的，你好好加油。"

"那你呢?"

"我想去北京,至于是清华、北大还是别的什么学校,那得看几次模考的成绩了。"

"这样啊……"秦嘉妍深深吁了一口气,表情看上去也不知道是憧憬多一点还是沮丧多一点,"你成绩这么好,一定能考上自己理想的学校。高考后,我们大概有很长一段时间都见不到了吧?"

"不会的,北京和杭州又不算远,有机会我就去看你。"

"真的?"

"那不然呢?"陆屿把目光收了回来,落在她清丽的脸庞上,声音里带上了一丝试探,"不过我去找你的时候,你准备怎么和你的大学同学介绍我?"

秦嘉妍的脸慢慢红了起来:"还能怎么介绍?不就是……高中同学吗?"

"啧啧,高中同学就这么跑去找你,还是个成绩又好、长得又帅的男同学,你就不怕男朋友吃醋啊?"

秦嘉妍的脸更红了:"你少臭美……还有,谁说我要交男朋友啦?"

陆屿低声笑了起来,在宽大的校服袖子的遮蔽下,两个人原本都有些发凉的手,慢慢牵在了一起。

从梦中醒来时,陆屿只觉得浑身都是汗,像是刚从一场大病中熬过来一样。

墙上的挂钟指向晚上十点,这差不多是他平日里收工回家的时间。

陆屿努力振作了一下精神,进洗手间刚准备洗把脸,手机再次响了起来:"喂!你是陆屿吧?我是刘静双,你还记得我吗?"

对方居然能第一时间报出他的名字,想来不是为了服务上的问题专门打电话过来泄愤的,陆屿努力回忆了一下:"不好意思,我没什么印象。"

"哎呀,你怎么就不记得了啊?你几个小时前刚给我送过餐,还欠我一个小猪佩奇,居然这么快就忘了吗?"

陆屿只觉得一阵气血上涌,声音也带上了几分怒气:"你到底有完没完?纠缠不休的到底想干什么?"

"你别生气嘛,我不是来找你麻烦的……"女孩"嘻嘻"笑了一阵,声音压低了些,"我打电话找你,就是想问问,你和我姐究竟什么关系啊?你走了以后,她一直失魂落魄的。如果你俩之间有什么故事,不妨和我说说呗,说不定我还可以帮上忙……"

"不必了!"即使隔着电话,陆屿也能从她那兴致勃勃的口吻中想象到她此刻那副看热闹不嫌事大的表情,愤懑之中,他出声警告道,"我的事情和你没关系,不劳你专门打电话过来费心!"

"你是和我没关系,可我姐和我有关系啊!"对方依旧振振有词,"我可告诉你,你走了以后我姐就一直坐在那儿发消息,我偷瞄了一眼,好像是在和高中同学打听你来着……你要是之前真和她有点什么,就留个联系方式呗。我听说你们这些送外卖的电话都是虚拟号码,就怕再过一阵失效了就联系不上了……"

在她的唠叨声中,陆屿一言不发地直接把电话挂断了。

走出洗手间,陆屿准备去厨房弄点吃的,才一抬头,发现母亲江雪萍不知什么时候来到了客厅。

陆屿只当她是被电话声吵醒,不禁有点愧疚:"妈,你怎么起来了?"

江雪萍看着他,表情有点紧张:"这么晚了谁打电话过来啊?是工作出了什么事吗?"

"不是。"陆屿原本想把事情敷衍过去,但见母亲一脸关切,还是解释了一句,"今天送餐的时候遇到了一个老同学,对方打电话过来聊了几句。"

"老同学?谁啊?"

"你不认识。"

"哦……那他现在怎么样了?工作还顺利吗?"

"情况我没具体问,看样子应该过得还挺好。"

"那就好,那就好……"江雪萍喃喃自语了一阵,轻声叹了口气,"妈还记得,你念书的时候经常带同学来家里玩,现在长大了,反而不怎么和别人来往了。除了方铭和姓陈的那个小伙子,都没见你带人来家里坐过……"

陆屿勉强笑了笑:"这不是工作忙吗?现在大家都忙着赚钱,怎么会像念书的时候那样,有大把时间去别人家串门?"

"可再忙不也得过日子吗?人生又不是除了赚钱就没别的事了……"江雪萍指指沙发,示意他坐下,然后小心翼翼地问道,"陆屿,你平时早出晚归的,妈也没时间问问你,你工作这么久了,有看上什么合心的姑娘吗?"

陆屿怔了怔,有点不自然地把目光移向一边:"没有。"

"如果没有的话,妈给你介绍一个好不好?"江雪萍等了一阵,见他没说话,继续念叨道,"前几天隔壁林阿姨过来串门,说她有个小侄女,人长得漂亮,性格也很好。之前你去他们家帮忙修水管,她见过你一面,对你印象不错,如果你不反对的话,妈就安排个时间,请她过来吃个饭,你俩先认识认识……"

"不用了,我现在没时间交女朋友。"

"那你什么时候才能有时间呢?"江雪萍苦口婆心地劝道,"你现在这份工作,每天要干十几个小时,忙了一天回来倒头就睡,哪里有空去认识女孩子?现在人家愿意和你相处,你要不就先试试看?这样彼此好有个照应,妈也放心些……"

"可谈恋爱这种事是能随便试试的吗?"陆屿的声音扬了起来,"妈,我工作已经很累了,你能不能就别添乱了?"

江雪萍闻言一怔,眼眶很快红了起来:"陆屿,你别怪妈,妈只是担心你。我也知道,如果不是我的身体变成这样,耽误了你高考,你也不用像现在这样辛苦……"

在她满是懊悔的念叨声里,陆屿轻轻闭了闭眼睛,仿佛只有用黑暗做屏障，才能把那些他畅想过无数次的画面从脑海中彻底抹去。

其实他也无数次安慰过自己，没参加高考也没什么，现在他赚得也不算少。而且当今社会竞争这么激烈，很多大学生毕业以后也会送外卖，甚至像方铭那种拿着985院校毕业证，还在互联网大厂工作过的社会精英，现在也一样在送外卖。他就当是跳过了上大学那一步，提前上岗就业。

可是每当想起高中时曾拥有过的优异成绩，想到那些还没来得及实现就已经提前破灭的梦想，他的内心还是忍不住阵阵发疼。

次日晨会，邓饶难得没啰唆太久，匆匆把会议结束后，就把方铭拉到了一边："老方，站子里就你和陆屿关系还算好，这两天他和你说了什么没有？他家里是不是出什么事了？"

方铭闻言一脸蒙："没啊！我和他也就昨天晨会那会儿聊了两句，没觉得有什么不对劲……怎么了？"

邓饶整个人看上去都快炸了："怎么了？就昨天晚上快下班那阵，他多了两单投诉、三单差评，而且接连几个单子超时严重，要不是我保着他，他今儿就得被停号，乖乖待在家里搞理论学习，你还问我怎么了？"

方铭手一抖，憋了半天才骂了一句。

跑外卖的都知道，平台方一般会根据站点的投诉率、超时率、准时率、人效等一系列数据进行评估，而相应的指标也就此落到了每个骑手头上。这些指标中，超时和差评的处罚权大多掌握在站长手里，根据业务情况，还能有商量的余地，而一旦被投诉，信息就会直接送达平台方，基本上等同于"判死刑"。

如果是兼职的众包骑手遇到投诉，只要客户愿意撤销，那还可以进行申诉，虽然申诉成功的概率并不高，但相应的条例好歹摆在那里，多少有点希望。而对于专职骑手而言，只要被投诉，无论客户是否撤销，骑手都会受到相应的惩处。

更重要的是，一旦超时投诉过多，骑手就会被劝休。劝休期间，系统会停用骑手账号，不允许其接单，同时骑手还要进行理论学习，理论没通过的话，就算是站长也没有权力解锁账号。

虽然做他们这一行，成天和形形色色的人打交道，谁都有运气不好，遇到那种无事生非、不折腾你两下不算完的客户的时候，但经验丰富、业务能力出色的陆屿几乎没出过什么岔子。这种一晚上超时不断，还遭遇了两单投诉、三单差评的情况发生在他身上，实在是有点匪夷所思，何况，这不仅会拉低他的业绩和薪水，妨碍后续的工作，甚至整个站点的评级和绩效也会跟着受影响。

也难怪邓饶这一大早的，就在这儿气急败坏地跳脚。

面面相觑了一阵后，方铭赶紧问："这事陆屿知道了吗？"

"我哪敢现在告诉他啊？"邓饶再生气，在员工问题的处理上还是谨慎的，"就他那性子，知道了这事不得闹翻天？到时候冲上门去找客户麻烦，再闹出点什么事来，我这个站子还要不要做了？"

为了防止骑手和客人之间产生矛盾，鲜城汇作为平台方，在收到客户投诉后，相关信息并不会第一时间向骑手展示，而结果通常也是两三天后才会被当事人得知。即使消息释出，投诉方的信息也会被隐藏，只有站长才有权限知晓。

即便如此，作为当事人，送餐过程中得罪过谁，和什么人有过矛盾，单子是不是会被投诉差评，其实骑手心里大多有谱。就算晚几天知道，只要稍稍推算，就能判断出究竟是谁在找自己麻烦。

这个道理邓饶清楚，方铭自然也明白，盘算了一阵后，他问："超时的事，罚多罚少反正都是你一句话的事，倒是不难解决。就是那两单投诉，究竟是什么原因，你知道吗？"

这件事邓饶已经调查过了，记录显示，第一单投诉是在昨晚九点半左右,客户没写具体理由,只莫名其妙地留了一句:"你去联系我姐,我就撤诉!"

也不知道陆屿是不是遇到什么奇葩客人实在被气狠了,后面的单子拖了好一阵,直接就撤单没送了,虽然在收到消息后,邓饶很快进行了处理,但陆屿那儿还是又多了一单投诉。

见他一脸愁容,方铭知道他是在担心这种毫无道理的差评会引发陆屿的反弹,赶紧提醒道:"那许苓纭呢?昨天她不是一直跟着陆屿跑,究竟发生了什么事,她总该知道吧?"

邓饶看上去更纠结了:"今儿一大早我找过她了,她一口咬定这些破事都是因她而起,该赔多少钱由她负责,其他的什么都不肯说。我想着你在陆屿那儿说得上话,能不能帮着去问问?如果他是被冤枉的,我也好给平台方那边一个交代。"

方铭心想从许苓纭的反应来看,这事估计真和她脱不了干系,但人是自己拜托给陆屿的,现在真出了问题,自己也不能不闻不问,于是只能表示:"行,这事你先别急,我找时间去陆屿那儿探探口风,真有什么误会的话,我第一时间和你说。"

到了午饭时间,方铭特地绕了点路,去了陆屿经常去的那家快餐店蹲守。

等了大约十五分钟,陆屿骑着他那辆小电动姗姗来迟。

见他只身一人,原本应该跟在他身边学习的许苓纭却全无踪影,方铭心想这两人是连面子上的功夫都懒得做了,看来闹得真够僵的。

但他表面上依旧不动声色:"小陆,来了?赶紧来这儿坐。"

陆屿"嗯"了一声,找老板要了一份红烧茄子饭,就在他对面坐下,默不作声地吃了起来。

吃了没两口,陆屿把餐盘一推,紧接着就开始在口袋里摸烟。方铭拿着筷子往他手上一敲,语带责备:"干吗呢?晨会就一副没精打采的样子,现在饭也不好好吃。看你那黑眼圈,都快掉到下巴上去了……昨晚又没睡好？"

陆屿看上去有点烦躁："睡不着。"

方铭说："你这一天十几个小时地跑，忙得跟陀螺一样，换个人一沾枕头就睡着了，怎么到你这儿还睡不着？还是因为你妈的事？"

"不是……"陆屿闭了闭眼，脸上写满了倦怠，"和我妈没关系，是我自己心情不太好。"

"心情再不好也不能这么糟践自己啊！你说你挺帅一小伙子，光干活不休息，是个铁人也受不了。到时候把脸给整垮了，我看哪个姑娘还敢要你？"

他本意是想插科打诨活跃一下气氛，没料到话音刚落，陆屿就像被刺激到一样，瞬间炸毛："管她们要不要，我就没想交女朋友！再说了，我家条件摆在那儿，找个女朋友来吃苦受累，有意思吗？"

自相识以来，方铭眼中的陆屿一直表现得鹤立鸡群，即便干的是风里来雨里去、在大众眼中没什么社会地位的体力活，却因为偶尔聊起时政、经济时那些让人眼前一亮的观点，而流露出一股与众不同的骄傲和清高。那种气质陈涛这些年轻小伙子觉察不出，邓饶之流也只是简单地归结于他在"耍酷"，但在方铭看来，无论是聪明的头脑还是卓越的学习能力，都是陆屿值得骄傲的资本。

但是此刻，对方那难得一见的失落和沮丧，却让他有些困惑了。

没等他再说点什么，陆屿像是已经从激动的情绪中平复下来，有点懊恼地闭了闭眼后，很快站了起来："算了，就这样吧，老方你就当我心情不好，随便发发牢骚。饭你慢慢吃着，我先开工了。"

陆屿这一走，不仅被投诉的原因没问出来，就连许苓纭和他之间究竟闹了什么矛盾，仍是一团迷雾。

前思后想了一阵，方铭觉得这样下去不是个办法，于是给许苓纭发了消息："你那边还行吧？忙得过来吗？"

回复来得很快，却依旧简洁冷淡："谢谢关心。一切顺利。"

方铭还是有点不放心，继续唠叨道："如果遇到什么不清楚的，你随时可以问我。工作群里大家也都在,要是我一时没看见,你也可以去群里求助。"

这一次,许苓纭只回复了一个微笑的表情,也不知道是在感谢他的善意,还是在嘲讽他多管闲事。鉴于眼下他不再是对方的师父,继续啰唆下去只怕会惹人嫌,方铭也只能把手机一揣,知情识趣地收拾起了他那点并不被人待见的热情。

收到方铭的消息时,许苓纭刚刚送完一单。

大概见她是个女人,把餐送到时又气喘吁吁的,客人在收到餐后不仅客客气气地说了"谢谢",还送了她一瓶矿泉水,这样礼貌的态度让许苓纭从昨天夜里就一直沮丧着的心情,跟着愉快了起来。

虽然不知道陆屿已经被投诉,但就昨天晚上的情形来看,严重超时的最后两个单子,被扣钱显然是免不了的。外加被对方赶走以后,她在工作群里看到了邓饶发出来的转单调配信息和一阵阵怒骂,心中更是自责。

经过一夜辗转,许苓纭原本计划借着晨会的机会和陆屿好好道个歉,再把他的损失给赔了,然而见面之后对方那冷漠的模样,终究还是打消了她自找没趣的念头。

陆屿已经态度明确地表示不想再带她,再回头找方铭无疑更是打脸,两相为难之下,许苓纭决定求人不如求己,干脆自己先闯关上路。有过两天跟学的经验,对于送外卖的基本操作,她已然不再陌生,通知邓饶准备试着自己跑单后,许苓纭便来到了商家密集的区域,等待着自己的"开门红"。

不久之后,期待中的首单很快如期而至,单子的配送距离并不远,取餐餐馆和客人所在的小区位置也都很清晰,这让她忐忑之余,不由得松了口气。

按照订单的要求,许苓纭赶往餐馆,把客人需要的韭菜猪肉馅儿饺子从一大堆打包袋里找了出来,又按照备注上的留言多要了一份蒜泥,紧接着就一路飞驰赶往目的地。

十五分钟后,餐点顺利送到了客人手里。

对方打开检查后,除了小声抱怨了一句"饺子的个儿怎么比之前小了",倒也没什么不愉快的表情。

那一天,许苓纭憋着一股劲儿,从上午十点跑到下午两点,中途找了个小餐馆吃饭休息,又从下午五点跑到了晚上九点。整整八个小时的工作时间里,她完成了十六单,送货里程超过三十公里,仅有一单超时。

当天晚上,邓饶把她的试跑成绩发到工作大群里,站子里的骑手们都十分捧场地鼓掌、点赞,就连鲜少在群里发言的陈涛也难得冒了个泡,真情实感地表示:"许姐你真的好厉害!"

刷屏小能手边响更是吹捧连连:"妈呀,这才几天啊,许姐就已经出师了!小师父你老实交代,是不是还有什么秘籍藏着掖着没告诉我!"

趁着他们开始斗嘴,许苓纭把那些道贺的信息从头到尾又翻了一遍。然而让她有点失落的是,作为她曾经的师父,无论是方铭还是陆屿,都没有在群里发言。

当天还没下班,方铭就被林老师在家长群里疯狂呼唤,说是方豆豆的作文写得敷衍了事,要求家长参考老师提的修改意见,盯着方豆豆修改。

不久前才被请去办公室开过小灶,班主任的各种抱怨、叮嘱犹在耳边,为了不让自己又被盯上,方铭只好冒着超时的风险把车子在路边停下,在群里态度诚恳地做了一番保证后,才算是遏制住了林老师的刷屏行为。

到家之后,他来不及喘口气,先一步气势汹汹地冲到方豆豆的房间里,把那篇被老师特别点名批评的作文要过来看了看。

刚把作文本打开,作文标题上"妈妈的一天"五个大字,让他瞬间破防,最终只能偷偷钻到小阳台,给班主任打了个电话。

"林老师你好,我是方豆豆的爸爸。她那篇作文我看了,的确写得不太好,但是你也知道,我们家情况比较特殊,豆豆七岁以后就没和她妈妈一起生活了。让孩子写这样的作文,对她来说实在是有点为难啊……"

林老师听完,先是表明这篇作文是学校教研组统一安排的,目的是让孩子学会观察和体验生活中的亲情,继而对没有考虑到一些孩子特殊的家庭情况表达了歉意。最后她十分贴心地表示,方豆豆可以换个题目,无论是"爸爸的一天"还是"奶奶的一天"都没关系,能达到写作训练的目的就行。

听了林老师的这番话,方铭心里总算是好过了一点,等到方豆豆终于开始在作文本上涂涂写写,他才坐下来,开始处理手机里的未读信息。

把工作群里的聊天内容大致浏览了一遍后,方铭觉得自己作为同事,以及许苓纭曾经的师父,也该说点什么,但有关许苓纭的话题早已告一段落,这个时候再回复,难免有些突兀。

几经考虑之后,他干脆点开了许苓纭的头像,单独发了一条消息。

"恭喜你啊,试跑第一天就能跑十六单,在新人里是非常好的成绩了,以后继续加油!"

五分钟后,许苓纭那带着挑衅意味的回复传来:"承你吉言。我说过,我一定会留下来的。"

第五章
新的挑战

初战告捷之后，许苓纭的送外卖工作顺利步入正轨，只是比起大部分同事日均四五十单的战果，她那死活超不过二十单的成绩始终在业绩排行榜上垫底。

连续一周后，许苓纭开始着急了。

按照行业规定，专职骑手一个月的底薪是两千块，但要拿到这两千块，基本条件是每天必须跑到二十单以上，否则就只能按照兼职骑手的标准进行计酬。此外，单数如果上不去，一些额外的补助和奖励也会就此无缘。

照目前的形势发展下去，别说赚钱了，要是搞末位淘汰，她大概会是最早被优化出局的那一批。

焦虑之下，许苓纭对自己的情况认真进行了复盘。

就她眼下的处境而言，下班之后和儿子的相处时间是需要保证的。那就意味着，就算她从上午十点开始跑，下午不带休息，每天能干的时间也不会超过十小时。时间有限的情况下，提升收入的唯一方式，就是提高单位时间里的接单量。

认清这个事实后，她很快找到了邓饶，提出要求："站长，你看我独自跑单也有好几天了，基本没出过什么问题。以后能不能多派点单子给我？我希望至少能达到站子里其他同事的接单水平。"

面对她的积极态度，邓饶却显得顾虑重重。作为一个经验丰富的站长,他很清楚,骑手这工作虽不难,却也得讲究一个循序渐进。许苓纭虽然表现不错,但也只工作了一个星期,在新人保护的政策下,没有经受过太多考验。如果一下接单太多,尤其是遇到高峰期,其实非常容易出乱子,到时候不仅会面临罚款,人身安全也很有可能受影响。

许苓纭自诩理智清醒,绝不会为了多赚了几十块钱用生命去冒险。被对方苦口婆心地一番劝,她原本急切的心情逐渐冷静下来,决定继续顶着新人的身份干半个月。

这天晚上九点收工后,许苓纭惦记着儿子,关闭了在线系统后,就开始往家赶。

车子骑到小区门口时,附近水果店堆出的新鲜水果吸引了她的注意。左右看了一圈,她的目光停在了那堆鲜红透亮的车厘子上:"你好,请问这个怎么卖?"

听见有人问价,年轻的店员快步迎了上来:"姐,这是智利进口的新鲜车厘子,一箱四斤装,原价三百三十八,刚好我们今天搞活动,一箱就卖二百九十八,您要来一箱吗?"

乔北城喜欢吃车厘子,以往车厘子一上市,许苓纭就会成箱地往家里搬。这种进口车厘子色泽艳丽、口感甘甜,是她以往最常购买的品种。听完店员的介绍后,她掏出手机准备买单,忽然又犹豫了。

换作之前,在乔卓远丰厚薪水的支撑下,她常年处于"食物自由"的状态,只要看到乔北城喜欢吃的,连价格都懒得问,说买就买。但如今不一样了。随着离婚战役的打响,"乔卓远能给到乔北城的"和"她能给到乔北城的",即将成为截然不同的两个概念。对她来说,在一天只能赚两百块不到的情况下,花上近三百块买一箱水果,好像是太奢侈了一些。

见她面露犹豫,店员趁热打铁道:"姐,我们的促销活动就限今天,价格真的特别实惠,就剩五箱了,刚还有两个客人说回家歇会儿就下来买呢。您要不考虑考虑？"

许苓纭讪笑着，临时编了个借口："我家就我和儿子两个人，买一箱有点多了，你看能不能称斤卖？"

"可以是可以，不过零卖的品质和级别都没有箱装的好。"

"没事，那就先来两斤吧，那边的青枣也给我来一些。"

"好嘞，您稍等。"

在店员的热情服务下，许苓纭很快把车厘子和青枣拎在了手里。虽然价格不菲，但一想到儿子津津有味地吃着这些水果的模样，她很快就将那些低落的情绪抛在脑后，走进了电梯。

到家后，乔北城正在自己房间里做功课。

许苓纭和他打了个招呼，连衣服都没来得及换，就进了厨房开始洗水果。

刚把水龙头拧开，躺在冰箱旁边的一个纸箱子引起了她的注意。纸箱子她几分钟前才在楼下的水果店里见过，外包装上鲜美诱人的车厘子图案让她一时间有些失神。

几乎同时，乔北城也走进了厨房："妈，你在这儿忙啥呢？还没吃饭啊？"

许苓纭赶紧调整好表情，装作不经意地朝着纸箱子一指："这是你买的？想吃车厘子怎么不和妈说啊？"

"哦，那是爸给买的。他刚过来给我送点东西，在楼下看到这车厘子还不错，就顺手买了。"说话之际，乔北城留意到台面上的袋子，不禁笑了起来，"妈，这么巧，你也买了？"

"嗯……这不想着你爱吃吗？"许苓纭赶紧扭过头去，仔仔细细地冲洗车厘子。刚想拿起一颗往儿子嘴里送，斜眼看到纸箱子里那从个头到色泽明显都比她手里的不知好多少的车厘子，又有点心虚："你是不是已经吃过了？要不妈先给你放到冰箱里，等你想吃了再说？"

乔北城像是从她略微狼狈的表情里意识到了什么，很快接过她手里的车厘子放进嘴里认真嚼了嚼："真甜！妈，你也尝尝。我的作业没那么快写完,你要是方便的话,再给我洗两个枣儿?"

"好的,你赶紧写作业去,妈把水果洗好就给你端过来。"

"谢谢妈妈,那我先回房间了。"

儿子的贴心懂事让许苓纭感到安慰,但一想到这份懂事来自一个年仅十三岁、之前根本没有为生计操心过的男孩子,不禁又让她感到有些难过。

将果盘端进儿子的房间前,许苓纭拿起一颗车厘子放进了自己嘴里。不知为什么,那颗汁水饱满、香甜可口的车厘子,竟然被她嚼出了一丝酸涩的感觉。

次日开工后不久,方铭就接到了邓饶的电话,说是有事要找他商量。

方铭当惯了软柿子,只怕对方是捏准了自己使劲薅,语气里都是警惕:"什么事?你先说。"

邓饶唉声叹气地表示:"晨会结束以后,许苓纭来找我了,说想提前结束新人保护期,让系统正常派单,多赚点钱。就为这事,她已经找过我好几次了,我也不好意思再拒绝,所以就来问问你的意思……"

方铭只觉得啼笑皆非,心想,对方堂堂一站之长,人员管理上的事怎么忽然问起他的意见来了?但邓饶的顾虑他也理解,大抵就是觉得许苓纭是个女同志,怎么着也得多照顾着点。

只是在他看来,既然许苓纭选了这一行,很多事迟早要经历,不让她亲自历练一下,怎么知道自己究竟能不能干下去?

听他表了态,邓饶很快就亮出了狐狸尾巴,笑着表示之所以会给他打这通电话,主要是考虑到许苓纭那边如果正常派单,高峰期挂单太多怕是会顾不过来,到时候如果临时有单子要转的话,希望他能多帮把手,不然超时的单子多了,整个站子难免会受影响。

听他弯弯绕绕地这么一通解释,方铭算是明白了邓饶防患于未然,想要先拉个人垫背的意图。但对方话都说到这份儿上了,他也只能苦笑道："行，既然你都这么说了，到时候有什么需要就扔群里，大家都是同事，能帮的铁定都会帮忙的。"

新人期的保护伞被彻底扯下后，许苓纭获得的派单数量有了明显的提升，虽然因为长时间使用刹车而导致手指关节僵硬，原本细嫩白皙的皮肤也在风吹日晒中变得粗粝，就连戴着冰袖的手臂也肉眼可见地变黑了不少，然而在巨大的成就感面前，她感觉十分充实。

观察了两天发现没出什么意外后，对于许苓纭的工作，邓饶总算是放下了心，站子里的同事也逐渐忘记了她的新人身份，遇到突发状况，还会在大群里指名道姓寻求她的帮助。

这天下午四点刚过，许苓纭接了个往写字楼送下午茶的单子。

因为餐点数量较多，在对方清点的过程中，她只能站在前台处耐心等待。

等待中，不远处的会议室里走出来一个长发女孩。经过她身边时，对方主动打了个招呼："你好，请问你之前是不是在长青小区那儿送过外卖？"

"是的。""长青小区"四个字勾起了某些不太开心的回忆，许苓纭也就此认出了对方，"你是秦小姐吧？那天不好意思啊！"

"没有没有，该说不好意思的是我。"秦嘉妍赶紧摆了摆手，很快又问，"对不起，我能耽误你几分钟吗？"

许苓纭刚好暂时没什么活儿，便点头道："你有什么事吗？"

对方犹豫了一下，声音轻轻的："我想问问，你和陆屿……是同事吗？"

见许苓纭点头，她的声音变得急促起来："那你可以告诉我，怎样才能联系到他吗？"

许苓纭闻言有点诧异："你们不是高中同学吗？怎么会连个联系方式都没有？"

秦嘉妍看上去有点不好意思，轻声细语地解释了一通。

许苓纭这才知道,两人虽说是高中同学,但毕业之后,陆屿就换了电话号码,所以这些年,两人一直没有联系。刚好他们高中的班级最近要开同学会,秦嘉妍想通知他一声,只是相遇那天他走得急,两人没能交换联系方式,情急之下,她那古灵精怪的小表妹自作主张对陆屿进行了投诉。

许苓纭没想到事情闹了半天,居然还有这么一出,回想起这段时间以来陆屿始终冷眼相对的模样,也是一口老血憋在胸口。

但见秦嘉妍满脸歉疚,她也不好再生抱怨,只能委婉表示:"我们虽然是同事,但平时基本是各忙各地在路上跑,一天也见不上几次。而且我才干这行不久,和他也不是很熟,如果是私事的话,怕是不好干涉……"

"我知道,我知道。"虽然心急,但秦嘉妍还是表现得很明事理,"我不要求你传话什么的,只要你告诉我你们的工作地点就好。"

对方都这么说了,自己再开口拒绝未免显得太不近人情,而且就算自己不说,只要秦嘉妍有心,找到他们站点也是迟早的事。

如此这般一想,许苓纭点头道:"我们在鲜城汇的天华区金融城站点工作,你想找他的话,一般早上九点半左右晨会时间能找到人。"

几天之后,许苓纭几乎已经忘了这个送餐途中的小插曲,某天到达站点之后,就看到陈涛期期艾艾地站在门口,脸上的表情难掩激动。

相处了小半个月,许苓纭和他也算比较熟了,于是随口打了个招呼:"陈涛你干吗呢,怎么不进屋?"

陈涛"哎"了一声,神神秘秘地凑到她身边:"许姐,咱们这儿今天一大早来了个漂亮妹子,说是找陆屿的,她在里面坐着,我不好意思进去……"

许苓纭心下一惊,赶紧往会议室里面看了看。靠近房间入口的地方,精心打扮过的秦嘉妍正规规矩矩地坐在那儿,姿势看上去有点拘谨,表情却很执着。

直男成群的外卖站里忽然来了个气质不凡、年轻漂亮的姑娘,小伙子们都难免有点激动,除了陈涛这样的老实孩子,大多都找着各种理由在她身边进进出出。除了暗中打量,各种议论也没停过。

"这姑娘谁啊?一大早跑到咱们这儿来是想干什么?"

"听说是来找陆屿的,就是不知道究竟是什么事。"

"听她自己说是陆屿的高中同学,你说陆屿平时不声不响的,怎么忽然冒出个这么漂亮的高中同学?"

"高中同学怎么了,难不成你还指望陆屿给你介绍?"

随着往来的人不断增多,秦嘉妍也有点坐立难安。左右看了几眼后,她很快发现了许苓纭,立马像见到救星一样起身走了过去:"你好……今天陆屿会来上班的吧?"

"应该会的吧。"许苓纭抬头看了看挂钟,"我们这儿晨会九点半开始,现在不还有十分钟吗?他平时很少迟到,你再等等。"

话音刚落,不远处,陆屿和方铭一前一后出现在大家的视野里。

见他出现,很快有人嚷了起来:"陆屿,你快点!有个漂亮妹子等你好久了!"

陆屿闻言有点惊讶,脚步倒是不由自主地加快了点。

然而在见到秦嘉妍后,他的脚步猛地停了下来:"怎么是你?你来干什么?"

没想到一见面他就是这么生硬的态度,秦嘉妍失望之余,声音也变得怯怯的:"之前是我妹妹不懂事,在平台上投诉了你……我就想过来问问,我还能不能做点什么?"

听她这么一说,邓饶和方铭不由得面面相觑,心想闹了半天,那单诡异的投诉竟然是出自熟人之手。只是陆屿不表态,他们也不方便多事,只能装作没事人一样,在旁边偷听着。

沉默之间，陆屿冷声哼了哼："投诉的事你不用放在心上，我已经解决了。"

方铭闻言撇了撇嘴，心想：就为了这事，邓饶的心都快操碎了，你倒还真敢说。

秦嘉妍那边却像是松了一口气："既然这样，那要不我请你吃个饭吧，就当是表示歉意。还有，咱们班下个月要举行同学会，具体的情况我也顺便和你说说？"

在她热切的注视下，陆屿像是被什么东西烫到了一样后退了半步，态度越发冷硬："我挺忙的，吃饭什么的就不用了。至于同学会，我也没时间参加，你们玩得开心。"

秦嘉妍有点急了，赶紧朝他身前一堵："再忙，饭总是要吃的吧？而且同学会的时间也还没定下来，要不你看你什么时候有时间，我们按照你的时间来安排……"

人群中当即有人笑了出来："陆屿，你同学都这么诚心邀请你了，你就去呗。除了干活送外卖，咱也得有点休闲生活不是？"

"说起来我也想参加同学会，只可惜怕是没几个同学记得我啦！"

"瞧你这话说的，真有同学会邀请你，就你现在这德行，你敢去吗？"

"我有什么不敢的？我又没偷没抢……再说了，我高中同学里比我混得差的多了去了，再怎么说，我一个月加把劲的话，也能赚个万儿八千的呢！"

在众人嘻嘻哈哈的议论声中，陆屿的脸彻底沉了下来："说了不去就是不去，你怎么还没完了？一大早跑到这儿来和我说这些，我们很熟吗？"

在他毫不客气的回答里，秦嘉妍呆立当场，眼睛很快开始泛红。

陆屿也不再理她，冷着一张脸径直越过她走进了房间。

趁着晨会前的那几分钟，方铭原本想过去问问究竟怎么回事，却见陆屿默不作声地收拾了一阵东西后，忽然堵到了许苓纮身前："秦嘉妍怎么会找到这儿的？你告诉她的？"

许苓纭原本就对好心被当成驴肝肺，热情上门却碰了一鼻子灰的秦嘉妍心存同情，此刻被他这么态度生硬地一质问，更是觉得不爽："是啊，那天我送外卖遇到她，她说有事找你，但一直联系不上。我想着你俩是高中同学，就告诉她了。怎么，这有什么问题吗？"

陆屿瞪着她，牙齿越咬越紧，像是下一秒就要怒骂出口，直到方铭见形势不对，上前扯了一把，他才忍耐式地警告道："以后管好你自己！至于别人的事，就不劳你费心了！"

被陆屿说了这么一句，整个晨会上邓饶的发言许苓纭基本没听进去。一方面，她为惹出的麻烦而感到自责，另一方面，却也觉得有些委屈。

好不容易熬到晨会结束，许苓纭刚想要走，方铭伸手将她一拦，递了个东西在她手里："这个你拿着。"

许苓纭低头一看，是一个透明袋子，上面还连了条挂绳。

"这是什么？"

"防水手机套。"方铭指了指天空，"今天天气不好，估计要下雨。用这个保护手机，干起活来能方便些。"

见许苓纭不说话，他又补充道："雨衣什么的你准备了吧？没有的话，一会儿路上记得买一套。"

租车行里发生的那些不愉快犹记在心，但方铭一脸善意，许苓纭也只能笑了笑："多谢提醒，你不说我还真没想到这事。"

"嗐，谢啥？大家都是同事嘛，不都是相互帮衬着过来的？"见她面色稍霁，方铭忍不住又啰唆了几句，"陆屿说话是不太好听，但他因为投诉被罚了不少钱，心情自然不太好。你就当他是年轻不懂事，今天的事别往心里去……"

许苓纭叹了口气："其实他说得也没错，我自己的事都还没搞清楚呢，管别人那么多事干什么？"

她这一脸感慨，显然是有感而发。

方铭有心想了解一下她和乔卓远之间的那场闹剧进展到哪一步了，但眼下两人的僵硬关系刚有所改善，他也没胆子再惹对方不痛快，叮嘱了几句后，就各自上路了。

上路没多久，许苓纭想起方铭的提醒，找了家小店备上了雨衣、雨裤和鞋套。

时至下午四点，一直乌云压顶的城市里开始狂风阵阵，显然即将有暴雨来袭。

工作大群里，邓饶一遍遍地给骑手们做安全提醒，要求大伙儿骑车时一定要控制速度，避免急刹，不要轻易涉水，严禁一边骑行一边打电话，以及不要贸然给电动车的电池接通电源。

对于大部分骑手而言，这些都是老生常谈，在他们的职业生涯里不知道听过多少次了，何况一旦忙碌起来，为了赶时间，真正能严格执行的也没几条，所以大家任他在那儿唠唠叨叨地一通说，没几个人捧场回复。

邓饶唱了一阵子独角戏，见无人响应，心中只觉得气恼。正想强制性地要求全员收到后回复，边响忽然跳了出来，哀哀表示："老大，今儿这风实在太大了，我身体不好，一会儿下起雨来只怕是顶不住。今天能不能申请请个假？"

他这仗还没打就想当逃兵的态度惹得邓饶一阵青筋暴跳，当即发语音怒斥："这时候想请假了是吧？今天你要是请假，明天就不用来了！"

"这么凶干吗啊？我这不就是随便问问吗？不让请就不请呗……"

边响委委屈屈地回了几句，很快点开了陈涛的头像私聊："小师父，你说老邓他是不是太没人性了？这大雨天的，还不让人请假了？那我真要有个感冒发烧什么的，他给负责啊？"

陈涛怕他真的为此闹脾气，赶紧哄道："你别怪站长，下雨天在家点外卖的人多，通常是咱们最忙的时候。你这再一请假，订单就更送不过来了。到时候压单太多,咱们站点可是要被罚的!"

听他说得认真,一副敬业爱岗、以站点为家的主人翁姿态,边响忍不住"扑哧"一笑:"小师父,你可真够敬业的啊!这么帮着站长说话,也没见他给你加工资啊?"

陈涛被他调侃得有点不好意思:"你别这么说,其实下雨天虽然辛苦了点,但赚得也多。单量涨了不说,价格也能高不少。遇到心好的客户,还会主动加钱或者打赏呢,反正我是挺喜欢在雨天送单子的……不过我给你说,下雨天容易出事,你可得多注意安全,趁现在不算忙,站长发在群里的那些注意事项你都认真看看,知道了吗?"

在他絮叨的叮嘱声中,边响只觉得头疼,赶紧回了个"OK"的表情,就把手机揣进了口袋里,把那还没播完的语音直接掐灭在了半途。

下午五点刚过,大雨倾盆而至。

原本就汹涌而至的晚高峰订单,因为这场蓄势已久的暴雨,攀上了新的高峰。

面对全员爆单的情况,邓饶精神紧张地不断进行着调配,大大小小的工作群里,骑手之间也在不断传递着提示信息。

"南江路第二个红绿灯那里发生了车祸,大家尽量绕路走。"

"馨庭苑小区正门门口积水严重,车子可能过不去,有送那边的绕后门!"

"江鱼人家的后厨爆单了!现在下的单子怕是半个小时以后才能出来,记得和客户那边沟通一下!"

"江湖救急!我车子的电池忽然不行了,有过东园路的哥们儿顺手带块电池的吗?"

群里的信息一条接一条,"唰唰"地往上滚动着,但许苓纾一条都没来得及看。

面对客户们接连不断的催问以及不断增加的订单,她整个人已经濒临崩溃。

之前因为邓饶的照顾,她并没有接过太麻烦的任务,到了系统正常派单的时期,运气也一直比较好,几乎没有经历过极端情况,所以在她的认知里,餐厅出餐慢或者红灯过多导致超时,已经是最严重的麻烦了。然而此刻,无止无休的单子和恶劣的天气情况,让她第一次体会到了什么叫作绝望。

等待了近十五分钟,她终于从一家米粉店里取到了餐,最近的一个单子还有不到十分钟就超时了,混乱之际,许苓纥也顾不上再做路线规划,一心只想着赶在米粉结坨之前把它送到客人手中。

按照系统导航的指示,她骑着电动车一路向西而去,磅礴的大雨把眼前的城市模糊成了一片,让她除了疾驰,根本无法分辨自己究竟身处何地。

好不容易赶到目的地,门卫处的登记要求又耽误了好一阵。她登记完个人信息,拎着保温箱一路小跑,把餐点送到了单子上标注的华麟天筑十七栋十五楼四号门前,摁了半天门铃,却始终不见有人来开门。

回想起不久前客户打电话来催单时那骂骂咧咧的情形,许苓纥不禁又是诧异,又是焦急。又摁了一阵门铃无果后,她干脆拨了电话过去:"喂,请问是李先生吗?我是鲜城汇的外卖骑手,您点的米粉已经送到了,麻烦您开下门……"

"这都几点了,怎么才送到啊?要不是看外面下雨你们也不容易,我都想直接退单了!"电话接通后,一个满是抱怨的男声传来,"你先在那儿等一下吧,刚才我看你半天不来,先下楼取快递了,两分钟就上来。"

"好的。"想着取快递的时间也不长,许苓纥便等在门口,只是方才淋着雨还没觉得有什么,如今往室内一站,只觉得湿淋淋的雨衣紧贴在身上，不断滴着水，哪儿都难受。

等了足足五分钟，传说中的客人却依旧不见踪影。

想着再这么耽误下去后面的单子也会跟着受影响，许苓纭忍不住又拨了电话过去："李先生，我看您现在还没到，要不我把餐放您家门口，您一会儿取了快递上来自己拿行吗？"

"什么叫我还没到啊？我这不早回家了，一直没看到你吗？"电话那头的男人像是比她气还大，"你要是没到就直接说，扯这么多有的没的干什么？我家这儿一梯两户，你要是人真在这儿，我还会看不到吗？"

"什么？您到了？"委屈之中，许苓纭顾不上和他争辩，小心翼翼地确认道，"您的配送地址是华麟天筑十七栋十五楼四号对吗？"

"啊？哎呀！"电话那头愣了一阵，猛地惊叫起来，"不好意思啊，那是我邻居的地址，前两天去他那儿打麻将时叫了顿烧烤，今天下单忘了把地址换回来了。要不你看这样吧，我就住同一个小区，三十二栋二十四楼二号，其实也不远，你就再帮忙送一下。至于超时的事，我也就不跟你计较了……"

对方把话说得一派大度，许苓纭再为难也难以拒绝，挂了电话之后，她很快下了电梯，准备奔向新的地址。只是此时天色漆黑，又是暴雨滂沱，一时之间她也找不到三十二栋究竟藏在小区的哪个位置。

无奈之下，许苓纭只能先一步去地下停车场取了车，借着微弱的车灯，淋着暴雨在小区里不断绕圈，直到遇到一个路过的业主问了问，才终于在对角线的位置找到了三十二栋。

这么一通耽误下来，后面的单子基本都要超时。

许苓纭蹲在地下停车场里擤了两把鼻涕，又用已经湿透了的衣袖擦了擦脸，糨糊一样的脑子这才变得清醒了点。

按照眼下的情形来看，要保质保量地把所有餐送完已经没可能了。

为了节省体力，少走回头路，她打算采取一种简单粗暴的方法：把餐全部取完，从最远的客人开始送起。

做好决定后，许苓纭开始按照单子上的信息，一家家取餐。

好不容易把所有的餐点取完，在大雨和疲惫的双重攻击下，她的体力已经濒临透支。系统的提示音依旧时不时响起，提示着在已经爆单的情况下，仍有新的单子被推送进来。许苓纭没有勇气细看究竟还有多少任务在等着自己，将保温箱里的餐盒叠放整齐后，奋力迈上了电动车，朝目的地赶去。

一口气跑了六公里，目的地已然近在眼前，就在她放缓了车速想要喘口气时，却忽然傻眼了。

按照系统规划的路线，目的地就在一路之隔的地方，她只要从那条八车道的马路上横穿而过，很快就能把餐点送到客人手里。但是系统并没有告诉它，附近并没有可供电动车通过的人行横道，有且仅有一座台阶层层的过街天桥！

眼前的道路是一条城市主干道，暴雨之下，无数急于回家的车辆在主干道上飞驰而过，不时溅起阵阵水花。

要找到十字路口掉头，不知道还要往前开多久，可面对川流不息的车辆，许苓纭也不敢横穿马路拿性命开玩笑。

思前想后了一阵，她只能把车子骑到天桥下，然后使出吃奶的劲儿，沿着那条窄窄的车道一点点将车子朝上推。

距离坡顶还有最后两三米时，忽然，一道闪电劈亮了半个夜空，然后一道响雷砸下。

许苓纭心下一惊，原本就虚浮无力的步子瞬间踩空，还没等她反应过来，随着"咚"的几声响，装载着保温箱的小电动侧翻了过去，紧接着，车身紧挂着她一起从高高的台阶上翻滚了下去……

大雨倾盆的城市，除了疾驰的车辆，路面上全无人影。

几个翻滚之下，许苓纭被摔得七荤八素，浑身骨头像要散架一般，她挣扎了好一阵，都没能站起来。等她好不容易缓过点劲儿，她也顾不上身上到底伤到没有，第一时间跑到电动车前，仔细检查起来。

保温箱已经被摔开，里面的餐盒散了一地。饺子、米粉、比萨、炸鸡……那些原本热腾腾的食物现在都浸泡在雨水里，看上去满目凄凉。

正手足无措之际，跌落在一旁的手机猛地一阵响。许苓纭赶紧捡起来，颤抖着摁下接听键，声音带上了一点哭腔："喂，你好……"

"你好什么啊你好，这都几点了啊，你这餐到底还送不送了？"招呼还没打完，电话里就传来一阵咆哮，"你是在奔丧吗？送个餐送这么久，不想送就早点说，这餐我不要了！"

许苓纭呆立当场，连对方什么时候挂电话的都不知道。

许久之后，她才像是被谁重重砸了一拳似的，看着眼前那堆乱七八糟的食物，抬手掩面，失声痛哭起来。

当天夜里，整个金融城站点的骑手们都被繁重的工作炸成了一锅粥。

虽然邓饶没有明说，但从他不断调配订单的状况来看，但凡有点眼力见儿的骑手都知道，必定是有同事出了严重事故。

好不容易等到疯忙的节奏渐缓，方铭主动给邓饶打了个电话，这才知道是许苓纭送餐路上翻了车。虽然不至于伤筋动骨，但邓饶心有余悸之下，还是给她放了两天假，让她在家里先歇着。

骑手翻车摔餐这种事，站子里几乎每天都会发生，但许苓纭毕竟是个新手，根本没有被好好带过，在这种大雨天里出事，方铭总觉得自己这个做师父的多少有点责任。

只是对方看自己不顺眼，这种时候若是主动问候，只怕会讨人嫌。听闻邓饶想要约他一起上门探望，他犹犹豫豫地表示："老邓，我和许苓纭也没什么特别的交情,就这么贸贸然上门可能不太合适。要不我就凑个份子钱,你帮着买点东西,就算帮我把问候带到了?"

"你这说的是什么话?大家都是同事,哪有什么合适不合适的?再说了,你要是不去的话,我一个大男人单独上门看望一个女同志,像话吗?"邓饶表达完意见,再次叮嘱,"就这么说好了啊!晚点我把具体地址发给你,明天下午三点,我们就在许苓纭她住的那个幸福家园小区门口见!"

次日下午三点,方铭按照邓饶发来的地址,在幸福家园小区门口和对方碰了头。

买完水果进了小区,邓饶左右打量了一阵,忍不住感叹:"许苓纭住的这地方看着挺高档啊!之前我看她那么拼,还以为挺缺钱,现在看来,她过得还挺不错。"

方铭心想,你要是去她之前住的地方看看,怕是会更加大跌眼镜。但许苓纭自己都没多说的事,他也不好越俎代庖,就只"嗯"了一声,没有多说什么。

摁响门铃后,开门的人是乔北城。

得知两人是许苓纭的同事后,他一边拿出拖鞋给两人换,一边十分礼貌地打招呼:"叔叔好。"

听到动静的许苓纭从卧室里走了出来,见他们大包小包地拎着一堆东西,赶紧表示:"实在不好意思啊,给站子里添了这么大的麻烦,还让你们专门来看我。"

见她行动自如,虽然看上去有点憔悴,但显然不至于伤筋动骨,方铭也是松了口气:"你还好吧?去医院做检查了吗?"

"看过了,医生说没什么事,休息一天就可以上班了。"寒暄之间,许苓纭把他们让进了客厅,一边泡茶一边说道,"站长,今天本来不该我休的,要不麻烦你排个班,让我把今天的工作给补上。"

"哎呀,我说你急什么啊?"邓饶像是被她那急不可待的态度给逗乐了,"小许啊,我之前就和你说过,工作态度积极是好事,但也得一步一步慢慢来。昨天的事虽然是有天气的影响,但不能否认,一定程度上也是因为你经验不足造成的。要不然咱们站子里五十多名骑手,怎么就你一个人出事了呢?"

经过一个晚上的反思,许苓纭知道邓饶说的话不是没道理,正准备顺水推舟向他讨要个有经验的师父加以指点,瞥到一旁的方铭,又把话给咽了回去。

三个人坐在客厅里有一搭没一搭地聊了一阵天,许苓纭正琢磨着是不是该请人留下来吃顿晚饭,门铃忽然又响了。

乔北城把门打开之后,低声喊了一声"爸"。

这一下,不仅方铭有些吃惊,就连许苓纭也很快站了起来:"怎么是你?你来干什么?"

"我这不是听北城说你受伤了,过来看看吗?"乔卓远手里拿着车钥匙,正准备换鞋,抬眼见到方铭和邓饶,立马愣住了,"老方?你怎么会在这儿?"

这还是方铭离开绿盈科技后第一次和乔卓远见面,偏偏还是在这么一个尴尬的场合。面面相觑了好一阵,他才干笑一声,主动解释道:"乔总好,我也是听说你太太……呃,许苓纭她受伤了,所以就和我们站长一起,过来看望下同事。"

"站长?同事?"乔卓远把这两个词细细咀嚼了一下,表情倒是很快镇定下来,"哦,那谢谢你们啊……我没妨碍到你们聊天吧?"

"当然没有……"

"有!"

几乎同时响起的两个声音让邓饶一时间有点丈二和尚摸不着头脑。

方铭站在那儿,看着一脸冷淡的许苓纭,尴尬得只差没把自己的舌头咬掉。

没想到有外人在场的情况下,许苓纭也半点没给自己留面子的意思,乔卓远一时间尴尬地站在门厅那儿,进也不是,退也不是。

见形势不对,邓饶赶紧起身:"时间也不早了,我和老方就先走了。小许你有什么问题随时联系我,如果感觉不舒服,就在家多休两天。工作的事再怎么说也没有身体重要!"

眼下这种情形,也实在没办法留人久坐。许苓纭客气了两句,送走了邓饶和方铭,随即对乔卓远怒目而视:"我记得和你说过吧,不是儿子的事,请你不要上门找我!"

乔卓远脸色变得有点难看:"你这人怎么这么不知好歹?我们现在还没离呢,知道你出事了过来看看怎么了?"

"那你现在看到了,是不是可以走了?"许苓纭冷声一笑,语气带上了几分嘲讽,"还有,你放心,离婚的事我问过律师了,你的那位汪小姐想转正的话,应该不用等太久。"

"汪小姐"三个字一出,乔卓远瞬间没了战斗力。恨恨地朝她瞪了一眼后,狠狈地走向了电梯。

见他离开,许苓纭"咚"的一声把门砸上,挂满怒意和嘲讽的一张脸很快暗淡了下来。

满腹的委屈、痛苦和愤怒,把她的心狠狠绞在了一起,直到意识到乔北城一直站在客厅中央,静静地目睹着发生的一切,那种痛苦很快转化成了自责。

四目交汇之际,她上前几步,看着眼前这个在父母离婚的闹剧中迅速长大的儿子,声音里透着一丝软弱:"北城,你是不是也觉得妈妈心狠?觉得妈妈不应该这么对你爸爸,或者我就不应该离这个婚?"

乔北城摇了摇头,伸手擦去她脸上的泪水:"妈,我是你的儿子,但你的人生属于你自己。所以无论你做怎样的决定,我都会支持你的。"

走出幸福家园小区的大门,邓饶终于松了一口气,好奇之下,他忍不住推了推方铭:"刚才那人是许苓纭的老公?我听你叫他乔总,你们之前认识?"

方铭知道瞒不下去了，只能点头："嗯……她老公叫乔卓远，是我在绿盈科技工作时的部门领导。"

"那岂不是许苓纭来咱们站子之前你俩就认识？"

"是见过几面，但也不算很熟……"

"怪不得啊……我就说你和她无冤无仇的，怎么带她跑了一天，两人就不对付了，搞了半天原来还有这么一出。"邓饶恍然大悟，忍不住又问，"那许苓纭和她老公为啥分居啊？难道是在闹离婚？绿盈科技是家大公司，她老公又是你上级，收入什么的不应该还挺好？这两人孩子都这么大了，多大点事闹到要离婚？"

虽然知道昔日恩爱有加的两口子如今会闹到离婚这一步，铁定和汪小敏脱不了干系，但见邓饶如此八卦，方铭还是感觉有些头疼："我说老邓，这些事都是许苓纭的隐私，她不想说，你最好也别多问，不然以后还怎么相处？"

听他这么一说，邓饶也觉得有些尴尬，正准备开口找补，方铭的手机忽然响了，来电人是乔卓远："老方，你好啊……你还没走远吧？"

"没。怎么了？"

"那方便等我一下吗？我有点事想找你聊聊。"

"哦，行吧。小区出来后，右转三百米有家咖啡厅，我在那儿等你。"

挂了电话，见邓饶探头探脑地还等在那儿，他只能满是歉意地表示："老邓，要不你先回吧。许苓纭她老公说有点事要找我，我这还得耽误一阵。"

十分钟后，方铭和乔卓远在咖啡厅里找了个角落的位子，面对面坐了下来。

这家咖啡厅面积不大，平日里主要是做小区居民的生意，饮品虽然大杯实惠，但口味实在乏善可陈。

乔卓远讲究生活品质，对于食物的口味向来挑剔，然而自咖啡被端上桌后,他却一口接一口地喝着,完全没有要主动开口的意思,这让方铭不免有些尴尬,干脆主动打破了沉默:"乔总,你刚说有事找我谈,究竟是什么事啊?"

乔卓远这才放下杯子,冲他十分客气地笑了笑:"其实也没什么事,就是你离开绿盈也有半年了,同事们都不知道你近况如何。今天好不容易碰到了,就说坐下来叙叙旧……"

一段开场白说完,他自己也觉得太过虚伪,索性把话锋一转,直接问道:"对了,老方,你现在在哪儿高就啊?"

方铭一时半会儿也编不出什么合适的说辞,只能老老实实回答道:"我这个年纪,想做回老本行找个合适的工作不太容易,所以就一边投着简历,一边在鲜城汇做外卖骑手先对付着。"

"外卖骑手?"乔卓远显然被这个答案惊到了,"你刚才说许苓纭是你的同事,所以说……她现在也在做这个?"

方铭比他还要吃惊:"你太太工作的事,你不知道吗?"

乔卓远讪讪一笑,像是在努力消化这个令人震惊的消息。

隔了好一阵,他忽然身体往前倾,眼睛紧盯着方铭:"老方,虽然我知道和你说这些话可能不太合适,但你能不能帮帮我?"

向来眼高于顶的昔日上司居然在知道他如今的身份后,还摆出这么一副低三下四的姿态,方铭只觉得一言难尽,但向来敦厚的本性还是让他点了点头:"乔总你有什么事,不妨先说说。"

乔卓远长吁短叹了一阵,摆出了一副应付生意伙伴的架势。那些虚虚实实的说辞听在耳朵里,方铭很快明白了他的意思。

乔卓远无非是觉得,乔北城生下来没多久,许苓纭就待在家里带孩子了,这些年既没上过班,也不知道社会的险恶。如今就算她真的要去工作,如果是个朝九晚五坐办公室的活儿,他也就认了,可对方偏偏选了外卖骑手这个职业,难免让他这个年入近百万的社会精英觉得糟心。

只是他俩目前关系紧张,乔卓远要是劝点什么,只会激起对方的逆反心，所以无奈之下，乔卓远才会找到方铭，想借着他这个中间人，劝许苓纭辞职。

虽然乔卓远话语里流露出来的对于外卖骑手的歧视意味让方铭有些不爽，但是回想起昨晚许苓纭经历的那场翻车事故，他倒也能理解对方的心情。送外卖这个活儿风里来雨里去，既耗体力又损健康，他一个大老爷们儿都经常觉得身心疲惫，女人干起来就更不容易了。

见他满脸感慨，似乎并没有要拒绝的意思，乔卓远眼睛一亮，立马趁热打铁道："老方，我也掏心掏肺地和你说了这么多，你怎么说也得帮帮我。"

方铭怕他误会，赶紧解释道："其实我也不是在帮你，就是我也觉得这行的确不太适合女性。如果像你说的，能帮她找份安稳点的工作，对她而言，肯定是更好的选择。"

乔卓远谈判的活儿干多了，以己度人之下，只当他是意有所指，拐弯抹角地在和自己提条件，于是很快表示："老方，你的意思我明白。你放心，我在圈子里还是有点人脉的，关于你工作的事，我也一定会帮你留意的。"

见他一脸信誓旦旦，方铭知道他是误会了，但重归本行的希望就此燃起，要说不心动是不可能的。略微斟酌后，他小心翼翼地表示："乔总，你交代的事，我找机会尽量劝着试试，但你太太那边最后怎么决定，可能还是得看她自己的意思。"

乔卓远见他同意，松了一口气："那是当然！后面的事就麻烦你了。"

次日一早，经过一日休息的许苓纭重新出现在晨会上。

见她精神恢复得不错，小年轻们很快围了上去。

"许姐你可以啊，这么快又来上班啦？身子没事吧？有伤的话可别硬撑啊！"

"许姐别担心，这种事我遇得多了，以后注意点就行。"

"下雨天最容易出状况,所以宁愿超时扣钱,也得注意安全。"

来自同事们的安慰让许苓纭倍感温暖,但内心深处,仍担心自己的失误给站子带来了损失。晨会结束以后,她找到邓饶,诚恳地表示如果平台方那边有什么处罚,她都愿意承担。

经过这段时间的相处,邓饶也知道许苓纭是个实在人,为了不让她产生心理负担,轻描淡写地表示自己已经摆平了一切,如果她实在觉得心里过意不去,找个机会买点零食、饮料给帮忙的同事们就行。

没想到自己纠结了一整天的事,居然这么轻而易举地获得了谅解,许苓纭一时间也是百感交集。正琢磨着应该请大家吃点什么才能郑重表示感谢,方铭凑了过来:"你真没事了啊?有哪里不舒服可别硬撑。"

许苓纭惦记着他上门看望自己的情分,态度也温和了不少:"真没事,又不是只干一天两天,我不会拿自己的身体健康开玩笑的。"

方铭点了点头,看她拿着头盔即将上路,忍不住又多问了一句:"看你这样子,还真准备在这儿打持久战啊?"

许苓纭听出了他的试探意味,当即脚步一顿,眉头微微皱起:"你什么意思?经历了这些天,还是觉得我干不了几天就得走?"

"你别误会,我不是那个意思……"虽然知道接下去的话可能会触雷,但方铭还是鼓起勇气解释道,"昨天乔总找过我,有几句话想让我劝劝你来着。"

"乔卓远?"许苓纭冷哼一声,摆出一副洗耳恭听的姿势,"他想说什么?"

对方抵触的态度让方铭有些心虚,犹豫了好一阵,才斟字酌句地表示:"乔总昨天去看望你,得知你受伤是因为送外卖的途中出了意外,心里还挺不好受的。他的意思是,无论以后你们的关系如何,他都希望你能过得轻松一点,如果你实在需要一份工作的话,他可以帮忙介绍……"

许苓纭默不作声地听到这里,忽然笑了起来:"方铭,如果我没记错的话，你会被裁员下岗，少不了乔卓远在其中推波助澜吧？自己都混到这个份儿上了，还惦记着帮他说话，他究竟给了你多少好处？"

方铭被她说得一脸狼狈，声音里也多了几分慌乱："你误会了，我会和你说这些，是觉得乔总他真的是在为你考虑……"

"为我考虑？他有心思在我这儿下功夫，还不如省着点力气去考虑那个汪小敏。"许芩纭嗤笑一声，活学活用地把当初陆屿的那几句警告摆上了台面，"还有你，方铭，你们男人的那点花花肠子别在我面前卖弄。我不管你是真心也好，假意也罢，总而言之，管好你自己！至于别人的事情，用不着你费心！"

说完，许芩纭自觉狠狠出了一口恶气，但接下来的工作效率该怎么提升，还是让她有点烦心。

经历了大雨夜的那场让她心悸至今的惨烈事故，很多前期未曾体验到的困难一览无余地暴露在她眼前，让她深刻地感受到，要想多接单，多赚钱，短时间内光靠着一腔热情和吃苦耐劳是远远不够的。

要想减少失误，她必须对配送范围内的商家、道路、写字楼、住宅等一切环境信息了如指掌，但要如何快速掌握这一切，对她来说并不是件易事。

方铭那边，她已经彻底翻脸，而她一心想要拜师学艺的陆屿，又对她满是嫌弃。

经历了这段时间的工作，她也明白给人当师父这种事对于普通骑手而言的确是费力不讨好，所以想了一阵，她便没再麻烦邓饶给自己安排师父，而是决定用最笨也最直接的方法，即利用下班后的时间，自己勘察、探路、搜集信息。

对于许芩纭私底下下的这些功夫，方铭一无所知，但因为邓饶在工作大群里的每日播报，她的工作业绩还是落在了眼里。

帮乔卓远当了次说客，不仅没说服许芩纭，反而惹得对方不快，方铭只觉得十分糟心，乔卓远打来电话询问时，也只能无奈表示："乔总，你太太那边我已经劝过了，但她有自己的打算，我实在是劝不动,不好意思啊。"

乔卓远原本也只是死马当活马医,并没有打算把宝全部押在他这里,听他这么一说,客气了几句后就挂了电话。至于之前承诺过的帮着介绍工作的事,也像是被彻底遗忘了一般,丝毫没有再提起。

第六章
工作宝典

晚上下班以后，许苓纭把车骑到了 CBD 附近的双塔街。

这是北江市著名的酒吧街，白天看着还算平静，入夜之后，随着一间间酒吧和沿街大排档的霓虹灯亮起，来往之间都是热闹的夜场人群。

许苓纭之前来这儿取过几次餐，每次都会被那些亮晃晃的招牌和晦暗不明的出入口弄得晕头转向，耽误不少时间，因此她把这里当作她的攻坚重点。

刚走了没两家，许苓纭正低头在本子上画着路线图，随着眼前的光影一闪，她的肩膀猛地和人撞了一下。紧接着，一个浑身酒气的男人堵在了她身前，饶有兴味地对着她吹了声口哨："哟，这位小姐，大晚上的不看路啊？怎么还专门朝人身上撞呢？"

许苓纭自觉理亏，赶紧连声道歉："不好意思啊，我刚才没注意，是不是撞到您了？您没事吧？"

男人眯着眼睛将她上下打量了一阵，目光落到了她还没来得及换下的工服上："你是送外卖的啊？"

许苓纭被他那大刺刺的目光盯得浑身不适，勉强应了一声后正想走，男人伸手将她一拦："别着急走啊！刚好我正准备带两箱酒去哥们儿那儿接着喝呢，要不你帮我送送？"

依照许苓纭平日里的脾气，遇到这种轻佻的骚扰者早就怒骂出声了,但眼下她还穿着工装,忙着勘路的情况下也不欲生事,只能忍气吞声地表示:"我已经下班了,您有需要的话,可以在鲜城汇App上下单,会有跑夜班的同事帮您送的。"

"谁送不是送啊!你人都在这儿了,我干吗还找别人啊?"见她态度客气,男人只当她好欺负。笑了几声后,直接伸手往她肩上一揽:"既然你都下班了,不如我请你喝两杯?咱们交个朋友?"

没想到他嘴上胡言乱语,还开始动手动脚,许苓纭当即将他的手狠狠一拍,高声怒斥道:"你干什么呢?再骚扰我的话,我可要报警了!"

"啧啧啧,一个送外卖的,脾气还挺大啊!"男人笑了两声,一副有恃无恐的样子,"一个女的这么晚跑出来送外卖,想来你老公也不要你了。不如和我去喝两杯,有什么烦心事,我还可以听你说说。"

许苓纭被他这疯疯癫癫的醉话戳到了痛处,脸色一沉,骂了句"你是不是有病",转身就想走。

男人被她这一骂,更像是找到了纠缠的理由,立马抓住了她的肩膀,不依不饶地闹了起来:"你骂谁有病呢?我他妈好好和你说着话,怎么就成有病了?今儿不把话说清楚,你不许走!"

许苓纭被他拉扯着,想走却走不了。身边虽不时有人路过,但见是一个醉汉和一个外卖骑手之间闹纠纷,显然也不愿多管闲事。

一阵纠缠之后,许苓纭拿出手机,厉声警告道:"你再这么无理取闹,我可真报警了!"

"报啊!你他妈有本事就报啊!等警察来了我可得问问,当街骂人有病,看看被关到局子里的究竟是你还是我!"男人骂骂咧咧一阵,忽然猛地一伸手,把她的手机抢到了手里,"来!你现在就报警给我看看!我还不信了,在老子的地盘上,你一个送外卖的,还敢这么横?"

许苓纭昔日养尊处优惯了,哪里受过这种侮辱,想把手机抢回来,却因为身高和体力上的差距,始终被对方像老鹰捉小鸡一样戏弄着。

一直以来所受的教育和生活的环境，让她做不到高声斥骂或者坐地撒泼。见路人开始指指点点，那表情仿佛在看猴戏却无人愿意上前过问一声，情急之下，她只觉得眼泪都要掉下来了。

还没想好要怎么办，随着一声低低的"哎"，有人往她身前挡了挡，紧接着，一个熟悉的声音响了起来："许姐，你在这儿干吗啊？遇到麻烦了？"

许芩纭红着眼睛凝神一看，站在她跟前正一脸诧异的小伙子，赫然是边响。

晚间收工以后，边响原本是准备直接回家好好洗个热水澡，然后倒头就睡的。外卖骑手这活儿干了半个多月，他觉得自己差不多到极限了。当初他为了得到那笔创业基金顺带证明自己，头脑发热才和自己老爹打了这么个赌，原本想着咬牙熬半年，把考验给熬过去，就能正大光明地找老爹要钱要资源，开启他一路光明的创业之旅。

可万万没想到的是，他在现实中遭遇的一切，比他当初预设的还要糟糕。这半个多月里，他翻过摩托，绕过远路，为了不被差评而在脾气暴躁的客户面前赔着笑脸装孙子的经历更是数不胜数，种种挫折之下，他好几次都想把东西一扔，直接告诉邓饶他不干了。

可惜"天不遂人愿"，他在入职第一天，就跟上了陈涛这位小师父。

或许是因为他是陈涛的第一个徒弟，对方待他格外上心，每天嘘寒问暖不说，就连下班以后的各种"心理辅导"也从不缺席。对方那"望子成龙"的劲儿，让边响那些想要辞职的话好几次都到嘴边了，最后又吞了回去。潜意识里，他总觉得自己能在当爹的那里出尔反尔耍无赖，却不能辜负这个头脑简单的小师父对自己的一腔期待和满腹热情。

前两天送餐时，因为和一个给错了单子的商家争执了几句，他被对方告到了邓饶那里。今天陈涛得知后，特意发了好几条长长的语音，对他进行"关怀教育"。边响实在被烦得不行，"嗯嗯"应付完以后，干脆连家也不回了，喊了狐朋狗友出来，准备好好散散心。

没想到刚喝了没两杯,他出来买包烟的工夫,意外撞见了满脸狼狈的许苓纭。

见有人出声管事,男人那借酒装疯的劲儿稍微收敛了些:"你谁啊?在这儿狗拿耗子多管闲事。"

边响斜了他一眼,脸上还是笑眯眯的:"我是她同事。"

"同事?你也是送外卖的?"

"不然呢?"

男人朝他上下一打量,见他一身纨绔子弟热衷的时髦打扮,也不知道他说的究竟是真是假,但有个年轻力壮的男子杵在这儿,男人也不敢再生事,只能骂骂咧咧地把手机往许苓纭手里一塞,嘴里不干不净地警告着:"算了,老子今天懒得和你计较,以后态度注意点,别他妈给脸不要脸知道吗?"

许苓纭咬着牙,强忍着在眼眶边打转的泪水,正准备回击一句"你说谁给脸不要脸",边响已经伸手一拦:"大哥,你准备就这么走了?"

男人愣了愣:"你还想干吗?"

"你这不还没给我同事道歉吗?"边响斜着眼睛,脸上虽然还在笑,眼睛里却没了笑意,"刚才闹了些什么事你自己心里清楚,我同事的手机被你抢过去了也是事实。你要是不想道歉,咱们就一起去派出所评评理,反正这儿到处都是摄像头,相信不用多说什么,警察叔叔就能把事情查清楚。"

没想到峰回路转,撞上这么个不依不饶的主,男人想要出言威胁,但见边响那有恃无恐的架势,也不像会吃这一套的样子。犹豫半晌,他蚊子似的哼了声"对不起",随后瞪了边响一眼,赶紧就溜了。

一场闹剧下来,许苓纭只觉得心力交瘁,然而边响还杵在那儿,一脸好奇的样子,她不得不先表示了一下感谢:"多谢你啊,要不是你及时出现,还不知道会闹成什么样子。"

"嗐,小意思,许姐你和我这么客气干吗?"边响摆了摆手,眼睛盯上了她手里拿着的小本子,"都这么晚了,许姐你怎么还不回家啊?之前不是说你有孩子要管,一般不在晚上加班吗?"

对方刚刚替自己解了围,又同是刚入行不久的新人,许苓纭也没藏着掖着,老老实实解释了起来。

听闻她是为了提升业绩,趁着下班后的时间来做功课,边响把她手中的本子拿了过来,看着上面的各种记录和图表,一时间也不知道是佩服多一点还是惊异多一点:"站长之前不是给你安排了师父吗?这些东西你要是不清楚的话,可以直接问他啊!"

见许苓纭面露尴尬,他很快反应过来:"哦……负责带你的是陆屿那哥们儿吧?那我懂了。就他那一心赚钱、谁都不搭理的德行,能把心思放在你身上就有鬼了!"

许苓纭怕他误会,赶紧解释:"和他没关系,是我自己的问题。再说了,这都是些细碎的功夫,光靠师父带是不够的,得自己下功夫才行。"

见她偏袒陆屿,边响只觉得满心不服气,心想陆屿也就是脸长得好看了点,不仅小师父总帮着他说话,连许苓纭也跟着偏心。

但眼下不是计较这个的时候,许苓纭的安全才是最大的问题。琢磨了一阵后,他干脆建议道:"如果后面几天你还准备继续这么干,我留几个附近餐厅负责人的电话给你吧。遇到麻烦了就找他们帮忙,到时候报我的名字就行。"

许苓纭闻言只觉得惊愕:"你和他们什么关系啊,居然还能叫来帮忙?"

"其实也没什么特别的关系啦,就是之前吃吃喝喝的时候认识的一些兄弟。"边响一边说着,一边推了好几个联系人的信息给她,再次叮嘱,"记得啊,有情况就打电话,千万别客气。"

目送许苓纭骑着小电动走远,边响一时间也没了再回酒吧喝酒唱歌的心情。

买好烟,他找了个安静的转角处,一边抽烟,一边把手机拿出来,点开了陈涛发来的那些尚未听完的语音。那些语音又长又啰唆,每条都接近一分钟,不仅口音浓重,还夹杂着无数喇叭、刹车、争吵之类的噪声,听起来十分费劲,但在这个灯红酒绿的夜里听下来,边响却感觉到了阵阵暖心。

语音播放至最后,他干脆一个电话给陈涛打了过去:"小师父,你现在在干吗呀?不会还在加班吧?"

电话那头,"哗啦啦"的水流声夹杂在陈涛的回答里:"没呢!我在洗衣服!你大晚上的给我打电话,是有啥事吗?"

"倒是没啥事,就是我刚把你那些交代的语音听完啦,感觉还挺感动,就特地打个电话来谢谢你。"

"嗐,这有什么好谢的,不都是应该的吗?"

"那可不一定哦。"边响慢悠悠地吐着烟圈,耐心给他上起了人生教育课,"俗话说得好,教会徒弟,饿死师父。一般人无亲无故的,教东西可不得藏着几手?像你这样的实在人,我真是第一次见到,所以才说谢谢你来着。"

"哎呀,你怎么越说越客气了。"陈涛显然是被他这一番真情实感的话惊到了,赶紧拧了水龙头,在一片安静之中小心翼翼地问道,"你没遇到啥事吧?大晚上的特意打电话来说这些,我总觉得怪怪的。"

"没事,就是刚遇到许姐了,看她那么辛苦,少年心忽然被戳中……"边响笑了一声,在对方惊疑不定的反应下终于停止了那些肉麻的抒情,"行了,小师父你先忙吧,咱们明儿见。明天中午去陈姐鹅肉馆,我请你吃面条!"

第二天中午,边响骑着他那辆小摩托一路风驰电掣赶到陈姐鹅肉馆时，陈涛已经等在了那里，只是除了他，桌子旁还坐了个方铭。

边响对方铭印象不坏，见他也在，顺便打了个招呼。刚想扫码点餐，把对方那份也顺带叫了，服务员已经把三碗热腾腾的鹅肉面端了上来。

边响见状有点不高兴，哼哼唧唧地抱怨道："小师父，说好了我请客的，怎么你倒先把单给买了？"

陈涛乐呵呵地解释道："今儿是我要请方哥吃面，你是顺带的，就别争来争去了，赶紧吃。"

边响低头吃了几口，状似无意地说道："所以说啊，跟对了师父还真是好，不仅东西学得快，还有美味的鹅肉面吃。不像许姐，被老邓扔在了姓陆那小子手里，受尽冷眼不说，被欺负了也只能自己忍着。"

方铭听他越说越夸张，忍不住反驳道："陆屿也没对许苓纭怎么样吧？怎么被你这么一说，搞得他像在欺负人似的？"

"这你就不知道了吧？"

边响那张嘴本来就藏不住话，见他问起，赶紧竹筒倒豆子一般，绘声绘色地描述起了昨晚发生的一切。

听闻许苓纭为了提升业绩做功课，居然被醉汉当街骚扰，方铭只觉得满心纠结。虽然迄今为止，他依旧觉得送外卖对女性而言并不是一个好选择，但许苓纭表现得如此执着，让他觉得如果在对方经历了这么多糟心事以后自己依旧冷眼旁观的话，未免有点说不过去。

当晚回家后，方铭钻进书房，翻箱倒柜一阵后，把刚入行时的工作记录本找了出来。本子里密密麻麻记着他送外卖以来的经验心得，以及对配送范围内各个商家、小区、写字楼的情况分析。

考虑到双方颇为紧张的关系，如果自己就这么贸然把东西送过去，大概会引发许苓纭的猜忌和不满，认真考虑之后，方铭打开电脑，把相关的信息分门别类列出来，做成了一份项目指引文件。

自打开始送外卖，他就习惯于到家后守着女儿做作业，其间刷刷手机、看看新闻，很少再对着电脑敲敲打打，如今这一番折腾，引起了女儿方豆豆的好奇:"爸,你在书房里待一晚上了,在干吗呢?"

方铭自己也觉得有点好笑:"爸爸上班的地方来了个新同事,对业务环境不太熟,所以爸爸就想把资料整理一下给她,看能不能帮上点忙。"

方豆豆想了一阵,忽然"嘿嘿"笑出了声:"你那新同事是个女的吧,是不是长得还挺漂亮的?不然你会这么积极,大晚上的不休息,在这儿搞七搞八的?"

方铭被女儿调侃得有点狼狈,赶紧申明道:"你别瞎想,这个阿姨你也认识,就是你同学乔北城的妈妈。爸爸是看她带个孩子还要出来工作养家不容易,才说帮帮她,怎么到了你嘴里,这话就变得那么不中听了?"

"搞了半天,原来是她啊!"因为乔北城,方豆豆对许苓纭有印象,"乔北城平时在学校里看着挺傲气的,好多女生喜欢他,他都不怎么理。大家私下里都议论说他家里铁定很有钱,所以才会这么傲,没想到原来他妈妈和你一样,在给人送外卖呢。"

方铭怕她去学校里乱说话,让乔北城难堪,当即警告道:"送外卖不也是工作吗?这和他傲不傲气有什么关系?不过北城要是不提,你可别多嘴,惹人家不高兴。"

方豆豆不屑地翻了个白眼:"我才不会多事呢,我对他这种无聊的好学生没兴趣。"

方铭听她说起话来一派老气横秋,忍不住故意逗她:"北城那种成绩又好长得又帅的男生你都没兴趣,那你究竟对谁有兴趣?"

方豆豆像是来了精神,兴奋地跑回自己的房间拿出了一个本子。方铭凝神一看,本子里贴着好几张年轻男孩的宣传照,从那精致华丽的扮相来看,显然是娱乐圈的某个小明星。

"这谁啊?"

"我的偶像蔡文鑫啊!去年刚出道的,现在可红了!"

方铭仔细看了一阵,只觉得照片上的小年轻一脸奶油的长相和在街边杂志和广告牌上看到的那些当红偶像没什么区别,但方豆豆难得有兴致和他分享少女心事，他也就十分配合地附和了两句："长得是挺帅的，就是不知道学习成绩怎么样？"

"爸你又来了……"方豆豆叹了口气，兴味索然地把照片收了回去，"人家都进娱乐圈了，比的就是业务能力。会唱会跳会演戏就好了，成绩好不好的又有什么关系？再说了，学历再高又怎样，出了社会还不是给人打工？辛辛苦苦干一年，只怕还没我们小蔡一个广告赚得多呢！"

女儿的价值观方铭无法苟同，但自己这个活生生的反面例子就在这儿，一时间他也不知该如何反驳。愣了半响后，他无力地叮嘱了几句"就算追星也不能耽误了学习"之类的话，才算给这场关于偶像的讨论做了结。

次日一早，方铭一到站点就偷偷把边响叫到了一边，把那份整理好的指引文件塞到了他手里。

边响拿起来翻了两页，表情变得有些惊异："方哥，这是给我的？"

"嗯……"对于自己这种拐弯抹角、利用边响打掩护的行为，方铭自觉羞愧，干笑了两声，才此地无银三百两地解释道，"你刚来不久，想来对很多情况都不太熟悉。这是我之前刚入行时总结的一些经验，或许能帮到你。"

"哎哟，这可太有用了！"边响动作夸张地把文件往怀里一抱，满脸的感恩戴德，"虽然小师父平时唠唠叨叨的，说得也不少，但总是东一榔头西一棒槌的，我听着也糊涂。有这份资料在，遇到问题那可就清楚多了……所以说知识就是力量，方哥就是方哥！"

方铭被他吹捧了一阵，感觉铺垫也做得差不多了，很快又拿出了一份同样的文件："那份你自己留着看，这份你帮我给许苓纭。"

边响眼睛滴溜溜地一转，显然已经从他那期期艾艾的表情里意识到了什么，当即贼笑道："方哥，不对啊，这东西你自己给她不就完了，干吗拐弯抹角地拉我做中间人？"

方铭知道以对方的八卦精神,自己的打算铁定是瞒不过去的,于是老实交代道:"许苓纭对我有些成见,我担心就这么送过去,她不肯收。"

边响虽然八卦,但也并非不识眼色。方铭都把话说到这份儿上了,他也就没再刨根问底:"那行,为了防止她问东问西,我就和她说这东西是小师父给我的,我顺便给她复印了一份,你看怎么样?"

见他考虑周全,方铭感激地点了点头:"那就先谢谢你了。"

"嗐,谢啥啊,这事是我沾了许姐的光,应该是我谢谢你。"边响"嘿嘿"一笑,冲他抛了个小媚眼,"方哥你就放心吧,就冲你费的这番心思,这事我保证给你办妥当了!"

当天下班之前,许苓纭从边响手里拿到了这份"工作宝典"。

虽然有点奇怪这么重要的东西陈涛那边为何藏着掖着这么久才给到边响,但因为对方的插科打诨,她也没在这个问题上多纠结。

回家之后,许苓纭捧着宝典细细翻阅了一番,很快发现里面的内容都是一线工作的经验总结。从配送区域内的电动车车行路线图,到各大商家的出餐效率,再到各个小区的安保习惯以及写字楼的电梯使用限制,宝典上都有详细的记载和分析,比起她大晚上一家家去做的那些勘察记录,这些信息显然更为详尽周全。

这份宝典免去了许苓纭下班后还要在外奔波调研的辛苦,回家之后稍事休息,她就坐在客厅的沙发上记录、学习。

经过几天的学习,许苓纭只觉得收获颇丰,心血来潮之下,让儿子当监考官,随机抽问,检验自己的学习成果。几轮问答后,她正准备收拾起材料,洗点水果犒劳一下自己,拿着宝典翻阅了好一阵的乔北城却忽然表示:"妈,之前一直听说送外卖没什么技术含量,但我怎么觉得给你这份工作手册的同事,还挺厉害的。"

乔北城身为学霸,性子又稳重,主动夸人的时候并不多。听他这么一说,许苓纭不禁好奇起来:"这份工作手册怎么了?是有什么特别之处吗?"

"倒也没什么特别,我只是觉得它逻辑性很强,表述简练而清楚,好几份表格和思维导图做得挺专业的。"

许苓纭原本的注意力都放在她所关心的那些信息上,对于信息的表述方式并未留心。此刻听儿子提醒,心里不由得咯噔了一下。

工作了半个多月,对于站点内同事的基本情况,她或多或少也听说了一些。

陈涛虽然平日里不声不响,也基本没和她聊过什么私人话题,但从对方日常的表现和谈吐举止来看,受教育的程度应该并不高。就算他心怀善念,有心帮助自己,最可能的方式大概也就是像他平时提点边响一样,唠唠叨叨地说上一通,而不是忽然拿出这样一份文字详尽、排版清晰的工作手册。

可如果这份资料并非出自陈涛之手,那又会是谁呢?

许苓纭不想无端受人恩惠却被蒙在鼓里,但按照边响那泥鳅一样的性子,既然选择了帮人打掩护,想来从他嘴里是问不出什么的。

心下起疑的第二天,她干脆在陈涛出工之前把那本宝典摆在了他眼前:"小师父,你给我的这个东西帮了我大忙,我却还没有好好谢谢你。今天中午有空的话,给个机会让我请你吃顿饭怎么样?"

大概是边响那边提前打过了招呼,面对她的感谢,陈涛脸上写满了为难:"不用了吧?同事之间帮忙,本来就是应该的。"

许苓纭哪会那么轻易让他敷衍过去,坚持道:"那可不行,大家非亲非故的,你花了那么多时间,费了那么大的劲儿,不表示一下感谢,我心里过意不去。再说了,有些问题我没太懂,想当面请教你来着。"

在她的步步紧逼之下,陈涛脸都涨红了,目光求救似的左右看了一圈,才嗫嚅着问道:"你有什么地方不明白的啊?"

许苓纭指着宝典里那几张数据分析图："这几张图表，你是怎么做出来的？我觉得挺好，也想跟着学学。"

在陈涛目瞪口呆的表情里，一直偷瞄着这边动静的边响走了过来，笑着劝道："好了好了，许姐你就别再为难小师父了。实话和你说了吧，这东西是方哥给弄的。你要是觉得不高兴，就和他说去，我和小师父就是个中间人，其他的什么都不知道……"

虽然事先有过猜想，但边响就这么直截了当地把答案说了出来，许苓纭的心里还是有些一言难尽，她再对方铭有意见，是好是歹她还是分得清的。

因为对方提供的这份宝典，她的工作效率在短时间内提高了不少，工资收入也很快从站子垫底提升到了一个月六七千块的站内平均水平。虽然比起乔卓远那丰厚的薪水，她这点收入并不够看，但对于许苓纭而言，这无疑是她在争夺乔北城抚养权的道路上踏出的重要一步。

领到工资的当天，她喜不自禁，主动给方铭打了个电话，表示想请他吃顿饭，感谢一下入行以来他对自己的帮助和关心。

接完许苓纭的电话，方铭欣喜之余也禁不住有点紧张。打从和曾小姐的那次相亲约会之后，他已经很久没有和同龄异性单独约见过了。

虽然这场见面本质上不过是一场"谢师宴"，和性别无关，但一想到要因为工作之外的事和许苓纭单独相处好几个小时，方铭还是有些坐立难安。

为表郑重，他干脆打开衣柜，在那些早已落灰的正装里挑挑拣拣起来。

意识到平日里很少在着装上下功夫的老父亲的种种举动是在用心打扮自己，方豆豆忍不住探问："爸，这没节又没假的，你把西装翻出来干吗？准备去相亲？"

"相什么亲，你别胡说八道！"方铭各种搭配试了一阵，总觉得哪儿都不对劲，听见女儿开口调侃自己，一张老脸瞬间涨得通红，"你爸现在忙成这样，哪有心思相亲去？明儿就是同事请吃饭，想穿得正式点，表示礼貌。"

方豆豆显然没有那么好糊弄，眼睛滴溜溜地转了两圈后，直击重点："同事？男的女的？"

"女的……怎么了？"

"你们几个人？"

"大概就我俩吧……还不确定。"

"那不就结了？"方豆豆"嘿嘿"笑了起来，一脸暧昧地背诵起了钱锺书的金句，"人家都说了，吃饭和借书，都是极其暧昧的两件事，一借一还，一请一去，情分就这么结下了。既然人家请你，你就好好表现表现，如果感觉还不错，下次再请回来呗！这事你可别顾忌我，我已经长大了，不介意你为了自己的幸福给我找个后妈。"

方铭闻言大惊失色："这些乱七八糟的东西你哪儿学来的？怎么还一套套的？"

方豆豆翻了个白眼："爸你真没学问，这可是钱锺书在《围城》里说的，怎么就乱七八糟了？"

方铭又惊又窘，然而女儿搬出了名家名作做挡箭牌，他无力反驳。气急败坏之下，他只能拿出老父亲的身份强行镇压："爸爸让你看课外书，是让你好好学习那些对你成绩有帮助的东西，体会人家是怎么努力怎么成功的，谁让你去看这些东西？"

方豆豆立马反驳："爸，你这就不知道了，那些所谓的世界名著里，可少不了情情爱爱。钱锺书的作品都算好的了，不信的话你去看看《包法利夫人》或者《安娜·卡列尼娜》，那才叫一个缠绵悱恻呢……"

作为一个资深"技术宅"，方铭平日里虽然书看得不少，但大多是和枯燥无味的专业类书籍打交道，对于那些耳熟能详的世界名著，也就知道个故事梗概。此刻方豆豆说得振振有词，他做不到有效反驳，只能板着脸，把女儿赶回了房间。

经过这么一番闹腾，方铭失去了收拾打扮的心情，把西装、领带之类的塞回衣柜后，他找了件没穿过几次的T恤，配了条深色牛仔裤，站在镜子前瞧了瞧。

镜子里的男人看上去还算精神，既没啤酒肚，也没有秃顶，T恤、牛仔裤的打扮虽然简单，却让他看上去显得年轻了几岁。

这样的认知，让他总算松了口气。

第二天下午五点半，按照许苓纭事先发来的地址，方铭在市中心一家大型商场门口和她碰了面。

或许是对这顿"谢师宴"颇为重视，又或许是辛苦了这么久，在获得了认可和收获之后终于有心情收拾自己了，许苓纭穿了一条藕荷色的春裙，化了淡妆，头发盘成一个髻，耳朵上还挂着一对宝蓝色的钻石耳环，整个人恢复成了方铭初见她时那副高雅精致的模样，和平日里那个戴头盔、穿工装，在疾风烈日下流汗奔波的女骑手，简直判若两人。

面对精心打扮过的许苓纭，方铭难免有些自惭形秽，一双手来回搓了好一阵，才小心翼翼地跟在了对方身后。

上到商场顶层，许苓纭径直走向某家餐厅，看着门头处那精美的装潢，方铭下意识地停住了脚步。

这家叫作香颂岛的法式餐厅，他之前在绿盈科技上班时，曾在上海被供应商邀请光临过。虽然并非他买单，但那人均大几百的消费还是让他有些肉疼。今时不同往日，他和许苓纭赚到手里的每一分钱，都是在汗水中浸泡过的。对方虽然表现得诚意满满，他却不能就此心安理得。

"许苓纭，我看这家排队的人挺多的，要不咱们还是换一家吧？"

"可我已经提前订好位置了。"

"订了位置能退吗?"

"不能!"三言两语之间,许苓纭意识到他这犹犹豫豫的态度是为了什么,很快笑了一声,"老方,你该不是在为我省钱吧?"

方铭有点不好意思地咳了咳,劝道:"你别误会,我没有看不起你的意思,就是觉得吧,干咱们这行不容易,你又有孩子要养,没必要把钱花在这种地方。我看旁边那家重庆火锅也挺不错的,要不咱们就去那儿?"

许苓纭低低哼了一声:"老方我求你了!就是因为送外卖太辛苦,我平时都没空收拾自己。今天难得有机会,我妆也化了,衣服也换了,就等着好好享受一下,你居然想拉我去吃火锅?这合适吗?"

方铭被她一通数落,也觉得她这身打扮去火锅店里被烟熏火燎地染一身味,实在是不合适,考虑再三,也只能讪笑着点了点头。

落座之后,服务生很快送上了菜单,餐单上有贴心的二人餐推荐,避免了他们对着琳琅满目的餐点挑选不定之苦。

点完餐后,许苓纭拿出了手机:"趁着现在有时间,我想打个视频电话,老方你不介意吧?"

"当然不会。需要我回避吗?"

"不用,我就是打个电话给北城,有什么好回避的?"

说话间,视频已经被接通,紧接着,乔北城那张英俊又乖巧的脸出现在了手机屏幕上。

"北城,今天妈妈在外面请同事吃饭,晚饭就没办法和你一起吃了。菜都已经做好放在冰箱里了,你自己用微波炉热一下好吗?"

"哦,好的。"因为平日里正常家庭的用餐时间是他们最忙的时候,乔北城显然已经适应了这样的生活,"妈你慢慢吃,我这边吃完了就去做作业。"

许苓纭欣慰地点了点头:"今天作业多吗?我在家长群里看老师说你们刚进行了一次英语测试,因为难度比较大,大部分同学考得不是很理想，你考得怎么样？需要妈妈做点什么吗？"

"我考得还行吧，九十六分，有两道选择题没做对，是语法方面的问题，现在已经弄明白了。"

"那就好……还有啊，你的钢琴老师说，最近市里有一个针对初高中生的汇报表演赛，你看你有没有兴趣参加？想去的话，下节课妈妈就和你一起过去，在老师那儿报个名好不好？"

絮絮叨叨的视频聊天一直持续到服务生把餐点端上桌才算告一段落。方铭旁听了一阵，只觉得他们母子之间无话不谈，关系亲近，不由得有些羡慕。这对母子虽然在一起相处的时间有限，但乔北城有点什么事，许苓纭都门儿清。反观自家女儿，表面看着咋咋呼呼，说话也没大没小，但其实心里究竟在想些什么，他根本就不知道。

许苓纭心思细腻，听他长吁短叹地感慨了一阵，很快意识到了其中的症结，不由得多了句嘴："老方，我冒昧问一句，你和豆豆她妈妈分开也好几年了，这些年你就没考虑过重新组建一个家庭吗？毕竟你一个大男人，带着个小姑娘，是有挺多事情不方便的。"

方铭闻言只觉得尴尬，心想自己当年身份光鲜时，相亲都屡战屡败，如今工作不行，收入也和之前没法比，每天累得像狗一样，到家了就想躺平，哪还有心思想这些？

但面对许苓纭关切的眼神，他只能敷衍道："想过啊，怎么可能没想过？只是我这人你也知道，性格无趣，还不太会说话，很多时候得罪了人自己都不知道，怕是没人看得上……"

"怎么可能？"许苓纭显然不同意他对自己的评价，"我觉得你这人挺不错的啊，性格温和，为人正直，还很有责任心。就看你对同事和女儿的各种表现，和你组成家庭，应该会很幸福。"

虽然不知道对方的赞扬是出于真情实感，还是仅仅是随口客气，但是能听到许苓纭的正面认可，方铭还是感到很高兴。见对方谈兴渐浓，心情显然还不错，几经犹豫之下，他终于问出了一直以来藏在心里的那个问题："对了，其实我也一直想问问你，你干吗这么坚持要干外卖啊？以你的条件，找个清闲点的工作应该不难。"

许苓纭放下了刀叉，一时间只觉得如鲠在喉。

虽然她学历不错，之前也有过在律师事务所工作的经历，但毕竟这个社会发展日新月异，年轻人一拨接着一拨，之前的那点经验，放到眼下早就不够用了。就算她愿意降低标准，不求高薪，只求一个清闲稳定的岗位，用人方也有大把没有家庭负担、可以随叫随到的年轻求职者可以选择。

为了争取到北城的抚养权，她必须尽快找到一份工作，在这样的情况下，外卖骑手这种门槛不高、只要努力就能赚到钱的职业，算是她最好的选择。

作为单亲爸爸，方铭能够理解对方的舐犊之情。可是另一方面，他又觉得许苓纭还这样年轻，与其劳心劳力地做个单亲妈妈，不如把孩子交给经济条件更好的乔卓远，这样不仅自己能轻松些，以后若是想要重组家庭，也会比较容易。

趁着饭桌上的气氛还不错，方铭掏心掏肺地劝了一阵，许苓纭静静听到最后，脸上浮现出了一丝嘲讽："老方，你知道我和乔卓远为什么会闹离婚吗？"

没想到对方会主动提起这个，方铭一时间也不敢乱说话，考虑了好一阵，才斟字酌句地回答："这个我倒不是很清楚，之前一直觉得你俩感情挺好的，听到这个消息时，我还挺意外的。"

"是啊，我们之前感情是不错。大学开始谈恋爱，毕业不久就结婚生子。那时候我们没什么钱，就挤在城中村的小屋子里互相打气，他最穷最难的时候，都是我陪着他走过来的。但这所有的一切，因为他的背叛出轨，被彻底毁掉了……这样一个没有责任感的人，我能放心把北城交给他吗？"

像是被方铭的话勾起了某些过去的回忆，许苓纭虽然面带微笑，眼睛却开始泛红。为了家庭，无论是她还是乔卓远，都曾经付出过很多。原本她以为，随着儿子长大、老公的收入越来越高，他们的小家庭会越来越好。只是没想到,男人终究靠不住,乔卓远最后还是因为一个年轻姑娘背叛了她,背叛了他们辛辛苦苦经营起来的一切。

其实方铭说得没错,单从经济条件而言,乔卓远是要比她强上很多,但从他为了汪小敏背叛她、背叛家庭开始,他的人品就不再值得信任。为了让儿子能在一个健康的环境里长大,她下定决心,绝不能把儿子交到这样的人手中!

一顿饭聊到最后,差不多到了晚上九点。

方铭原本想打个车把许苓纭送回去,对方却表示想去商场底下的超市给乔北城买点早餐。

和方铭日常光顾的那些小超市不同,许苓纭要去的这家超市是华润旗下的高端品牌,里面的食材大多是国外进口或者纯天然无污染,虽然价格昂贵,但无论是口感还是营养价值,都更受家长们的青睐。

方铭被她一通安利勾起了好奇心,表示自己也想开开眼界,跟着许苓纭下到超市里逛了一圈后,面对那三位数一个的苹果和几十块一把的蔬菜,他只觉得胆战心惊。

"这也太贵了吧,照这么买的话,光是吃个饭,怕是也得把人给吃穷了。"

"所以我也只是偶尔奢侈一回,就当改善生活嘛。"许苓纭一边笑着,一边把他带到了售卖面包、糕点的档位上,挑选了几款造型精致的面包,"别的不说,他们家的欧包是真不错,遇到做促销活动的时候,会有买一送一之类的优惠。今天既然我请客,就给豆豆也买一份,我想她一定会喜欢的。"

离开超市时,方铭的手里多了六个欧包、一包水果麦片、一盒低脂牛奶和两瓶他之前根本没有听过名字的果汁。到家后,方豆豆看到他带回来的东西,立马一阵欢腾。

见她吃得开心,连日常挂在嘴边的减肥禁令也抛到了脑后,方铭禁不住逗她:"你今儿不减肥了啊?怎么吃个面包也这么开心?爸爸平时也没饿着你啊!"

"牌子不一样嘛,咱家附近那些面包店的东西哪有这个好吃?"方豆豆嘴里嚼着面包,还不忘给他扫盲,"这种欧包整个北江市就那么几个大型超市有卖,我也是之前沾同学的光吃过两回。"

"既然你喜欢吃,怎么不告诉爸爸?"

"告诉你也没用啊,你那么忙,哪有时间专门去买这些?"

方豆豆撇了撇嘴,一副理所当然的模样,方铭却不由得心酸起来:"如果你喜欢,那爸爸答应你,以后经常给你买,好不好?"

"真的?"

"当然!"

"爸爸万岁!"

得到承诺的方豆豆很高兴,吃完夜宵后,把剩下的面包小心翼翼地重新包好,放进冰箱,这才心满意足地爬上床。

方铭洗漱后也跟着睡下,却一直翻来覆去,有些难以成眠。

从今晚的接触来看,在儿子的抚养问题上,比起忙于工作、大部分时间只能用钱来表达心意的乔卓远,许苓纭显然更符合一个尽心称职的家长形象。更何况,在孩子的成长道路上,有些东西并不是光靠金钱就可以弥补的。

第七章
互助组合

下午两点刚过,正是外卖骑手一天之中难得的空闲时间。

陈涛原本计划找个地方养精蓄锐,等到下午四点再开工,没想到地方还没找好,一个订单忽然被推了进来。

按照订单上的信息,这趟任务并不麻烦。取餐地点是距离他不到三百米的一家馄饨店,送餐地点则是CBD附近的一处城中村。唯一让他觉得有点头疼的是,在备注栏里,客户提出让他顺路带上几瓶药,和馄饨一起送达后再单独付款。

客户借着点餐让他们顺便带烟带酒带饮料,甚至带上两盒安全套的情况不在少数。虽然乍看上去不算什么大事,但如果遇到分秒必争的高峰期,也会耽误不少时间,所以大部分骑手会选择和平台方报备之后加以拒绝。

不过陈涛向来好脾气,如果不是特别为难,基本都会顺手帮个忙。但带药这种事比较特殊,在不确定相关药品是否都能顺利买到以及垫款数量究竟有多少的情况下,他决定还是提前联系一下客户。

电话打过去,接听的是个中年妇人,经过一番询问,他才知道对方长期在外工作,年迈的老父亲独自一人在北江市居住。不久前父女俩刚通了个电话,得知老人家身体不舒服,常用药也吃完了,这才动了请外卖骑手帮忙送餐送药的念头。

听完对方的解释,陈涛没再犹豫,挂了电话后先在附近找了家药店，把备注栏上标的几款药买好，然后去馄饨店取餐。

此时用餐高峰已过，店铺里的小伙计正在抓紧时间休息，忽然被生意打断了睡眠，样子看上去有点暴躁。好不容易等水烧开，小伙计从筐里抓起包好的馄饨就往锅里扔，中途掉了几个在脏兮兮的灶台上，小伙计也不在意，拿起来在围裙上抹了抹，就准备继续下锅。

陈涛原本站在一旁耐心等待着，见到这一幕，赶紧出声提醒："喂！你那几个馄饨刚掉了，不能要了啊！"

小伙计懒洋洋地翻了个白眼，嘴里嘀咕着："有啥不能要的？开水煮煮不就行了？"

"那怎么能行！"说话间，见对方已经把那几个脏了的馄饨扔进了锅里，陈涛立马急了，"这脏了的东西哪能吃啊？趁着还有时间，你另外做一碗吧，不然客户吃出点啥毛病来，那可就麻烦了！"

"我说你这人怎么这么多事啊？"小伙计原本就有点不耐烦，听他一再念叨，火气也上来了，"你就一送外卖的，把餐送过去不就行了？客户就算吃出点什么毛病也不关你事，你在这儿叽叽歪歪地啰唆什么？"

陈涛目瞪口呆地听着，只觉得很是激愤："你们怎么能这样啊？国家对食品卫生安全是有要求的好吗？人家客户信任你们才会在你们家点餐，吃进肚子里的东西你们怎么能这么不负责任！"

小伙计被他一通数落，只觉得丢了面子，气急败坏之下把漏勺一扔："今儿我就这么做了，你爱要不要吧！"

陈涛被他这副无赖相弄得面红耳赤，正准备打个电话给邓饶让他帮忙向平台方投诉，听到动静的老板娘走了出来，问明情况后，老板娘翻了个白眼，也不知道是怪小伙计冒失还是嫌陈涛多管闲事，随口抱怨了两句后，自己掌勺重新煮了一碗，这才算是把这场风波给平息了。

经过这么一番折腾，时间被浪费了不少，虽然仍是一肚子憋屈，但陈涛也不敢再耽搁，很快把打包好的馄饨往保温箱里一放，朝着目的地疾驰而去。

十多分钟后,车子拐进了一处热闹的城中村。

跟着导航的指示,陈涛弯弯绕绕地骑过好几条脏乱幽深的小巷子,最终在一户黑乎乎的小屋子前停了下来,"咚咚"敲了几下门。

随着"咯吱"一声响,房门被拉开,一个八十岁出头的老人家颤巍巍地探了个头出来:"你找谁啊?"

"大爷你好,你姓庄是吧?我是送外卖的!你闺女给你买了馄饨还有一些药,都在这儿了,你要不先点一下?"

"哦……我知道了。小伙子,麻烦你了。"姓庄的老人家把东西接过去后也没细看,问道,"这些药我还得给你钱吧?你看看得给多少啊?"

陈涛指了指塑料袋上的小票,报出了一个数字。

老人家点了点头,伸手在衣服口袋里摸索了一阵,有点抱歉地笑了起来:"不好意思,钱包好像放屋里了,我得好好找找,要不你先进来坐坐?"

看着老人家那手脚不太利索的模样,估计这钱包一时半会儿也难找到,陈涛想着自己接下去也没什么活要忙,于是点了点头,跟着进了屋。

屋子面积不大,两室一厅的格局,因为地处一楼,又没开灯,看上去阴沉沉的。屋子里除了电视、收音机和一台老旧的冰箱,几乎没有其他现代一点的设备。

陈涛左右看了一阵,忍不住问道:"大爷,这儿就你一个人住啊?"

"是啊。我老伴去得早,身边就一闺女,前几年嫁去了上海,就很少回来了。本来想着年纪大了,身边有孩子陪着会好一点,但上海房价高,我闺女那一家五口住得也很紧凑,我想了想,反正自己还能动,就不给她添麻烦了,所以还是住回来了。"

"那你平时吃饭、看病什么的怎么办?我听你闺女说,你身体好像也不太好。"

"别听她胡说,人老了,大大小小的毛病总会有那么一些,但也没她想的那么严重。真要遇到点什么事,亲戚朋友都在这边,打个电话也就解决了。至于吃饭,老年人吃得简单,平时下点面条、煮碗粥也能应付。要是真想吃点什么新鲜的,这不还有你们吗?"

说话间,老人家已经把钱包找了出来,哆哆嗦嗦地抽了几张纸币塞他手里:"小伙子,这是给你的药钱。今天真是麻烦你了。"

陈涛看着手里的纸币,有点为难:"庄爷爷,买药的钱用不了这么多,我身上又没带现金。你有支付宝或者微信吗?我把钱找给你。"

"我年纪一大把了,哪会用那些?"老人家摇了摇头,像是体力不支一般,慢慢坐了下来,"你们小年轻工作多,就赶紧忙去吧,多的钱拿去买瓶水,别惦记着找了。"

从庄爷爷家出来后,陈涛总觉得有点不安心。

和馄饨店的小伙计争吵时,对方说的那些话,总让他有些怀疑那碗馄饨的馅儿是不是也不够干净。如果是其他人吃了,最不济也就是上吐下泻,吃点药,骂两句娘再给个差评了事,可如果是被这么个行动不便、身边又没人照顾的老人家给吃了,真出点什么问题,只怕就不是那么好解决了……

正在犹豫之际,身旁忽然传来一阵喇叭响,紧接着,一辆电动车停在了他身边。

"你今天下午也没休息啊?有单子送这儿?"

"陆屿,是你啊。"见到熟人出现,陈涛只觉得松了一口气,赶紧问道,"对了,你身上有现金吗?能不能先借我点?有个客人让帮忙跑腿,给了钱我却没零钱找,正愁着呢。"

陆屿点了点头,数了几十块零钱给他:"刚听人说,你和南阳路上那家卖馄饨的吵架了?怎么回事啊?"

陈涛没想到八卦居然传得这么快,挠了一阵头,才期期艾艾地解释起来。

陆屿听他说完，表情变得有点凝重。

那家馄饨店他之前也去取过餐，好几次都看见葱、姜之类的食材洗都没洗就直接用来拌馅儿，为了这事，他还和对方吵过好几次。原本以为在平台方的监督下，店家会有所收敛，没想到反而越发变本加厉起来。

陈涛原本就对馄饨的卫生问题心有戚戚，如今听他吐槽，更觉心中不安："陆屿，你要是后面没啥事，陪我去客户那边走一趟吧，一方面把钱找给他，另一方面，我想看看能不能劝他别吃那碗馄饨……"

陆屿原本想说食品安全的问题不在我们的责任范围内，每天那么多外卖单能管得了几个，然而在对方一脸哀求的注视下，终究还是点了点头。

几分钟后，两人把车子骑到庄大爷的屋子前，陈涛伸手敲了敲门，屋子里却始终没什么动静。

正在为难之际，房门后忽然传来一声闷响，像是什么东西重重地砸在了地上。陈涛心下一惊，赶紧趴在窗户上，瞪大了眼睛往里看。

光线晦暗的客厅里，依旧还是那副冷冷清清的样子，靠近餐桌的地方，地上隐隐约约趴着个人。细看之下，那人身旁还洒了一地的汤汤水水，想来应该是那碗还没来得及吃完的馄饨。

陈涛这一惊非同小可，他惊声叫道："陆屿，你过来看！这个大爷是不是出事了?!"

陆屿凑近一看，眉头瞬间皱起："怕是什么急性病发作，你赶紧打120!"

见此情形，陈涛早已没了主心骨，听他这么一说，赶紧手忙脚乱地拿起手机，刚把号码拨出去，就听"当"的一声响，只见陆屿拿起一块砖头朝窗户一砸，直接跳进了屋子。

十几分钟后，救护车呼啸而至。

几乎同时赶来的，还有听到动静的村委会干部和左邻右里。

此时，姓庄的老人家已经在陆屿和陈涛的帮助下恢复了神志，经过一番简单的检查后,很快被抬上了救护车。

瞧着救护车走远,陈涛依旧心有余悸:"你都让我打120了,怎么还自己冲进去了啊?你刚砸玻璃的时候,我都蒙了……哎呀,陆屿你的手怎么了?"

"我没事。"陆屿握了握情急之下被玻璃划出了好几道血痕的手,并不在意,"他应该是低血糖引发的晕倒,如果不及时抢救的话,怕是会出事。"

陈涛"啊"了一声,立马追问道:"你怎么知道他是低血糖?"

"我妈也有类似的毛病,见多了就知道了。刚才我看他桌上放着糖水、糖浆之类的东西,所以就死马当活马医,碰碰运气了。"

"原来如此……"陈涛拍了拍胸口,狠狠喘了口气,"不过你真的好厉害,如果是我的话,铁定想不到这么多。"

陆屿瞪了他一眼,粗声粗气地警告道:"今天这事纯属运气好,这老头儿没拉扯着要讹咱们。以后再遇到类似的事,你可别瞎出头,一旦被人给讹上了,那可就麻烦了,知道了吗?"

在他声色俱厉的警告下,陈涛偷偷吐了吐舌头:"你既然都知道可能会惹麻烦,怎么还砸了人家窗玻璃往里冲?"

见陆屿眼睛一瞪,像是又要训他,陈涛赶紧赔了个笑脸:"好啦,我知道了,以后遇到类似的事一定会多想想再行动的!"

经过这么一番折腾,差不多也到了送餐晚高峰的时间。

离开城中村之前,陈涛好几次忍不住回头,看向那间黑漆漆的小屋子。

姓庄的老人家运气不错,遇到了他俩,不至于病倒在家中无人知晓,可以后要是再遇到什么麻烦,他身边又没个人,该怎么办呢?

恍惚之间,庄爷爷那张皱巴巴的脸和他记忆深处某张熟悉的脸重叠在了一起——那是几千公里外的小山村里,一手一脚将他拉扯大的爷爷。

一周之后,村委会的工作人员代表庄爷爷给金融城站点送来了一面锦旗和一封长长的感谢信。

感谢信据说是庄爷爷亲笔所写,字里行间充满了对陈涛和陆屿的感激之情。

虽然并没有什么实质性的物质奖励,但这份心意怎么也代表了公众对外卖骑手的尊重和认可,兴奋之下,邓饶不仅在晨会上声情并茂地将感谢信进行了全文朗诵,还和村委会那边商量着联系媒体,想要对在自己领导下兴荣发展的站点进行一番宣传。

与他的满腔热情不同,陆屿对此始终反应冷淡,见到媒体之后,全程都是一副"我没什么好讲的"冰块脸,除了被记者点名采访时简单地敷衍几句,就没主动说过半句话。

陈涛则是自从知道自己要在电视上露脸开始,就一副手足无措的模样,真正面对镜头时,更是战战兢兢的,手脚抖个不停。

邓饶知道自己并非当事人,两个家伙都无心配合,只靠自己一个人在那儿唱独角戏,怕是效果有限。斟酌再三之后,他终究还是打消了大肆宣传的念头,草草结束了一场采访后,就意兴阑珊地把那封感谢信锁进办公室柜子里。

这场突如其来的热闹在站子里引发了不小的震动,一片喜气洋洋的氛围中,唯独边响心情复杂。

一方面,自己那个平日里没什么存在感的小师父能有机会上电视露脸,他由衷地感到高兴;可另一方面,对于对方瞒着自己,和陆屿一起不声不响干了这么件"大事",他又觉得有那么点不开心。

虽然边响心里很清楚,依照陈涛向来低调的个性,但凡做点什么好人好事,都只会藏在心里,但自工作以来,对方出于一个小师父的自觉时常对他嘘寒问暖,凡事关心有加,让他下意识地也把对方当作了自己人,总觉得两个人应该是没有秘密的。

如今这个同一战线的盟友，不仅事情发生之后没有第一时间和他分享，还和那个他最讨厌的家伙越走越近，这让他难免有些失落。

媒体上门后的那个周末，边响原本计划收工之后打着庆祝的旗号约着陈涛去搓顿烧烤，巩固一下两人的师徒情分，没想到下班前五分钟，系统忽然接连推送进来好几个订单，等他忙忙碌碌地把最后一个订单送完，距离正常下班时间已经过去了半个多小时。

想着这大晚上的，陈涛要么在洗衣服、整理房间，要么就是躺在床上看网络小说，铁定没了再出门折腾的心情，边响也不再"生事"，收工之后，就郁闷地骑着他的摩托回了家。

车子刚骑到小区门口，一个年轻的保安走了过来，高声提醒道："那个送外卖的，这个小区车子不能进去，你把车停那边，然后过来登记一下！"

边响一时间只觉得哭笑不得，掀开头盔之后，对着自己的脸指了指："大哥，你新来的吧？我是这儿的业主，还登啥记啊？"

对方一脸难以置信："你？业主？"

"对啊，不然你查一下，三号楼十五层二号，业主叫边响，就是我啦！"

半信半疑之间，保安打开了业主查询系统，一番核查之后，他不好意思地笑了起来："抱歉啊，我刚来不久，小区里的业主也都还没认熟。而且你看你这身吧，我就以为是送外卖的，所以多问了几句，你别放在心上。"

边响"嘿嘿"一笑："多问几句没问题，毕竟这是你的工作嘛。不过我真的就是个送外卖的，也的确是这里的业主，这两件事有什么矛盾的地方吗？"

保安闻言一愣，表情多了几分尴尬。很显然，在他的认知里，这个住在高档小区的公子哥大概就是闲得慌，才会特意整这么一出，和自己开玩笑。

推门进家后,客厅里意外的一片灯光敞亮。豪华的水晶吊灯下,一个打扮精致的中年女性正坐在沙发上百无聊赖地刷着手机,赫然是他的亲妈吴月娥。

自打边响因为和自家老爹的那场"赌局"送起了外卖,吴月娥的日子就没有安生过。

在她眼里,儿子脑子聪明,学历又高,就算不想在家族企业里混日子,随便投个简历,也能找个不错的工作,哪里至于这么日晒雨淋地折腾自己?可边响却像是和自家老爹杠上了,送外卖的活一干就是好几个月,仿佛不达目的不罢休。吴月娥心疼儿子,见实在劝不住,干脆隔三岔五就炖点海参、鲍鱼之类的送过来给他补充营养。边响不会做饭,平日里总吃外卖也腻味,偶尔能吃上一顿爱心餐,倒也乐在其中。

母子俩坐在沙发上说了一阵话,边响边说话边把吴月娥送来的红枣乌鸡汤喝了个底朝天,这才像是想起什么一样,问道:"对了,妈,咱家在聚福大厦那边开的那家贵州菜馆,是不是在试营业了?"

"是啊,已经试营业好几天了,生意还挺不错的。怎么了?"

"我想请个朋友吃饭,刚好他是贵州人。既然咱们家的餐厅开了,你就和经理打个招呼,后天留个小包间给我。"

"朋友?"吴月娥似乎从他的态度里嗅出了什么,当即喜笑颜开地试探道,"你这朋友男的女的?"

"男的,就我一送外卖的同事。"

"男的你要啥包间?普通同事的话,大厅里吃吃不就好了?"

"嗐……妈你别这样嘛!"边响被她那跌宕起伏的语气搞得哭笑不得,"这哥们儿一直挺照顾我的,我就想请人吃顿饭感谢一下。不过他家境不太好,菜点贵了我担心他会有负担,你就让经理那边按照两个人的分量随便准备,别把他吓跑了就成。"

次日一早,边响把陈涛堵在了会议室外的院子里,对他发出了吃饭邀请,没想到陈涛却并不领情:"不行啊,明天我有事,没空陪你吃饭。"

边响只当他在敷衍自己，有点不高兴："算了吧，你每天除了干活，就是在宿舍里待着，既不去蹦迪约会也不去喝酒唱歌，和你一起住的那俩哥们儿最近都离职了，你连个打牌的人都没有，还能有什么事？"

见陈涛只是笑，没有要和他解释的意思，他猛地冒了个念头出来："小师父你老实交代，你不会是瞒着我交女朋友了吧？"

"女朋友"三个字一出，陈涛的脸不由自主就红了："哪有？我又不是陆屿，被那么多姑娘惦记着。就我这条件，哪会有女生喜欢我？"

"你这条件怎么了？对人又好又勤快，怎么就没有女生喜欢了？"边响一边数落着，一边也有点好奇，"听你这意思，姓陆的有情况？"

"你不知道吗？"见他注意力转移，陈涛赶紧点头，"前阵子有个姑娘来咱们站子找过陆屿，长得又漂亮又有气质，可是陆屿态度凶巴巴的，要不是许姐劝着，我看那姑娘都快哭出来了。就是不知道他们现在怎么样了……"

秦嘉妍来找陆屿那天，边响因为来得晚，错过了这场全站瞩目的狗血大戏，此刻听陈涛提起，浑身的八卦细胞瞬间骚动起来："你们就没打听打听，那姑娘和他究竟什么关系？"

"打听过了，那姑娘是陆屿的高中同学，是特意过来通知他去参加同学会的。"

话虽这么说，但陈涛心里也藏了些疑惑，如果只是为了通知参加同学会，打个电话就能解决，何必专门跑一趟呢？

只是他性格老实，即便觉得有什么不对劲，也不愿多加八卦："对了，你可别拿这事去惹陆屿。你俩本来就不对付，能像现在这样和平共处已经很难得了，要是你去招惹他闹出点什么事来，那可就麻烦了。"

"嗤，他的事我才没兴趣理呢！"见问不出什么新情报，边响把注意力重新落回陈涛身上，"关于明天晚上的饭局，你要是说不出什么合理的理由，我就当这么决定了。到时候白天你就好好休息一下，晚上我提前给你打电话!"

次日下午五点刚到,边响的电话果然打来了,见他不依不饶还惦记着这事,陈涛只觉得为难。

"我今晚真的有事,早就安排好了的。你想吃饭的话,要不改天吧?"

"小师父你真是,咱们站子那么忙,我俩哪有那么多机会一起休?你难道还想让我编着理由再去老邓那儿请假啊?那我这个月的奖金还要不要了?"

边响这一卖惨,陈涛只觉得招架不住,最后只能妥协道:"那你看这样好不好,真想一起吃饭的话,我来选地方。"

几分钟后,陈涛发来了一个地址。

细看之下,是藏在北江市中心区附近的一个城中村。

这个叫深云村的村子面积虽不大,但因为地理位置的关系,人来人往的,很是热闹。除了原有的居民,里面大多是为了省钱租住在村民的自建农民房里的小白领。村子里各种配套还算齐全,餐厅也算种类丰富,只是大多拥挤又廉价。

边响只当他是想省钱,只能耐着性子陪着他在村子里转悠,没想到走了一阵,陈涛居然把他带进了菜市场,买了满满两塑料袋的鸡鸭鱼蔬。没等他反应过来,陈涛又带着他推开了一家蛋糕店的大门。

眼见如此,边响隐约琢磨出了点味道:"小师父,今天你过生日?"

"不是。"

"那你选生日蛋糕干吗?"

"送人啊!"陈涛"嘿嘿"一笑,指着一个中间写了个"寿"字的蛋糕问,"你觉得这个怎么样?是不是很喜庆?"

"你觉得喜庆就好……"边响对着那个除了价格还算便宜,从配色到造型都突破了他审美底线的蛋糕,只觉得满心忧愁。

好不容易结束了大采购,陈涛拎着大包小包,领着边响深一脚浅一脚地绕过好几条脏乱幽深的小巷子，最终在一户黑乎乎的小屋子前停了下来。

敲门之前，他再次给边响打预防针："咱们今晚就在这儿吃，你不介意吧？"

"没事。来都来了，难道我还能跑了不成？"事到如今，边响也懒得多琢磨了，一心只想看看让陈涛放弃了和自己的豪华大餐，专门跑来陪吃饭的家伙，究竟是何方神圣。

随着敲门声响起，一阵"咚咚"的拐杖敲地的声音从门后传来，紧接着，房门"吱呀"一声被拉开，一张山核桃一样布满了皱纹的脸慢慢探了出来。

"小陈，你来了啊？"

"庄爷爷你好啊！我来看你啦！"陈涛扬了扬手里的袋子，随即指向边响，"我今天还带了个朋友过来，想着热闹点。一会儿我做饭，他就先陪你聊会儿天。"

边响自诩社交达人，走到哪里都是活跃气氛的小能手，骤然间担负起和这么一个八十多岁的老头儿谈天说地唠家常的任务，不由得一阵忧愁。

进屋之后，陈涛拎着几袋菜直奔厨房，轻车熟路地开始干活，边响只能没话找话地主动开口道："庄爷爷，不好意思啊，我今天来得急，事先也不知道您过生日，所以没准备什么礼物……"

老人家脸上挂着笑，很是满足的模样："还准备啥礼物啊？我这儿平时也没啥人，你们肯来陪我这个老头子吃个饭，聊聊天，我就很开心了。"

对方看上去随和又健谈，这让边响原本有些忐忑的心放松了不少，人也不再拘束。

从聊天中他才得知，当初救下这位庄爷爷后，陈涛一直不太放心，在老人家出院后，总是隔三岔五地过来探望。前些日子得知老人家即将过生日，陈涛怕他孤单，早早就表示要来陪他一起吃饭，只是没想到真的到了这一天，陈涛不仅大张旗鼓地准备了这么多食材，还把朋友也给带来了。

闲聊之际，做好的饭菜陆陆续续端了上来。虽然卖相平平，但滋味意外地可口。

三个人围着客厅里那张老旧的桌子把饭吃完，陈涛又端上了生日蛋糕，点了蜡烛，扯着嗓子唱了一阵《生日快乐歌》，才算给这一晚上的安排做了个完美的收场。

等到老人睡下，两人从热闹之后的屋子里走出来，已经过了晚上九点。

见边响面带倦意，陈涛有点不好意思地说："今天真是辛苦你了。我看你也累了，要不我陪你在这儿打个车？"

边响打着哈欠，嘴里嘟嘟囔囔的："打什么车啊，这儿离你宿舍也不远，我先陪你走回去，就当消消食。"

陈涛明白对方是想替自己省钱，心里不由得一阵感动，走到一半发现边响实在有点撑不住了，他干脆到旁边的便利店里买了两罐啤酒。

有了啤酒相伴，原本漫漫无尽的长路变得轻松了不少。

边喝边聊地走了一阵，边响问："对了，小师父，你做菜的手艺不错啊，跟谁学的？"

"我爷爷。"陈涛喝了点酒，微醺之下，话也多了起来，"我很小的时候，爸妈就到外面打工去了，是爷爷把我带大的，所以做饭、洗衣服、收拾屋子这种事我很早就开始做了，做得多了，也就熟能生巧了。"

"那你爸妈现在也还在外面打工吗？还是已经回去了？"

"回不去了，早些年他们都走了。"

"什么？"

"他们之前在建筑工地上打工，结果出了安全事故，我爸腿断了，回家养了没多久就走了，半年后我妈因为伤心过度，也跟着走了……所以后面，我就只能跟我爷爷一起生活了。"

说起家事，陈涛的口气十分平静，像是父母离世带来的种种难过与悲苦已经因为岁月的流逝而被磨去了棱角，融入了血脉之中，变得不再鲜明，但边响还是从他微微伛偻着的姿态中意识到了什么，原本略带轻佻的态度也跟着严肃起来："你现在出来了，家里就剩爷爷一个人啊？"

"嗯……"陈涛抬起头，看着远处夜色掩盖下模糊不清的城市轮廓，就像在眺望他那遥远的故乡一样。

含辛茹苦将他养大的爷爷已经老了，按道理，他应该留在家里多陪陪爷爷的。可老家实在太穷了，他想趁自己年轻力壮的时候好好存点钱，给爷爷盖个新房子，让老人家可以安度晚年。

之所以会那么放心不下庄爷爷，大抵也是因为他想到了自己的爷爷。

沉默之中，边响伸手勾住了他的肩膀，声音轻轻的："小师父，和你商量个事呗？"

"什么？"

"以后你来看庄爷爷的时候，叫上我呗？我看老人家还挺健谈的，反正我也没什么事，就来陪他唠唠嗑。"

"真的？你不嫌无聊啊？"

"我社交小能手的名号可不是白来的，怎么会觉得无聊呢？"边响哈哈笑了两声，像是要给他力量似的，更加用力地搂紧了他的肩膀，"小师父你别忘了，咱们可是一个组合！以后我买菜，你做饭，保准把老人家哄得开开心心的！"

像是要宣布主权一样，没过多久，边响就趁着晨会的机会，把他和陈涛的"组合关系"进行了官宣，随之而来的，就是每天到了用餐时间,边响都会以"组合"的名义正大光明地拉着陈涛拼单吃饭。

时间一久,陈涛再迟钝,也觉察出了对方用组合做借口拉着他拼单,是要防止他为了省钱去那种脏乱差的小吃摊上敷衍凑合。

盛情难却之下,他干脆把相熟的几个同事拉在了一个小群里,利用职业优势,专门对那种团餐活动力度较大的餐馆下手,认认真真薅起了羊毛。

对于饭桌上多出来的方铭和许苓纭这两个"外挂",边响倒是没什么意见,反正他向来喜欢热闹,多几个人聊天八卦总是好的,然而当他发现不知不觉之间,陆屿也成了群成员,心情就没那么美妙了。

"小师父,你说你拉谁入群不好,拉那个姓陆的进来做什么?咱们和他又没什么交情……而且你看他,进群之后半天不冒一个泡,一天下来根本说不了几句话,你干吗一脸热情地去贴别人的冷屁股?"

对于边响和陆屿之间那僵冷至今的关系,陈涛一直在试图调节,听他一再抱怨,只能耐心地摆事实、讲道理,试图让他了解陆屿面冷的外表下,其实是个心善又仗义的人。

饶是边响心存怨念,也不忍心拂了陈涛的面子,外加陆屿话也不多,和大家一起吃饭的时间也有限,念叨了几次后,边响也就把满腹的抱怨咽回了肚子,睁一只眼闭一只眼地默认他成为群里的一员。

这天午饭时间,按照提前做好的功课,边响、陈涛、方铭先后赶到了一家新开不久的快餐店。

三个人凑在一张桌上,正对着满减活动琢磨着午饭怎么点更划算,许苓纭的消息忽然跳了出来:"各位,我手里有个单子,估计得耽误一阵,午饭就不和你们一起吃了,晚点我自己解决。"

方铭想着有点不对劲,干脆拨了个电话过去,细问之下才知道,几分钟前许苓纭接了个送甜蜜小镇的订单,有个客户要了二十桶五升装的矿泉水,她那车子一趟送不完,怕是得跑几个来回。

外卖骑手最怕的就是送矿泉水之类的活儿,费体力不说,钱也赚不了多少。方铭坐了一阵,始终觉得不放心,趁着餐还没上,干脆先一步站了起来："你俩先吃，许苓纭那边有点麻烦，我过去帮帮忙。"

陈涛见状也跟着站了起来，还没来得及表态，就被边响狠狠扯住了袖子："方哥你先去看看情况，如果需要帮忙，随时群里招呼。"

见方铭小跑着出了门，陈涛还没反应过来："你干吗啊？许姐那儿有事，咱们一起帮把手不好吗？"

"哎呀，我说小师父你怎么就这么死脑筋呢？这不是帮方哥创造机会吗？"

"创造机会？什么机会？"

在他一脸茫然的注视下，边响无语地叹了口气："算了，说了你也不懂。这事咱就先交给方哥，等真有什么情况了，咱们再出马也不迟。"

许苓纭把电动车骑到客户楼下时，大门正前方已经乌泱乌泱围了一群人。

见她开始从车上卸货，很快就有人围了过来："姑娘，你们这送外卖的，也能送水啊？"

"是的，只要在鲜城汇 App 上下单，吃的用的包括药品我们都给送。"

"那敢情好啊！"问话的老太太像遇到救星一样，顿时喜笑颜开，"那一会儿你教教我怎么用，我们这儿通知说要清洗水箱，停水还不知道要停到什么时候，我正发愁呢。"

许苓纭点了点头，对着眼前的建筑观察了一阵，却没发现电梯间入口，只能给客户打电话："喂，霍先生吗？我是鲜城汇的外卖员，现在已经到你家楼下了。"

"哦，到了啊？太好了。"接到电话的男人显然很高兴，赶紧强调道，"我还等着水下面条呢，你赶紧把水送上来，我这就把房门开着等你啊。"

许苓纭干笑了一声，委婉地和对方商量道："霍先生，是这样的，你买的水我这车子一次性放不下，得来回跑几趟，然而你这儿又没电梯……你看你方不方便下楼和我一起拿一下？"

"我穿着睡衣呢，怎么方便下楼啊？再说了，我可是付了配送费的，送货到家不是你们承诺的吗？你们不会不讲信用吧？"

听对方这口气，显然不是什么好商量的主，要是不小心惹急了，只怕分分钟就是差评投诉。许苓纭不想惹事，只能无奈地挂了电话。

使出吃奶的劲儿把四大桶矿泉水拎在手里，正准备咬牙往楼上爬，忽然听到身后传来一声呼唤："许苓纭，等一下！"

许苓纭把头一扭，眼前冒出来的熟悉身影让她有些吃惊："老方？你不是在吃饭吗？怎么跑过来了？"

"刚才我在大群里看了下，得知甜蜜小镇这片今天停水，要求送水的单子还挺多，想着你应该也是碰上了，所以就过来瞧瞧。"方铭把车停好，顺势把她手里的水接了过来，"送七楼是吧？这几桶水我帮你送上去，你赶紧去把其他几桶水取来。顺便和老邓把情况说明一下，这种单子多少会有点补贴。"

许苓纭只觉得过意不去："这哪行啊？这原本就是我的活，哪能麻烦你？"

"这时候还分什么你的我的？看看你那手，取货的时候看看有没有手套卖，买一双去！"方铭朝她那双已经被勒出道道红痕的手努了努嘴，没再废话，一次深呼吸后，抓起四桶水就往楼上跑。

许苓纭见状也不敢再耽误，一边联系邓饶，一边匆匆赶往商家。

那天下午，络绎不绝的送水订单让许苓纭和她的同事们在甜蜜小镇的福利房里上上下下不知道爬了多少趟楼梯。好不容易把单子送完，她整个人双手双脚都在发抖。

进入外卖行业以来，这是她第一次遇到如此高强度的体力活，疲惫之下难免心生沮丧，正打算收工后干脆奢侈一把，找个按摩店好好放松一番，方铭的电话打过来了。

"你现在在哪儿啊？还在忙吗？"

"刚收工，手脚都废了，骑车怕有危险，正在小区门口的花园这儿坐着休息呢。"

"那行，如果后面没单子了，你就坐那儿等等我。我就在附近，过一会儿就到。"

十分钟后，方铭匆匆赶来，塞给她一管新买的软膏："我刚才路过药房，顺便买了这个。你赶紧搽一下，多少能消点肿。"

"谢谢你啊！"

没人关心的时候还好，此刻被对方这么一提醒，许苓纭感觉自己那双被重物折磨了一下午的手又麻又肿，胀得难受。

打开软膏涂抹一番，红肿逐渐消退，疼痛的感觉却越发明晰起来。"女人干骑手这行不容易"这种话她之前听过不少，却总是不以为意，此刻因为身体上的疲惫和客户的不理解，体验到了前所未有的无助和委屈。

见她眼眶泛红，显然情绪已经跌到了谷底，方铭动了动嘴唇，想劝上几句，但想到自己笨口拙舌，说不定会起到反效果，安慰的话最终还是没说出口。

许苓纭的心情他太理解了。

他刚入行那阵，一家公司团建聚餐，下了个五千多块的大单。偏偏商家有个厨师当天休息，就两个师傅上灶，光出餐就花了几个小时。那一天，他骑着电动车来回送了十几趟，其他的订单都没跑成，最后连吃饭的钱也没赚到。

当时的他和现在的许苓纭一样，又沮丧又心酸，心中充满了无限的委屈。可是生活要继续，为了能有一份收入养家糊口，这些委屈只能混着眼泪，咽进肚子，默默承担，默默消化。

所以最后，他也只是避重就轻地提醒道："你今儿累了一天，回去后好好洗个热水澡放松一下，不过手掌尽量别碰水。明天戴手套上班，就没那么疼了。"

因为方铭事无巨细的一番交代，许苓纭的手以极快的速度度过了恢复期，没遭太多罪。与此同时，她对方铭的私生活也产生了些许好奇。

原本她以己度人，觉得男人结婚生子之后被老婆甩了，一定是自身出了问题，才会让另一半宁愿抛下孩子，也不愿继续维持婚姻关系。可是相处至今，她不得不承认，方铭既懂得关心人，脾气又好，不仅工作认真负责，还十分顾家，就人品而言，实在挑不出什么大毛病。

经过一番打探，她才知道，方铭和前妻庄小惠离婚时还没进入绿盈科技，收入有限的情况下，一家三口的日子过得紧巴巴的。见前途一片渺茫，庄小惠决定回老家，和舅舅一起做生意。方铭自认不是做生意的材料，想要留在北江市继续打拼。两人彼此无法说服对方，最终只能离婚收场。

得知方铭的离婚真相后，许苓纭不由得心生感慨。

一个一心追求事业，甚至不惜以离婚为代价留在一线城市打拼的男人，却在最年富力强的年纪被裁员下岗，干起了一份与所学专业全无干系的工作，这无论如何都让人心生唏嘘。

但她不知道的是，方铭并没有就此认命，在她看不见的地方，他其实一直在努力尝试着，想要回到原本的行业。

第八章
私下交易

随着温度日渐升高,夏季悄然而至。

招聘市场仿佛也被空气中那炙热的气浪所感染,经过一个春天的蛰伏,再次活跃了起来。

数月以来,简历一再刷新却始终无人问津,方铭原本都已经绝望了,然而随着招聘网站上"您的简历已被招聘者查看"的提示频频响起,他那颗静如死水般的心,也跟着重新活络起来。

这天下午,他找了个沿街的小公园,正一边躲着太阳休息,一边等着系统给安排新的单子,手机铃声忽然响起。面对着屏幕上反复跳动的"乔卓远"三个字,方铭的手指在接听键上方犹豫了好一阵,却始终没能摁下去。

自打对方拜托自己劝说许苓纭辞职的任务失败后,两人就再也没有过任何联系,至于介绍工作之类的,更是变成了一张空头支票,再没人提起。如今对方打电话过来,想来是无事不登三宝殿,可一想到对方那种过于现实的做派,方铭再是好脾气,也禁不住有些憋屈。

铃声足足响了十几声,方铭才终于下定决心,摁下了接听键,只是对方来意不明,他的态度也多了几分谨慎。

"乔总你好,你有事找我?"

"老方,忙着吗?没打扰你吧?"电话那头,乔卓远的声音听上去十分亲切,仿佛两人昨天才坐在一起把酒言欢似的,"不忙的话问你点事？"

"不忙不忙，有事乔总你说。"

"是这样的，之前我不是和你提过帮你介绍新工作的事吗？因为一直没合适的机会，我也就没联系你。刚好前几天有个朋友那儿说想招人，我看了看要求和你还挺匹配，就想问问你现在还考虑新的工作吗？如果考虑的话，你今天抽个时间，咱们见面详聊。"

当天最后一个订单送完后，方铭一秒都没多耽搁，第一时间就给乔卓远发了信息。为表郑重，他甚至把约见地点定在了绿盈科技附近一家价格不菲的咖啡馆。

见面后，乔卓远表现得很热情，寒暄间接连响起的好几个电话都没接听。

这种心无旁骛的专注表现让方铭体会到了久违的被重视的感觉，对接下去的谈话也越发期待起来，然而乔卓远却像是专注于和他套近乎，嘘寒问暖了好一阵，从国际形势聊到了基金股票，就是没有要进入正题的意思。

方铭和他敷衍了半个小时，实在熬不住了，趁着续杯的间隙，主动问道："乔总，你之前和我说有个还不错的工作机会，我能问问具体是哪家公司、什么职位吗？"

"哦，你看我，这一聊起来，倒把正事给忘了。"乔卓远一拍脑袋，像是这才想起两人见面的目的，当即清了清嗓子，详细介绍起来，"我推荐给你的这家公司呢，是我一个老同学创办的，虽然成立年限不长，但很有发展潜力，政府那边也给予了专项资金支持。至于岗位嘛……他们是想找一个有能力、责任心强且工作经验丰富的人带团队，所以想来想去，我就想到了你。"

方铭没想到自己在对方手下做事时没听到什么好话，离职这么久了却忽然收获了这么多夸赞，一时间只觉得五味杂陈。自谦了一阵后，他小心翼翼地问："我的情况对方清楚吗？他们是什么想法啊？"

"当然，你的情况我已经和对方沟通过了，他们对你在工作上的表现非常认可，我和对方也是老同学，对我推荐的人，他们还是很放心的。"乔卓远不动声色地给自己脸上贴了一阵金，继而话锋一转，"当然，这里面也不是不存在问题，毕竟你中途转行，和上一份相关的工作隔了不短的时间，具体的情况还需要大家多沟通……不过你放心，有我在，这些都容易解决。"

见他信誓旦旦，一副对自己颇为赏识的模样，方铭不由得心下感动，正打算表表决心，乔卓远像是想到了什么一样："不过老方啊，在安排你和对方见面之前，我也有点私事需要你帮帮忙，就是不知道你是不是方便。"

天底下没有免费的午餐，自己和乔卓远无甚交情，对方表现得这么热情，也许是有所图谋。见对方铺垫了这么久，终于要和他谈条件了，方铭努力振作了一下精神："乔总你有什么事，尽管说。"

"其实也不是什么大事，我就是想了解一下，许苓纭在你们那儿干得怎么样啊？"

他连名带姓地说出"许苓纭"这个名字，而非"我太太"，这称呼上的微妙区别让方铭回答时也多了几分谨慎："还挺好的吧，虽然开始的时候遇到过一些麻烦，但经过几个月的磨炼，差不多已经步入正轨了。"

"她能进步这么快，老方你帮了不少忙吧？"

方铭摸不准他这句话是出于感激还是怨责，只能含糊不清地表示："也说不上帮忙吧，大家都是一个团队的，遇到麻烦了都会互相搭把手。"

乔卓远不置可否地笑了笑："我和许苓纭已经决定走法律程序诉讼离婚了，这事你知道吧？"

见他都把话挑明了，方铭也没再装傻："我之前隐约听说过你们在闹矛盾，不过据说乔总你那边一直在争取，本来我还想着夫妻间闹别扭很正常，过一阵可能也就没事了，倒是没想到……"

"没想到我们真的会闹到上庭这一步是吧？其实我也没想到……"乔卓远再次笑了起来，一直戴着面具的脸上多了几分苦涩。

许苓纭性子倔，他一直都知道，但为了北城和他们这个家，大多数时候他们彼此也是愿意退让的。所以他本来以为，就算他犯了点错，对方最多也就是闹闹，赌上几天气就算了。没想到这次她不知道怎的，协议不成就闹起了诉讼，其间不管他如何道歉，旁人如何劝说，她铁了心就是要离婚。

听他抱怨连连，话里话外似乎都在指责许苓纭"不懂事"，方铭只觉得不屑，心想你和汪小敏那点事可不是用"犯了点错"就能糊弄过去的。

但同样作为婚姻失败者，他以己度人，还是真心实意劝了两句："乔总，你也别太难过了，如果实在无法挽回就想想儿子，日子总是要过下去的……"

"你说得没错，我今天来找你，其实也是为了北城的事。""儿子"两个字犹如一针兴奋剂，让乔卓远很快振作了起来，"虽然我和许苓纭闹到了上庭这一步，但在财产分割方面，基本上不存在什么问题。双方的争议主要在于北城的抚养权问题……"

自打离婚的事板上钉钉后，乔卓远找乔北城私下聊过几次，想用感情牌先一步把儿子给争取过来。然而乔北城始终没个明确的态度，被逼急了，就表示自己不想做选择题让父母伤心，只要爸爸妈妈商量好，自己跟谁都行。

乔卓远虽然没怎么正儿八经地带过孩子，但也知道儿子从小就重感情，得知父母在闹离婚后，虽然从未像别家孩子那样又哭又闹，但心里也一直不好受。在这种情况下，再逼他做选择，乔卓远自己也不忍心。几相权衡之后，他和许苓纭达成协议，大人间再怎么不愉快，也绝不去为难儿子。

没了儿子这张牌，乔卓远把希望寄托在了律师身上，而对方给出的反馈，也让他颇为满意。

按照律师的说法，在乔北城没有明确倾向的情况下，法院一般会把孩子判给条件更好、更有利于他成长的那一方。所以从这个角度来说，乔卓远算是胜券在握。

但乔卓远是个生意人，谈判桌上的各种风波看多了，为了防止另生枝节，他还是做起了准备，所以才会找到方铭，希望他能作为证人出庭，证明如果是由许苓纭来抚养孩子，并不是一个太好的选择。

言谈间，乔卓远彻底亮出介绍工作这个幌子之下和方铭约见的真正目的，方铭听闻只觉得为难："乔总，我和许苓纭只是同事，这种事情，要怎么证明啊？"

"就是因为你们是同事，这事才有说服力。"显然，乔卓远来之前已经深思熟虑过，解释起来行云流水，丝毫不带停顿，"我不是要你无中生有说她的坏话，你只需要说清楚，许苓纭的工作能力有限，送外卖这份工作可能干不长久，未来无法给北城提供良好的成长环境就行。"

其实真要按照对方的意思办了，倒也算不上说谎。许苓纭在工作上出过很多问题，方铭是亲眼见过的。而且乔卓远也一再表示，财产分割方面不会亏待了她，等有合适的机会，还会为她找一份舒服点的工作。

可是一想到许苓纭为了争夺儿子的抚养权而卖力工作的模样，方铭又觉得，自己真要这么做了，良心大概会不得安宁。

不容他多想，乔卓远已经拿起了咖啡杯，主动对他举了举："老方，以前咱俩之间可能是有点误会，我有做得不好的地方，你多见谅，关于你工作的事，我会尽心尽力帮你搞定。在北城这件事上，也请你务必多帮帮我，作为一个父亲，我相信你能明白我的心情……"

走出咖啡馆后，夜色已深，为表亲近，乔卓远坚持要亲自开车送方铭回家。

方铭几番推托无果，最终还是被他连拉带拽地摁在了那辆豪华奔驰的副驾驶席上。

随着轻微的引擎轰鸣声,车辆一路平稳向前。

闪亮的霓虹灯扑面而来,又被远远抛在身后。灯影交错之间,记忆中的无数画面伴着此刻擦肩而过的浮光掠影,犹如走马灯一样,在方铭的脑海里轮番上演。那些曾经在职场上尝咽过的悲伤、欣喜、失落,让他满怀惆怅,疲惫倦怠,却又难以割舍,念念在心。

像是从这沉默不言的状态中觉察到了他内心的纠结和惆怅,乔卓远放慢了车速,又将车窗降下,指着不远处那栋全玻璃覆盖的写字楼说道:"忘了和你说,我同学那家公司,下个月就会搬到这栋写字楼里。这儿离诺明大厦也不远,以后咱俩有空了还可以聚一聚。"

这赤裸裸的诱惑让方铭忍不住苦笑了一下:"乔总,这事不是还没谱吗?怎么说得跟明天我就要来这儿上班了一样?"

"事在人为嘛!"乔卓远伸手在他肩上拍了拍,语带双关地提醒道,"只要你我一起努力,相信绝对不会有问题的。"

当晚方铭回到家时,方豆豆已经睡下了。

方铭将她耳朵上的耳机摘下,又把被子掖紧了些,在床边守着女儿那无邪的睡颜看了好一阵,这才惆怅地回了自己房间。

虽然一个白天的奔波加一个晚上的长聊已然让他身心俱疲,但真的躺上了床,方铭却怎么也睡不着,仿佛只要一闭上眼,就能看到鳞次栉比的楼宇间霓虹闪耀。

辗转反侧了好一阵,他干脆拿起手机看了看。

熟悉的工作大群里,残留着数百条未读消息,大多是同事们在工作途中分享的抱怨和玩笑。

将大群里的消息翻了一阵后,他又点开了陈涛建的那个五人小群。

小群里的内容简单了不少,除了约饭,大多和许苓纭有关。

"许姐你好厉害啊,这个星期的单子居然跑进了站内前十!我都没进过几次前十。"

"说起来,我和许姐还是同一天入职的,这么一看,我好菜啊!"

"是哦!边响你不要拖后腿,我们这个小群里,就你业绩最差,要好好加油!"

"知道啦,小师父!不过许姐你有奖金拿,是不是得意思一下,请我们吃个饭啊?"

在陈涛和边响你来我往、对口相声一样的道贺声中,就连极少吭声的陆屿也发了一句:"恭喜。"

惊异之下,方铭赶紧把聊天记录往上翻了翻,很快看到了陈涛从大群里截出来的一张业绩单。刚刚过去的一个星期里,许苓纭完成了近三百单,跑了七百公里,业绩排名全站第十。

这个数据背后究竟意味着什么,方铭自然心知肚明。

许苓纭显然也很高兴,表示都是因为有大家的帮助,自己才能跑出这个成绩。等她手头的私事处理完,就请大家去家里吃火锅。

方铭看到最后,总觉得自己也应该说点什么,想了半天,他单独敲开了许苓纭的聊天对话框:"不好意思啊,晚上有点事,刚看到群里的消息。先说声恭喜,到时候聚会的话我一定去。就是看到你说最近有私事要忙……有什么需要帮忙的吗?"

许苓纭显然也没睡,只过了几秒就回复道:"不用麻烦啦,其实就是我和乔卓远决定走诉讼离婚了,虽然按照法院排期还有一段时间才上庭,但还是想多花点时间准备准备。"

她表现得如此坦然,显然是对自己信任有加,方铭不由得越发纠结:"那你现在准备得怎么样了?有把握吗?"

"把握谈不上,不过事在人为,我能做的都做了,以后再努努力,相信法院会做出公正的裁决的。"

没等方铭回复,许苓纭的信息再次传来:"无论结果如何,我都要谢谢你,如果不是你和同事们帮忙照顾,我想现在我也不会这么有底气。"

方铭被"底气"两个字刺痛了双眼,匆匆回复了一个笑脸后,就把手机扔在了一边。

寂静的黑夜里,许芩纭那份出色的工作业绩表和中心区里那些霓虹灯的光影在他眼前交错而过,让他那颗原本就满是不安的心,也跟着剧烈跳动起来。

接下来的一个星期,乔卓远频频打来电话,积极地追问方铭什么时候有空,去和他的老同学见上一面。方铭清楚,一旦见面,就意味着他和乔卓远之间的这场"交易"正式达成。犹豫之下,他只能不断找各种借口拖延。

时间一久,乔卓远也从他那反复推诿的态度中意识到了什么,留下一句"你好好考虑"的警告之后,电话也就此少了。

就在方铭还在为是否接受这份"交易"而举棋不定之际,方豆豆的班主任在家长群里发布了一则最新通知。

通知里强调,为了提高学生的期末考试成绩,学校特意安排了一次家长会,届时希望各位家长务必到场,积极重视。

自寒假之后,虽然方豆豆的学习成绩依旧晃晃悠悠地吊车尾,但她没再像刚升入初中时那样被频繁请家长。这让方铭欣慰之余,也没再像过去那样,一听闻要去学校和老师见面,就双腿发软、胆战心惊。

时至家长会当天,他特地请了半天假,把自己从上到下好好收拾了一番,提前去了学校。

中天中学是北江市知名的私立中学,能在此就读的孩子基本不是成绩优异,就是背景不凡。虽然学校管理严格,学费昂贵,但冲着它每年往市里输送中考状元的傲人成绩,家长们还是铆足了劲儿把孩子往里面塞。

方铭在学校里参观了一阵,正感慨着单凭这高大气派的教学楼和现代化的教学设施,那一年十多万的学费就不算白花时,忽然被人拍了拍肩膀。扭头一看,许苓纭面带微笑地站在身后,看样子也在校园里溜达了一阵。

因为那场尚未达成的"交易",如今面对许苓纭,方铭总觉得有些心虚。为了掩饰自己的紧张,他没话找话道:"你怎么来了啊?早上没听说你请假,我还以为今天的家长会是乔总来参加呢。"

许苓纭撇了撇嘴,语气里满是不屑:"北城念书以来,家长会他参加过几次啊?这不,之前信誓旦旦嚷着要来,今天一早打电话过来,说是临时有个重要的会议要去北京出差,又来不了了。他这样子,我这些年都习惯了,要是真把北城交到他手里,还不知道一年会被坑多少回呢。"

看她这反应,显然对于乔卓远那时不时就放鸽子的行为很是不满,方铭也有点后悔提起这个话题,只能干笑着表示:"北城争气,学习成绩又好,你们当家长的过来,就是听听表扬,那不谁来都一样?不像我们家豆豆,成绩跟不上不说,还三天两头净惹事,要不是我心理素质好,这么多年也算是被她磨炼出来了,这家长会还不一定敢来参加呢。"

许苓纭虽说没有遭遇过类似的烦恼,但相熟的家长里,因为孩子成绩不好常年被老师逮着教训的也不少,听闻方铭哀叹阵阵,她赶紧劝道:"你别这么说,豆豆她年纪还小,读书开窍稍微晚一点,也是有的。你平时多花点时间陪陪她,遇到什么问题,也和其他家长多交流一下,只要方法对路,像她那么聪明的女孩子,一定不会有问题的。"

见她说得认真,并不像在随口敷衍,方铭正想向她讨教一下教育方面的经验,随着一阵下课铃声响起,学生们陆续拥出了教室。

许苓纭精神一振,抬手看了看表:"老方,时间也差不多了,要不咱们先去开会?等家长会结束了,叫上两个孩子一起吃个饭,有什么问题,咱们吃饭的时候聊。"

想着有乔北城那么一个优等生模板在,自己也能对方豆豆有的放矢地进行一番教育和激励,方铭点头如捣蒜,紧接着就跟随众多家长的脚步,走进了女儿的班级教室。

家长会正式开始前,家长之间免不了一番寒暄,除了自家孩子的学习情况,自身的职业、兴趣和人脉很快成为交流的话题。

方铭向来不擅社交,方豆豆那垫底的排名也让他没了和旁人谈笑风生的底气,于是只能埋着头,假装专心地在那儿刷手机。

刚刷了没两下,坐在他身旁的那位身材矮胖的中年男人主动搭话道:"你好,我是孟喆的爸爸,还没请教你是……"

"你好,我是方豆豆的爸爸。"方铭赶紧放下手机,和对方握了握手,随即又主动问了一句,"你这也是专门请假过来开会的吧?"

"那可不?"简简单单一个问句,像是戳中了男人的心事,让他立马一口气叹了出来,"天大地大,孩子最大,听到要开家长会,哪家家长敢耽搁啊?这不,我太太刚好出差,公司那边又一堆事,还有好几个几百万的单子等着我签字呢,可为了儿子,那不也得先放着吗?"

听他这口气,似乎还是负责管事的小领导,只是对方那有意无意流露出来的优越感,让方铭也下意识地挺了挺腰:"您说得对。现在咱们这些做家长的工作都忙,可再怎么忙,孩子的事还是最重要的。"

听他附和自己,男人顿生知己之感,很快递了张名片过来:"不知道方先生在哪儿高就啊?方便的话咱们加个联系方式,以后孩子的事也可以多交流。"

名片上"天鸿进出口贸易公司副总经理"几个加粗的大字,让方铭的心不自觉地抖了抖,下意识地就想把自己外卖骑手的身份藏起来。

然而对方一脸热情,他又实在找不到什么拒绝的借口,只能遮遮掩掩道:"我就是个干技术的,在一家互联网公司做技术工程师,今天临时请假过来,也没带名片……"

"没事没事,干你们这行的都是靠技术说话,哪像我们,走哪儿都得递名片,别人才知道你是干吗的。"

男人对着他一通奉承后,很快调出了自己的二维码:"这是我的二维码,方先生加一下吧。除了孩子的事,我刚好也在负责公司业务信息化调整的工作,到时候还得请你多多指教呢。"

一番寒暄后,男人的联系方式躺进了方铭的好友列表。

方铭担心自己的朋友圈里有什么信息和他自称的互联网行业从业者的身份不匹配,正打算清理时,随着高跟鞋敲击地面的声响由远及近,班主任林老师已经站上了讲台。

林老师人虽年轻,气场却足,和家长们打完招呼后,就介绍起了班级的整体水平、学生们的日常表现和相关的教学目标。相关的情况介绍完后,她又以成绩名列前茅的几位模范生作为案例,就家长在教学上的日常配合进行了经验分享,随着乔北城这个名字一次次伴着各种称赞和荣誉出现,教室里开始产生阵阵骚动。

"这个孩子我听说过,之前进中天中学的时候成绩就是前几名,初一上学期的期末考试分数也很高。"

"我儿子和他在一个物理特训班,据说的确是很出色。"

"我听林老师说过,这孩子特别自律,除了老师布置的作业,经常会主动找一些课外辅导书上的题目和各个科任老师探讨。"

"他家长是干吗的啊?能把孩子教育得这么好。有机会的话老师能不能把他的家长请过来和大家分享一下教育经验?我们也好学习学习……"

七嘴八舌的议论声中,方铭只觉得满心羡慕。

之前还在绿盈科技工作时,他就从同事们的八卦里得知,乔卓远有一个长相英俊且成绩出色的儿子,只是当时,他只当同事们碍于乔卓远的身份,赞誉之中难免有夸张的成分。

等到方豆豆进了中天中学,他在学校组织的各种竞赛和考试里屡屡看到乔北城这个名字时,才骤然惊觉,原来影视剧里描绘的那种既有颜值又有智商的学霸校草,是真实存在的。

但即便是那个时候,他都以为,乔北城能够在同龄人中如此出色,除了自身的天赋和努力,大抵是因为乔卓远那丰厚的收入和许苓纭无微不至的关心给他提供了一个全无后顾之忧的成长环境,可是眼下,在父母的离婚官司闹得沸沸扬扬之际,乔北城几乎没有受到影响,依旧保持着惯有的优秀表现,这让他不得不承认,这个男孩的自律和自我管束能力,的确大大超出了同龄孩子。

对于这样一个沉稳得近乎早熟的男孩而言,在父母即将分开的情况下,内心究竟做何感想?是否真的如乔卓远所说,以后和谁一起生活他都无所谓,退到父母纷争的阴影下,心甘情愿地成为一个被选择的对象?

思绪纷扰之际,讲台上的林老师已经做完了总结。"哗啦啦"的掌声中,家长们陆续站起来往外走。

对于自己没有被班主任特别点名,当作反面案例当众教育,方铭心里甚是欣慰,等到乔北城所在班级的家长会也宣告结束,他才和许苓纭一边闲聊着,一边离开了教学楼。

家长会结束后的学校操场一片热闹。

众家长或是拉着自己的孩子耳提面命,或是在孩子的带领下参观着校园。

方铭前后看了一圈,没见到方豆豆的身影,正准备给她打个电话,许苓纭的手机先一步响起来了。

"妈,你那边结束了吗?我看到有同学的家长已经出来了。"

"结束了,你人在哪儿呢?"

"我在教学楼后面的小操场这儿。"

"那你赶紧过来吧,我在学校大门这儿等你。顺便,你看到方豆豆了吗?她爸爸现在和我在一起,如果你见到她的话,叫她一起过来。"

电话那边沉默了好一阵,许久之后乔北城才说道:"妈,如果方伯伯和你在一起的话,最好让他过来一趟吧。方豆豆她遇到了些麻烦,怕是一时半会儿走不了……"

等方铭和许苓纮气喘吁吁地赶到教学楼后面的小操场时,篮球架下方已经围了一圈人,但即使隔着人群,也能听到里面传来的成年男人的怒斥声。

方铭赶紧把人拨开,挤了进去,人还没站稳,就看到方豆豆头发散乱,涨红着一张脸站在那儿。在她身前,不久之前才笑容满面地和他加过好友的男人正声色俱厉地呵斥着什么。

见此情形,方铭只觉得血气上涌,当即往方豆豆身前一挡,瞪着眼前的男人:"你这是干吗呢?怎么冲个小姑娘这么凶?"

"我凶?我没动手揍她已经是脾气好了!"男人狠狠咬着牙,把藏在自己身后的一个小男孩拉了出来,"这女孩就是你女儿方豆豆吧?你自己看看,她刚才动手把我儿子打成什么样了?孟喆也就是见她是个女孩才没还手,难道我现在教育她两句还不行吗?我可告诉你,这事今天要是没个交代,我就带这小姑娘去见校长,没个记过处分就不算完!"

没想到方豆豆安生了几个月,竟然在家长会当天闹事,方铭惊诧之下,赶紧朝男人指的方向看了看。眼前的小男孩肿着一只眼睛,白嫩的脸上好几道指甲印,显然是不久之前被人抓出来的。

气急败坏之下,方铭很快一转身,抓着方豆豆的肩膀厉声质问道:"人是你打的?"

方豆豆"呼哧呼哧"喘着气,看样子像是默认了。

见她一副油盐不进的样子,似乎既不准备道歉,也不打算认错,方铭的声音又拔高了几分:"大家都是同学,你打他干吗呀?爸爸平时怎么教育你的,有什么事情不能好好说吗?"

方豆豆狠狠地瞪着眼睛,喘了一阵后,忽然尖声叫起来:"我就是要揍他！谁让他骂你！"

话音还没落，眼前的男人急红了脸，伸手朝她脸上一指："你有本事再说一句?!"

方铭没想到这事居然还和自己扯上了关系，微愣之下追问道："他骂我什么了？而且就算他骂我，你也不能打人啊！"

见方铭始终没有袒护自己的意思，方豆豆越发觉得委屈，强撑了许久都没落泪的眼睛瞬间一红，紧接着就"哇"地哭了出来："他骂你是骗子！还说你就是个送外卖的，根本不是什么技术工程师！"

方铭闻言只觉得浑身一僵，还没来得及说点什么，站在一旁的男人也愣了愣，低头看向儿子："孟喆，这些话真是你说的？"

叫孟喆的男孩满脸不忿，嘟嘟囔囔地回应道："她爸本来就是个送外卖的，之前我在路上见到过他们在一起，他穿着鲜城汇的外卖服，还骑着电动车……都这样了，还说自己是什么技术工程师，那不是骗子是什么？"

一阵低低的议论声很快响了起来，或重或轻地传到方铭耳里，像一场公开的凌迟。

"孟喆说得没错啊，方豆豆的爸爸就是个送外卖的嘛……我早上来学校的时候，见过他好几次。"

"这个我可以证明，我也看到过。"

"可是我记得林老师之前好像提过，说她爸爸是什么技术工程师……老师又怎么会骗人？"

"所以骗人的到底是方豆豆还是方豆豆她爸啊？怕不是谎话被揭穿，方豆豆才会恼羞成怒动手打人吧？"

一片嘈杂之中，许苓纭扭头看向了自己的儿子。

乔北城的表情看上去也有点一言难尽，但还是低声解释了起来。

原来刚下课没多久，那个叫孟喆的男孩拿了个小机器人在这儿玩，大家觉得新鲜，就陆续过来围观。方豆豆对于小机器人为什么会唱歌跳舞报天气有些好奇，就问了一下，孟喆告诉她这是因为技术人员进行了编程，才让它有了这些功能。

方豆豆听完以后，一脸骄傲地表示自己的爸爸就是一名技术工程师，如果把小机器人交到他手里，能表演出更多花样。孟喆不信她的话，两个人为此吵了起来，紧接着就动了手。

经他口齿清晰地这么一解释，许苓纭很快清楚了事情的来龙去脉，见方铭手足无措，她踏前一步，对着男人说道："这位先生您好，方便和您聊两句吗？"

男人板着一张脸，似乎因为方铭的身份被揭穿，口气里带上了一点不屑："你是这小姑娘的妈？"

"不是，我是乔北城的妈妈。"

"乔北城"这三个字自带学霸光环，在普通学生家长心中实在太有影响力，这自我介绍一出，男人的脸色立马缓和了不少，口气也客气了起来："北城这孩子我知道，和我们家孟喆在同一个兴趣班，孟喆一直都把他当学习目标来看。刚才的事，我看北城也在现场，前因后果应该很清楚……您给评评理，这事闹成这样，这小姑娘是不是该好好教育？我们家孟喆说了句实话而已，至于被她打成这样吗？"

许苓纭笑了笑，声音不紧不慢："方豆豆的爸爸和我先生之前是同事，都在绿盈科技上班，所以我很清楚，方先生是一位非常优秀的技术工程师，关于这一点，他和方豆豆并没有说谎。虽然他现在离开了绿盈科技，在鲜城汇送外卖，但我想这和他身为技术工程师的身份并不矛盾。所以今天这事，方豆豆动手打人是不对，但的确也是因为您儿子口出恶言在先……我想要不就让方先生给您道个歉，再赔偿一下相关的医疗费用，至于两个孩子的问题，咱们做家长的就各自私下教育解决，您看如何？"

或许是碍于她学霸家长的身份，又或许是意识到在这场争端之中，自己的儿子并非全然占理，外加方铭道歉连连，给足了他面子，男人考虑了一阵，又低声抱怨了几句后，也就顺着许苓纭给的台阶，息事宁人地把自己的儿子带走了。

经历了这么一场闹剧，方铭原本还算轻松的心情也跟着沮丧起来，对于事先约好的聚餐也显得兴致缺缺。

父女俩情绪都有些低落，许苓纭看在眼里，就近找了家麦当劳安排两个孩子把饭给吃了，又找了个机会逮着方铭悉心劝慰道："小孩子不懂事，说起话来口无遮拦的，你别和他们计较。豆豆也是为了维护你才会和人动手，你就算再不高兴，回家以后和她说说道理，就别再责骂她了。"

当着许苓纭的面，方铭纵有百般滋味在心头也无法表露，只能敷衍地点了点头。到家后，他第一时间把方豆豆摁在客厅里，严肃地问道："豆豆，你老实告诉爸爸，今天你为什么会动手打人？"

方豆豆一脸委屈："我不是说了吗？因为他骂你，我气不过！"

方铭继续问："那你生气的究竟是他说我是骗子，还是他说我是送外卖的？"

方豆豆沉默不语，这反应让方铭忍不住一阵心酸："豆豆，是不是爸爸现在干的这份工作，让你觉得丢人了？"

方豆豆犹豫着摇了摇头："没有……"

"既然没有，那孟喆说爸爸是个送外卖的也没说错，你为什么会气到要和人家动手呢？"

方豆豆眼睛一红，声音里带上了几分哭腔："因为他们都说，只有考不起大学、找不到工作的人才会去送外卖，可你明明就不是！而且你之前也和我说过，你去送外卖只是暂时的，等你找到了合适的工作，就会重新做回技术工程师的。"

在女儿委屈的哭泣声中，方铭双腿一软，疲惫地坐在了沙发上。

虽然他很想以此为契机教育女儿，劳动并没有高低贵贱之分，无论是送外卖还是做技术工程师都不过是一份工作，但凡凭双手合法赚钱，就没有什么可看不起的。而且现在无论是大学生还是昔日的名企员工，出来送外卖的并不少，可是回想起他自己无论是面对林老师还是孟喆爸爸时那藏藏掖掖的表现，一时之间，竟是连自己也难以说服。

无处不在的职业歧视和家庭攀比，让他无法从容面对自身的处境，那他又凭什么要求一个才念初中的小姑娘，平静理智地面对旁人的蔑视和羞辱呢？

思绪纷乱地坐了一阵后，方豆豆像是哭累了，扯了张纸巾胡乱擦了一把脸，小心翼翼地问道："爸爸，你不会就这样一直送外卖的，是吧？"

在女儿期待的注视下，方铭只觉得喉咙一哽。许久之后，他才紧捏着手机，语调变形地轻轻"嗯"了一声。

第九章
意外事故

家长会过后,方铭再次频繁刷起了简历。但凡有点空闲时间,他就会扎在招聘网站上看信息。

心情烦躁的时候,见到那种只需要三年左右工作经验的基础岗位,他也会投出简历试上一试,似乎想要通过企业打来的面试电话证明自己还有价值。

不过,他再焦虑,也没有主动联系过乔卓远,甚至某天对方试探性地发来某家公司的企业信息和招聘需求时,他也像是怕自己会动摇一般,连文件都没点开,就直接进行了删除。

时间一久,站点里相熟的同事都觉察到了他的异样。作为知情人,许苓纭更是清楚他的困扰不仅来自无法实现的职业理想,更来自周边人的看法和目光。

只是在找工作这件事上,大家再关心也帮不上什么忙,只能靠着日常的玩笑和插科打诨,尽量疏解他那郁郁不得志的苦闷。

就在方铭因为家长会的事再次陷入找工作焦虑之时,另一边,边响也因为发小忽然发来的生日宴邀请函而倍感头疼。

给他发来邀请函的发小名叫杨铭,是个含着金钥匙长大的富家公子哥。因为性情豁达、出手大方,在他们那个富二代的小圈子里也算是个活跃人物。

第九章 意外事故

几年前，因为学习成绩堪忧，杨铭被父母花了几十万送去英国镀金，人生地不熟的情况下，靠着和边响他们几个发小打视频电话抱怨诉苦外加求助，才算是挺过了最艰难的那段日子。

半个月前，这位兄弟在小群里发了个大额红包，说是自己顺利拿到了学位，即将荣归故里，准备找个时间和大家聚聚，除了感谢各位老友在自己异国求学期间的陪伴，也是有件人生大事想要和大家探讨商量。

边响只当他这件所谓的"大事"无非就是和姑娘之间的爱恨情仇，也就没怎么放在心上，直到不久前，杨铭找他私聊他才知道，作为顺利毕业的奖励，杨铭的父母准备了两百万的创业基金，只待在他的生日宴上作为生日礼物，让来宾们都知道自家儿子归国后即将在生意场上大展宏图。

一两百万的创业基金在边响眼中不算大数目，何况内心深处他也明白，杨家父母之所以会出这笔钱，大概也没指望这个儿子真的能干出什么了不起的大事业，只要不赌不嫖不乱糟践，被社会敲打一番后能安安稳稳守住家业，就已经谢天谢地了。只是一想到生日宴上杨铭会大聊特聊自己的创业计划，再联想到自己眼下的处境，他就不由得阵阵心堵。

但无论如何，大家毕竟是多年老友，心里再郁闷，对方的场还是要捧的。时至杨铭生日宴当天，边响特地请了半天假，将自己从头到脚拾掇了一番，又备上了一份厚礼，这才人模人样地赶去了宴会现场。

因为这几个月都在忙着送外卖，他很少出现在死党们的聚会上，但凡有人问起，也一概以"忙着做创业前的准备"作为托词应付。如今这一出现，边响很快成为众人的焦点，前来敬酒唠嗑、询问创业进度的人络绎不绝，一时间竟是抢了寿星不少风头。

好不容易等到生日宴结束，边响正准备和杨铭打个招呼就此开溜，却被对方一把拽住，说是宴席上喝得不尽兴，准备约着关系过硬的一群死党,去家里续摊聊聊。

边响惦记着第二天还要上班,原本打算拒绝,然而杨铭先一步朝他使起了眼色:"兄弟,我知道你忙,但是今天晚上这局吧,你要是不去的话,嘉妍大概也不会去。我回来一个多星期了,也就趁这个机会才正大光明地约着她见了一面,你就当帮兄弟创造机会,怎么样?"

顺着他偷瞄的方向,边响抬了抬眼,下一秒瞬间反应过来。

"杨铭你可以啊,都出国这么多年了,还惦记着秦嘉妍呢?人家都拒绝你多少次了,你怎么还在这儿处心积虑地创造机会?说不定人已经交男朋友了呢?"

"绝对没有!"杨铭满是自信,"嘉妍的朋友圈我一直关注着,不像交了男朋友的样子,而且回国以后,她身边的朋友我差不多都打听过了,都说她现在还是单身。"

边响心想自己和秦嘉妍认识也不是一天两天了,她的择偶标准自己也算清楚,即便单身,就杨铭这样的肯定没戏。但见好友一脸热情,他也不好泼凉水,眼见劝说无果,也就装傻充愣地没去当那个坏人。

杨铭回国之前,他爸妈就在地处城南的富人区给他买了一套房子。

房子一百二十平方米,三室一厅的格局,虽然面积不算太大,但在杨铭的介入下,从设计到装修都很符合现代年轻人的审美。

一行人进屋后,先是里里外外参观了一番,紧接着就放开手脚闹腾起来,时至夜晚十点,冰箱里原本囤着的十几瓶啤酒很快消耗完了。

眼见如此,有人意犹未尽地叫嚷道:"刚才在宴席上忙着听叔叔阿姨给铭哥唱赞歌,说实话我没怎么吃饱,要不咱们叫点东西吃吧?顺便叫几瓶酒?"

杨铭笑着骂了一句,很快掏出手机,点开了外卖软件,正左右征询着大家的意见,一个轻柔的女声忽然冒了出来:"时间都这么晚了,要不还是算了吧?谁要是饿了的话,我去厨房给你们煮点面条。"

立马有人起哄道:"铭哥过生日欸,光靠面条就想把我们给打发了？我说秦嘉妍，你这是不是在心疼杨铭，想替他省钱呀？"

"少胡说。"秦嘉妍被人这么一调侃，也觉得有点不好意思，"我就是想着时间太晚了，天气又不好，估计很难有骑手接单。就算真的有人愿意接，咱们这地方又挺远，即便要送，怕是也得一两个小时以后才能到。"

"天气不好咱们加点钱就是了嘛，铭哥又不缺这点钱，是不是？"

"就是，人家外卖小哥本来就是靠这个赚钱，你在这儿为人家着想挡了人家生意，别人可不会领你这个情！"

"等久一点就久一点呗，反正今天大家都准备通宵了。就是边响你啊，最近这几个月也不知道在忙什么，总是不露面，今天铭哥过生日，你既然来了，不喝尽兴不准走啊！"

自进屋后，边响不知不觉间已经喝了好几瓶啤酒，此刻正处于头脑发蒙的亢奋状态。骤然听到自己被点名，他一拍桌子，舌头打结道："喝就喝，谁怕谁啊！我可告诉你们，北江市干外卖这一行的我都熟……只要打个招呼，不管你们想吃啥，分分钟给你送到！"

众人闻言，瞬间哄笑。

"边响你可以啊，敢情你销声匿迹这一阵，是去外卖市场收小弟了？怎么样，现在北江市的外卖队伍你收购了几支？发展前景不错的话，我让我爸妈也入个股。"

"你这牛都吹出去了，当哥们儿的要是不捧个场就太不够意思了。这样吧，城北边上那家二十四小时营业的罗记烧烤，烤牛肉和烤五花各叫一百串！"

见众人嬉笑阵阵，似乎都没把他的话当回事，酒气上涌之下，边响当即拿出手机往桌上一拍："别给我扯那些有的没的，你们要是不信的话，咱们就打个赌！你们想吃什么，都给我发群里，我叫几个外卖小哥给你们送过来……要是一个小时之内东西送不到的话，就算我输！"

见他一脸醉态却依旧信誓旦旦的样子，众人一时间都来了兴致。

七嘴八舌地讨论了一番后,这才把点好的单子递到了他眼前。

边响拿起手机看了看,洋洋洒洒的文字堆满了屏幕,让他一时间有点发晕。凝神细看之下,才发现这些商家零零散散分布在北江市的各个区域,就算主动提高配送费,也不是短时间内能完成的。

秦嘉妍敏锐地捕捉到了他的为难表情,主动打了个圆场:"算了吧,你们也别为难边响了,他本来就是喝多了酒,和大家开玩笑来着。你们实在不想吃面,我记得楼下有几家便利店,要不我下去给大家买点?"

"嘉妍,别啊!"有人依旧在不依不饶地起哄,"你说这话可就是看不起边响了,就这点东西,叫个小弟来送送货那不就是一句话的事?边响你说是吧?"

秦嘉妍打圆场时,边响还打算哈哈两句把这事给混过去算了,然而被对方这么一激,他只觉得自己没面子,扔下一句"你们等着"后,就拿着手机走进了阳台。

眼下夜色已深,室外狂风阵阵。放眼望去,偌大的小区内除了几棵大树被风吹得左右摇摆,几乎不见半个人影。这样的天气对于外卖骑手而言,无异于一个巨大的挑战,但大话已经吹出去了,真要就此作罢,他也不知该如何收场。

思前想后了好一阵,边响终究还是把心一横,从通信录里翻出陈涛的号码,拨了过去。

"小师父,你睡了吗?"

"还没呢,我刚把车子给擦了,正打算去洗衣服呢。你找我有事?"

"也没什么事,就是随便找你聊聊天。"

"这大半夜的有啥好聊的,我正忙着呢,你要是没事我就先去洗衣服了。"

"别啊!你先等等……"

被夜风吹了这么一阵,边响的酒劲也下去了不少,但电话都已经打过去了,就这么挂掉,他又觉得心有不甘。支支吾吾了一阵后,他小心试探道："小师父，我刚才临时接了个活儿，结果餐还没取呢，就把脚给扭了……"

"什么？你把脚扭了？"陈涛这一惊非同小可，"情况严不严重？去医院看了吗？"

"看了看了，医生说没啥事，抹点红花油休息一晚上就行了。"

"那就好……可你今天下午不是请假了吗？怎么又接单了啊？"

"这不是临时的突发情况，没办法吗？"边响干笑了两声，半真半假地编了个借口，"派单这人是我一朋友，平时一个人住也没个人照顾，今儿好不容易过个生日，我不得给他送点好吃的？"

话编到这里，他只怕分量不够，赶紧又补充道："他知道咱们辛苦，所以配送费给得挺大方，说是只要能送到，就额外给两百块……小师父你看看能不能帮我送一送？"

"行吧！"电话那头一阵窸窸窣窣的声音传来，像是没等到通话结束，对方就已经在换衣服了，"单子你发给我，我这就帮你送。你早点休息，就别再操心了！"

等陈涛换上工装，将他那辆已经清洗干净的电动车推至宿舍前的空地时，边响发来的信息已经静静躺在了聊天对话框里。仔细研究了一阵后，陈涛将取餐路线规划好，随即骑上电动车，朝着距离自己最远的一处商家疾驰而去。

半个小时后，陈涛在一家名为罗记海鲜烧烤的网红烧烤店门口停下。他按照边响发的点餐需求下了单子，随即坐在一旁等了起来。

十多分钟后，原本就狂风阵阵的天空开始落雨。

烧烤店老板见状，提醒道："这位师傅，我看这天马上要下大雨了，你要不和客人说一声，等这阵雨过去再送？"

陈涛走得急，忘了穿雨衣，看着这风雨飘摇的天气，原本也有点犹豫，听到老板提醒，他很快给边响发了条消息，然而几分钟过去，对方始终没有回应。

想到边响此刻或许已经因为伤势上床休息,陈涛也不想再打扰他,谢过老板后,他把打包好的食物放进保温箱,很快朝着下一个目的地奔去。

车刚骑出一公里,雨势转急,豆大的雨点倾盆而下,天地间顿时茫茫一片。

进退两难的情况下,陈涛实在没办法继续往前骑了,方向一转,他正准备开到旁边的便利店门前避避雨,一辆疾驰而过的小轿车在他车头上一擦,让他瞬间失去平衡,连人带车翻倒在地。

或许是肇事之后急于逃窜,又或许是大雨之中根本没留意到自己惹了祸,小车从陈涛身边擦过后并未减速,继续急奔向前。

狼狈之中,陈涛根本来不及去看对方的车牌,"喂喂"两声不见回应后,只能一边目送着车子消失在雨幕里,一边自认倒霉地慢慢爬起来。

勉强把电动车推到了便利店门口后,他想检查一下保温箱里的食物是否安好,没想到手臂一抬,一阵钻心的疼痛瞬间传来,让他不由得龇牙咧嘴地倒吸了一口凉气。

借着便利店透出的光亮,陈涛卷起袖子看了看。右手手肘已经肿了起来,也不知道是肌肉扭伤还是伤到了骨头。小臂更是被擦伤了一片,血水和雨水混在一起,看上去一片触目惊心。

眼见如此,他也不敢再逞能了,当即给边响打了个电话,然而这一次,听筒里传来的声音却是"您拨打的电话已关机"。

边响这一失联,陈涛就此陷入了窘境。

他想联系邓饶帮忙,然而又想到这笔单子似乎没有经过鲜城汇平台,这个时候去打扰对方,只怕也不合适。

几经犹豫后,他最终还是点开了五人小群,费劲地发出了一条语音:"不好意思,有人在吗?我这儿有个急单要送,但是路上出了点事,我可能受伤了,能麻烦大家帮帮忙吗?"

仅仅五秒钟之后,一条回复跳了出来:"你赶紧去医院,单子信息发群里,我去送。"

边响缩在沙发角落,眼睛微闭着,像是已经在酒精的催化下陷入了当机状态。

身边的笑闹声一阵阵地传来,听在耳朵里,却是模模糊糊的。

恍惚之中,似乎有人走了过来,往他身上搭了条薄毯。温暖的感觉让他睡意渐浓,却又忍不住去想,在一墙之隔那急风暴雨的世界里,陈涛在做什么。

自从给陈涛打了那通电话后,他的心情就一直有些忐忑。回屋之后,他好几次想再打个电话过去让陈涛别忙活了,可在一群人看好戏的目光中,最终还是坐着没动。

为了平复不安的情绪,他开始来者不拒地在旁人的怂恿下一杯接一杯地喝酒,好像有酒精做借口,他就不用去承受那个恶劣玩笑带来的后果。过度紧张的情绪让他失去了看手机的勇气,所以手机电量是什么时候耗尽的他也完全不知道。

等到暴雨真正降临时,一切似乎已成定局。

心跳如鼓之下,边响干脆把毯子一裹,眼睛紧闭着,一头栽进了睡梦中。

不知睡了多久,一阵清脆的门铃声响起。边响迷迷糊糊地揉了揉眼睛,慢慢坐了起来。

门外,一个身穿外卖骑手服的青年浑身湿淋淋地站在那里,一边打开保温箱取货,一边低声解释道:"不好意思,你们点的东西有点多,就先送了一部分过来,剩下的会稍晚一点……"

没等他把话说完,杨铭已经扭头看向了边响所在的方向,夸张地吹了一声口哨:"边响你可以啊,说能把外卖叫来还真就叫来了!哥们儿愿赌服输,这顿夜宵算我的!"

边响原本头脑就不怎么清醒,被他指名道姓地这么一招呼,只讪讪地笑了笑。正琢磨着说点什么,眼睛一抬,人却怔住了。

"陆屿?怎么是你?"

话音刚落,坐在一旁的秦嘉妍骤然一惊,也跟着把头抬了起来。

收到陈涛的求助信息时,陆屿原本已经在回家的路上了,听闻对方受伤后,他想也没多想,很快就掉转了车头。

因为路程太远,雨势又大,这一路奔波下来,他早已淋得像落汤鸡一样,此刻乍眼看到边响,自然也没什么好脸色:"是我怎么了?你点个餐,还需要指定配送骑手吗?"

边响顾不上和他置气,赶紧追问:"那小师父呢?我找的人明明是他啊!"

陆屿皱了皱眉:"陈涛的事,你明天自己去问他。现在如果东西清点完没什么问题,我就先走了。"

虽然不明就里,但杨铭已经从两人的对话中嗅到了某种针锋相对的火药味,正准备结账赶紧把人送走,只见一直默不作声的秦嘉妍先一步跑进了洗手间,拿了块干毛巾递到了陆屿眼前。

陆屿根本没想过会在这样一个场合下再次遇见她,一时之间,只觉得狼狈又尴尬。

见秦嘉妍递毛巾的手僵在半空,半天也没换来一个谢字,杨铭有些冒火了:"你们这些送外卖的到底有没有素质啊?人家好心好意关心你,你都没点表示的吗?"

在他那不满的斥责声中,陆屿终于缓过劲儿来,犹豫着把毛巾接在了手里,嘴里含糊不清地表示:"谢谢。"

那疏离又客套的态度让秦嘉妍有些尴尬,赶紧说道:"没关系,你不用这么客气。"

见此,杨铭也不好继续发作,对着陆屿那张英俊的面孔又打量了几眼后，他不冷不热地招呼道："既然嘉妍都这么说了，你就在这儿等等吧。现在货也没送全，我也不好给你结账不是？"

虽然一秒都不想多待，但这毕竟是陈涛接下的单子，对方都已经奔忙受伤了，要是因为自己一时置气，连跑腿费都拿不到，那就实在是太亏了。

考虑了几秒钟，陆屿勉强点了点头，等在了门口。

见他态度平和，没有像上次那样转身就走，秦嘉妍只觉得松了一口气，很快又倒了一杯热茶过来："看你身上都淋湿了，实在不愿进屋的话，要不先喝口热茶吧？不然要是感冒了，那就麻烦了。"

在她带着哀求的表情里，陆屿心下一软，再次道了声谢，把茶接了过去。

两人正说着话，客厅里的其他人把陆屿带来的烧烤摆上了桌，随即高声招呼道："嘉妍，你赶紧过来吃东西啊！"

秦嘉妍难得有个和陆屿面对面说话的机会，只怕冷落了他，赶紧摆了摆手："你们吃吧，我不饿。"

"那哪行啊！铭哥今天这场聚会可是为了你，你不吃的话，我们可不敢动筷子哦！"

众人中有人知道杨铭的心事，见他一脸的心不在焉，目光始终没有离开过秦嘉妍，又开始起哄。阵阵哄笑声里，秦嘉妍的脸色涨得通红，想要开口否认，又怕拂了杨铭的面子，愣了好一阵后，她才对陆屿解释道："你别误会，我和杨铭只是朋友，今天来他家玩，也是大家临时组的局……"

陆屿默不作声地听她说了一阵，慢慢笑了起来："有什么好误会的？我和他又不熟，他愿意为谁组局和我又没关系，你和我说这些干什么？"

秦嘉妍被他那漠然的口气刺得愣了愣，一时间呆立当场。

杨铭也从秦嘉妍那过度关切的态度里觉察到了不对劲，冲着边响低声问道："门口那哥们儿究竟什么来头，你知道吗？"

边响心里惦记着陈涛,也没心思和他多解释,随口回答道:"能有什么来头?不过就是个送外卖的,觉得自己长得帅,挺讨小姑娘喜欢,平时就一直跩得二五八万的,性子可狂着呢。"

杨铭只觉惊讶:"就一送外卖的,你是怎么认识的?难不成你消失的这几个月,真去外卖市场收小弟了?"

边响闻言一愣,还没想好怎么回答,随着"叮"一声响,电梯门再次打开。紧接着,陈涛吃力地拎着个保温箱,脚步匆匆地从电梯里小跑出来。

陆屿快步迎了过去,语气里都是不满:"你怎么来了?不是让你去医院吗?"

"东西这么多,也不能都麻烦你们,我把这单送完再去也不迟。"陈涛一边说着话,一边也有点诧异,"你怎么还没走啊?是出了什么问题吗?"

陆屿向屋子里瞥了一眼,语气里藏着几分忍耐:"没什么问题,就是他们说货不齐不好结账。"

听他这么一说,陈涛也有点急了,赶紧冲着屋子里的一群人赔起了笑脸,正准备说点什么,晃眼间见到边响,整个人都蒙了:"边响,你不是说脚扭了吗,怎么会在这儿啊?刚才打了你半天电话也没接,我还以为你出什么事了呢。"

"你给我打过电话?"边响拿起手机看了看,见屏幕漆黑一片,赶紧赔起了不是,"对不起啊小师父,我手机没电了,不是故意不接你电话的……"

见他眼神飘忽,脚步虚浮,一开口就是满嘴的酒气扑面而来,陈涛一时间只觉得茫然。上上下下打量了他好一阵后,才小心翼翼地问道:"边响,你喝酒了?"

"朋友聚会嘛,难得高兴,就喝了那么一点点……小师父你既然来了,要不也一起喝一杯啊!"

陈涛摇了摇头,从他的拉扯里挣脱出来:"你不是说你是因为脚扭了才让我帮忙送单子的吗？看这样子……是已经好了？"

边响越发心虚，干脆拿出了平时在他面前撒娇耍赖的劲儿："我没事，就是和你开个玩笑，你别当真嘛。而且刚才我这几个哥们儿都说了，这单跑腿费给两百，绝对不会让你白辛苦的……"

从他语无伦次的回应中，杨铭意识到了什么，立马配合地掏出几张崭新的百元大钞递到陈涛眼前，脸上也挤了个笑："这位小师父，边响和我是发小，今天喝多了点，才会打赌把你叫过来。辛苦你跑这么一趟，我们都很感激，这些钱你先收着，就当我们给你赔不是了！"

话音还没落，一直杵在门口没吭声的陆屿忽然疾步向前，将杨铭那只捏着钱的手轻轻一推，随即拉住了陈涛的胳膊，语气里都是冷意："我们走。"

杨铭被他一推，只觉得没面子，厉声呵斥道："你要走走你的，这儿又没人留你！小师父他辛苦了，我留他下来吃个夜宵喝点酒，要你在那儿狗拿耗子多管闲事？"

听他还在强词夺理，陆屿的火气也上来了："你说得没错，这种闲事我本来就不该多管。今天算我晦气，才会惹上你们这些不是东西的玩意儿！"

他这指名道姓地一骂，边响只觉得新仇旧怨一起涌上心头，上前几步，伸手朝陆屿脸上一指："姓陆的你他妈骂谁呢？别以为小师父在这儿我就不敢揍你，今天要是不把话说清楚，我跟你没完……"

话还没说完，陆屿已经抓起他的胳膊狠狠向后一抡。

随着"当"的一声响，边响踉跄着后退了几步，摔坐在了地上。满是狼藉的桌子被撞得狠狠一晃，几个盘碗瓶碟随着他倒地，噼里啪啦摔了下来。

这一下，原本还在看热闹的一群人瞬间炸开了锅。

在女孩们的惊叫声里，以杨铭为首的几个男青年呼啦啦地堵了上去，很快将陆屿团团围住。正在摩拳擦掌之际，秦嘉妍挤进人圈，惊惶地挡在了陆屿身前："你们要干什么？有话好好说，别闹事行吗？"

"我们闹事？现在被欺负的人是边响，秦嘉妍你怎么还胳膊肘往外拐？"

"就是，先骂人的是他，先动手的人也是他，怎么还搞得是我们不对了？"

"不就一送外卖的吗？边响又没招他惹他，他自己在这儿找事，还有理了？"

七嘴八舌的斥责声中，秦嘉妍态度决绝地挡在那儿，任凭大家怎么劝都不为所动。杨铭只觉得气急败坏，干脆伸手抓住她的肩膀，将她狠狠往旁边一扯。

秦嘉妍被他拉得踉跄了几步，不由得发出一声惊呼，几乎同时，杨铭只觉得手腕一紧，陆屿的声音紧跟着响了起来："我们之间的事自己解决，你动她干什么？"

杨铭又急又怒，声音跟着扬高了几度："这可是你说的！有种的话你别跑，咱们下楼！"

站在一旁的陈涛哪里见过这架势，整个人早已吓傻了。见喧嚷之间，一群人推推搡搡的，真的准备下楼动手，左右看了一阵，他只能拽了拽还挂着一身汤汤水水的边响，低声哀求道："边响你说句话，别让他们动手啊！要是真闹出点什么事来，陆屿以后也没法在咱们站子里干了！"

虽然还窝着一肚子气，但摔了这么一下，边响的酒劲也散了不少，眼下被陈涛这么苦苦哀求着，心里也不禁犹豫起来。

杨铭他们那几个富二代的脾性他是知道的，从小在父母的保护下长大，压根儿没吃过什么亏，真要动起手来，未必能从陆屿手下讨得了好。就算以多欺少把人给揍了，聚会的氛围被破坏了不说，陆屿的工作大概也彻底丢了。

他和陆屿向来不睦，但也从来没想过要砸人饭碗，更何况还有陈涛这层关系在。真要闹到无可挽回的那一步，只怕他们日后再难相处。

可自己吃了这么大的亏，朋友们又都在为他出头，这个时候出面阻止，好像又有点不识好歹。

他这边还没拿定主意，陈涛那边已经急了。

眼巴巴地等了一阵，见边响没有反应，他干脆自己跑了过去，堵在了陆屿身前，卑微道歉道："对不起，刚才的事就是个误会，我同事大晚上的出来帮忙，又遇到这么大的雨，难免心情不好。我替他给大家赔个不是，各位大人有大量，就别计较了，成吗？"

一群人正处在即将干架的亢奋状态中，哪里还顾得上听他说什么，见他拦在那里，一副要当和事佬的模样，当即有人伸手将他一拽，大声警告道："这事和你没关系，好好在一边待着。再多事，我们连你一起揍！"

陈涛胳膊上还带着伤，被人拽着这么没轻没重地一扔，猛地撞在了墙上。剧烈的疼痛之下，他闷声一哼，捂着胳膊蹲了下去。

一片混乱之中，电梯又传来"叮"的一声响。

紧接着，浑身湿淋淋的方铭和许苓纭背着保温箱，一前一后迈出了电梯。见到眼前这剑拔弩张的阵仗，两人都不由得愣了愣："陆屿……你们这是干吗呢？"

陆屿垂着眼睛，紧咬着嘴唇，并没有打算多加解释。

陈涛却像是看到救星一样，赶紧挣扎着站起来，语无伦次道："方哥，你赶紧给劝劝，让陆屿服个软，给边响道个歉！不然真的打起来，这事可就麻烦了……"

"道歉？道什么歉？还有……这事和边响又有什么关系？"

方铭只觉得一头雾水，还没来得及仔细询问，只听站在一旁的许苓纭发出了一声低低的惊呼。

顺着她的目光，众人朝陈涛的方向看去。

满身狼狈的小年轻脸上一片惨白，右边衣袖上深深浅浅地糊了一片，不仔细看的话，还以为是染上了酱油。

在众人的注视下，陈涛费劲地把胳膊往身后藏了藏，脸上仍赔着笑:"我没事,就一点小擦伤而已,送完这一单再去医院看也来得及……"

"你没事?"见他还是一副息事宁人的样子,陆屿恨铁不成钢地冷笑起来,"你没事在群里求爷爷告奶奶地让大家帮什么忙?还是你觉得要被撞到手断脚断爬都爬不起来才算有事?"

边响听到动静,也顾不上自己那一身的汤汤水水,连滚带爬地冲了过来:"小师父你受伤了?怎么伤的?怎么刚才一直不说?"

"他为什么会受伤你心里不清楚?至于为什么一直不说……难道说了还盼着你再多给两百块当打赏吗?"没等陈涛回答,陆屿再次冷嗤,"既然知道他有伤,能不能麻烦你们别堵在这儿,让他抓紧时间去趟医院,看看这条胳膊还能不能继续干活。至于咱们的事,我随时恭候。"

边响站在那里,瞪着他看了好一阵,才哆嗦着嘴唇哼了个声音出来:"算了,你走吧。"

杨铭不甘心道:"边响你没事吧?被打成这样,就准备这么放过他了?"

站在一旁的小年轻们也都不服气:"就是!被一个送外卖的这么欺负,是我我可忍不了。再说了,那哥们儿受伤又不是你造成的,你都给了他两百块,他就算真有点什么事,难道还想讹你不成?"

七嘴八舌的议论声中,边响的脸色越来越难看。

紧接着,他抄起手边的一个杯子,往地上狠狠一摔:"我说让他们走,你们他妈的没听见吗?一个个废话这么多,是准备和我过不去吗?"

一片惊疑不定的沉默里,杨铭咳了一声,侧开身子让出了一条道。

进电梯前,陈涛的嘴唇动了动,似乎还想对边响说点什么,但看到陆屿漠然的表情,他终究还是没有回头。

经历了这么一场闹剧,边响也没了喝酒聊天的心情,找了个充电宝给手机充上电,就意兴阑珊地起身告辞了。

下到停车场没多久,黑屏许久的手机终于重新亮起。

从五人小群那些未读信息中,他终于了解到在这个大雨滂沱的夜晚,因为他的那个玩笑,陈涛和同事们在帮忙送外卖的过程中,究竟都经历了什么。

边响觉得很后悔,但要他此刻联系陈涛给对方道歉,他又鼓不起勇气。

心烦意乱之下,他决定叫个代驾,把车直接开去医院看看情况。没想到刚把单下完,却发现车钥匙不知道跑哪儿去了。这突如其来的意外像一个征兆,让他失去了去医院的勇气。

取消了代驾订单后,他正计划着干脆打个车先回家,秦嘉妍的电话却忽然打了过来,说是发现了他遗落的钱包和车钥匙。

边响正愁没人说话,交代了一句"我还在地下停车场",就点了支烟等在那里。

几分钟后,秦嘉妍拿着他的钱包和车钥匙匆匆赶来,陪着他抽完一支烟后,才轻声问道:"你怎么了,还在因为刚才的事生气吗?"

边响重重叹了一口气:"我是有点生气,不过是在生自己的气。没想到随便开了个玩笑,就给小师父带来了这么大的麻烦,也不知道他现在怎么样了,伤势严不严重……"

听他说起自己和陈涛相识的经过,秦嘉妍只觉得惊诧,但她很快就关注起了另外一个重点:"这么说起来,你和陆屿也算是同事?"

边响没留意她说起陆屿名字时的微妙口气,勉勉强强哼了一声:"算是吧,怎么了?"

"既然是同事,刚才又怎么会动手?"

对于秦嘉妍的这个问题,边响只觉得一言难尽。

其实仔细想来,他和陆屿之间也没什么深仇大恨,不过从见面第一天起就单纯地看对方不顺眼而已。在他看来,自己作为一个来体验生活的富二代,表现得平易近人,无论见到谁都会笑脸相迎地打招呼,对方一个干服务业的,却每天臭着个脸,讲话又难听,也不知道哪里来的臭毛病!

听他满口怨念,秦嘉妍忍不住替陆屿辩驳了几句。

边响默不作声地听了一阵,忽然意识到了什么,把烟头一扔,紧盯着她:"秦嘉妍,你没事吧?干吗一直帮他说话,就因为他长得帅?"

"当然不是。"秦嘉妍抿着嘴唇,神情变得有些别扭,"我和他是高中同学,之前就认识的。"

"高中同学"四个字一出口,边响总算是反应过来了。

之前陈涛和他说过,曾经有一个自称是陆屿高中同学的"白富美"去站子里找过陆屿,而陆屿却一直板着个脸,没给对方什么好脸色,如今看来,那个"白富美"就是秦嘉妍。

只是高中同学做到这份儿上,总让人怀疑他们是不是还有什么别的关系。

边响琢磨了一阵,只觉得八卦之魂蠢蠢欲动:"秦嘉妍,看你这样子,该不是喜欢他吧?可是你喜欢他什么啊?要说长相,杨铭长得也不比他差。"

秦嘉妍的脸瞬间红了,语气也变得结结巴巴的:"你有空在这儿操心我,不如多操心操心你那个小师父吧!他现在情况怎么样了?"

"我不知道……"听她提起陈涛,边响瞬间没了八卦的心情,"我只知道他已经去医院检查了,但结果怎么样,还没人告诉我。"

"那你怎么不打个电话问问?"

"我不敢……我怕电话打过去,发现小师父已经把我拉黑了。"

和他认识十几年,秦嘉妍难得见他这么战战兢兢的模样,一时间也不禁有些同情:"他们去了哪家医院你知道吗?"

"不知道……"

"那你把陆屿的号码给我。"

"干吗？你想打电话找他问情况啊？"边响在手机上滑了两下，忍不住撇嘴道，"刚才他那反应你也看到了，这个时候去找他，就不怕他连你一块儿说啊？"

秦嘉妍笑了笑，没再回答，低头记下那串数字后，就拿着手机走到了一边。

陆屿走出了医院大楼，从口袋里摸出半包烟。

他平时没有抽烟的习惯，就这包烟，还是之前撞见秦嘉妍后买的。当时抽了几支，之后就随手塞在了工服里，一直没再动过，直到刚才他去给陈涛交挂号费，才顺手摸了出来。

今晚发生的一切实在太让人窝火了，可是看着陈涛那可怜巴巴的模样，他又不忍发作。

满心憋屈之下，他才会借着对方做检查的间隙，出来抽支烟。

没想到刚把烟点燃，口袋里的手机忽然响了起来。

陆屿对着那个陌生的号码看了看，摁下了接听键，刚听对方说了一声"喂"，他立马像触电一样，声音也不由自主地抖了起来："秦嘉妍？"

"是我，不好意思这么晚打电话给你。"夜风之中，秦嘉妍的声音徐徐传来，充满了关切，"你朋友情况怎么样了？伤势严重吗？"

"还行吧。他运气还算好，虽然被车撞了，但没伤着骨头。做完检查上点药，再休息一阵应该就没事了。"

"这样啊，那我就放心了……"秦嘉妍像是松了一口气，再开口时，声音变得越发小心起来，"那么你呢？你还好吗？"

"挺好的，我也没什么事。"

"那你明天有时间吗？如果没有，后天、大后天也行的……"秦嘉妍把他可能想到的拒绝理由一一堵住，才继续说道，"等你什么时候有空了，咱们能不能一起吃个饭？"

"吃饭就算了，我工作还挺忙的。"

"就算不吃饭的话，咱们也可以见个面吧？大家这么久没见了，有些事我也挺想和你聊聊的。"

"你想聊什么？工作？事业？感情？还是彼此都年少无知的时候，我给你说过的那些承诺？"

他知道秦嘉妍想和他说什么，也知道一个女孩子这样低三下四地一直对他发出邀请，是一件多么为难的事。

可是今晚发生的事情对方也看到了，他如今的处境就是这样，很忙、很累、很辛苦，时不时还要受到像杨铭这样的客户的刁难和嘲弄，无论如何费心费力，都很难换回一点尊重，甚至连自己的同事都很难把他当回事。

这样的自己，又有什么资格去面对对方的热情和期待呢？

"算了吧，秦嘉妍，我没有精力也没有时间去参加什么同学会，更没有心情和你畅聊什么理想和人生……我是喜欢过你没错，但很多事情都已经过去了，从今以后，如果没什么重要的事，你就别再联系我了，至少大家还能保留一点美好的回忆，可以吗？"

这是他们久别重逢以来，陆屿说过的最长的一番话，电话那头始终没有回应。

就在他以为信号是不是早已中断时，秦嘉妍那带着轻微抽泣的声音再次响起："所以说，你是真的不想再和我联系了？"

"是。"

"好，我知道了。以后不会再打扰你了。"

随着"嘀"的一声轻响，来自秦嘉妍的电话就此挂断了。

时至午夜一点，陈涛终于结束了全部的检查，拎着一塑料袋药品走出了医院大门。

虽然总体来说没什么大碍，但他依旧神思恍惚，满脸疲惫，显然还没从低落的情绪中缓过来。

方铭见状拦了辆车，交代陆屿把他送回宿舍，自己则和许苓纭一起回到杨铭家楼下，把大家停在那儿的电动车送回站子。

几个来回折腾下来，时间也过了午夜两点。

等一切完成，方铭将许苓纭送到小区门口时，两个人因为累过了头，反而都精神了。

刚好小区附近有家二十四小时便利店，许苓纭进去买了两罐可乐，扔了一罐给方铭："辛苦了这么久，本来应该请你喝罐啤酒解解乏的，不过你一会儿还得骑车回家，为了避免酒驾，咱们就来罐可乐凑合凑合。"

方铭打开汽水，仰起脖子猛灌了一口，冰凉的液体顺着喉管流入身体，让他忍不住打了一个激灵，等他好不容易缓过劲儿来，见许苓纭笑得开心，忍不住叹息一声："你心态倒是好，我本来以为经历了这么一出，你应该很郁闷才是。"

"我其实还好，就当是遇到了一个难缠的客户，睡一觉也就过去了。就是陈涛那边……他和边响关系一直不错，现在被这么一戏弄，怕是以后不好相处了。"

"谁说不是呢？"方铭苦笑一声，无意识地摩挲起了手里的可乐罐。

陈涛的性格他知道，老实本分，待人真诚，因为边响一口一句地叫他小师父，就真的护犊子一样把对方当成了自己人，遇到对方要他帮忙时，也就一腔热血，义无反顾。

可现在知道了对方其实没什么大事，无非是无聊之下拿他逗个乐子，还顺带把他们一群人都牵扯了进去，让他欠了大家这么大一个人情，陈涛的心情想必一言难尽。

方铭甚至怀疑，依照陈涛那个性子，以后见到边响怕是会躲着走，要是边响没意识到问题的严重性，还想着说几句好听的撒两下娇就把这事给混过去，怕是两人以后真的没法处了。

虽然作为关系不错的同事，他们都不想看到这对师徒的关系陷入僵局，但事情的关键还是在于边响的态度。

如果他能想明白症结所在，真心实意地道个歉，事情应该不难解决。但问题是，边响来干这行本来就是玩票，分分钟可以甩手不干。在这期间他究竟对外卖这行是个什么想法，有没有真的把陈涛当朋友，愿不愿意在修复他们的关系上花心思，谁也不知道。

许苓纭静静地听他分析了一阵，忽然抬眼："边响没想长待我知道，那老方你呢，你怎么样了？"

方铭一愣，一时间只觉得尴尬。

自家长会以后，他一直表现得心不在焉，想要跳槽换工作的心思根本就藏不住，又哪里能瞒得过许苓纭？

这个时候再打马虎眼，未免对不起对方半夜请他喝可乐的情谊，方铭挠了挠头，别别扭扭地回答道："我还行吧……这段时间招聘市场还挺活跃，有几个猎头主动联系过我，简历也都递过去了，说是如果评估过关的话，会尽早安排面试。"

"那不挺好的吗？如果面试顺利的话，你就可以回到原本的行业了，可喜可贺！"许苓纭粲然一笑，扬起了手里的易拉罐，"那我就以可乐代酒，预祝你面试成功！到时候真的要走了，记得提前和我们说一声。毕竟大家同事一场，怎么说也得给你搞个送别宴不是？"

"这都哪儿跟哪儿啊？八字还没一撇的事呢。"

随着她举杯的动作，方铭也扬起了手中的易拉罐，满怀期待地和她碰了碰。

第十章

求职乌龙

按照方铭之前的想法,在换工作这件事尘埃落定之前,他是准备保密到底的。

毕竟找工作这大半年以来,从满怀希望到最终失望,起起伏伏犹如坐过山车般的心情体验了太多次,在没有十足把握的情况下提前和人透露,结果又不尽如人意,难免尴尬。

所以在和许苓纭聊完的第二天,方铭就后悔了。

好在许苓纭处事沉稳,虽然知道了他的动向,却也没在这件事上多问什么,日常相处时聊的也多是些家长里短,这让方铭原本有些忐忑的心也逐渐平静下来。

这天他吃完午饭,正准备例行刷刷猎头们的朋友圈,看看有什么新的工作机会,一则来自曹月华的动态更新引起了他的注意。

"各位朋友大家好,本人现已从绿盈科技离职,入职华瑞猎头公司。若有任何业务方面的需要,欢迎随时来撩!"

虽然有些意外,但惦记着昔日的同事情谊,方铭还是主动给对方打了个电话。

"喂,曹经理吗?我是方铭。刚看到你的朋友圈了,祝贺你有新的事业发展啊!"

"谢谢你啊老方,还特意打电话过来。不过这事也没啥好道贺的,我这不也是没办法才跳槽的吗?"

电话那头的曹月华哈哈笑着,很快把自己的情况做了个交代。

原来自方铭走后,公司陆续又裁了一些人,年纪大一点的员工基本没留下几个。本以为折腾了这么一轮后,差不多应该消停了,没想到公司连人力资源这种支持部门也不放过,很快就找了个三十不到的小姑娘架在了曹月华的头上。

小姑娘名校毕业,气性正盛,刚来没多久就耀武扬威,工作上发生过几次不大不小的冲突后,曹月华想着这么干下去也没什么意思,受气不说,被挑刺裁员也是分分钟的事,就主动递了辞职报告。

所幸作为人资方面的老江湖,她之前就留了个心眼,给自己铺了路,离职之后就跳到华瑞去了。

聊完自己的处境,曹月华关心起了方铭:"对了,老方,你现在怎么样了?还在看新的工作机会吗?"

"嗯……一直都在看。"说起这个话题,方铭只觉得不好意思,"从绿盈出来后,我一直在看机会,但看到现在吧,就觉得如今这社会对我们这种上有老下有小的中年人,实在是太不友好了。"

"谁说不是呢?"曹月华深表认同地叹了口气,随即表示,"老方啊,我现在进了华瑞,帮着企业招聘人才也算是本职工作。要不你把简历更新一下,再发我一份?这段时间招聘市场还比较活跃,一旦有合适的机会,我绝对会第一时间帮你推荐的。"

虽然不清楚对方是真心实意想帮忙,还是又在给自己画大饼,但曹月华态度热情,方铭也不好打击她的积极性。通完电话后没多久,他很快就把自己那份修改了无数次的简历发到了对方邮箱。

然而这一次不知是他时来运转遇上了好时机,还是因为有提成奖金做驱动,曹月华对他的事真的上了心,简历发过去没几天,一家意料之外的公司主动和他取得了联系。

"方先生您好,我是宜美科创人力资源部的小王,之前收到了您的一份简历,现在打电话给您是想约您来公司当面聊一聊。"

虽然对方的介绍十分清晰,但方铭还是有些茫然。

记忆中，他从未向这家名为宜美科创的公司投过简历，也没和推荐这家公司岗位的猎头有过联系，如今接到电话通知，他甚至都不知道这家公司的名称是由哪几个汉字组成的。

然而这个时候再去问对方是做哪方面业务的显然太过失礼，应了两声后，他试探性地问道："王小姐您好，是否方便问一下，我这次过去，见的是人力资源的负责人还是用人部门的直属领导啊？"

"都不是，"王小姐笑盈盈地表示，"这次是我们公司的创始人兼总裁郑总想要见您。"

"创始人兼总裁？"

这个回答让方铭有些吃惊。

按照他的求职经验，像他这样的角色，在人资初步接洽并评估过关后，需要重点沟通的一般就是直属部门的领导。就算对方觉得他经验丰富，有心委以重任，往往也就是见见分管副总裁，走个流程而已。至于总裁，通常是入职后才有机会面见的，怎么会在这个时候专门来考察他这样一个小人物？

像是觉察到了他的疑惑，王小姐很快解释道："是这样的，您的简历是我们郑总那边先看到的，当时就想约您过来面谈。只是公司业务比较忙，郑总他一直在出差，所以才拖到了现在。"

听她这么一说，方铭更一头雾水了："听您这意思，我的简历不是人力部门看到以后递上去的啊？"

"不是的，您的面试是领导那边看过简历后直接安排的。"

"那领导那边是怎么拿到我的简历的，您知道吗？"

"不好意思啊，这我就不清楚了。不过我们郑总在业内有很多相熟的猎头朋友，想来大概是他们推荐过来的吧。"

听她这么一说，方铭不禁想起了他和曹月华的那通电话，顿时释然了不少。和对方敲定了面试时间后，他就想着打个电话给曹月华表示感谢。

然而转念想到事情尚未定局，现在道谢未免为时过早，他最终决定先好好准备面试，等一切有了定数之后，再备上厚礼一份，当面致谢。

第二天，方铭特意提前起床，把自己收拾得一派精神，之后按照王小姐提供的地址，搭乘地铁赶往位于北江市CBD的某座高级写字楼。

虽然事先已经做过一定的心理准备，但是真正踏进宜美科创的办公区后，方铭还是忍不住有些咋舌。在他看来，就办公环境而言，之前他所在的绿盈科技已经算是业内数一数二的了，可和眼前这家公司比起来，还是显得有些小儿科。

被王小姐带进面试间后，方铭专心致志地打量起了周围的一切。

这是一间专门用来进行面试的小会议室，除了舒适的桌椅，还十分周到地配置了简易的茶水吧台。正对的墙壁上是一个硕大的液晶显示屏，配合桌上的语音和投影设备，想来是用于跨区域的远程面试的。

回想起刚才一身名牌的王小姐在带领他前往小会议室的路上打着电话，似乎正在安排某个通过了复试的候选人飞往北江市进行终面的住宿和机票，方铭不禁再次感叹宜美科创在人才招揽上的不留余力和财大气粗。

这样一家实力雄厚的企业，也不知道自己留下来的概率有多大……

正在患得患失之际，伴随着几声轻微的敲门声，一个男人推门走了进来。

"方先生是吧？我是宜美科创的公司创始人郑源，你可以叫我老郑或者Jason。今天约你过来呢，主要是彼此之间见个面，顺便把我们公司的情况向你做个详细介绍。"

对方看上去文质彬彬，进门后不仅主动打了招呼，还做了一番自我介绍，礼貌客气且务实的态度让方铭受宠若惊，赶紧站起身来，紧张地和他握了握手，才在对方的示意下重新落座。

郑源像是对他的情况十分熟悉,因此并没有像大多数面试官一样让他做一番自我介绍,只是就科创行业的实时动态随意聊了几句后,就开始对公司情况进行讲解。

宜美科创早些年是做外卖起家的,也形成了一定的规模,但是随着外卖市场的竞争越来越激烈,尤其是像鲜城汇这样的企业异军突起,大量占领市场份额后,公司的业务就受到了比较大的挑战。在这样的情况下,公司管理层实施了"food＋platform(食物＋平台)"的新战略,整合线上线下资源后进行升级,未来也将从单一的餐饮市场拓展到本地生活服务这个更大的战场。

基于这个新战略,董事会成立了宜美科创这家新公司,同时希望能够引进一些更专业也更有经验的人才,来更好地推进这个战略。

至于方铭的简历,郑源已经提前进行了了解,鉴于他之前在绿盈科技这样的成熟企业工作过,因此对于他的资历和经验很认可。今天将他约过来,主要是想了解一下方铭是否有兴趣加入他们公司,若有什么疑问,也方便当面解惑。

对方表现得如此积极,似乎来不来上班这件事的选择权尽数交在了他手中,这让方铭惊喜之余,也难免有些忐忑。

犹豫了老半天,他期期艾艾地表示:"郑总,谢谢您对我的信任,只是我从绿盈离开以后,因为一直没有找到合适的岗位,所以目前还在其他行业里过渡,而且我也清楚,对于技术工程师这个岗位而言,我的年纪不算有优势……虽然之前我对宜美科创的了解并不多,但我相信,对这样一家公司来说,肯定还有更好的选择。所以虽然有点冒昧,但我还是想了解一下,你们为什么会愿意考虑我?"

没想到他吭哧吭哧说了半天,竟然纠结在这样一个问题上,郑源的表情不由得多了几分感慨,再开口时,连称呼也变得亲切起来:"老方啊,实话和你说吧,我自己也是技术出身,所以对技术人员在职场上遇到的困境,多多少少是能体会的。之所以愿意招你进来,一方面是看重你的经验和资历,另一方面也是知道这样的机会对于你这个年纪的人来说不容易，因此你也不会像那些小年轻一样，稍微遇到点压力，就急吼吼地想要跳槽……当然，还有最重要的一点，你的推荐人和我是熟人，和你也是老同事了，对于你的人品和能力都给了很高的评价。虽然我们接触不多，但从你刚才问的那些话里，我能感受到你诚实的品质和为人处世的责任感。对于这样的工作伙伴，我向来是很欢迎的……"

真情实感的一番话听在耳里，方铭禁不住感触良多。那种久违的被认同和被尊重的感觉，一时间竟是让他眼眶也红了起来。

宜美科创的面试结束时，时间已经来到了中午。

方铭走出写字楼的大门，站在炽热的太阳底下，望着四周一个个行色匆匆的职场精英，忍不住用力攥了攥拳头。

就在十几分钟前，人力资源部的王小姐和他进行了洽谈。对方表示，按照郑源的意思，公司将给他提供技术部经理的岗位，薪酬也比在绿盈时上调了百分之二十，只要入职时间一确定，随时可以给他发offer（录用通知）。

这所有的一切都发生在短短一个上午，比起过往那些反复折腾却始终不得善果的经历，顺利得像一场梦，在王小姐说完"等您那边的消息"并客客气气地把他送出公司大门后，方铭只觉得如坠云端，也不知道自己是如何和对方道别，又是怎么下的楼。

眼下他站在鳞次栉比的高楼之间，看着那些西装革履的人，喜悦的心情才像是因为阳光的炙烤逐渐遍布全身，一切终于有了真实的感觉。

虽然只请了半天假，方铭却并没有着急回岗，而是在宜美科创所在的写字楼门口来来回回走动着，畅想着自己未来在这座办公楼里出入的模样，直到楼栋保安频频向他投来探究的目光，他才有点不好意思地长吁了一口气，迅速走进了一路之隔的一家西餐厅。

西餐厅里人不多，除了两桌明显是在进行商务洽谈的客人，就只剩下一对热恋中的小情侣。

方铭找了个靠窗的座位坐下，怀着提前庆祝的心情，点了一份价格不菲的豪华午餐，刚吃了没两口，他总觉得少了点什么，于是拿出手机，对着通信录上的名字翻找起来。

虽然并没有正式签下入职合同，一切尚在口头约定的阶段，事情尚未板上钉钉就先行张扬，很不符合他一贯的作风，但不知道为何，此时此刻他满腹的喜悦急需找人分享。

电话接通的那一刻，许苓纥像是还在送餐的路上，听上去有点喘："喂，老方你找我有事？"

方铭清了清喉咙，神神秘秘地表示："我之前不是一直在找工作吗？今天早上请假就是来面试了。"

电话里传来一声轻微的响动，似乎是许苓纥把车靠边停住了："听你这语气，应该是结果还不错？对方怎么说，是不是同意给你发 offer 了？"

"嗯！"方铭重重地点了点头，像是也在对自己确认一样，"条件都谈好了，职位和薪水都比我预期的要高，他们现在的意思是，只要我确定了入职时间，就能发 offer。"

"恭喜你啊老方！"电话那头，许苓纥的声音听上去很是高兴，"咱们这行人员来往是常事，你要不抓紧时间和老邓说说？"

虽然一颗心早已飘进了宜美科创的办公室，但对于离职这件事，方铭还保持着冷静："老邓家孩子这两天生病，我看他焦头烂额的，没必要这个时候给他添堵。反正也还有一堆事要准备，离职可以晚两天提。"

听他明明已经满是期待，却还要强装镇定的口气，许苓纥忍不住"扑哧"一声笑出来："那行吧。离职的事你看着办，不过在你走之前，咱们得搞个送别宴，一起给你庆祝庆祝。"

"这是肯定的。"在她那笑意盈盈的语气中，方铭也忍不住笑了，

"那一会儿我在小群里通知一声,刚好明天周末,一起去我家吃火锅!"

和许苓纭通完电话后,方铭在冷清了许久的五人小群里发了条消息。

他没提自己要离职的事,只是表示大家各忙各的好久没一起吃饭了,想要借着周末的时间凑在一起热闹热闹。

对于聚会这种事,在本地无亲无友、又常年处于单身状态的陈涛往往会积极响应,然而这一次,不知道是他实在太忙,还是对要和边响私下相处心怀犹豫,消息发出去几个小时后,连平时最不爱聊天的陆屿都发了个OK的表情,陈涛那边却始终没有任何反应。

面对这种情况,边响觉得自己实在是坐不住了。

自打知道陈涛撞车受伤后,他一直想找对方道个歉,但陈涛犹如惊弓之鸟一般,只要见他出现,要么眼神躲闪地和陆屿黏在一起,要么干脆找个借口直接开溜。

眼见如此,边响就算脸皮再厚,也不好意思直接去堵人。

而且有陆屿那颗炸弹冷眼旁观着,要是纠缠起来,只怕分分钟再动手。虽然当初对方那毫不留情的一抡让他至今耿耿于怀,但在自觉理亏的情况下,他并不想因为自己和陆屿之间的冲突惹得陈涛更加心烦。

更何况,陆屿再怎么惹人讨厌,还牵连着一个秦嘉妍。就秦嘉妍对陆屿那心心念念的模样来看,自己要是再和他动手,他们之间十几年的友情怕是也得完蛋。

他也想过以打电话或者发消息的方式给陈涛道歉,但又觉得这样不够诚恳,可真要在工作途中堵人,却又是顾虑多多。

如果陈涛真的对他厌弃到了连方铭组织的聚餐都不参与的地步,

那这种僵持的局面可就真的没什么挽回的余地了。

思前想后了好一阵,边响做好了决定。

当天下班之后,他骑上自己那辆拉风的摩托,直奔陈涛住的宿舍。

自从去了医院,陈涛这段时间一直在走霉运。

要么是高峰期系统乱派单,让他揣着十几个餐盒满世界乱转,要么就是遇到脾气不好的客户,因为超时把他骂得狗血淋头。心力交瘁之下,他原本想趁着周末找个寺庙拜拜,转转运,没想到忽然收到了方铭发来的聚会邀请。

若在往日,他再忙也一定会第一时间捧场,然而就在他准备回复"收到"时,边响那兴高采烈的表情包让他望而却步了。对于边响那晚的所作所为,他说不上怨恨,但每次一想到自己掏心掏肺的付出最终变成了一个笑话,留在他心里的那道伤,总会隐隐发疼。

纠结之下,陈涛原本计划等工作忙完再和方铭通个电话,随便编个理由说自己不去了,没想到刚把最后一个订单送完,电动车的电池又出了问题。

接踵而来的小麻烦虽然不至于伤筋动骨,却也足以让人灰心丧气。

等他好不容易找地方把电池换好,骑着他的电动车回到宿舍,正准备掏钥匙开门,一道歪坐在房门旁地上的人影忽然引起了他的注意。

陈涛这一惊非同小可,赶紧三步并两步地走上前去。

看清对方后,他不由得怔了怔,还是伸手在对方肩上轻轻推了一把:"那个……你干吗睡这儿啊?赶紧起来啦。"

边响嘟嘟囔囔地哼了几声,像是美梦被人打断,有点不耐烦,然而下一秒,当他的目光聚焦在陈涛身上后,立马兔子一样跳了起来:"小师父,你回来啦?等了你这么久,我还以为你今晚不回来睡了呢。"

"不回来睡我能去哪儿啊?"四目相接,陈涛的眼睛很快垂了下去,"既然醒了,你就早点回家吧。"

"别啊！"见他开了房门准备进屋，边响立马屁颠屁颠跟了上去，"小师父，你就不问问我这么晚了等在这里干吗吗？"

陈涛愣了愣，却没开腔，像是一开口说话就会上他的当一样。

在他警惕的注视下，边响那张原本堆满笑意的脸也跟着垮了下来。左右看了一阵后，他也没再说话，迅速把陈涛堆在床上的那堆脏衣服抱了起来，直接扔到了水池边。

陈涛不明就里，也不愿多问。直到边响卷起袖子捏起肥皂，摆出一副要大干一场的架势，他才如梦初醒般赶紧往对方身前一挡："边响，你要干吗啊？"

"帮你把衣服洗了啊！"边响一脸的理直气壮，"你现在有伤不方便干这些事，那我肯定要上啊，毕竟我们是一个组合，你的事就是我的事，你说对吧？"

这个带着一点调侃意味的回答之前让陈涛感觉很亲近，如今听在耳里却像是在嘲讽。气急交加之下，他结结巴巴地表示："你是你，我是我，我们也不是什么组合。受伤的事是我自己运气不好，和你没关系！"

"所以说，小师父你是不准备原谅我了吗？还是说，你连我这个徒弟也不准备认了？"边响扭过身来看着他，声音带上了一点显而易见的难过，"小师父，其实我一直想和你认真道歉来着，但是这段时间你一直躲着我，我也不知道该怎么和你说。"

其实不用他多解释，经过这么多天，陈涛也差不多想明白了。边响这个人，性子挺虚荣，所以喜欢满嘴跑火车，还喜欢在熟悉的人面前吹吹牛、开开玩笑。那天会让他大半夜的跑一趟，无非就是看着身边的哥们儿一个个挺风光，想在他们面前显摆一下自己的能耐，以及交到了愿意为他两肋插刀的朋友。

虽然在这件事上，他的表现极其不靠谱，但相识以来，对方究竟待自己如何，陈涛其实能感受得到。无论是为了帮他省点饭钱，日常拉着他一起拼单，还是遇到麻烦时来自对方的关心和照顾，边响的确是真心实意把他当朋友的。

这些日子以来,边响的失落和内疚他全看在眼里,如今专程找上门来,又是洗衣服又是道歉的,如果自己再摆谱,那就实在是说不过去了。如此一想,陈涛的心很快软了下来:"这事你不能光找我说,方哥他们那儿你也得道歉。"

"那是当然的!"听他口气松动,似乎有愿意讲和的意思,边响立马点头如捣蒜,"方哥不是约了明天去他家吃饭吗?到时候我备上一份厚礼,好好给他和许姐道个歉!"

"那陆屿呢?你的朋友还骂了他……这事你也得记着。"

"哦……"听他提起陆屿,边响委委屈屈地嘟囔了起来,"小师父你偏心,你就记得我朋友骂了他,可他也打了我啊!我这后背撞到了桌子,现在还在疼呢……"

话还没说完,只见陈涛眼睛一瞪,像是又要生气,他赶紧举手投降:"行吧行吧,道歉的事明天再说。现在我先帮你把衣服洗了,再请你吃个夜宵,好好尽尽我这个当徒弟的孝道!"

次日下午,边响拎着大包小包,和陈涛一起敲开了方铭家的大门。

许苓纭已经提前到场,正在厨房里洗洗切切,帮方铭准备涮火锅的材料,见到他俩同时出现,倒是不由得吃了一惊。回到厨房后,听着客厅里传来的欢声笑语,她忍不住轻声吐了个槽:"没想到边响倒是挺能耐,这么快就把他的小师父给哄好了。"

方铭心情正好,听她这么一说,忍不住"哈哈"笑了出来:"其实本来也没什么大事,边响也不是有心要捉弄他,想来是私底下好好道了个歉,依照陈涛的性子,铁定也就不计较了。"

"你可别高兴得太早,陆屿那天可是和边响动了手的,我看就他俩那脾气，怕是一时半会儿没那么容易讲和。"

"交朋友这种事咱也不能勉强，他俩要是实在不对付，只要一会儿能平心静气地坐在一张桌子上吃饭，我就心满意足了。"

"那倒也是。不过你那要走了，我们这个小群怕是也要散了。吃完这顿饭，下次什么时候能聚齐，怕是不好说了……"

自打宜美科创表示了要发放 offer 的意向后，方铭一直沉浸在即将回归职业正轨的喜悦中，其他的几乎没有想过，此刻听她这么一说，才第一次有了即将和这群同事离别的实感，某种微妙的酸楚慢慢涌上心头。

与厨房一墙之隔的客厅里，方豆豆抱出了她私藏的照片、海报和DVD，正在绘声绘色地给陈涛和边响安利她的小偶像。

对于照片上那个搔首弄姿的花美男，陈涛只觉得是另一个世界的物种，随意看了几眼后只觉得欣赏不来，很快把注意力转移到了电视节目上。

边响却像是找到了自己擅长的领域，和方豆豆你来我往聊得不亦乐乎。

"你喜欢的这个蔡文鑫我认识，他和我一个关系很好的哥们儿是朋友，几年前大家还在一起喝过酒呢。你要是真喜欢他，我就找我哥们儿要点他小时候的八卦？"

听他说得有鼻子有眼，方豆豆惊喜之余也不禁有些怀疑："我们小蔡之前一直在国外读书，你哥们儿怎么会认识？"

"嗐，骗你干吗啊？"边响有心逗他，说话时越发绘声绘色，"实话告诉你，你这个小蔡哥哥以前学习不怎么样，就是仗着脸蛋好看，一心想进娱乐圈。后来他爹妈拗不过他，就给他签了个经纪公司，送出国去进修了两年。"

作为一个学渣，方豆豆显然并不在乎小偶像在学习成绩方面的黑历史，反而把边响的爆料当作偶像盛世美颜的佐证，一番花痴之后又忍不住伤感，连边响都和偶像喝过酒，她长这么大了，身边却连个帅哥的影子都没见着。

边响闻言只觉得不服气,当即正襟危坐,正打算好好在方豆豆这个小姑娘面前展示一下自己的帅哥风采时,一阵"咚咚"的敲门声忽然响了起来。

听到动静的方铭探了个头出来,朝着房门的方向指了指,方豆豆收到信号,套上拖鞋跑到门口,"呼啦"一下拉开了门。

四目交汇的那一瞬,陆屿像是没想到给自己开门的是个小姑娘,略微怔了怔:"方豆豆是吧?你好。"

方豆豆愣愣地站在那里,像是根本没听到他在说什么,直到方铭走过来在她头上轻轻一拍,才手忙脚乱地从鞋柜里拿出一双拖鞋。

进门之后,陆屿和陈涛打完招呼,就进厨房帮忙去了。方豆豆暗中观察了一阵,悄悄扯了扯陈涛的袖子:"陈涛叔叔,那人是谁啊?"

陈涛赶紧介绍道:"他叫陆屿,和我们都是同事。"

方豆豆闻言有些兴奋:"那他有没有女朋友?"

陈涛还没来得及回答,边响有些不高兴了:"方豆豆同学,你小小年纪问这个干吗啊?他有没有女朋友和你有啥关系?"

"随便问问嘛……"方豆豆"嘿嘿"笑着,眼睛不时瞟着厨房里陆屿的背影,"我觉得他长得还挺帅,脸形和眉眼有点像小蔡。"

对于她显而易见的花痴行为,边响忍不住咬牙切齿道:"方豆豆,叔叔今天得好好教育教育你,看男人呢不能光看脸,人品、性格也很重要!就他那样的,见谁都摆一张臭脸,就算长得再帅,妹子也得被吓跑,还交什么女朋友?"

方豆豆歪着脑袋听了一阵,忽然"咯咯"笑了起来:"边响叔叔,你老实交代,你是不是嫉妒他长得比你好看,才对他这么大敌意?"

边响一番话被噎住,愣了半晌才哼声表示:"笑话!我怎么可能嫉妒他?"

方豆豆摇了摇头,表情带上了一点怜悯:"边响叔叔,你别灰心,其实也不是所有女生找男朋友都看脸的。你性格这么可爱,一定会有女生喜欢的。"

万万没想到,自己一有财有貌的大好青年,居然在一个十多岁的初中生这里领了张"好人卡",边响一时间也是气结。

然而他还没想好怎么反驳,只见方铭又探了个头出来:"我说,你们几个没事的话,把桌子、碗筷摆一下,咱们准备开饭了!"

为了离职前的这场特别聚会,方铭做了不少准备,除了荤素搭配得当的各色火锅食材,还精心准备了好几种调料。

考虑到边响从小在北江市长大不太能吃辣,他甚至还专门调制了一份潮汕口味的蚝油芝麻酱,种种体贴细致的安排,不仅引得边响和陈涛连连夸赞,就连身为资深家庭主妇的许苓纭也忍不住竖起了拇指。

你抢我夺地吃了好一阵,大家兴致渐浓,原本有些安静的气氛也因为美食的滋养很快热闹起来。

方铭拿出了珍藏多年的红酒,等到三瓶红酒见底,大家说话之间也都没了什么顾忌,许苓纭这才拿起酒杯朝方铭扬了扬,轻声提醒道:"老方,咱们这火锅也吃得差不多了,你是不是也该正式和大家宣布一下你的好消息了?"

从上桌开始,方铭就一直在酝酿如何开口。如今所有人的目光都集中在了他身上,他忍不住又伤感又激动。

一个"我"字才刚出口,他口袋里的手机突然响了。已经被各种铺垫拉满的气氛瞬间破功,众人不由得纷纷号叫。

方铭只觉得这个电话来得实在不是时候,正准备随手挂断,一鼓作气地把事情说完,晃眼看到来电者,猛地愣了愣神。

觉察到他的情绪变化,许苓纭轻轻撞了撞他:"你怎么了?出什么事了吗?"

"没……就一个朋友。"方铭下意识地把手机藏了藏,随即站起身,朝卧室走去,"你们先吃着,我接个电话就回来。"

走进卧室后,方铭把门关上,确定自己说话不会被客厅里的人听到后,才小心翼翼摁下了接听键。

"喂,乔总吗?你找我有事?"

"没事就不能给你打电话了啊?"电话那头,乔卓远语带笑意,仿佛这通电话只是为了和一个久不相见的老友闲聊似的,"说起来,老方你最近在忙什么啊?"

"就正常上下班,没啥可忙的。"对方语气亲切随和,反而衬得他那战战兢兢的反应有些失礼,方铭自觉过意不去,主动问候道,"乔总你呢?最近还顺利吗?"

"还行吧,工作上也就那样,就是生活上的事有点烦心……"

他所说的"生活上的事"究竟指什么,方铭自然心知肚明。尴尬之下,他正想打个马虎眼把这个话题绕过去,就听乔卓远再度开口道:"对了老方,先和你说声恭喜啊,听说你在宜美科创的面试还挺顺利,很快就要入职了。"

方铭这一惊非同小可:"乔总,这事你是怎么知道的啊?"

"当然是老郑告诉我的。"

"老郑?你是说郑总?你认识他啊?"

"当然啦,他是我老同学嘛。要不然你的简历怎么会到他的手里?"

随着乔卓远的笑声不断传来,方铭只觉得阵阵眩晕。

印象里,乔卓远的确给他发来过几个文件,说是让他好好看看,可因为不想对不起许苓纭,也不想欠乔卓远人情,他连看都没看,就直接删除了。

原以为好人有好报,在不出卖自己良心的情况下,曹月华的出现让一切柳暗花明,给他带来了新的工作机会,谁知道兜兜转转,自己的这份人情居然还是欠在了乔卓远手里。

电话那头的乔卓远仍热情满满:"对了老方,既然你都要入职了,找个合适的时间咱俩聚聚,为你庆祝庆祝?"

方铭只觉得心乱如麻,努力了很久才挤了个声音出来:"多谢乔总……你帮我推荐工作这事,我肯定是要当面谢谢你的。只是我最近有点忙,可能暂时抽不出时间……"

"毕竟要去新公司了嘛,很多事情是得提前准备。那你就先忙着,等你把手里的事情都处理好了,咱们再聚!"

又闲聊了几句后,乔卓远很爽快地挂了电话。

方铭却呆立当场,原本的喜悦与激动都因为这通电话而消失殆尽。许久之后,意识到一墙之隔的地方还坐着一群等待他宣布好消息的客人,方铭这才勉强振作精神,堆起假笑,慢慢走回客厅。

客厅里的饭局已近尾声,见他出现,原本还在吵吵嚷嚷的一群人几乎同时闭嘴,仿佛就等着他开口。

尴尬之下,方铭拿起眼前的酒瓶子晃了晃,装作不经意地问道:"怎么都不说话了?是不是酒喝完了?要不我去便利店再买点?"

"哎哟,方哥,哪有你这么吊人胃口的啊?"他这一副顾左右而言他的模样惹急了边响,"你不是有好消息要宣布吗?赶紧说啊!"

"行吧,那我就说了啊!"眼看这事靠装傻充愣是避不过去了,方铭一咬牙,把酒杯端了起来,郑重地宣布道,"前几天的英语小测,我们家方豆豆突破了自己,赶上了班级平均分!为了这件事,咱们得好好庆祝一下,也希望她能在未来的日子里继续加油,考上自己理想的高中!"

没想到这么大的阵仗搞了一下午,最后宣布的居然是这么件事情,众人不禁有些发怔,面面相觑了好一阵,才在边响的带头下鼓起了掌。

方豆豆早已经吃饱喝足,此刻正坐在那儿一边刷着小偶像的演唱会视频,一边听着大人们唠嗑,忽然听到自己的名字,一时间有点不知所措:"爸!你干吗呢,就这么点破事,也值得你拿出来说?"

"这怎么会是破事?"反正话题已经在一片混乱中甩到了女儿头上,方铭索性打蛇随棍上,严肃教育起来,"你现在还在读书,学习成绩就是最大的事!之前你成绩不好,爸爸也没少操心,现在好不容易追上来了，难道还不值得庆贺？"

方豆豆不屑道："爸你也别高兴得太早了，这就是个随堂小测，大部分是选择题，我也就是瞎猜而已，下次考试未必有这么好的运气。"

"瞎猜也得有基础嘛，而且考试的时候，运气不也是实力的一部分？"

见方豆豆满脸不高兴，似乎不准备领老爸这个情，边响赶紧出声打了个圆场："对了，你们做选择题，是不是还有个口诀来着？"

"是啊！"方豆豆眼睛一亮，立马背诵起来，"三长一短就选短，三短一长就选长。两长两短就选B，参差不齐C无敌。"

"对对对，就是它！"边响"哈哈"笑着，还准备说点什么来逗乐，陈涛已经在他手腕上重重一拍："豆豆，你别听他胡说，考试的时候，选择题可不能这么瞎做。"

方豆豆意兴阑珊："那我又不会，还能怎么办？"

"不会的话你可以找陆屿叔叔问啊！"陈涛是个单线条，又对陆屿充满了莫名的崇拜，担心方豆豆被边响带坏，赶紧现场介绍起来，"你陆屿叔叔英语可好了，之前他帮我修东西，看说明书直接看英文版的。"

"真的？"方豆豆瞬间兴奋起来，拿着手机点了几下后，亮出了一个二维码，伸到了陆屿面前，"既然如此，小陆叔叔咱俩加个好友呗？以后有什么不懂的，我就指望你了！"

饭局结束，陈涛主动提出洗碗，边响见状，也跟着进了厨房。

借着收拾桌子的机会，许苓纭把方铭拉到一边："老方你怎么了？看你接了个电话整个人就恍恍惚惚的，是工作的事有什么变动吗？"

方铭勉强笑了笑："变动倒是没有，就是我忽然觉得这事可能还得再考虑考虑。"

"为什么？"

许苓纭一再追问，方铭只能言不由衷地找借口："我也有大半年没接触原本的行业了，现在社会发展又快，我有点担心自己回去还能不能胜任……人家给我开了那么高的薪水,要是试用期没过就被踢出来,那可就难看了。"

"就为了这个?"许苓纭哭笑不得,"老方,这可不像你。你说你连送外卖都能干下来,心理素质那可是杠杠的,事到临头担心这个,会不会想太多了?"

"这不是年纪大了嘛,所以才会瞻前顾后。"方铭苦笑了一阵,小声叮嘱道,"总之呢,这件事你容我再想想,等机会合适了,我再和大家说。"

收拾完没多久,陆屿表示要先走一步。

几分钟后,边响嚷着自己酒喝多了想买点饮料,也跟着溜了出去。

下楼之后,他径直走向了附近的便利店,对着等在那里的陆屿瞪了瞪眼。虽然人是自己约的,但对方真的杵在自己面前了,一时之间他却不知道这开场白该怎么说。

面面相觑之间,还是陆屿主动开了口:"你有什么事赶紧说,我还有事,没空陪你耗着。"

边响只觉得一口老血堵在胸口,想要驳回去吧,又怕以对方那性子,后面的事没法平心静气地聊,于是只能忍气吞声地咬了咬牙:"我没想找你麻烦,就是想问问你和秦嘉妍之间,到底是怎么回事?"

那日在医院和秦嘉妍通过电话后,陆屿就一再告诫自己,他和秦嘉妍之间的一切已经被他亲手画上了句号,此后的日子里,这个名字不再和他有关,也不再能影响到他的生活。

可是每当午夜梦回,他还是会一遍遍想起这个女孩。

从几次短暂的接触中他已经意识到,秦嘉妍和边响有着同样的社交圈,而且两人交情匪浅,而那个满脸傲慢、对他颐指气使的富二代杨铭,也正一心一意追求着她。此番边响特意找他,也不知道是想要替秦嘉妍出头,还是想要为杨铭探听"敌情"。只是无论边响要做什么,都已经和他无关了。

"关于秦嘉妍的事,你不用找我,上次和她打电话,我已经和她说清楚了。"

"说清楚了?"边响只觉得意外,"你到底和她说了什么?我看她那天打完电话都哭了!"

陆屿只觉得心下一痛,下意识地咬紧了牙。再开口时,语气带上了一点轻微的自嘲:"我和她说,如果没什么要紧事,以后就不要再联系了。这个答案,你是不是可以放心了?"

第十一章
亲子关系

面试后的第三天,方铭接到了宜美科创人力资源部的王小姐打来的电话。

电话里,那个年轻的姑娘热情洋溢地询问他什么时候可以入职。面对这种诚意满满的催促,方铭只觉得受宠若惊,然而一想到这份工作是乔卓远推荐的,不禁又压力重重。

满心矛盾之下,他只能以直属领导太忙,没找到合适的机会提离职为借口,想要再争取点时间。而王小姐显然也很为难,一再表示郑总那边催得紧,希望他能早日给个明确的答复。

同为苦命打工人,方铭以己度人,不希望因为自己的问题而耽误了对方的工作,斟酌之下,想要自己打电话和郑源解释。但王小姐并不赞同,言辞之中甚至还有些怪罪方铭不知好歹的意思。

"我们郑总平时挺忙的,很少直接关注我们招聘这边的事。在您之前,我们给他递过好几份候选人的资料,他都安排给了相关的副总处理。郑总这么看重您,想来一是因为手里的项目比较急,二是因为有特别的缘分,您那边如果没什么变动,最好尽早确定入职时间。"

从对方的催促中,方铭敏锐地意识到自己并非唯一的候选人,心惊之下,忍不住询问起了这次招聘的过程。

王小姐也是个实在人,三言两语就把情况说清楚了。

方铭所应聘的技术部经理岗,管理层十分看重,因此人力资源部也是不留余力地花了大价钱找了好几家猎头公司帮忙找人。宜美科创虽然成立时间不长，但开出的薪资十分有竞争力，因此，来自各互联网大厂的应聘者络绎不绝，其中甚至还有几位业界知名的大牛。

原本直管技术部的副总看中了其中一位，对方的态度也很积极，来公司面了两次后基本待遇条件都谈得差不多了，就等郑源那边签字发 offer 了。结果在这之前，郑源去参加了一场同学会，没过两天，方铭的简历就被送了进来，至于另外那位候选人的事，也就此不了了之了。

原本方铭还抱着一点微弱的希望，想着郑源那么热情地招揽自己，或许真的是看中了他诚实的人品和丰富的工作经验，而与其他因素无关。然而在这通电话后，他基本能够确定，在这场招聘里，乔卓远的确起到了关键性的作用，如果没有他在背后相助，靠着昔日的同学关系，甚至是以某些连方铭也不太清楚的利益交换做筹码，以宜美科创所展现出来的雄厚财力，大可不必对自己如此热情执着。

有了这个认知后，方铭只觉意兴阑珊，面对王小姐隔三岔五的询问，彻底陷入了两难。

从道理上来说，乔卓远和他之间的这场"交易"并未摆上明面，郑源会向他抛出橄榄枝，肯定也是综合考量的结果。因此，他大可以当作什么都不知道，先把 offer 拿下，再和乔卓远讨价还价，至于宜美科创这边，只要能顺利入职，再积极干出点成绩，想来以郑源的做派，也不会把事业当儿戏，因为非工作上的原因轻易把他开掉。

只是方铭是个老实人，既不想背叛许苓纭，也不想承下乔卓远的人情却给不了对方所期待的结果。可宜美科创的工作机会就在那里，像一枚色香味俱佳的新鲜水果，对于他这种在求职路上跋涉了大半年，已经筋疲力尽，几乎要绝望的人来说，充满了巨大的诱惑，真就这么放弃了，他实在舍不得。

他这边还在举棋不定，乔卓远那边却像是觉察到了什么一样，又打了通电话过来，询问他一直不入职的原因，还热情地表示如果是因为对条件不满意,他可以当中间人帮忙沟通。

对于乔卓远的热情推动,方铭只觉得苦恼,只能含含糊糊地表示和薪水、职位之类的条件没关系,只是因为自己还没考虑好。

乔卓远心思活络,又有备而来,被他这么一通搪塞,没再给他机会敷衍:"老方,你老实告诉我,你该不会是因为许苓纭那事,才拖拖拉拉到现在不肯入职吧?"

方铭心知这事总要有个交代,于是也不说话,就当默认了。

乔卓远只恨他是个榆木脑袋,不识好歹,但事已至此,又不敢逼得太狠,只能和他打起了亲情牌。

"老方啊,我知道你这个人重感情,和许苓纭做了这么久的同事,肯定也不忍心看她不高兴。但抛开这层关系,咱们平心静气地想想,北城这么优秀的孩子,是不是得好好培养?用心培养的话,吃穿住行哪一项不需要钱?当然,我不是说许苓纭她不挣钱,我也知道她为了争夺北城的抚养权,现在很努力地在工作。但是北城现在还只是在读初中,她就已经这么辛苦了,以后读到高中、大学,甚至出国深造,难道她要一直这么拼下去吗?"

听他口口声声都在围绕"钱"字打转,方铭忍不住替许苓纭抱不平,强调起了在孩子成长的过程中家人陪伴的重要性。

对于方铭的论调,乔卓远只觉得不屑一顾,在他看来,乔北城是个男孩子,早点独立也没什么。而且在他的计划里,等乔北城念完初中,他就准备送出国,既然人都在外面了,比起所谓的亲情陪伴,那显然是用钱说话更管用。

但眼下为了将方铭争取到自己的阵营,他还是耐着性子把对方的话听完,这才做起了总结陈词:"老方啊,你的意思我明白,但在工作的事情上你也不要有什么心理压力。如果你顾忌到和许苓纭同事一场,不想出庭做证,那我们也可以换个方式……总之一句话,你先把入职给办了,至于其他的事,我们可以慢慢再说。"

乔卓远的这通电话虽然不怎么中听，却一定程度上起到了推动作用。

通完电话后没多久，方铭正琢磨着干脆趁下午的空闲时间回趟站点，和邓饶提一下离职的事，林老师的电话忽然打进来了。

"方先生你好，我是方豆豆的班主任林老师。打电话给你是想问一下，豆豆现在的身体情况如何，明天还要继续请假吗？"

方铭闻言只觉得一头雾水，赶紧问了几句，这才知道今天上午最后一节课的时候，方豆豆喊肚子疼，林老师原本想带她去校医那儿看看，但方豆豆坚持要回家休息。

见她说话有气无力，状态实在不太好，林老师只能将她送到学校门口打了个车。事后觉得不放心，就想着打电话问问情况。只是方豆豆的手机一直无人接听，无奈之下，林老师只能把电话打到方铭这儿来了。

问清情况后，方铭也顾不上提离职的事了，立马骑车赶回家中，然而推开房门后，屋子里一片安静，从客厅到卧室，全然不见方豆豆的身影。焦急之下，方铭开始不断拨打方豆豆的电话，接连几次拨号后，电话从无人接听的状态变成了"您拨打的电话已关机"。

时至下午六点，方铭都准备要报警了，随着"咯吱"一声响，家门被推开，方豆豆终于出现在了他的面前。

抬眼看到方铭，小姑娘显得有些意外："爸？你怎么在家呢？今天没上班？"

"你说我怎么在家呢？"饶是方铭再生气，还是关心女儿的身体，拉着她的胳膊上下一打量，发现没什么大毛病后，总算是松了一口气，"你这一下午都去哪儿了？怎么打你电话也不接？"

"这不上课调静音没听见吗？后面估计是没电了吧。"

"上课？你们林老师不是说你肚子不舒服，下午没上课就请假回家了吗？"

"她给你打电话了？"方豆豆显然对班主任这种屁大点事都要通知家长的做法不以为然，有些郁闷地翻了个白眼，"我本来是准备回家的，可是想着家里没有药，就去了趟药店买药。"

对于女儿身体不舒服还能逛一下午街的行为，方铭实在不能理解，但小姑娘浑身带刺，显然也不愿意和他多沟通。

等方豆豆去了卫生间，他拿起她的书包一通翻找，想看看她究竟买了些什么药，结果药没找到，却翻出了一张五彩斑斓的宣传海报。

看着海报上那搔首弄姿的小男生和那些花花绿绿的宣传文案，方铭的脸很快垮了下来。等到方豆豆走出卫生间，他铁青着脸，把海报往桌子上狠狠一拍："方豆豆，这是什么？"

"蔡文鑫新歌签售会的宣传海报啊……前几天买杂志的时候送的，怎么了？"

"你老实告诉我，你今天下午没上课，到底干什么去了？"

"不是都和你说了吗？我肚子疼，所以请假了啊！"

方豆豆振振有词，拒不认错，方铭看在眼里，肺都要气炸了："行！不承认是吧？我问你，你既然肚子疼，干吗不回家休息？说是去买药，那药究竟在哪里？身体不舒服不能上课，那怎么又有精力逛商场？"

方豆豆被他这一个接一个的问题震住了，说话变得结结巴巴起来，也不知道是愤怒还是委屈："爸你什么意思啊？是觉得我逃课逛商场吗？"

"那不然呢？你这姓蔡的偶像今天不是有粉丝见面会吗？"方铭咬牙切齿地把海报往她眼前一扔，只觉得心中的怒火一阵盛过一阵。

对于这个女儿，他向来宠爱，秉承着相互尊重的原则，平日里见她为了小偶像买周边、买杂志、刷短视频、追剧都睁一只眼闭一只眼没怎么管束过，只盼着女儿在拥有兴趣爱好的同时，也能好好学习。

然而他所推崇的自由平等换来的却是方豆豆一再的得寸进尺，如今学会了撒谎不说，居然还开始逃课！照这样发展下去，他甚至不敢想象方豆豆为了追星，还会做出什么出格的举动。

在他严厉的呵斥声中，方豆豆的眼眶迅速红了起来："我都和你说了我请假是因为肚子痛,你怎么非要拿蔡文鑫说事,就是不信我?"

方铭认定了她是在撒谎,根本不屑于听她解释:"要我信你可以啊,那你就老老实实告诉我,你逃课之后究竟干吗去了?"

方豆豆呼哧呼哧地喘着气,却没有再吭声,也不知道是被他咄咄逼人的态度噎到了,还是谎言被揭穿后一时半会儿编不出合适的理由。

她这一副冥顽不灵、死不认错的模样,激得方铭一股血气冲上头顶,狠狠瞪了她一阵,他快步走进方豆豆的卧室,把她堆在书架上的各种偶像周边一件件扔了出来。

随着他扔东西的动作,一直瘪嘴不言的方豆豆终于惊慌起来,过去抓着他的手臂,大声哭叫着:"爸你干吗啊?你凭什么扔我的东西?这些东西我攒了好久!好多现在都买不到了!"

"凭什么?就凭我是你爸!"方铭被她这么一闹,也彻底火了,抓过几张海报狠狠一撕,直接扔在了脚下,"看看你现在,像什么样子?书不好好读,为了个唱唱跳跳的小明星在这儿又喊又叫的。之前我就是太惯着你了,才会让你变成现在这样!早知道你这么不成器,我就该让你妈把你带回老家去!"

口不择言的话说完,两人都不由得愣了愣。

片刻之后,方豆豆赤红着一双眼睛,愤然抬起头:"你后悔了是吧?你其实一直都觉得我是个拖累对吧?既然你这么讨厌我,当初干吗要把我留下来啊?行,从今天开始,我也不烦你了,我现在就去找我妈!"

没等方铭反应过来,方豆豆已经大哭着从房间跑了出去。

随着重重的一声响,大门被"咚"的一声砸上了。

许苓纭热好了牛奶,守着乔北城喝完,又坐在他身边问了几句最近的学习情况后,这才起身进了客厅,展开了瑜伽垫。

自从做外卖骑手以来,她基本没有进健身房的时间了,所以一般都是趁着睡觉前的时间,跟着网上的课程视频锻炼一小会儿。

刚开始做第一个动作,消息提示音就响了起来。

一开始,许苓纭只当是几个小年轻在小群里唠嗑斗嘴,也就没太在意,直到发现消息提示音接连作响,仿佛有什么重要话题一直在被讨论着,这才引起了她的好奇心。

等到一组动作做完,她摁下暂停键,浏览了一下群里的聊天记录。在意识到究竟发生了什么以后,她的太阳穴猛地跳了跳,赶紧拨打了方铭的电话。

"老方,不好意思,我才看到信息。现在情况怎么样了?有豆豆的消息了吗?"

"还没……"方铭已经出门找了几圈,能联系的亲戚朋友也都问过了,全无消息,正在满心追悔,听到许苓纭的问候,更是焦急,"我担心她一气之下真的去找她妈妈了,可她这么小一姑娘,这一路上得多危险啊……"

"不会的,老方你先冷静。"听他语带哽咽,许苓纭赶紧安抚道,"豆豆就算真要去外地找她妈妈,怎么着也得坐交通工具吧?现在无论是坐飞机还是坐火车,票总得买吧?那她身上带钱、带身份证了吗?"

"这个倒没有。她的钱包放在书包里,走的时候没带……"

"那就是了。"许苓纭应声道,"没钱又没身份证,她肯定不会走太远。我估摸着小姑娘就是一时生气,找个地方自己待着了,等到气消了,也就回家了。现在既然群里的其他人都在帮忙找,你就别出去了,好好在家等着,我现在过去!"

电话刚挂,听到动静的乔北城也走了出来,得知方豆豆离家出走后,他很快提醒道:"同学那儿我去问问,看有没有人见到过方豆豆。不到万不得已,你们先别通知老师。"

许苓纭脚步一顿:"为什么?"

"离家出走不是什么光彩的事,要是闹到学校去了,老师们把方豆豆抓过去又是一通训,她一个女孩子,会觉得没面子。"

"好的,妈妈知道了。"儿子的贴心让许苓纭很是欣慰,禁不住伸手在他头上揉了揉,叮嘱了两句早点睡之类的话后,她很快就拿着包出了门。

半个小时后,许苓纭赶到了方铭家。

平日里干净温和的男人像是变了个人,赤红着一双眼睛站在那里,满脸憔悴。听闻乔北城那边也没打听到方豆豆的消息,方铭只觉得失望,许苓纭见状赶紧倒了杯热水塞进他手里,等他稍微镇定一些后,才慢慢问清了事情的缘由。

虽然儿子不追星,但作为一个母亲,许苓纭能体会对于一个日常被繁重学业压迫的女孩子而言,偶像意味着什么。看着撒满一地的海报碎片,她忍不住叹了口气,默不作声地拿起了扫帚,打扫起了这一地的狼藉。

忙碌之间,一直怔怔坐着的方铭忽然抓起茶几上的电动车钥匙,"唰"地站了起来。

许苓纭一惊,赶紧拦住他:"老方,你这是要干吗?"

"我要去报警!报警以后我自己去找,总比坐在这儿傻等着强!"

"那如果中途豆豆回来了呢?她回家以后见不到你怎么办?"

方铭像是下定了决心,当即抓住了她的胳膊,颤声哀求道:"虽然我知道这样可能很麻烦你,但是能不能请你在这儿帮我守一下?如果豆豆回来了,你就给我打个电话。"

许苓纭理解他此刻的心情,也清楚一旦报警,诸多细节也只有他自己能说清,权衡之下正准备再叮嘱两句,陆屿的电话忽然打了过来:"方哥,你现在在家吧?方豆豆现在和我在一起,等她情绪稳定一点,我就给你送回去。"

时至午夜十二点,在一屋子人焦灼的等待中,方豆豆跟在陆屿身后回了家。进屋之后,她一句话也没说,冷着一张脸,把自己关进了卧室。

边响找了一晚上的人,最终却无功而返,觉得有点不服气。憋了好一阵,他忍不住朝着陆屿一撇嘴:"喂,姓陆的,豆豆她究竟去哪儿了?你是怎么找到她的?"

陆屿一开始没准备搭理边响,直到方铭也探究地看着他,这才言简意赅地解释起来。

原来,和其他人一样,得知方豆豆离家出走后,陆屿也尝试着和她取得联系,然而好几通电话打下来,始终无人接听。这种消极的反应让他很快意识到,小姑娘正在气头上,被一群人电话轰炸,大概只会更逆反,所以他很快停止了打电话,只是给对方发了条消息,表示等她气消了,若是想找人聊聊天,自己随时恭候。

结果没等太久,方豆豆的电话还真就打过来了。

这招"请君入瓮"效果奇佳,边响再不服气,也只能阴阳怪气地表示:"看你平时总臭着个脸,没想到哄起小姑娘来一套套的,难怪总有姑娘惦记你。"

陆屿没有理会他酸溜溜的冷嘲热讽,见事情办完,就准备走人。

此情此景下,方铭也没了招待客人的力气,正准备把人送出去,许苓纭忽然表示:"你们几个先走吧,我再和老方聊两句。"

方铭心下诧异,但当着几个小年轻的面,又不好意思多问。直到其他人都走了,许苓纭才走到方豆豆的卧室门口,轻声询问道:"豆豆你好,我是许阿姨,请问我可以进来吗?"

几秒钟后,房间里传来了一声几不可闻的回应:"嗯……"

在方铭惊异的注视下,她走进了方豆豆的房间,轻轻关上了门。

半个小时后,许苓纭从豆豆卧室里出来,让方铭跟自己一起下楼买点东西。

方铭不知道她葫芦里卖的什么药,只能跟在她身后。

入夜之后的小区花园微风徐徐,这让方铭一直焦灼着的情绪渐渐得以舒缓。闷头走了一阵后,他反应过来:"许苓纭,你是有什么话在屋子里说不方便，所以才特意把我叫下来吗？"

许苓纭笑着点了点头："老方，你知道豆豆今天为什么请假吗？"

方铭闻言只觉沮丧："我猜她是为了追星，才撒谎肚子疼。"

"不是，她是真的不舒服，所以才会请假。"

"她是这么和你说的？那她为什么不回家，还在路上耽搁那么久？"

"因为她觉得不好意思，毕竟女孩子家有很多事，对着爸爸是很难开口解释的……"

方豆豆之所以会请假，是因为她今天第一次来例假，虽然之前大概知道是怎么回事，但真的遇上了，小姑娘还是有点慌。

因为肚子实在疼得厉害，她原本计划去药店买点止痛药就回家休息，没想到药店店员是个二十出头的男青年，这让她一时之间不知如何是好。偏偏店员态度热情，见她独自一人在各种药品前翻翻找找、看使用说明，忍不住上前多问了几句，方豆豆只觉得羞耻，支支吾吾地应付了几句后就落荒而逃了。

耽误了那么久却没买到合适的止痛药，方豆豆只觉得十分悲催，结果刚一回家，又被方铭一通斥责，甚至还把她珍藏的偶像周边都给毁了。

满心羞愤却又无从解释的情况下，她才会选择离家出走。

方铭原本就很自责，知道了事情的真相后，更是止不住地懊恼。

当爹当了十几年，把女儿拉扯到现在，他自认还算一个合格的父亲，可是眼下，光是方豆豆来例假这一件事，就让他深刻地意识到，无论他再怎么努力再怎么用心，母亲这个角色，他终究取代不了。

不久之后，在许苓纭的建议下，方铭手里多了几包卫生巾和一盒止痛用的布洛芬，紧接着，她又表示自己和方豆豆已经交换了联系方式，如果以后小姑娘再遇到什么难以启齿的问题，自己随时可以提供帮助。

这井井有条的安排，让方铭感受到了久违的温暖，也越发自责起来。对待女儿，他自认算得上事事上心，没想到真的有事发生了，女儿却宁愿被他误会，和他争吵，也不愿袒露心声。

听他长吁短叹，情绪格外沮丧，许苓纭赶紧宽慰道："豆豆就是个小姑娘，来例假这种事怎么会好意思和爸爸说？所以你也得好好考虑下个人问题，有个女人在身边，无论是对豆豆还是对你，总归是好些的。"

"这事再说吧，一时半会儿也急不来。"听她提起自己的感情问题，方铭越发失落，于是换了个话题，"对了，我听说你们计划在北城念高中前把他送出国，真要是那样的话，你还要继续争取他的抚养权吗？"

"听说？听谁说？乔卓远？"许苓纭不屑地哼笑了几声，才解释道，"之前出国热，我是有把北城送出去读书的想法，但是后来我决定还是让他在国内把大学念了，再听听他的意见，是不是要出国。"

"因为经济有压力，想在这段时间多赚点钱？"

"那倒也不是，主要还是想在北城最需要亲情的年纪多陪陪他。"

乔北城是个懂事、自律又上进的孩子，所以无论在哪里，他都能过得很好。可是作为母亲，尤其是在家庭破裂后，她还是希望在他成年之前，能多感受一些来自家人的关爱和照顾，这样他的人生旅途才完整。

因为对她来说，儿子的成功固然很重要，但更重要的是，他可以不那么急着长大，而是在亲人的陪伴下，快乐开心地过自己的人生。

次日一早，方铭坐在会议室的角落里，一边听邓饶老生常谈地给骑手们打鸡血，一边拿着手里的纸片拼拼补补。

拼了一阵，他自觉不满意，忍不住颓然叹出了声。

昨晚和许苓纭聊完回家后，他就把那些撕碎的海报、照片之类的搜集了起来，想试着拼好之后扫描打印出来，算是亡羊补牢，给女儿赔个不是。

没想到折腾到现在，一点进展也没有。

偏偏边响看透了他的心思，还要在一边给他泼冷水，说是这些照片和杂志海报都讲究正版，一旦翻拍打印，在粉丝心中就会变得一文不值。而且娱乐公司为了割粉丝的韭菜，大部分的明星周边都是限时限量发售，错过了，就只能在粉丝群或者黄牛手里高价收购。

方铭，一个年近四十的单身父亲，实在搞不懂粉丝圈的那些弯弯绕绕，可是从送方豆豆上学时她那全程冷漠的表现来看，显然也没打算现在就和他和好。若说要道歉，他又实在拉不下那个脸，何况女儿的脾气他也清楚，这个时候正在气头上，就算他真的去道歉，除了碰一鼻子灰，不会有任何用处。

所幸边响善解人意，见他愁容不展，为了修复父女关系也是操碎了心，很快给他送来了一个有利信息。

方豆豆喜欢的那个小偶像蔡文鑫为了宣传参演的一部电影，眼下正跟随创作团队在全国各地做宣传。如果方铭能带着方豆豆一起去捧场，想来天大的矛盾也能就此化解。

对于边响的这个建议，方铭就此上了心。

上午的工作忙完，他找了家馆子坐下来，一边吃午饭，一边查起了蔡文鑫近期的活动信息。

从铺天盖地的娱乐新闻里他很快得知，方豆豆喜欢的这位小偶像唱跳之余立志转战影视圈，并在近期交出了自己参演的第一部作品。为了提升作品的影响力，电影上映期间，蔡文鑫的经纪公司为他安排了近四十个城市的路演宣传。

巧的是，就在明天晚上七点，他和主创团队将现身北江市中心的光明影城。

确认了这一消息后，方铭来了精神，第一时间点开了光明影城的售票系统，准备挑两个最好的位置。没料到系统一打开，满屏的灰色昭示着见面会的门票早已售罄。

虽然边响信誓旦旦地表示自己和蔡文鑫算半个熟人，有需要的话可以帮忙安排近距离互动，但方铭不是爱麻烦人的性格，为了讨女儿欢心而去麻烦别人，他总觉得有点不好意思。

再三考虑之下，他只能抱着碰碰运气的心情，拨打了光明影城的人工服务热线。

"喂，您好，请问是光明影城吗？我想问问明天晚上那场影迷见面会的票还能买到吗？"

"您问的是蔡文鑫会出席的那场是吧？那个早就没有了，不好意思。"

虽然答案并不意外，但为了女儿，方铭还是挣扎了一下："那您知道有什么渠道可以买到票吗？价格高一点也没关系，只要能买到就行。"

"我们影城这边的确是没有了，您实在想要的话，可以去网上看看。"客服小姐似乎很有经验，听他口气急切，忍不住提点了几句，"一般来说，这种有明星出席的见面会，现场的票基本等不到放出来，就被粉丝团包圆了。您要是诚心想要，可以去粉丝后援会的群或者明星贴吧里看看，运气好的话，会碰到有人转票呢。"

方铭从未追过星，被她这么一点拨，只觉得打开了新世界的大门。

网上搜索了一圈，他好不容易找到了一个所谓的"蔡文鑫北江市粉丝后援会"的QQ群号码，赶紧发了个入群申请。

过了好几分钟，申请通过的信息传来。

方铭置身于这个用户ID千奇百怪的QQ群里，正聚精会神地观察着，随着"嘀嘀"几声响，一条私信发了过来。

"你好，我是蔡文鑫北江市粉丝后援会的群主，请问你也是菜肉粉丝包吗？"

经过突击学习，方铭已经知道"菜肉粉丝包"是蔡文鑫粉丝的专属昵称，不好意思表露自己真实身份的情况下，他勉勉强强回了个"嗯"。

对方对他这不甚积极的态度很不满意，紧接着就态度严肃地抛来了几个问题："我看了下你的空间，里面一片空白，都没发过什么有关小蔡的内容。为了防止黑子混进来当卧底，你得先回答我几个问题进行身份验证。"

方铭没想到自己只是想买两张见面会的票，居然还得先验明正身，正哭笑不得之际，对方已经哗啦啦地抛出了一套问卷。

方铭迅速浏览了一下，面对问卷里"蔡文鑫的出道日是哪一天""血型是什么""喜欢猫还是喜欢狗""对什么食物过敏"之类的问题，只觉得无比头疼。刚想上网找找答案，对方的消息又来了："怎么了？你不会一个都答不上来吧？"

在对方咄咄逼人的质疑中，方铭觉得自己都要绝望了，只能老实交代道："这位同学，我实话和你说吧，我其实和你们小蔡不熟，加群也就是想问问能不能买到明天见面会的门票。至于你问的这些问题，我真的不清楚……"

字还没打完，随着"嘀嘀"两声，方铭发现自己被踢出群了。

出师未捷的情况下，方铭挫败之余难免有点灰心丧气。然而一想到这是修复父女关系的最好办法，他也只能振作精神，继续朝着蔡文鑫的贴吧而去。

这一次，他在标注着"电影见面会"关键词的帖子里一个个用心翻找。皇天不负有心人，卖力翻找了近一个小时后，传说中的转票信息终于被方铭找到了。

当天傍晚，按照私信里的约定，方铭在离家不远的一家肯德基门口和传说中的转票人见了面。

虽然事先有过一定构想，然而见面之后，发现那个顶着"唯爱蔡文鑫"ID的贴吧粉丝真身竟然是一个五大三粗、满脸横肉的中年男人，方铭还是忍不住有些眩晕。

对于他的出现，对方显然也有点意外，盯着他身上的骑手服上下打量了好一阵,才怀疑地问道:"你是来跑腿取票的,还是在贴吧里和我联系的那个人?"

"就是我联系的你……不过这票是帮我女儿买的。"方铭有点不好意思地解释了一下,才继续表示,"让你特地跑这一趟挺不好意思的,要不你看把来回的打车费也算上,我一起给你钱吧?"

男人大气地点了点头:"车费就不用了,两张票你给八百就行。"

"什么?八百?这么贵?"方铭被他这轻描淡写的报价给镇住了,准备付钱的手僵在了半空。

正常一场电影票价就八十,本以为来个明星加到一百二、一百五的价格也就差不多了,万万没想到,十几分钟的见面会而已,两张票居然要价八百,这实在太夸张了。

"八百还嫌贵啊?之前没有四位数在我这儿都是免谈的好不好?"男人斜着眼睛,摆出一副嘲弄的表情,"大哥,蔡文鑫现在多红啊,之前有个小姑娘为了和他合个影,花了好几万呢!这次这种影迷见面会,属于正式活动,除了可以近距离见到偶像,运气好的话还能参与互动环节。我要不是忙着其他生意,没空在这两张票上多花时间,也不会就这点钱卖给你了。"

方铭没有太多和销售打交道的经验,在这种专业的票贩子面前更是弱鸡一只,被他连威胁带劝诱地一逼,只觉得头大如斗。

见来往的人群之间,已经有人朝他们的方向张望,他也觉得两个大男人在这儿讨价还价拉拉扯扯的实在丢人,当即把手机一掏,咬牙表示:"八百就八百吧,咱们赶紧的,一手交钱,一手交票!"

完成交易后,方铭连饭也没顾上吃,就马不停蹄地赶回了家里。

方豆豆正在卧室里写作业,听到他推门进家的声音,立马塞上耳机,摆出了一副无事勿扰的姿态。

方铭有票壮胆,只觉信心倍增,敲开了女儿卧室的门,在她桌子上敲了敲:"豆豆,明天晚上你有安排吗?"

方豆豆头也不抬,继续在她的作业本上划拉着:"没有。"

见她态度冷淡,方铭赶紧把票拿了出来,小心翼翼地往她眼前一放。

方豆豆愣了一下,慢慢摘下了耳机,对着那两张票默不作声地看了一阵:"这票你从哪儿搞的?"

虽然归根到底是票起了作用,但女儿愿意和自己说话,方铭还是觉得欣喜:"不久之前刚找人买的。"

方豆豆继续刨根问底:"你找谁买的?"

"网上认识的一个家伙,长得高高壮壮的,我其实也不熟。"

"这两张票你花了多少钱?"

"也没多少钱啦……"虽然被当作韭菜狠狠宰了一次,但能和女儿多聊上几句,方铭还是觉得挺值,"那咱们就说好了,明天下午放学以后爸爸去接你,等看完电影,咱们再一起去吃点好吃的。"

方豆豆没吭声,眼睛却抬了起来。

方铭被她看得有点心虚,声音也变得小心翼翼的:"怎么了?这场电影你们小蔡可是要去现场的……你该不是因为还在生爸爸的气,就不打算去了吧?"

"不是。"方豆豆叹了口气,表情看上去有点一言难尽,"爸,你应该是买到假票了。"

"假票"两个字传进耳朵里,方铭只觉得一阵青筋暴跳,赶紧把票拿在手里摸了摸。票的纸质和印刷都过得去,比他平日里送餐接触的取餐小票好不少,只是方豆豆这斩钉截铁的反应,让他原本满是兴奋的一颗心,迅速凉了下来。

"你怎么知道这是假票啊?我看质量还行啊!"

"爸,你不懂,这不是质量的问题。因为小蔡实在太红了,为了防止黄牛扰乱市场,高价牟利,这次他出席的所有电影见面会,入场券上都打了防伪码,要和身份证同步验证,才是有效的……"

方豆豆认真给他做完扫盲,发现他脸色一阵红一阵白,显然受到了不小的刺激，忍不住再次确认："爸，这两张票你究竟花了多少钱？"

"也就八百块吧……"

"八百块？"方豆豆闻言"唰"地站了起来，语气里都是愤怒，"你还有那个骗子的联系方式吗？把他电话号码给我。就算咱们不报警，我也得把他骂到妈都不认识！"

"算了算了，钱都被骗了，骂他一顿也于事无补，何况气大还伤肝不是？"方铭怕她真为了这事和人吵架，赶紧轻言细语地安抚了一阵。

等到方豆豆重新坐下来，他才试探着继续道："豆豆，你不生气了吧？爸爸其实一直想找时间给你道歉来着。之前的事是爸爸不对，我不该不信任你，也不该对你说那么过分的话。你是爸爸最重要的人，爸爸从来没有想过不要你，以前没有，以后也不会的……"

方豆豆抿着嘴唇，静静听他说到最后，才低低地哼了个声音出来："我没有生你的气，其实那天的事，我也有不对的地方……"

听着她蚊子般的哼哼声，方铭只觉得堵在心里的大石头终于落了下来："那这么说，咱俩算是讲和了？"

"嗯！"方豆豆重重点了点头，咧出一个笑，"讲和了！"

虽然和女儿之间达成了和解让他满心欢喜，但一想到自己居然傻不棱登地被骗了八百块，方铭还是感觉有些郁闷。怀着满心的不忿，他调出了那个骗子的聊天对话框，想要义正词严地数落对方两句，没想到刚发了一个"你在吗"过去，对话框前冒出的惊叹号赫然提醒着他已经被拉黑的事实。

无奈之下，方铭只能在心里将对方狠狠诅咒了一番，正准备把换下的脏衣服扔进洗衣机然后去洗澡，方豆豆忽然探了个头出来："对了爸，刚才是你问我，现在换我问你了，你明天下班以后有空吗？"

"有啊，怎么了？"

"有空的话，就和我去看小蔡的电影吧。"方豆豆"嘿嘿"笑着，朝他扬了扬手机，"虽然见面会的票抢不到，但普通场次还是可以支持一下的。刚才我已经在网上订好了,明天下班以后,你直接去光明影城吧!"

方铭拎着一袋子肯德基,匆匆赶到影城大厅时,眼前是一片人潮拥挤的热闹景象。

方豆豆挤在一群粉丝里,正拿着手机积极拍摄着各种宣传物料。

等她吃完了肯德基,又和蔡文鑫的人形立牌合了影,电影也到了要开场的时间。

方铭挤在观影的队伍里,好不容易到了检票口,正准备把票递过去,工作人员忽然开口提醒:"你好,放映厅是不允许送外卖进去的,有东西要送的话,麻烦你联系客人到大厅来取。"

方铭一愣,在周遭众人的注视下,恍然意识到自己还穿着专属于外卖员的工作服。

没等方豆豆开口,他已经轻轻"哦"了一声,快步走出了检票队伍。

方豆豆只觉得不服气,手里的两张票甩得哗哗作响:"爸,你干吗呀?就告诉他你是来看电影的不就行了吗?怎么还出来了?"

"算啦……"方铭只怕进场之后,女儿会因为自己这身工作服一路接受注目礼,只能轻声细语地哄她,"爸爸已经下班了,再穿着这身衣服的确不太合适。反正电影也还没开始,要不爸爸先去换件衣服再进去?"

虽然不太乐意,但父女间刚经历了一场冷战,方豆豆也不想因为这点小事再起冲突。两人刚下了一层楼,忽然有人挥手打起了招呼:"老方,今天兴致这么好啊,带豆豆来逛商场?"

"是你们啊!"乍见到许芩纭母子,方铭也觉得有点惊喜,"我是带豆豆来看电影的,你们呢?"

"北城在附近有个钢琴课,下了课就和他来商场逛逛,顺便买点早餐。"说话间,许苓纭显然也意识到了这对冷战了好几天的父女关系已经恢复如初,朝方铭眨了眨眼后,她主动冲方豆豆笑了笑,"豆豆今天打算看什么电影啊?"

"《向曙光之神献花》,主演之一是蔡文鑫!"

带女儿来看电影之前,方铭特意做了功课,知道这是一部科幻片,上映至今,无论是票房还是口碑都还算不错。

许苓纭之前也有所耳闻,听方豆豆一介绍,也不禁动了带儿子一起看的念头。

无奈电影人气太高,和方家父女同场的电影票早已售罄。见许苓纭一脸遗憾,方铭拿出了自己的电影票:"要不这样吧,豆豆和北城去看电影,咱俩就在商场里逛着等他们,怎么样?"

"那怎么行啊?"许苓纭赶紧摆手,"这本来就是你和豆豆约好的,北城想看的话,我改天再带他来就是了。"

"有什么不行的?反正豆豆为了支持她偶像的票房,肯定不止看一次。难得北城有兴趣,他们两个小孩子先去看,大不了过两天我再陪豆豆二刷。"

见他态度坚持,许苓纭也不好再拒绝。

等到两个孩子一走,两人一时之间无事可做,只能心不在焉地逛起了服装店。逛了半个小时,方铭实在没兴致了,就近找了家咖啡厅坐了下来。

许苓纭点完单,顺口问道:"刚才逛服装店的时候我还想着陪你买几身新衣服,为去新公司上班做点准备呢。说起来,你要离职的事和老邓提了没?这段时间我看你一直没什么动静,是还没考虑好吗?"

没想到一个星期过去,她居然还惦记着这事,方铭意外之余,只觉得感动,但个中原因涉及乔卓远,他不想说出来让对方糟心。

几经犹豫后,他表示对有些条件不甚满意,准备过几天再和对方谈一次。

对于他这拖拖拉拉的态度，许苓纭并不苟同。

"老方啊，虽然我职场经验不多，但也清楚现在的竞争蛮激烈的，有个合适的机会不容易，就算对方开出来的条件不能完全让你满意，你也别太较劲，抓紧时间，别把这好不容易到手的机会弄丢了。"

她越是表现得情真意切，方铭就越是觉得心里苦，无奈之下，只能开起了玩笑："我怎么觉得你盼着我走啊？大家同事一场，听到我要走，难道不该挽留一下吗？"

"就是因为大家同事一场，我才盼着你好啊！再说了，大家在一个城市里，要见面也很方便。我也不能因为个人原因，就一直拖着你干外卖不让你走吧……"

两个人话赶话地说到这儿，忽然间都闭了嘴。

咖啡厅里那缠绵悱恻的音乐，衬得气氛有些微妙。

相对沉默了好一阵，方铭才硬着头皮重新起了个话题："也不知道两个小家伙电影看得怎么样了。方豆豆是去追星的，就算剧情再难看也只会觉得偶像好帅，就怕你家北城觉得无聊。"

"不会的，北城既然愿意去看，应该是挺有兴趣的。实际上，我和他爸闹离婚以来，他已经很久没看过电影了。"

说起儿子，许苓纭不免多了几分惆怅。

在旁人眼里，乔北城优秀懂事，无论走到哪里都是闪闪发光的模样，但再怎么说，他也只是个小孩子。对于自己和乔卓远离婚这件事，他心里肯定有想法，可是从来不表露。

虽然方铭时常抱怨方豆豆心思不放在学习上，时不时还闹点小脾气，但她觉得，那才是一个初中生应该有的样子。所以很多时候，她宁愿乔北城能发发脾气，哪怕母子吵一架也好，可他总是一副懂事的姿态，什么事都自己闷着。

一个小时之后，电影散场。

方豆豆的少女心得到了满足，嚷着要乔北城为她偶像在电影中的表现做点评。

趁着两个人聊兴正浓,许苓纭凑到方铭身边:"多谢你啊,也替我谢谢豆豆。"

方铭只觉茫然:"谢我们干什么?"

"谢谢你们让北城有这么个放松的时刻……"许苓纭看上去感触良多,"北城性子比较闷,平时一心扑在学习上,也没什么要好的朋友。以前他还会找他爸爸一起看看电影、逛逛博物馆什么的,可自从我和他爸闹离婚起,就连这些休闲活动他都很少去了。所以如果以后豆豆能带着他多玩玩,我想他应该会开心很多。"

方铭闻言,立马表示:"豆豆她别的长处没有,性子还算活跃,如果你不怕北城和她玩成绩上被扯后腿,那以后豆豆有什么活动,我都让她叫上北城。"

说话间,方豆豆因为要给乔北城安利偶像的歌,主动加了他好友。

刷了一阵朋友圈后,她忽然发出一声惊呼:"小陆叔叔的运动步数怎么又是好几万步啊?他每天忙成这样,还有时间交女朋友吗?"

听她提起陆屿,许苓纭不禁也拿起自己的手机看了看。运动步数第一的位置,毫不意外被陆屿占领着。

自打拿到方铭的工作宝典后,随着对业务越发熟悉,她动过好几次想要冲击站点周冠军甚至月冠军的念头,可是有一个每天雷打不动工作十几个小时的陆屿杵在那儿,她自认无论如何也做不到。

虽然知道女儿平时喜欢看偶像剧,情情爱爱的话题张口就来,但如今毕竟当着许苓纭母子的面,方铭还是得教育几句:"你小陆叔叔勤奋刻苦,为了赚钱养家,心思可都放在工作上。你那么崇拜他,是不是也该学着点,以后学习上的事多加把劲?"

"我哪里崇拜他啦?我就是看他长得帅,所以多关心一下嘛。"方豆豆"嘿嘿"笑了几声,随即一脸正直地表示,"不过小陆叔叔也不像你说的那样,是个无趣的工作狂,他应该是有喜欢的人的,只是没好意思说……"

这下连许苓纭都忍不住好奇了:"你怎么知道?"

"我有看他的朋友圈啊!"方豆豆煞有其事地指了指自己的手机,"我都暗中观察好一阵了,他经常深夜在朋友圈里分享一些歌啊诗啊什么的,一般不超过半小时就会删掉,也就我这种心细如发的小仙女才会发现他的少年心事。"

方豆豆得意扬扬地将自己吹嘘一通后,注意力很快又转移到了小偶像身上,离开商场的路上,一直积极地向乔北城安利。

许芩纭跟在他俩身后走了一阵,忽然忍不住问:"说起来,你认识陆屿的时间比我久,他一直都这样?"

"哪样?不谈恋爱不娱乐,每天冷着个脸就忙着加班赚钱?"方铭摇了摇头,耐心解释道,"他家情况特殊,他父亲过世了,他母亲身体也不好,每个月光吃药就是一笔不小的开销。遇到这种情况他能怎么办,不得先保证活下来吗?"

"这么说起来,还真是挺可惜的……"许芩纭像是想到了什么,语气带着遗憾,"他那个高中同学,就是上次来咱们站点找过他的女孩,我感觉挺喜欢陆屿的。要是陆屿积极点,说不定还是段不错的缘分。"

"你这心操得还真够多的啊,北城要是长大成人了,怕是谈恋爱结婚都得被你念叨死。"

方铭顺口开了句玩笑,一时间也不禁有些怅然。

缘分这件事太过虚无缥缈,只靠单方面的努力,未必能抓得住。经历了那么多次失败的相亲,对于感情的事,他基本已经处于佛系状态,不再抱有太多幻想。但是对于正值大好年华的陆屿而言,真要就这么放弃了,那实在是太可惜了。

第十二章
前缘再续

陆屿等在烧烤店门口,漫不经心地刷着朋友圈。

时间接近晚上十点,按照惯例,这个时候他会关闭接单系统,赶回家里,陪江雪萍看看电视说说话,度过一天中为数不多属于自己的休息时间。然而今天这最后一单偏偏点到了一家生意火爆的网红店,需要打包的食物数量又格外多,他已经等了快半个小时,负责烤肉的大师傅还在那儿热火朝天地忙碌着。

虽然心里着急,但好几拨等位的客人杵在那儿,他知道这种时候催单也无用,只能耐着性子继续等。

朋友圈刷了一阵,刷到了方豆豆和方铭在电影院门口比着剪刀手咧嘴大笑的合影,陆屿只觉得心情也被这父女俩的快乐所感染,忍不住点了个赞。

再往下翻,紧接着映入眼帘的那条朋友圈,却让他不由得怔了怔。

"高中同学小聚,沾了班花的光,见识了一把真正的霸道总裁高帅富。帮忙订到了网红餐厅的景观位不说,还偷偷抢着把单给买了,简直不要太幸福!"

文字下方的配图,是四个女孩坐在某家网红西餐厅里的合影。

秦嘉妍坐在离镜头最远的位子,虽然没像她的同伴一样摆出夸张的姿势,却依旧是最瞩目的那一个。

陆屿把照片放大缩小来来回回看了一阵,只觉得内心五味杂陈。

自高考前的那场重大变故后，他刻意斩断了和昔日同窗之间的联系，对于同学们申请加好友的信息也是视而不见，极少回应。

但因为发朋友圈的这个女孩是曾经的班长，在收到她的好友申请后，他犹豫再三，还是通过了申请。

虽然添加了好友，但他和对方鲜少互动，对方有时会给他发来同学聚会的信息，他要么以工作太忙没时间为借口拒绝，要么就直接沉默应对。所幸对方大度，并没有把他的冷淡态度放在心上，即便屡次遇冷，也仍让他驻扎在自己的好友列表里。

借由这层关系，陆屿虽从不主动说话，却每隔一段时间就会翻翻对方的朋友圈，从她那些只字片语的记录里看一看昔日同学们的动态。然而让他始料未及的是，有关秦嘉妍的信息会在这个时候出现在他眼前。

像是各种八卦留言太多，在这条朋友圈发出后不久，女孩在底下进行了一次群体回复："大家别八卦了，班花说了，今天偶遇买单的高帅富只是普通朋友。至于什么时候会升级成男朋友，大家可以自己去问她哦。"

陆屿对着那条回复看了一阵，只觉得胸口有些刺痛，为了防止自己的情绪再被干扰，他很快切回了工作界面。

系统里，客户的催单消息接连来了好几条。

"帅哥你快半个小时没动了，到底开始送餐了没啊？"

"我这儿一堆朋友等着吃东西呢，你动作快点啊！"

"这都超时快十分钟了吧？再不送过来我可就不要了！"

陆屿被催得心烦，机械性地安抚了几句。紧接着，他快步走到那烟火缭绕的烧烤摊前，脸上慢慢挤了个笑："老板，我这边的外卖单子能不能快一点？客户已经在催了。"

最后一份外卖送到客户手里时，时间已经过了晚上十点半。

从客户所在的小区出来，陆屿觉得有点渴，于是把车靠边停下，去便利店里买了瓶水。

刚喝了没两口，就听见街口转角的地方传来阵阵哭叫声。

抬眼望去，只见一个身穿牛仔外套的男青年和一个留着齐肩短发的女孩正激烈地扭打在一起。厮打了没几分钟，男青年一个耳光扇了过去，拽着女孩的胳膊就准备将她拖上车。

虽然时间已晚，但街上来来往往的行人并不少。这男女当街撕扯的戏码一闹，旁边很快围站起了不少人。发现有人围观，女孩的哭叫声越发凄厉起来。

骚动之间，有人问了一句："哥们儿你这是干吗呢？有什么话不能好好说，非要当街动手？"

"老子教训自己的女朋友，和你有关系吗？"男青年狠狠地磨着牙，一边紧拽着女孩的胳膊，一边横声警告，"我可告诉你们，别多管闲事，再在这里啰唆，老子连你们一块儿揍！"

在他气势汹汹的威胁下，围站在周边的人都下意识地缩了缩脖子。很显然，从男青年这目中无人的架势和停在一旁的豪车来看，这就是个性格骄纵的富家公子哥，一旦起了冲突，只怕不能轻易善后。

发现周遭的人群被震慑住后，男青年重新把注意力放在了女孩身上，一边骂骂咧咧地说着脏话，一边拉开车门。

在他的暴力拉拽下，女孩的半个身体几乎被塞进了车里，但她的手仍死命紧扣着门框，不断哭号着："你们救救我！我不是他女朋友，我不要跟他走……"

男青年推了几下没把人推进去，像是彻底暴躁了，喘了口气后，干脆提起脚狠狠往女孩身上一踹。女孩吃痛，发出一声哀叫，抓着门框的手很快放开，身体也跟着蜷缩了起来。男青年见状，迅速把车门一关，随即绕向驾驶座。

刚走到车头处，一道身影忽然拦在了面前："你放她下车！"

男青年怔了怔，像是没料到在自己出声警告后，居然还有人冒出来多管闲事。抬眼将对方上下一打量，他很快冷笑起来："你谁啊，一个送外卖的也敢拦我的车？"

几乎同时，女孩推开了车门，连滚带爬地下了车。

见有人为她出头，女孩立马又嘶声哭叫了起来："我真的和这个人不认识，就刚在酒吧里见过。见面之后他就一直对我纠缠不休，还非要让我做他女朋友……"

"你放屁！老子能看上你是给你面子，你别给脸不要脸，在这儿装模作样！"男青年满嘴污言秽语地骂了一阵，又准备把她往车里拽。

陆屿立马往女孩身前一挡："不论你们是什么关系，就算她是你女朋友，你也不能这么欺负人。"

"欺负人？老子欺负她怎么了？这是老子的家事，要你多管闲事？你知道老子是干吗的吗？不想死就赶紧让开，不然就你们这种送外卖的杂碎，来一个老子收拾一个！"

陆屿冷着脸，有点嫌弃地把他几乎要戳到自己脸上的手一把挥开，语气依旧冷静："我不知道你是干吗的，只知道这姑娘说了不想上车跟你走。你要是继续纠缠，我就报警了。"

"报警？你这是在威胁我呢？"男青年嗤笑了声，也不知是不是被他的警告震慑到了，一边念叨着，一边拉开了车门。

见他准备上车，似乎不准备再纠缠下去，陆屿也没打算再留在这儿继续凑热闹。

正准备回便利店门口取车，随着猛然响起的一阵尖叫，一道疾风直冲他的后脑勺而来。

危急之下，他根本来不及多想，下意识地迅速转身，抬起手臂往身前一挡。随着"当"的一声响，一个啤酒瓶子在空中裂开，玻璃碴儿四下飞溅。陆屿捂着胳膊，跟跄着后退了好几步。

他还没完全反应过来，围观的人群先一步惊叫起来。

"出事啦！打人啦！赶紧报警啊！"

"这人也太不像话了吧，人家外卖小哥也没说错什么，怎么直接就抡酒瓶子了？"

"这小哥流了好多血啊！是不是得赶紧送医院？"

"这里有监控的，咱们把车牌记下来，一起去派出所！"

大概是被眼前这血淋淋的场面激发了血性，一直冷眼旁观的人们终于表现出了愤怒，好几个身强力壮的男人卷起了袖子，似乎要把男青年拉去派出所。

见形势不对，男青年也顾不上再纠缠那女孩，很快蹿进车里，一脚油门之后，快速离去。

他这一走，围观群众顿时失去了泄愤的目标，冲着陆屿交代了几句"赶紧去医院看看"之类的话，便四下散去。

陆屿没想到这大晚上的自己居然还能见了血，一时间也只能自认倒霉。

好不容易在附近找了家二十四小时药店买了点纱布之类的，准备处理一下伤口，才一抬头，却发现那个被他救下来的女孩正怯怯地跟在他身后。

陆屿只当她是害怕，于是粗声粗气地安抚道："你要是担心他还会找你麻烦，就报个警备个案吧。一会儿打车回家，记得把门锁紧，要不然就去朋友家住一晚……"

女孩点了点头，又摇了摇头，挣扎了老半天，才嗫嚅着说道："今天真是谢谢你啊……还有，你不记得我了吗？"

陆屿闻言有些吃惊，抬眼仔细看了看女孩。

借着昏黄的路灯，某段不太愉快的记忆渐渐浮现。

眼前的女孩正是之前对他进行过恶意投诉的秦嘉妍的表妹，想到对方为了一个小猪佩奇对他各种刁难，以及刻意打差评投诉时那胡搅蛮缠的劲儿，陆屿只觉得头大如斗。

但毕竟也算是有过一面之缘的人，他不得不多问了一句："刚才那人谁啊？这大晚上的你怎么会惹到他？"

"我真的不知道啊！"听他这么一问，刘静双好不容易才稳定一点的情绪立马又激动起来，"今天我闺蜜生日，我们就去酒吧庆祝了一下。结果酒刚喝到一半，那人就凑过来了。最开始看他主动送了酒和果盘，我只当他是想交个朋友，没想到我出门后他就跟上来了，一直动手动脚的，还让我做他女朋友。如果不是遇见你，还不知道会怎么样呢！"

见她一脸的心有余悸，显然不久前的暴力行为已经给她留下了巨大的心理阴影，陆屿无奈之下只能问道："你现在怎么样？能自己回家吗？"

刘静双摇了摇头，眼里都是恐惧。

这么一个年轻的女孩子，受了这么大的惊吓后再一个人回家，的确不安全，陆屿叹了口气："那给你爸妈打个电话吧，让他们来接你。"

"我爸妈都出差了，这段时间我住表姐那儿。要不你先别走，我现在就给表姐打电话，让她过来接我。"

"表姐？你说的是……秦嘉妍？"

"是啊，怎么了？"

"算了。"一想到这个电话打出去，自己难免要和秦嘉妍见面，陆屿赶紧朝自己的电动车指了指，"不用这么麻烦，你说个地址，我送你回去。"

车子骑出去没多久，陆屿的手机忽然响了起来。

发现打来电话的是隔壁邻居林阿姨后，陆屿心下一凛，赶紧把车靠边停下。

"喂，林姨，你找我？"

"哎呀，陆屿啊！你现在在哪儿啊？回家了吗？"

"就快了……怎么了？"

"没啥事的话你就抓紧时间回来吧！"林阿姨的语气听上去火急火燎的，"你妈身子不舒服，现在脸都白了，我怕再耽误下去会出问题，就等着你回来拿主意呢。"

十五分钟后，陆屿一路风驰电掣地骑回了家。

刘静双知道出了大事，跟着他进家之后，也不敢多话，十分自觉地站在一旁。

听到有人开门，一直守在家里的林阿姨立马迎了上来，留意到他带血的衣袖后，不由得惊叫一声。陆屿担心自己这副血淋淋的模样让母亲担心，于是赶紧换了件外套，连伤口都没顾得上再处理，就快步走进了江雪萍的房间。

江雪萍躺在床上,一双手紧紧抓着自己的胸口,满脸痛苦。见他出现,她像是挣扎着想要说句话,却只是撕心裂肺地一阵咳。

陆屿赶紧冲到床前,一边帮她顺着气,一边焦急地问:"妈,你怎么了?是不是心脏不舒服?"

江雪萍点了点头,终于发了个声音出来:"妈看你这么晚了都没回家,心里有点急,吃点药就没事了,你别担心……"

陆屿狠狠咬着牙,内心被自责充满。

照顾了江雪萍这么多年,对于母亲病发时的各种状态,他差不多有了基本的判断,眼前的情况显然不是吃药就可以解决的。略加思考后,他没再犹豫,很快拨通了医院的急救电话,紧接着把江雪萍常用的杯子、衣服、毛巾之类的收拾出来,打包在了一起。随后,他对站在一旁的刘静双交代道:"我得陪我妈去医院,就不能送你回家了。这附近来往的出租车不少,你打个车,记下车牌号,遇到紧急情况就报警。"见此情状,刘静双自知不方便多留,对他道谢后,就离开了。

林阿姨帮着陆屿收拾了一阵,看他手忙脚乱之下,刚换的衣服袖子上隐隐又有血水渗出,忍不住提醒道:"陆屿,看你妈这状况,如果检查了真的要住院,后面的事情还挺多的。你现在又伤着,真到了那个时候,怕是忙不过来……我知道你家在北江市没什么亲戚,那朋友什么的,是不是得通知一下?"

陆屿一怔,手上的动作顿时缓了下来。

犹豫了几分钟,他咬了咬牙,从口袋里拿出了手机。

方铭和许苓纭匆匆赶到医院时,边响正拿着一堆缴费单赶电梯。

他和陆屿向来不睦,之前还动过手,如今居然也跑来帮忙,倒是让人称奇。边响显然也不想给自己立什么大爱无疆的人设，三言两语就把缘由交代清楚了。

原来，陆屿向陈涛求援后，陈涛觉得不放心，又担心医院里的事太复杂，他一个人处理不好，所以一个电话把边响也叫来了。只是边响人虽然到了，但和陆屿的关系毕竟还僵着，真要他去说些安慰的话，他也做不到。所以最后决定，陈涛留在陆屿身边作陪，随时帮忙打个下手，他则揽下了开药、缴费之类的跑腿活儿，也算是眼不见心不烦。

得知方铭和许苓纭是带着孩子看完电影，在离开商场的路上收到了消息结伴赶来的，边响只觉得内心的八卦之魂在熊熊燃烧。然而眼下的情形过于特殊，他再好奇，也只能默默憋着。

急诊室门口，陆屿怔怔地坐在椅子上，身体绷得紧紧的。昏黄的灯光在他苍白的脸上打下了一圈浓重的阴影，让他看上去分外疲惫。

对于方铭等人的到来，他全无觉察，直到陈涛出声提醒，他才像是忽然醒过来一样，满脸倦容地冲着他们点了点头。

又过了好一阵，终于等来了检查结果。

江雪萍是甲状腺功能减退性心脏病，这种病在老年群体中发病率比较高，但往往很难引起重视。一般会伴随疲惫、抑郁之类的症状，严重的时候还会引发心绞痛和心力衰竭，如果不及时治疗，后期会比较危险。

医生的建议是病人先住院观察一段时间，等情况稳定了，再进行下一步治疗。然而让人为难的是，市第一医院的床位十分紧张，暂时也加不了床，如果想住院，就只能排位等通知。

北江市的医疗条件不错，但床位紧张也是众所周知的。听完医生的建议，走廊上的一群人顿时没了声音。

谁都清楚，像江雪萍这种情况，实在耽误不起，市第一医院没有床位，最好的办法是看看其他医院有没有床位，抓紧时间住院。只是以陆屿平日里的社交状况来看，根本不认识什么有能量能安排医院床位的熟人。

几分钟后，许苓纭和方铭都给各自的熟人打起了电话，就连陈涛也绞尽脑汁地开始想办法。

然而在人脉不济的情况下，一次次的尝试也只是徒劳。

陆屿守在医生办公室门口，一逮着机会就进去，对着医生反复哀求。但像他这样的病人家属对方显然见过太多，略加安慰了几句，也只能摆出一副有心无力的样子。

一筹莫展之际，陈涛想起了什么，悄悄拉了拉边响的袖子："边响，你是北江本地人，又认识那么多朋友，能不能找到什么人帮帮忙？"

边响自打听到医生的建议后，就摆出了一副事不关己的姿态，此刻听见陈涛找上自己，才拿腔拿调地表示："关系我倒是有，不过要不要用，要怎么用，那还得看陆屿自己的态度。"

陈涛眼睛一亮："你是说你能帮忙？"

"当然，我是谁啊？"边响做足了铺垫，见所有人都因为这话而看向自己，才不紧不慢地继续说道，"我有一个朋友她爸，是北江市第三医院的院长，只要她一句话，别说加床，住个VIP单人间也是分分钟的事。不过嘛，你们也知道，陆屿之前可是对我动过手的，我没找他计较就不错了，现在也没必要为了他去求爷爷告奶奶，欠人家这么大个人情。"

他这边还在装模作样，陈涛那边已经急了："你这人怎么这样啊？这都什么时候了还小肚鸡肠地计较这些？大家都是朋友，说句话就能帮上忙的事，你怎么还开始摆谱了？"

边响冲他悄无声息地挤了挤眼，依旧一脸轻浮："首先，我和陆屿充其量只是同事，朋友两个字是万万谈不上的。其次，有些事的确是说句话就行，这不是有些人为了他那点自尊心不肯开这个口吗？"

陆屿紧盯着他，声音嘶哑："你什么意思？"

"我什么意思你不明白？"边响不甘示弱地瞪了瞪眼，"你和秦嘉妍不是高中同学吗？她爸是干什么的你不会不知道吧？要不要给她打电话，你自己看着办，反正我是不会帮你打的……"

话音刚落，陆屿已经抓起手机匆匆走到了走廊另一端。

陈涛紧张地看了一阵，转而怒视边响："我说你这个人怎么这么讨厌啊！明明有门路，还一直憋着不说，好不容易说了吧，又非折腾陆屿。"

边响得意扬扬地笑了起来："小师父，这你就不懂了，我这是在给他创造机会。他要是知情识趣点，以后还得感激我呢。"

通完电话半个小时后，秦嘉妍匆匆赶到了医院。

同时带来的，还有江雪萍在北江市第三医院的床位已经安排妥当的好消息。

陆屿之前总是一副拒人于千里之外的冷漠态度，此刻对方却不计前嫌，帮了他这么大一个忙，一时间他只觉得又是愧疚又是感激，憋了半天，才哑着嗓子说了句："多谢。"

秦嘉妍笑了笑，目光落在他的手臂上："你没事吧？接到电话的时候静双刚给我打电话说了今晚发生的事。说起来，我们得先谢谢你……"

她的话还没说完，站在旁边的边响已经暧昧地笑了出来，秦嘉妍脸颊一烫，声音也不由自主地低了下去："反正现在也还在等消息，我先陪你去找个医生，把伤口处理一下吧？"

陆屿说了声"好"，低头跟在了她身后。

陈涛本能地想跟上去，被边响拽着袖子一把抓了回来。

给陆屿处理伤口的是一个微胖的女医生，虽然年纪不大，但技术很娴熟。经过清创、消毒等一系列操作后，她一边驾轻就熟地包扎，一边冲等在一旁的秦嘉妍交代道："你是他女朋友吧？这段时间得辛苦点，你男朋友这伤不能见水，隔两天换一次药，等一两个星期也就差不多结痂了。到时候等他好了，这段时间劳烦你的事，再找他补回来。"

陆屿愣了愣，正想解释一句"我不是她男朋友"，秦嘉妍已经认真点头表示："谢谢您啊，您说的这些我都记住了。"

处理完伤口，陆屿惦记着大家为了自己的事一直忙到现在，连水都没喝一口，便出了急诊大楼，到附近一家二十四小时便利店里采购了一些饮料和吃食。

结账之前，他像是想起了什么，又特意拿了两瓶柠檬口味的气泡水，塞了一瓶在秦嘉妍的手里。

清凉微酸的液体顺着喉管流进身体，让他原本突突欲狂的情绪平静了下来。

这种口味的汽水曾经是秦嘉妍的最爱，读书的时候常买，只是好几年过去了，市面上的饮料经过改良，大多用人工甜味剂取代了惯用的蔗糖，虽说健康了不少，但也不再是从前那般口味。

默不作声地喝了半瓶饮料，秦嘉妍开口问道："刚才就见你和你同事在那儿忙，你爸怎么没来？"

"他死了。"

"什么？"

"车祸，就在高考的前一天……"陆屿低着头，握着瓶子的手下意识地捏紧了，"那段时间他接了笔大生意，就带我妈一起去应酬。结果回来的路上因为超速出了车祸，人当场就没了。我妈因为犯困，坐在后排睡觉，逃过了一劫，但也因此落下了一身病……"

这是分别多年后，陆屿第一次提及当年的往事。虽然讲述的过程中他一直努力保持平静，但秦嘉妍还是感同身受般感到了难过。

当年高考结束后，她因为发挥出色，兴高采烈地和家人出国旅游去了，所以对于陆屿家发生的一切全然不知晓。后来听说他没去高考，她也曾四处打探，却终究没问到什么结果。

但即便是那个时候，她也觉得，哪怕陆屿因为什么意外与高考失之交臂，以后也可以再来一次。他成绩那么好，只要正常发挥，考个985大学绝对不成问题。也正因为如此，她才会在得知对方如今在做外卖骑手时那么吃惊。

到了眼下,她才终于得知,陆屿父亲车祸身亡后,母亲也基本丧失了劳动力,之前家里的积蓄很快消耗在了医院。这种情况下,陆屿不忍心为了自己的前途把母亲抛下,满心考虑的是如何把这个家撑起来。

所以父亲下葬后不久,他就开始打工。因为没有大学文凭,只能干些体力活,受欺负不说,还容易被赖账,为了讨债他就和人打架,经常是好不容易赚了点钱,隔天又全部交给了医院,直到几年前他开始送外卖,情况才慢慢稳定下来。

在陆屿低声的讲述中,秦嘉妍像是决定了什么,忽然打断了他:"陆屿,你之所以不愿意和我见面,是觉得我会因为你现在的处境瞧不起你吗?"

"不是。"陆屿犹豫了好一阵,才说出了心里话,"我知道你不会因为这些瞧不起我,但我也不想让你失望。"

秦嘉妍上前一步,站在他的身前,看向他的目光炙热。

从刘静双那里知道了今晚发生的一切后,她就一直在回忆高中时发生的那些事。那个时候,她时常被小流氓堵在半路,威胁骚扰,可陆屿就算被一群人围着打,也会挡在她面前,努力保护着她,就像今晚保护刘静双那样。

这么多年过去了,陆屿身上最珍贵的勇气、上进心和责任感都没变过,即便因为一些变故,有些事情暂时偏离了航向,但只要本质不变,他就还是她所喜欢的样子。就像自己以前喜欢的柠檬汽水,现在没有了,但只要还是柠檬口味,即使是新出的款,她也是喜欢的。

四目相对,陆屿觉得自己应该说点什么,但沉默了好一阵,还是什么都没能说出口。

记忆中的秦嘉妍,聪明、善良、善解人意,可他从来不知道,她还是这么坚定勇敢,又坦然无畏的女孩。

"我从来都没有对你失望过。我记得高考前你曾经让我认真考虑一下交男朋友的事,这件事我已经考虑好了,就是不知道你怎么想。如果你愿意给我一个期待中的答案,我想我会很开心的。"

因为有秦嘉妍的帮忙,江雪萍十分顺利地在北江市第三医院办理了入院手续。

入院以后,众人惊异地发现,她所在的病房居然还是极为抢手的双人间。

边响心知在这件事上秦嘉妍没少出力,离开前特意把她抓到一旁,细细盘问陆屿到底给她灌了什么迷魂汤,让她不仅不计前嫌,还忙前忙后额外下了这么些功夫。

秦嘉妍闻言只是笑,始终不愿多加解释。

无奈之下,边响也只能悻悻然闭了嘴,警告了几句"你别被那小子忽悠了",就拉着陈涛离开了。

江雪萍这一病,陆屿也跟着请了一个星期的假,在病房里支了一张小床,进行二十四小时陪护。

方铭知道他们娘儿俩在北江市也没什么靠谱的亲戚,暗中一合计,干脆拉着小群里的众人排了个班,每天轮流去医院送点汤汤水水,免去陆屿为一日三餐奔忙的辛苦。

边响仍耿耿于怀于先前和陆屿的那点私怨,当方铭提出"轮值"计划时,原本只想装死,无奈有陈涛这么个热情过度的家伙在,还没等他表态,就理所当然地先一步替他报了名。

边响觉得很郁闷,但又不好在方铭辛辛苦苦把排班表做出来后再出声反对,惹大家不痛快,满心别扭之下,也只能不情不愿地应承了下来。

到了当值那天,趁着晚餐高峰期还没到,边响特地去了自家经营的粤式酒楼，找相熟的厨师打包了几盒精致的餐点外加一份热腾腾的黄豆龙骨汤，这才直奔医院而去。进了病房，他原本打算放下东西就走，没想到陆屿不在房内，江雪萍又刚好醒着，他只好老老实实地打了个招呼。

对于他的到来，江雪萍显得很高兴，热情地给他塞了几个水果后，就兴致勃勃地和他聊了起来。

"阿姨知道干你们这行的都忙，结果这段时间你们还轮流来看我，我真是很过意不去……之前我见过的也就只有方铭和陈涛那俩孩子，还不知道你叫什么呢。"

"阿姨，我叫边响，干外卖这行时间也不长，所以您之前没见过。"

"边响你今年多大了？"

"二十四了。"

"这么年轻啊！"江雪萍看上去很是期待的样子，"说起来，陆屿高中毕业后，就很少见他带同龄的朋友来家里玩了，既然你们差不多大，关系又这么好，以后有空了就多来家里坐坐，阿姨给你做好吃的。"

边响翻了翻眼睛，本来想解释一句"我俩关系其实不怎么样"，但碍于对方是长辈，又在病中，这些细枝末节也没必要较真，于是笑着说道："同龄的男性朋友不经常一起玩的话，女性朋友应该不少吧？毕竟您儿子也是个帅哥不是？"

"有就好喽！"江雪萍被他这句话戳中心事，苦笑着叹了口气，"以前还在读书的时候吧，陆屿倒经常带同学来家里玩，家里出事以后，他就跟变了个人似的，每天就忙着工作，想着赚钱，别说带女孩子回家吃饭了，就是我给他介绍对象，他也一眼都不瞧……"

边响心下一跳，刚想多问几句，随着"吱呀"一声响，病房门被推开，紧接着，陆屿拎着个塑料袋走了进来。

他这一出现，边响也没了再待下去的兴致。见他急着要走，江雪萍赶紧招呼陆屿送人。

陆屿点了点头，默不作声地把门拉开，跟在了边响身后，一直走到电梯前，才轻轻哼了个声音出来："麻烦你了。"

边响装腔作势地掏了掏耳朵："你说什么？"

陆屿瞪着他，脸色有些发沉，但终究还是如他所愿地又重复了一遍："我说，谢谢你。"

"算了算了……"见他难得服软，边响也没再作妖，态度也跟着严肃了起来，"我就是帮忙送个餐，反正也是顺手的事。倒是秦嘉妍，你妈病了后，她可没少操心，你要是真记情，就对她客气点，别再板着你那张脸，让她难过！"

陆屿看着他，眼里却带着笑："我发现你操心的事还真多。"

边响眼睛一瞪："那你听到了没有？"

"嗯……"陆屿轻轻点了点头，表情里带上了一丝郑重，"放心，我知道了。"

陆屿这边一请假，邓饶那儿就少了个得力干将，日常工作难免增加了不少压力。但站点的其他骑手，却因为陆屿的缺席而开始蠢蠢欲动。

陆屿在的时候，因为努力和经验的双重加持，站点的各种冠军奖金基本没有落入过他人之手，现在忽然少了这么个强有力的竞争对手，但凡有点追求的骑手难免起了心思，摩拳擦掌只待咬牙搏上一把，把冠军奖金收入囊中。

这天晚上十点刚过，许苓纭接了一个夜宵的订单。

没想到取货之后车子才冲了一个坡，随着"刺溜"几声响，车身微微一颤，慢悠悠停了下来。许苓纭试着重新发动了几次，车子却始终没什么反应，想要检修一下吧，对着这么个比她人还重的骑行工具，又实在无从下手。左右看了一圈，附近也没有什么电动车修理店，她只好给方铭打电话。

"老方啊，不好意思这么晚还打扰你。我想问问，电动车开到一半忽然就不动了，除了没电，还可能是什么问题啊？有什么办法能检修一下吗？"

"电动车不动了？你不会还在加班吧？你现在在哪儿啊？"

"南元路和陕西路交会路口，就是徐记海鲜烧烤附近。"

"那地方好像没啥修理店。"方铭把周边的环境回忆了一下，随即建议道，"要不这样，你去附近找家还在营业的小店，找老板借个电源充电，如果还是不行，你再给我打电话。"

通完电话，许苓纭感觉心安了不少。随后，她按照方铭说的，把车推到了不远处一家正待打烊的杂货店门口，先买了两瓶饮料，然后才赔着笑脸向老板开了口。

大概是看她一个女人大半夜还在奔忙，觉得也不容易，听完她的请求后，老板朝着电源的方向指了指。许苓纭感激地道了声谢，赶紧拿出充电器，打开车子充电口的盖子，将电源线插口接上。

然而，好几分钟过去，电源盒上的充电指示灯却始终不见动静。

见此情形，许苓纭也实在没辙了，只能又一个电话给方铭打了过去。

方铭像是早就在等着了，铃声只响了一下，他就接了起来："情况怎么样，还是不行吗？"

"嗯，按你说的方法试过了，车子还是没动静。"

"那你现在手里还有活儿吗？"

"还有一个单子，倒是就在这附近的小区。"

"那你赶紧先去把单子送了吧……"电话那头传来窸窸窣窣一阵响，像是方铭一边和她说着话，一边在换衣服，"车子你就扔那儿，挂了电话你发个定位给我，我现在就过去看看。等你把手里的单子送了，再来找我就行。"

等许苓纭一路小跑着送完了手里的外卖，再回到那家杂货店门口时，杂货店已经关门了。昏黄的路灯下，方铭靠墙站着，正一边刷着手机，一边守着她那台熄火的电动车。

见她出现，方铭把手机塞回口袋，快步迎了上来。还没来得及说点什么，许苓纭忽然"扑哧"一笑："老方，你这衣服是不是穿反了？"

方铭一怔，低头看了看，表情变得有些尴尬："嗐，我还说这花纹怎么看怎么不对劲呢，搞了半天是走得急，没来得及看正反面……"

"没事没事，大晚上的也不碍事，说不定人家以为就是这么设计的呢。"

想着他之所以会忙中出错，也是因为惦记着自己，许苓纭感动之余，赶紧安慰了他几句，然后就和他讨论起了自己的电动车。

经过一番查看，方铭已经发现了症结所在。

许苓纭这辆车子的保险丝阻值太小，遇到冲坡之类的情况就容易烧断。刚才方铭已经把两头的线接上了，可以保证许苓纭先骑回家，明儿找个阻值大一点的保险丝给换上，以后应该就没什么问题了。

这一番解释下来，既有理有据，又条理清晰，许苓纭敬佩之余，也不禁心生感慨。

同样学理工科出身、吃技术饭的男人，方铭是既会写代码，又能修电动车，送起外卖来业绩也不差，还懂得关心人。而那个和她共同生活了十几年的男人，除了砸钱什么都不愿意干，遇上跳电闸、修保险丝这种事只会抱怨连连，然后颐指气使地让物业来帮忙。

方铭显然没觉察到她的内心戏，交代完电动车的事后，很快关心起了她深夜加班的问题。知道她是想趁着陆屿请假的时候争取一个周冠军，方铭只觉得无奈："你一个女人家，大半夜的在路上跑多危险。就算为了北城，你也得考虑一下自己的安全！"

"老方你误会了，我其实就是为了北城，才想拼一次周冠军的。"

虽然顺利度过了试用期，现在每个月的收入也能达到站点的平均水平，但离婚官司开庭在即，她得用一份实实在在的成绩让乔北城知道，只要努力下去，乔卓远能为儿子做到的一切，她也能行。

没想到她居然抱了这样的心思，方铭只能为她打气："我刚才看老邓在群里发了这几天的业绩表，你的成绩还不错。后面两天再努努力，周冠军应该有希望。不过就一点，如果加班过程中遇到了什么麻烦，随时给我打电话,千万别客气,知道了吗?"

"行!到时候我真拿了周冠军,军功章给你记上一份。"来自同事的激励让许苓纭心下感动,忍不住冲着方铭握紧了拳头,"谢谢你老方,就冲着你的支持和鼓励,我一定会好好加油的!"

第十三章
约会事故

江雪萍出院的前一天，邓饶在工作大群里公布了站点骑手一周以来的工作成绩，并用一张红金配色的自制海报宣布许苓纭以超过三百单的成绩，成为新一期的周冠军。

虽然从近期的业绩报告来看，站点里的骑手都能觉察到许苓纭身上那股不同寻常的拼劲儿，但毕竟竞争激烈，她之前的成绩又不算亮眼，因此也没几个人真的觉得她能就此杀出一条血路。

如今成绩一宣布，工作群里顿时就炸开了锅，各种留言、点赞一条接着一条，除了道贺，大多在起哄让许苓纭请客。

许苓纭倒也不矫情，很快就在群里发了个一百块的手气红包，趁着众人哄抢之际，她把聊天界面切到了五人小群，主动表示上周忙着加班出成绩，江雪萍的事自己没能帮上什么忙，明天江雪萍出院，她刚好休息，正好过去帮忙。

次日上午十点刚过，许苓纭就坐着出租车赶到了医院。

刚走进住院部大楼，就听见有人满是惊喜地对她打起了招呼："许太太……许苓纭，好久不见啊！没想到在这里遇见你！"

许苓纭抬头，对着几步开外那个长着一张网红脸的女人上下打量了一阵，还没等她反应过来，对方已经快步走到了她面前，做起了自我介绍。

"你不记得我啦？我是于小娟，郑源的太太，之前我先生过生日的时候咱们见过的!"

"哦,是于太太啊!看我这记性……"

眼前这个女人是乔卓远大学同学郑源的太太,因前几年郑源的生日会邀请过他们夫妇出席,所以有过一面之缘。只是两人并没有什么特别的交情,能聊的话题有限,作为当天活动的女主角,于小娟又有一堆客人要招呼,所以她们并没有多少互动。

随着时光渐去,于小娟这个名字在她的印象里只剩一个模糊不清的身影,却没想到眼下对方第一时间认出了她来。

见她想起了自己,于小娟像是很高兴,寒暄道:"你是来看病的吗?是身体有哪里不舒服吗?"

"不是,我过来看望一个朋友。于太太你呢?"

"我是来给老郑开药的……"

提起郑源,于小娟像是憋了很久终于找到了一个可以倾诉的对象,也没想着问问许苓纭有没有什么事情在忙,很快就长吁短叹地抱怨了起来。

原来,前段时间,郑源新创立的公司得到了政府的支持,为了早点做出点成绩,给政府一个交代,他整个人就跟魔怔了一样,恨不得直接住在办公室。结果时间一长,各种毛病接踵而来,这让向来支持老公拼事业的于小娟不禁多了几分烦忧。

一通抱怨下来,她像是突然意识到这种拉着一个仅有过一面之缘的人当情绪垃圾桶的做法实在有些不礼貌,赶紧对许苓纭表示起了关心:"我听老郑说,你先生那边的工作也不轻松,加班、熬夜更是常有的事。趁他现在身体还没出现啥毛病,你可得多提醒着点,不然一旦有个啥问题,那可就麻烦了。"

听她这语气,似乎并不知道自己和乔卓远正在闹离婚,碍于交情有限,许苓纭也不准备特别说明,只敷衍地应付着。

寒暄了一阵,她正准备就此别过,对方却忽然表示,有朋友在北江城郊新开了一家温泉酒店,想要邀她和乔卓远一起过去玩。对于于小娟这热情过头的表现，许苓纭只觉得难以招架，为了避免更多的尴尬，只能临时编了个借口，婉拒了对方的邀约。

于小娟闻言有些遗憾："真可惜，我本来还想借着泡温泉的机会，让大家都放松一下，再顺便问问你老公，有没有合适的技术人才给老郑那边推荐推荐。"

许苓纭心下一动，顺口问道："怎么，郑总他们那儿要招人吗？"

"可不是吗？"于小娟对自己老公的事业颇为上心，聊起公司现状也是头头是道，"老郑他们公司现在一堆事，技术人员尤其紧缺。后来还是你老公帮忙介绍了一个他在绿盈的同事，才算是让老郑松了口气。不过对方被一些事耽误着，暂时还没入职。我就想着你家老乔在这方面人脉广，还得麻烦他多帮帮老郑，再多介绍些靠谱的人才来。"

"绿盈的同事"这几个字让许苓纭心跳莫名加快了些，她忍不住追问道："乔卓远之前经常抱怨部门任务重，压力大，人手不够，怎么还能把同事介绍给老郑？"

"哦，那应该是前同事，去年已经从绿盈离职了。"

"离职了？"

"是啊。"见她感兴趣，于小娟当即把自己了解到的情况详详细细地抖了出来，"我听老郑说，之前老乔给他推荐的时候，他本来还是有点顾虑的，一来是对方年纪有点大，二来是离开绿盈的时间有点长，老郑担心对方重回工作岗位后一时半会儿适应不了。不过老乔给他说了好几次，他也不好拂了老同学的面子。没想到约了对方面试以后，感觉还不错，现在就等着对方入职了。"

在她的声声介绍中，许苓纭只觉得心跳越来越快："乔卓远在绿盈的同事我见过不少，能被你家老郑这么看重的，想必能力不错。说起来，你知道他叫什么吗？"

"好像是姓方？"于小娟略加回忆后，十分笃定地点了点头，"我听到过老郑和老乔打电话，被推荐过来的那个人，应该是叫方铭。"

时至中午下班，方铭连同陈涛、边响一起赶到陆屿家时，原本有些凌乱的房间早已被许苓纭收拾得干干净净。见有客人进屋，江雪萍也顾不上自己才出院，忙不迭张罗了一桌子的水果，招呼着大家坐下来吃。

一派其乐融融的氛围里，陆屿也难得地露出了笑脸，趁着切水果的机会，主动提出想请大家周末一起吃顿饭以示感谢。

方铭顾及江雪萍才出院，出门的话不太方便，但如果在陆屿家里吃，人太多了怕是也腾挪不开，于是建议就今天在场的这些人小范围聚聚，至于邓饶和站子里的其他同事，陆屿就买点水果、零食分一分，表示一下谢意就行。

对于他的建议，众人纷纷表示赞同，边响却一脸的不满意："其他同事来不来我都没什么意见，不过有一个重要的人，陆屿你怎么着也得表示表示吧？"

陈涛闻言只觉好奇："重要的人？谁啊？"

"小师父，你别打岔啊！"边响有点嗔怪地瞪了他一眼，才把目光重新落到陆屿身上，"怎么样？人要不要请你给句话！人家为了江阿姨的事可是忙前忙后费了不少心，你要是不表示一下，怎么也说不过去吧？"

在他的紧逼之下，陆屿嘴唇微抿，脸色也涨得有点红。

见此情形，许苓纭赶忙开口打了个圆场："行了行了，陆屿是成年人，自己的事情该怎么处理他心里有数，边响你把自己的事情管好就行，不然反而会让别人为难……老方，你说是吧？"

在她意味深长的表情里，方铭愣了愣，总觉得她这番话虽然明着是说给边响听的，但实际却意有所指。

从陆屿家出来，边响嚷着要换电动车电池，先一步拽着陈涛上了路。

方铭和许苓纭并肩走了一阵，见她一脸若有所思，并没有要立马开工的意思，只当她是近来加班太辛苦，就提议她趁晚高峰到来之前，先回家休息一阵。

对于他的建议，许苓纭恍若未闻，但一直藏在心中，让她万般纠结的那些疑问，在这一刻终于问出了口："老方，之前你和我说，你去面试了一家还不错的公司，对方也给你发了offer，但你还想和对方谈谈，所以拖着一直没去入职。现在时间过去很久了，你和对方谈过了吗？"

"嗐，你问这个啊？"事情拖到现在，实在是拖不下去了，方铭干脆半真半假地给出了答案，"谈过了，最后觉得不太合适，所以就还是算了。"

"不合适？哪里不合适？"许苓纭显然并不打算就此放过他，继续逼问道，"究竟是对方公司给你开的条件不合适，还是欠下乔卓远这么个人情你觉得不合适？"

"乔卓远"三个字听在耳朵里，方铭只觉得神经一颤，一直提在胸腔里、让他满心忐忑的那股气也终于泄了下来。

他这心虚沉默的态度让许苓纭觉得失望，甚至还有些恨铁不成钢的愤怒。

当初乔卓远还是方铭顶头上司时，就对这位年纪偏大、又不识眼色的下属抱怨颇多，后来方铭被裁员下岗，他没少在背后使劲儿。如今会在郑源面前做推荐，摆明了就是黄鼠狼给鸡拜年——没安好心。

这明眼人都能看出来的事，居然还让方铭为难上了！

方铭怕她误会，以为自己得了乔卓远多大好处，赶紧解释道："你别生气……乔总之所以这么做，也是爱子心切，想要争取北城的抚养权，这些都是可以理解的。"

许苓纭一时间没反应过来："争夺北城的抚养权和你有什么关系？他找你做什么？"

方铭没意识到自己已经踩了大雷，依旧老老实实地给她解惑："咱俩不是同事吗？乔总就是想着如果我出庭做证，证明你工作能力不太行，或许就能让法官相信，以他的经济能力抚养北城更适合些……"

"搞了半天，他打的是这么个主意！"

许苓纭怒骂连连，一时间脸都气红了。

自打闹离婚开始，乔卓远先是想尽各种法子不让她去找工作，等她好不容易面试成功了，又盼着她通不过试用期。到了现在，她几经拼搏，一切总算是稳定了下来，对方却开始在她同事那儿下功夫，恨不得她明天就被解雇。

当初她也是瞎了眼，才会嫁了这样一个心思龌龊的男人！

听她骂得难听，方铭一时间也不敢接话，等了好一阵，才小心翼翼地劝道："乔总他这做法是不太地道，但怎么说也是为了孩子。再说了，这事他也不就是想想，我也没答应吗？"

许苓纭骂了一阵也累了，重重地喘了几口气后，重新把目标锁定在了他身上："听你这意思，是不打算去老郑那儿上班了？"

提起郑源的公司，方铭也觉得有点遗憾："耽误了他们这么久，我也觉得挺不好意思的，所以前两天我已经和郑总他们那儿的人力通过电话了，你也别再为这件事担心了。"

共事了大半年，许苓纭知道，方铭一直没放弃找工作的事。

不管是为了女儿还是为了个人的职业理想，她也觉得在大公司里做一名技术工程师，才是更适合方铭的职业道路。

虽然和郑源只有过几面之缘，但对方能把好几家公司都运营得有声有色，显然不是一个只看人情不认实力的人。方铭要是顾及她的心情而放弃了这么一个来之不易的机会，那就实在是太可惜了。

想到这里，许苓纭深深叹了口气："我倒是没什么担心的，大家都是成年人，自己的事情能处理好。倒是老郑，他人还不错，既然他表示愿意和你合作，你大可抛下其他顾虑，先入职试试。"

听到她鼓励自己，方铭只觉得意外，摇头之余，表情看不出是惆怅多一点，还是释然多一点。

就像对方说的，作为一个成年人，每一个选择他都会深思熟虑。

对他而言，一份合适的工作固然重要，但朋友之间的情分和信任也很重要。

即使可以装傻充愣当作这件事对许苓纭没什么影响，但心里有这么一道坎，以后的日子里他必定难以安心，与其一直怀着歉疚感过日子，还不如坦坦荡荡地继续做他的外卖骑手。更何况，好的工作也不是只有郑源这一家，大不了以后凭自己的本事再找。

见他一再拒绝，似乎真的已经下定决心放弃这份工作，许苓纭欲言又止地看了他一阵，终于弯起嘴角笑了起来："老方，虽然这话我之前说过，但还是想再说一次，你可真是个老实人……"

"可别了吧，豆豆可和我说了，当今社会，老实是个贬义词，只有没本事的男人才会被人这么形容。"

"老方你别误会，我不是那个意思……"

"算了算了，我知道，就是和你开玩笑来着。"

方铭"哈哈"一阵笑，原本藏在心里的那点郁闷，也因为和许苓纭的这场谈话而烟消云散。

江雪萍出院的第二天，陆屿准时出现在了站点的晨会上。

面对同事们的关心和慰问，他没再像过去那样摆出一副拒人于千里之外的架势，而是态度诚挚地一一道谢，又特地从附近的超市买来水果、零食、饮料，请大家热热闹闹地吃喝了一顿。

对于陆屿态度上的转变，邓饶只觉得欣慰，于是趁热打铁拉着他进行了一番谈话，叮嘱他在关注自己业绩的同时也要顾念同事之间的情分，平时多和大家沟通交流。

陆屿惦记着自己请假的这段时间邓饶没少给自己打电话慰问，于是也没多说什么。心不在焉地听对方念叨了一阵，晃眼看到了许苓纭，

第十三章 约会事故

他很快跑了过去："许姐,中午下班后你有事吗?"

经历了大半年的相处,两人初识时的那点不愉快早已消失殆尽,五人小群成立后,彼此间的关系更是拉近了不少,但是像现在这样,陆屿主动找她搭话的情况并不多见,意外之下,许苓纭只当是江雪萍那边出了什么问题,赶紧点头表示:"我没什么事,如果江阿姨有什么需要帮忙的,你尽管开口。"

"我妈挺好的,是我自己有点事想麻烦你。"陆屿眼神躲闪了一下,眉眼间难得流露出一点别扭,"我妈住院的事,秦嘉妍帮了不少忙,我想买件礼物对她表示一下感谢。只是我身边女性朋友不多,自己也很少逛商场,不太知道女孩子都喜欢些什么,所以能不能请你给点建议,帮我参考参考?"

难得见他这么一副小心翼翼的模样,许苓纭本想调侃两句,又怕玩笑过后他那好不容易鼓起的勇气会被打消,于是只能不动声色地表示,年轻女孩大多喜欢口红、包包、香水之类的东西,如果陆屿只是单纯地想表示谢意,买这些东西大抵不会出错,但如果还有其他心意想要表达,可能就得再花点心思了。

她明示暗示地说了一通,陆屿却依旧不明就里:"许姐你的意思是……"

"我可没什么意思。"许苓纭点到即止,笑着摆了摆手,"要不这样吧,这件事你或许可以问问边响,他和秦嘉妍是发小,他平时心思活络,说不定从他那儿能套出些有用的情报。"

许苓纭的建议陆屿不是没有考虑过,可是一想到两人之间曾经势如水火般的关系,他又觉得开不了口,没想到心神不宁地忙了一天后,边响忽然打来了电话。

"喂!你还没回家吧?"

"没,怎么了?"

"那就去万象城正门那儿等我,半个小时后我来找你。"

"有什么事吗?"

"废话这么多，见了不就知道了？"

像是拿捏住了他的什么把柄，电话里边响的语气听上去充满了讨打的劲儿。

陆屿心知对方这个时候忽然约他见面，想必是和秦嘉妍有关，因此心里再不爽，也还是忍气吞声地赴了约。

万象城是北江市档次最高、最具人气的综合商场，充斥着各种让人眼花缭乱的奢侈品店，向来是潮男潮女的购物圣地。到了约定的时间，陆屿在万象城门前找了个位置把车停好，随即安安静静地等在那儿。

守在门前的保安见他一身外卖员的打扮，却始终没有进商场取货的意思，忍不住上上下下打量了他好几眼。陆屿被盯得难受，只得往旁边退了几步，站在了一块广告牌的阴影下。

等了快二十分钟，一辆电动车在他身前"刺"地停下，紧接着，边响的抱怨声响了起来："靠！我不是让你在大门那儿等吗？你怎么跑这儿来了？这大晚上的，来逛商场的人本来就多，我找了你半天，眼睛都快给我找瞎了！要不是咱这身衣服还挺抢眼，我还得再绕几圈……"

陆屿实在不想听他废话，赶紧打断他："你找我什么事？我一会儿还得加班呢。"

"都啥时候了，你还想着加班？"边响一脸不可思议地瞪了他半晌，才掏出两张纸拍在他手里。

陆屿低头一看，纸张上印着的"兰花会所VIP体验券"几个花体字让他一时间有点愣神。

这家名叫"兰花会所"的西餐厅刚开不久，还处在试营业阶段，因为菜品不错，又开在全市最高的嘉华中心的顶层，低头就能俯瞰整个北江市，所以生意特别好，预约都排到三个月之后了，也不知道边响是怎么搞到的。

"你给我这个做什么？"

"你不是要约秦嘉妍见面,顺便给她表白吗?我就顺手做个场地支持喽!不过你可别误会啊,我这么费劲可不是为了你,是为了我姐们儿!"

"谁说我要给她表白?"

"哎哟,你就别装了,许姐都已经和我说了!"

天知道他只是想买件礼物表示感谢,事情却变成了现在这番模样,但见边响满脸邀功地杵在那儿,陆屿也没了心思再去追问究竟是哪个环节出了问题。

考虑了一阵,他拿出手机:"订位子你花了多少钱?我转给你。"

"得了吧你,还多少钱呢!就这家餐厅的人气,你花钱给我订一个试试?"

边响的语气里满是不屑,但陆屿明白他说的都是实情,以这家餐厅目前的火爆程度,花钱也未必订得着。他若是要维护自己的自尊心,大可以把体验券退回去。可在内心深处,他也清楚,如果要给秦嘉妍一个完美的约会,这家餐厅是他最好的选择。

略加犹豫后,他把那两张券仔仔细细地放进了口袋里:"那就多谢了,算我欠你一个人情。"

"这就对了嘛。其实我发现你收收那张臭脸,好好说人话,也没那么讨厌!"

见他不再纠结,边响也像是松了一口气,很快又老妈子一样对他就赴约时的着装和礼仪进行了百般叮嘱。陆屿被边响念叨得不胜其烦,但又知对方一片好心,自己不好多说什么,只能耐着性子听他一顿唠叨。

好不容易和边响分开后,陆屿没再加班,而是赶在五金商店关门前精心挑选了一堆材料。

到家之后,他匆匆忙忙地和江雪萍打了个招呼,就抱着那些材料进了自己的房间。

次日一早，方铭刚把电动车推进站点大门，就看见边响缩在会议室前方的树荫下，一边嚼着包子，一边满脸无奈地讲着电话。

好不容易挂了电话，边响口干舌燥之下也没了胃口，把还没吃完的半个包子往垃圾桶里一扔，就凑到方铭身边，一脸苦闷地抱怨了起来："方哥，你说这年头是不是好人特难做啊？我这一片好心想帮自己姐们儿一把，结果呢，却把自家兄弟给得罪了！"

方铭心不在焉地听了一阵，才知道边响刚才接的那个电话来自之前有过一面之缘的富二代杨铭。

这小伙子一直喜欢秦嘉妍，即便屡次告白失败，依旧不死心，从国外回来后更是隔三岔五以各种名目搞聚会，目的就是约她见面。得知秦嘉妍生日将近，杨铭更是特地准备了一场豪华派对，打算为她庆生，没想到偏偏撞上了陆屿请秦嘉妍吃饭的日子。

被派对女主角婉拒之后，杨铭只觉得委屈，辗转反侧之下，只能一大早打电话找边响诉苦，顺便追问自己被秦嘉妍婉拒的原因。边响虽知道真相，却不敢明言，一时间狼狈得不行，只觉得自己是猪八戒照镜子——里外不是人。

方铭听他说得绘声绘色，忍不住哈哈大笑，心想这年轻人之间的三角恋还真是跌宕起伏。乐了一阵，他意识到身边这个一脸委屈的小伙子还在等着被安慰，赶紧摆正了态度："可这事是小秦自己做的选择，和你又没关系，你犯什么愁啊？"

"这不我和两边都是朋友吗？"边响瘪着嘴，表情越发纠结。

秦嘉妍喜欢陆屿他是知道的，好不容易有个两人单独约会的机会，他自然得义无反顾地助攻。可另一边，杨铭也是他的铁哥们儿，看着对方为情所困了这么多年，他也于心不忍。更重要的是，杨铭对他如此信任，但凡出点什么事，都会第一时间找他商量，要是被对方知道了他不仅知情不报，还给秦嘉妍提供了友情赞助，只怕连朋友都没的做了。

到了方铭这个年纪，已经难以体会年轻人之间那种为了情情爱爱纠结得要死要活的心情，因此，面对愁苦的边响，他的安慰显得有气无力：“听你这么一说，的确是不容易。陆屿昨晚临时请了一天假，也是为了和小秦约会吧？不过他刚因为他妈妈住院的事请了一个星期的长假，这才复工立马又请，老邓那边估计得气死。”

"他气啥啊？老邓现在可是攀了高枝的人，哪有心情管站子里这些鸡零狗碎？"

"高枝？什么高枝？"

"这你就不知道了吧？"说起站长的八卦，边响立马抛下了内心的纠结，"老邓这段时间好像有个什么私人的大买卖，每天神神秘秘的，之前和人吹牛说漏了嘴，说是过阵子有了进账以后，准备在老家买房呢！前两天我陪小师父打游戏，走得晚了点，看到有个开奔驰的男的来这儿找他，两人聊了没几句，老邓就喜滋滋地上了人家的车，看那样子，怕是真要发财了！"

听边响这么绘声绘色地一渲染，方铭也不禁有点好奇，但他毕竟不是多事的人，事情虽然听在了耳朵里，却也没再多问。

到了晨会结束，方铭正准备开工，邓饶忽然叫住了他，说是有点事想找他聊一聊。方铭只当又是什么吃力不讨好的活儿抓不到人，准备拿自己开刀，只觉得内心阵阵郁闷。没想到进了办公室，邓饶丝毫没提工作的事，随手泡了一壶茶后，就天南海北地开始和他闲扯。

见半壶茶水下去，对方却始终不进入正题，方铭有点急了，忍不住频频看表。

见他坐立难安，一副急着干活的模样，邓饶才猛地一拍脑袋，冲他咧了个笑："老方啊，我记得你之前是在绿盈工作吧？那儿的福利待遇怎么样，一年能赚多少钱，方便和我说说吗？"

方铭没料到他铺垫了半天，最后居然开口问起了绿盈的事，一时间也不知如何是好。仔细考虑了一下，他才勉强应付道："绿盈那种企业都是依照岗位评级定薪资的，就算是同一个岗位，学历、经验、表现不同，薪资也会有所区别，所以一年能赚多少钱，这个还真不一定。"

"那是，大企业嘛，收入的计算方法肯定比我们这一行复杂……"邓饶点了点头，继续试探，"那像你之前的领导那种，据说可以年入百万，这是真的还是假的？"

"我之前的领导……你说乔总？"听他问起乔卓远，方铭越发诧异，"你问这个干什么？"

"你别反应那么大嘛……我就随便问问，了解一下市场行情。"在他满是质疑的目光里，邓饶打了个哈哈，"我就是想着许苓纭前段时间工作挺辛苦，如果她老公真能赚钱的话，她也不用那么拼不是？毕竟是女人嘛，不比我们这些糙老爷们儿，身体还是很重要的。"

共事了大半年，许苓纭在和乔卓远闹离婚这事已经不再是秘密。听他这么一说，方铭心下释然："公司效益好的时候，工资加上奖金，乔总一年赚个七八十万是有的。不过他们都已经分开了，乔总赚得再多，和许苓纭也没什么关系。她努力工作，也是为了自己和儿子今后打算，你要是为了这个去劝她，只怕她会不高兴。"

邓饶若有所思地"嗯"了一声，继续问："这位乔总人品怎么样？说话算数吗？有没有和人有过经济方面的纠纷？"

方铭只当他是在操心许苓纭离婚后的财产分割问题，只能再次提醒："老邓，别人的家事有法律做保障，经济上该怎么判，法院那里自有定论，这些事咱们管不了，平时多关心关心许苓纭就行。"

"说得也是。"见从方铭这里问不出更多有价值的信息，邓饶很快站了起来，"那你先去忙吧，就是咱们今天聊的这些，你可别告诉许苓纭。"

方铭点了点头，也跟着站了起来。

离开之前，他无意间瞟了一眼邓饶办公桌上的一沓打印资料。那是站点骑手的工作业绩表和日常表现评估表，只是上面许苓纭的部分都用红笔做了标记。

这个发现让方铭有些惊异，刚想开口发问，邓饶也像是意识到了什么，迅速把那沓资料一抽，扔进了柜子。

傍晚六点不到，陆屿已经坐在了兰花会所门口的等候区里。

站在门口的迎宾小姐时不时抬起头朝着他的方向偷瞄两眼，可一旦和他目光相触，又会装作不经意似的，赶紧把头扭向一边。

对于她这种欲盖弥彰的行为，陆屿只觉得有点好笑，但转念之间又觉得，自己为了这场约会精心打扮，会不会有点太刻意了。

为了给秦嘉妍准备礼物，他从昨天回家之后一直忙到今天中午，大早上的还特意上街买了一些补充材料，好不容易大功告成后，才匆匆睡了两个小时。

为了遮挡他那因熬夜而略显憔悴的脸色，出门前，江雪萍特意从隔壁林阿姨她儿媳妇那里借了片面膜，硬是逼着他敷了十多分钟。

还在念书时，因为遇到过不少同龄女孩的追求，陆屿对自己外形上的吸引力有一定的认知，有时候为了耍帅，私下里也有过一些臭美的举动，但自从高考前的那场重大变故之后，来自生活的重重压力和日常压抑着的情绪，让他再没了关注外貌的心思，日常穿的除了那身工作服就是T恤、牛仔裤，很长一段时间里，他没有买过一身新衣服。

所以眼下，虽然他并没有像大部分前来用餐的男宾一样西装革履或是浑身名牌，只是在江雪萍的"怂恿"下，从衣柜里翻出了一件款式还算修身的夹克，搭配了一条颜色清爽的休闲裤，但因为迎宾小姐那过于热切的目光，还是让他忍不住有些别扭。

为了避免尴尬，陆屿干脆低头刷起了手机。才一打开，首先映入眼帘的是十几条来自边响的消息。

对于他这老妈子一样念念叨叨的做派，陆屿也是没辙了，正想找个翻白眼的表情包发过去时，随着眼前光影微晃，一道纤细的身影已经站定在了他身前。

"我以为自己来得挺早的呢,没想到你已经到了。几点来的?等多久了?"

"其实也没多久……"陆屿赶紧站起来,看着眼前身穿蓝色小礼服,仿佛和他情侣打扮的秦嘉妍,心跳不自觉地开始加速,"反正今天请了假,也没什么事,就早点过来了。"

"你请假了?"秦嘉妍闻言有点吃惊,"那会不会影响你的工作,被扣绩效奖金什么的啊?"

陆屿像是被噎到一样,半响之后才一本正经地表示:"当然,不仅绩效奖金会被扣,就我们站长那性子,怕是连优秀员工的奖励也得给我撤了。"

"这么说起来,你的小蜜蜂是不是也保不住了?"

"什么小蜜蜂?"

"就是你们头盔上那个啊,我听说只有优秀员工才有。"

在她连比带画的解释下,陆屿很快明白了。

几个月前,为了对员工进行精神激励,同时提升自身品牌的影响力,鲜城汇为骑手们提供了一批可佩戴在头盔上的蜜蜂装饰,并在宣传中反复强调,这是优秀骑手才能拥有的专属标志。

经过社交媒体的发酵,"蜜蜂骑手"在用户间引发了不少关注,鲜城汇的品牌影响力也由此得以再度提升,但由于这种装饰除了引人侧目之外并没有什么实质性的效用,遇到交通事故还容易引发危险,所以除了刚入行以及喜欢凑热闹的小年轻,大部分熟手对它并不感兴趣。

但秦嘉妍表现得如此关注,陆屿也只能顺着她的意思严肃地点了点头:"你说那个啊……那估计是保不住了。"

"那样的话,要不我给你弄一个吧?"说话间,秦嘉妍像是已经做好了决定,"不违反你们公司规定的话,我给你弄一对小鹿角,戴在头盔上肯定很拉风。"

"你认真的?"

"当然!"

"那就这么说定了。用一个月的绩效奖金换一对特别定制的爱心鹿角,我也算是赚到了。"

在一片轻松的氛围里,两人并肩进了餐厅。

在服务生的带领下,他们在一个靠窗的位子落座,抬眼之间,只觉得浅浅的雾气环绕在侧,城市的霓虹星星点点地散落于脚下,整个人仿佛置身于云层之间。秦嘉妍忍不住轻声感叹道:"这地方真漂亮,难怪那么多人来打卡。不过,听说这家餐厅很难订,之前我几个朋友想来试试都一直订不到,你是怎么订到的?"

陆屿满是神秘地眨了眨眼:"我可没这本事,这地方是边响给订的。据说为了这事,他可没少费功夫……怎么,他没和你说?"

秦嘉妍"扑哧"一声笑,还没来得及说话,一个惊讶的声音已经从不远处传来:"秦嘉妍?你怎么会在这儿?"

循着声音的方向,陆屿抬起了头。数米开外,几个衣冠楚楚的男青年原地站定,齐齐盯着他们的方向。站在最前面的青年一身名牌,表情愕然,赫然正是之前他和边响发生矛盾时,第一时间想要站出来和他动手的杨铭。

早在半个月之前,杨铭就大张旗鼓地为秦嘉妍的生日做起了准备,只盼着能在女神生日当天博之一笑,没想到一切准备就绪,女主角却表示自己另有安排。杨铭有心打听她有什么安排,却又不敢追问,只能去找边响打探情报。只是边响心虚,对着他一通搪塞,追问无果之下,他干脆跑来朋友的店里喝酒。

没想到刚到店没多久,就意外发现了秦嘉妍的身影,更令他郁闷的是,女神身边跟着的,居然是不久之前差点和自己动手的那个家伙!

情敌相见,分外眼红。空气中一时间充满了剑拔弩张的火药味。

听到招呼声,秦嘉妍满是意外地站了起来,想要给双方做个介绍。

杨铭却是一脸不屑:"不用介绍了,你这位高中同学我见过,之前不是给咱们送过外卖吗？倒是你啊，说是另有安排，不能来参加我们的聚会，搞了半天，就是为了这小子？"

秦嘉妍的少女心事骤然被揭穿，羞赧之下只觉得无措，只能连连道歉。

杨铭原本想再抱怨几句，可身为普通朋友，又自觉没什么立场。

正尴尬之际，杨铭身旁那个剃着平头的青年主动上前一步，冲着秦嘉妍打了个招呼："秦小姐你好，我叫宁瀚，是这家餐厅的股东之一，也是杨铭的朋友。之前听杨铭说起过你很多次，今天能见到你，真是荣幸。原本杨铭就打算在我这儿包个场为你庆生，没想到你也过来了，看来两位还真是心有灵犀……"

"心有灵犀"四个字说得甚是暧昧，显而易见带着一股子撮合的劲儿。

陆屿听闻只觉得好笑，也没打算理会，正准备埋头点餐，对方却把注意力放到了他身上："这位先生是秦小姐的朋友吧？很荣幸您能光临我们餐厅，对于我们这儿的环境和服务您是否满意？"

陆屿神色平静地点了点头："都挺好，没什么不满意的。"

"那就好……"宁瀚嘴角一挑，紧接着又问，"既然两位都觉得我们餐厅还不错，先生是否考虑把秦小姐的生日派对安排在这里？您放心，您和杨铭是朋友，包场的费用我们可以优惠打折的。"

这一席话说得客气，却摆明了是在挑衅。

如果陆屿同意，以兰花会所的消费定位，必定花费不菲；若是陆屿拒绝，杨铭的冷嘲热讽就等在那儿，场面想必会变得很难堪。

秦嘉妍的脸色变了变，正想出声解围，这时，不远处的一桌客人忽然高声喧嚷起来。

在这样一个花钱买服务的地方，出现骚乱势必会影响客人的用餐体验，宁瀚一时间也顾不上再挤对陆屿，很快挥手叫来了一个服务生。

服务生显然也很惊惶，结结巴巴地说了老半天，才将事情的原委说清楚。

原来，喧嚷的客人是一对情侣，今天是他们恋爱两周年的纪念日，男方打算在今天向女方求婚，所以用餐之前特地和餐厅沟通，要求把求婚的钻戒放进餐后甜点里，给女方一个惊喜。没想到甜点端上桌后，却不见戒指。

宁瀚闻言满是惊怒，立马追问调查进度。

服务生深知事关重大，赶紧表示经过初步调查，厨师已经按照客人的要求将那枚戒指放在了新出炉的红丝绒蛋糕里，目前怀疑是刚才忙中出错，那块放了钻戒的蛋糕被外卖小哥给取走了。

听到"外卖小哥"四个字，原本觉得事不关己的陆屿下意识地抬了抬眼。

杨铭也哼声一笑，阴阳怪气地表示："那还不赶紧把人给叫回来？不过先别和他说原因，不然一听到有钻戒，人指不定就不回来了。"

"是的是的，刚才我们已经给外卖小哥打过电话了，他正往回赶呢……"

服务生话音还没落，餐厅入口处传来一阵动静。

紧接着，一道熟悉的身影映入了陆屿的眼帘。

下午六点刚过，陈涛接到了一个去兰花会所取餐的订单。

虽然做外卖骑手以来，各种高级餐厅的外卖单他接过不少，但是看着单子上那块四寸大小的奶油蛋糕后面跟着的三位数的定价，他还是忍不住有些咋舌。

陈涛取餐时刚好遇上餐厅的用餐高峰，服务生们都在忙着招呼客人。他深知这种以堂食为主的高级餐厅自带高冷范儿，对他这样的外卖骑手算不上友好，因此把单子交给迎宾小姐后，就一直在等候区里安静等待着。

等了约莫十五分钟，见始终没人搭理他，而且迎宾小姐也不见了踪影，情急之下，陈涛干脆走进餐厅，随手拉住一个服务生："你好，有一个红丝绒蛋糕的外卖单请问准备好了吗？我这急着送呢！"

服务生正忙得脚不沾地，被他拦住后颇有些不耐烦地朝着出餐口指了指："我们餐厅的蛋糕都是现做的，你直接去出餐口那儿问问，这会儿都在忙着服务餐厅里的客人，外卖什么的还得等上一阵。"

顺着他示意的方向，陈涛快步走到了出餐口，只见一张长桌上摆满了各种已经烹饪完毕、还没来得及被送上桌的餐点。

在没有人招呼的情况下，陈涛自觉不方便乱动，只是站在一边打量着，已经出炉的蛋糕里有没有他要送的那一份。直到一个女服务生留意到他，过来问了两句，陈涛才在对方的监督下把他要送的那块蛋糕找了出来，仔细打包好后，他就一路小跑着往客户那里赶。

没想到刚骑过两个红绿灯，餐厅那边忽然追了电话过来，说是发现蛋糕有些问题，要麻烦他回餐厅一趟。

陈涛想着这一来一回耽误下来，后面的单子都得超时，于是跟对方沟通说希望餐厅能再叫一个骑手把新做的蛋糕给客人送去，自己把手头的单子跑完，就把有问题的蛋糕给送回去。

然而，对方的态度却很坚决："师傅，你就当做做好事吧！现在这事已经惊动了我们老板，你要是不马上把蛋糕送回来，我和同事都会因此丢工作的！"

虽然不明白究竟是什么原因非要逼着他第一时间把蛋糕送回去，但同为打工人，"丢工作"这种事难免还是让他心惊肉跳。满心同情之下，哪怕心里清楚这一趟折返下来后面的单子铁定都要超时，他还是很快掉转了车头。

返回餐厅的路上，餐厅那边像是怕他临时改变主意一样，以平均五分钟一次的频率拨打他的电话，反复确认他到哪里了。

陈涛被催得心烦意乱，上扶梯的时候甚至还狠狠地摔了一跤。他没顾得上查看，只是把餐点和包装盒重新整理了一下，就急匆匆地继续往上跑。刚踏进餐厅大门,他还没来得及说话,一群人立马围了上来,把他带到了后厨旁的一间办公室。

陈涛不明就里,只能呆呆地跟着他们,看着其中一个服务生把他手里的外卖袋抢过去,一顿翻找。

餐点的包装盒很快被拆开,紧接着,那块精致的小蛋糕也被戳得稀碎。

一片静默中,陈涛只觉得惊异:"那个……蛋糕还要继续送吗?如果不送了的话,你们自己和客户交代一声,我就先走了。"

话还没说完,办公室的门再次被推开,一个满脸严肃的男人拨开人群走了进来:"现在情况怎么样了?东西找到了吗?"

"暂时还没有。"人群里,一个怯怯的声音冒了出来,"宁总,上一批出炉的红丝绒蛋糕,除了堂食客人那里的两块和外送的这一块,其余的我们都切开检查了,但就是找不到……"

宁瀚皱着眉,目光从那堆已经被捣成糨糊状的蛋糕碎末上缓缓掠过,最终停在了陈涛脸上:"刚才来取外卖的是你吗?"

"是啊。"

"蛋糕是你自己打包的?"

"是的。"陈涛只当是打包过程中出了什么问题,赶紧朝着某个女服务生指了指,"刚才你们都在忙,是那位小姐让我自己打包的。"

宁瀚置若罔闻,很快又问:"中途你动过这块蛋糕吗?"

"当然没有!"

"他说谎!"原本战战兢兢的服务生听到他这样说,立马像是抓到了什么把柄,高声嚷了起来,"宁总,刚才我把打包袋拿过来的时候特意检查了,封口处有拆过的痕迹,里面的东西他绝对动过了!"

"我真没有啊!"陈涛闻言只觉得委屈,"你们刚才一直催,我怕耽误时间所以走得急,上扶梯的时候不小心摔了一下,我怕影响餐品的卖相,才打开袋子重新装了一下……"

没等他把话说完,宁瀚已经冷笑了起来:"所以你的意思是,蛋糕里的那枚戒指你也不知道去哪儿了,是吗?"

"戒指?什么戒指……"

陈涛这下是真的呆住了。

几分钟后,陈涛终于在服务生的解释下明白了眼下的风波究竟是怎么一回事。虽然能够理解那么一枚价值不菲的戒指就这么丢了,餐厅肯定很着急,然而听到对方口口声声要求他去派出所配合调查,他感到既焦急又委屈。

他就是个送餐的而已,餐厅给出的餐品是什么他就送什么,按道理说,餐品出了什么问题,和他并无干系。而且为了配合餐厅查明真相,他来回这一趟已经浪费了不少时间,要真去了派出所,后面的单子都得耽搁。

想到自己车子上还放着好几个已经超时的单子,陈涛只能好言好语地又解释了一番,只盼对方能够辨明是非,赶紧放自己走。

然而他的解释在宁瀚听来,都是推诿狡辩。

陈涛费了半天口舌,仍得不到放行,心下焦急,却也无计可施。

两相僵持之下,人群再次被拨开,一直站在人群之外没出声的陆屿缓步来到了两人面前。

经过刚才的观察和旁听,他心中已经有了定论。

那块蛋糕是兰花会所的后厨做的,陈涛打包之前,服务生也确认过。蛋糕被送回时依旧是完整的成品,那就证明中途并未被人动过手脚。何况以他对陈涛的了解,就算真知道蛋糕中藏了枚钻戒,陈涛也绝不会起什么邪念。

所以,除非警方要求,否则兰花会所的一干人等无权决定陈涛的去留。

宁瀚之所以一直针对陈涛不肯松口,一方面是迁怒,另一方面也是情急之下想找个人甩锅。此刻在陆屿条分缕析的质问之下,他意识到了自己的行为并不占理,只是众目睽睽之下,他不想就此丢了面子。

还没想好如何应对,杨铭已经出声冷嘲,提出了另一种可能:"就算他送回来的蛋糕没被破坏,就能证明他没动过手脚?说不定是他取餐之前听说了戒指的事,于是趁乱把蛋糕拿走,然后买了一块一样的给塞回去了呢。"

听他越说越离谱,秦嘉妍忍不住低声呵斥:"杨铭,你别胡说,这怎么可能!"

"有什么不可能的?"杨铭原本就因为秦嘉妍和陆屿约会的事憋了一肚子的气,听她出言维护,更是满心不忿,"嘉妍你都不看新闻的吗?他们这种送外卖的,手脚向来不干净,偷吃客户餐点的事情多了去了,更何况是一枚钻戒?要我说,还是一起去派出所走一趟再说!"

说话间,服务生里真的有人来拽陈涛的胳膊。陆屿见状伸手一挡,十分笃定地说:"这块蛋糕他没换过!"

杨铭不屑冷笑:"你说没有就没有?你当你是谁啊?"

"我也是送外卖的,你不是知道吗?"陆屿笑了笑,在秦嘉妍欲言又止的表情里朗声说道,"从他取走蛋糕到送回来,没有超过二十分钟。按照电动车每小时二十公里的速度计算,骑手能活动的区域也就是周边五公里。在周边五公里的范围内要是能找到一家店,能做出和你们餐厅一模一样的红丝绒蛋糕,那他就留下来,随你们怎么查!"

宁瀚一愣:"你怎么知道没有?"

陆屿的声音里带上了一点骄傲:"刚才我说了,我也是送外卖的,所以这片区域所有的商家信息我都很清楚,如果有需要的话,我甚至可以画个图。"

在他悠悠的解释声中,秦嘉妍忍不住"扑哧"一声笑了出来。

紧接着,她上前几步,冲宁瀚点了点头:"宁总,既然话都已经说清楚了,我想这位骑手小哥应该也没什么留下来的必要了,所以我们可以先走了吗?"

宁瀚面露尴尬:"当然……不过秦小姐今天不是在这儿订了位子吗,怎么还没吃就要走?"

秦嘉妍脸上仍挂着笑，态度却不卑不亢："这儿环境很好，但服务态度我不是很喜欢，所以临时决定换个地方吃饭。"

然后她扭头看向杨铭，在对方目瞪口呆的表情下，客客气气地表示："我的生日我自己会安排好，至于其他的，就不劳你费心了。"

第十四章
峰回路转

送餐晚高峰期间，方铭的手机一直在响。

除了后台系统推送的接单任务，还夹杂着边响在小群里的阵阵八卦。

方铭被他一条接一条的消息吵得头昏脑涨，又担心陆屿难得约次会被干扰，于是趁着等待出餐的时间，干脆一个电话打了过去，警告他工作时间收敛点，小心被邓饶抓住了把柄扣工资。

边响却是满心的不以为意，为了堵住方铭的嘴，还额外提供了一个情报："之前我都和你说了，老邓现在正忙着攀高枝呢，哪有心情管工作上的事？这不，刚我取餐的时候还瞅到了他和朋友吃饭，顺手拍了个照，他要是敢找我麻烦，我就把他上班时间旷工的照片发到大群里。"

挂断电话没多久，一张照片被推送给了方铭。

照片上的邓饶像是刚从一辆小轿车上下来，正满脸堆笑地朝某间餐厅走去，在他身旁，是一位西装革履、满身精英气质的中年男性。

因为角度问题，照片上那位精英的五官看得并不真切，方铭微怔之下，再次拨通了边响的电话："刚才那张照片，你在哪儿拍的？"

十几分钟后，方铭骑车来到了一家名为越江南的苏杭菜馆门口，找了个隐蔽的位置，静静等待着。系统里的单子已经累积了好几个，客户的催促消息也在接连不断地传来，但他像是没看见一样，始终没有要理会的意思。

等到天色彻底转黑，邓饶和他那位"朋友"终于从餐厅里走了出来。邓饶殷勤地将对方送上车后，站在路边，正准备打车，肩膀忽然被人拍了拍。

邓饶浑身一抖，赶紧转身，看清来人后，才像是松了一口气："老方，是你啊？你说你见人先出个声啊？这无声无息地来这么一出，差点没把我吓死。"

方铭笑了笑："老邓，你在这儿干吗呢？"

"吃饭啊！"

"一个人？"

"和朋友。"

"你和乔卓远之前不是不认识吗？什么时候成朋友了？"

他这咄咄逼人的口气很快让邓饶意识到了什么，笑容变得有点勉强。

在许苓纭家初见乔卓远时，邓饶并没有想过会和对方产生什么交集。毕竟对方是年入近百万的精英中产，和他这种守着一个外卖站子，靠卖苦力讨生活的人完全不是同一阶层。可他万万没想到的是，那次见面后没多久，乔卓远不知道怎的弄到了他的电话，打着员工家属的旗号约他喝茶。

一个离婚在即的男人主动联系老婆的顶头上司，这情形自然让人心生疑惑。虽然猜不透对方葫芦里究竟卖的是什么药，但邓饶并不想放弃和精英结交的机会，略加犹豫后，还是欣然赴约。

几顿饭吃下来，从乔卓远的各种明示暗示里，他明白了对方的用意。

乔卓远之所以愿意在他身上花时间、花精力，甚至开出高额的报酬做诱饵，无非是因为他是许苓纭的顶头上司，手握是否留用许苓纭的生杀大权。

为了争夺儿子的抚养权，许苓纭来到站点后是如何努力，如何想保住这份工作，邓饶都看在眼里，可是这些年来，他自己也过得很不容易。儿子一直在老家，老婆也没个正式工作，这一家老小都得靠他养。即便熬了这么多年熬到了站长的职位，但无论再怎么拼命，能赚的钱也就那么多。想给儿子买套婚房，根本不知道是何年何月的事，如今有这样一个赚钱的机会摆在眼前，要说不动心，那是假的。

种种现实之下，他只能频频接受乔卓远的邀约，在对方不断加码的报酬和自己的良心之间来回摇摆。没想到今儿刚和对方把条件谈定，出门就迎头撞上了方铭。

听他拐弯抹角地解释了一通，方铭只觉得愤怒："乔卓远到底给你开了什么条件，让你要昧着良心坑自己的员工？"

"老方你别说话这么难听，我怎么就坑许苓纭了？"被他这么一骂，邓饶觉得脸上挂不住，干脆撕破脸皮，破罐子破摔地嚷了起来，"她在咱们站子里的业绩你又不是不知道，之前一直吊车尾，也就最近几个月才稍微好点。而且为了让她进步，站子从上到下费了多少心？有那个时间精力，我找个什么人不好？"

方铭一愣，声音也扬了起来："你什么意思？你这是准备让她走？"

相识以来，邓饶从未见过他这么声色俱厉的样子，心虚之下，只能喏喏着表示："我也不是这个意思……"

"不是这个意思最好！"方铭冷冷地瞪了他一眼，"老邓，你是站长，要用什么人你有你的考量，我们的确管不着。但今天我也把话放这儿，如果不是因为工作能力的问题，而是因为乔卓远给了你什么好处，让你把许苓纭开掉的话……那我也就不干了！"

🛵

走出兰花会所，时间已经过了晚上七点。

虽然还是有些委屈，但因惦记着手里那些还没送达的订单，在和陆屿道过谢后，陈涛很快又忙活起来。

目送他离开之后，陆屿站在原地，抬眼向四周看了看。入夜后的市中心一片灯火辉煌，到处热热闹闹的。

这个时间点，附近好一点的餐厅大多人满为患，可要是带秦嘉妍去吃大排档、路边摊，又实在是说不过去。正在为难之际，秦嘉妍主动撞了撞他的胳膊："今天有被你装到欸！"

陆屿一时间没反应过来："什么？"

"就是你说这片区域所有的商家你都很清楚，如果有需要的话，甚至可以画个图啊！这种人形GPS（全球定位系统），实在是太酷了！"

秦嘉妍笑眼一弯，紧接着问："请问这位'城市活地图'，我们去哪儿吃饭比较好？"

"这我还真得好好想想，这个时间点，稍微像样一点的餐厅都得等位。"

"既然这样，我倒是有个建议。"秦嘉妍歪着头，眼睛亮晶晶的，"我记得你是会做菜的吧？其实我手艺也还行，如果方便的话，咱们买点菜去家里做了吃，顺便还可以陪陪阿姨。"

对于秦嘉妍的忽然登门，江雪萍意外之余满是惊喜，匆忙把客厅收拾了一通后，就把她摁在了沙发上。见下厨无望，秦嘉妍只好乖巧地坐在那里，一边陪江雪萍聊天，一边偷眼看着陆屿系着围裙在厨房里忙进忙出。

等到饭菜出锅，三个人围着饭桌热热闹闹地吃完，时间已经过了晚上九点。

略微坐了一阵，江雪萍借口饭后散步，很快便出了门。她这一走，秦嘉妍一直有些紧张的情绪才放松下来，见厨房里还堆着没收拾的锅盘碗盏，她卷起了袖子。

陆屿赶紧拦住她："你难得来我们家吃顿饭，哪有让客人动手的道理？你就放在那儿，晚点我来收拾。"

"别啊！这又不费劲。在我们家，我爸做饭的话，我妈肯定是要洗碗的……"

话音刚落,她意识到自己打了一个不太恰当的比方,一时间只觉得脸颊发烫。晚饭时陆屿喝了点酒,听到她那脱口而出的比方,整个人有些发怔,安静了很久之后,才轻轻拉住她的手,走向自己的房间。

卧室里没开灯,借着客厅透进来的灯光,一切看上去朦朦胧胧的。

秦嘉妍被他牵着手,只觉得手心都是汗,一颗心几乎要从胸腔里跳出来。

等到陆屿把房门关上,房间里彻底陷入一片黑暗时,某种预感让秦嘉妍下意识闭上了眼。就在她以为对方会借着黑暗的遮蔽亲吻她时,陆屿松开了她的手,走到靠近床头的地方,把一个巨大的纸盒子拿了出来,递到了她眼前。

借着窗外透进来的浅浅月色,秦嘉妍把盒子拆开,一个半透明的黑色球状物露了出来。

球体上分布着细碎的花纹和斑点,看不出什么规律;球体内部装着形状各异的塑料组件,下方则是一个带电池盒的金属支架。虽然看着是有那么点后现代艺术品的意思,但她一时之间没明白这东西到底是干吗用的。

见她有些茫然,陆屿摁了摁电池盒的开关。

随着"啪"的一声轻响,暗沉沉的房间忽然被光芒溢满,墙壁、地板、桌面、椅子……每个角落都缀满了星空般的璀璨。

紧接着,藏在球体底座的音乐盒启动,轻盈的钢琴声如水一般开始流淌。黑色的圆球开始缓缓旋转,星空的绚烂景象也在不断变化着。

短短几分钟里,他们仿佛置身于一个小小的宇宙空间,跨过四季的交替,徜徉在无尽的浪漫星河。

"这是星象仪?你在哪儿买的?"

"自己做的。"

"什么?"

网上出售星象仪的店不少,但大多也就是借助光源形成简单的星空投影,技术含量并不高。像那种外观酷炫,能够模拟地球自转展示不同区域的天象变化，同时又有声效光影做配合的星象仪，怎么着都得是在天文、地理、数学和物理等方面有所涉猎，再加上超强的动手能力，才能做出的。

如果这个星象仪的制作者是陆屿，那就真的是太惊人了。

在她满目的惊诧里，陆屿笑了起来。

其实，这个让秦嘉妍惊叹有加的小礼物，高中毕业前他就做过一个，原本是打算高考后告白时当作礼物送给她的，只是天不遂人愿，家里出事之后，想着彼此不会再有什么交集，那个星象仪就被他扔掉了。

直到两人重逢，深埋在心底的感情因为秦嘉妍的不离不弃再度被唤醒，他又想到了当初那份没来得及送出的礼物。只是毕业这么久了，好多数学和物理知识都忘得差不多了，还好电脑里存了图纸，他才勉强赶了一个出来。

"秦嘉妍，之前你问我的问题，我已经想好了。虽然有些迟了，但我还是想问问你，交往的事，你还愿意考虑吗？"

耳边的声音低沉沙哑，带着不确定的忐忑和期盼。

如鼓的心跳声中，秦嘉妍十分坚定地点了点头，然后踮起脚尖，温柔地亲吻了他的嘴唇。

有关陆屿和秦嘉妍约会后的关系进展，边响心痒难耐之下，接连追问了好几天。只是陆屿始终缄口不言，对于他的各种打探一概无视，秦嘉妍那边也一副无事发生、闲人勿扰的模样，这让边响那颗急于邀功的心也逐渐凉了下来。

谁料到仅仅三天之后，向来作风朴素、沉默寡言的陆屿的头盔上忽然多了一对俏皮又鲜艳的鹿角装饰，进出之间戴得一派坦然，与他平日里的画风截然不同，顿时在站点里引发了一阵轰动。

对于同事们旁敲侧击的试探，陆屿没再藏着掖着，大方表示"女朋友特制，仅此一家，别无分号"，那幸福满溢的傲娇表情，一时间虐

"单身狗"无数，就连向来老实的陈涛都跟着起哄让他有空把女朋友带过来让大家瞧瞧。

在这一派热闹的气氛里，方铭却显得有些格格不入。

除了陆屿官宣恋情当天，在五人小群里跟着说了句"恭喜"，他就没怎么在这件事上凑过热闹。

许苓纭暗中观察了一阵，只觉得他心事重重，尤其是在和邓饶面对面时，总是带着一股子别扭，于是忍不住找了个机会探问，他和老邓是不是闹了什么矛盾。

自打撞破邓饶和乔卓远的交易来往，方铭一直有些提心吊胆，既担心邓饶真的会为了一己之私找个理由辞退许苓纭，又害怕许苓纭在离婚官司即将开庭之际被人坑，彻底陷入被动的局面。

然而，不知是邓饶良心发现，还是在听到他的威胁后有所顾忌，几天过去，对方在面对许苓纭时依旧保持着和气又亲切的模样，这让方铭忐忑之余，也有些困惑。

只是即便知道邓饶和乔卓远私下里的这些小动作，他能做的也十分有限。要是把这些事告知给许苓纭，除了让对方徒增愤怒与烦恼，大概也没有任何帮助。

思来想去之下，他只能一边寄希望于邓饶的良心，一边暗中观察着，只待对方有所动作时能尽力拉上一把。然而，面对被蒙在鼓里、依旧对他出言关心的许苓纭，方铭的心态却有些绷不住了，随口应了几句后，就主动问起了对方的官司情况。

对于即将到来的离婚官司，许苓纭倒是保持着一颗平常心，在财产分割的问题上她和乔卓远没什么分歧，官司的重点是北城的抚养权。而帮她打官司的律师徐菲既是她多年的好友，又在打离婚官司方面很有经验，有她鼎力相助，想来法官会给出一个合理的判决。

虽然在离婚官司的事情上许苓纭看上去准备充分且态度乐观，但方铭并没有因此而感觉宽心。思索一番后，他让方豆豆邀请乔北城来家里吃饭，想要侧面打探一下，这个处于旋涡中心的孩子心里在想些什么。"

几天后的某个下午,方豆豆打着互相帮助的旗号把乔北城带回了家里。

虽然是第一次登门,但因为之前有过数面之缘,外加方豆豆生怕冷场,从进门起就一脸热情,所以乔北城也没有表现得太过拘谨,和方铭礼貌地打完招呼后,就进了书房和方豆豆一起写作业。

方铭有心要哄他开心,早就铆足了劲儿去超市进行了一番大采购。趁着两个孩子做作业的工夫,他拿出食材,按照提前拟好的食谱,洗洗切切地准备起来。

等到一切准备就绪,方豆豆抽着鼻子猫一样地溜进厨房,左右巡视了一阵后,喜滋滋地嚷着要吃香辣蟹。

方铭记得乔北城不爱吃辣,原本买了螃蟹准备做葱油蟹,如今见女儿撒娇,只能借着买调料的机会,把乔北城一起叫出了门。

下楼后,两人在超市里搜罗起了做香辣蟹需要的香叶、八角、干辣椒、豆瓣酱等调味料。见乔北城挑东西一脸认真,方铭觉得有点不好意思:"豆豆从小就爱撒娇,说话做事都有点任性……你要是不能吃辣,伯伯一会儿把螃蟹分成两份,给她做个香辣蟹,再给你做个葱油的。"

"不用麻烦了方伯伯,我其实挺爱吃辣的,平时是顾忌着我妈肠胃不好,家里做的菜才很少放辣椒。之前我爸妈还住在一起的时候,为了给我解馋,我爸经常瞒着我妈偷偷给我买烧烤呢。"

听他主动说起父母,方铭心下一跳。

然而乔北城神色如常,并没有要向他倾吐什么的意思,他小心翼翼地避开这个话题:"既然你喜欢吃辣,怎么不和你妈说?我看她平时做的菜都很清淡,那不是很不合你的胃口?"

"那不是会给她添麻烦吗?"乔北城低着头,盯着自己的脚尖,"之前她没上班的时候还好说,现在她为了养我,每天工作那么忙,还要挤出时间买菜做饭。如果只是为了迁就我的喜好,要在那些不重要的小事上增加她的负担，那就太辛苦了。"

原来这孩子是这样想的。方铭听懂了他的意思，一时间有些愕然，又有些心酸。

不只是饭菜口味的问题，在父母离婚的事情上，乔北城大概也抱着同样的想法。因为不想给重要的人添麻烦，所以他才会一直保持懂事的姿态，宁愿委屈自己，也不去提任何要求。

可是父母和子女之间，并不需要这样委曲求全的懂事。

或许对于乔北城而言，一直以来所受的教育让他学会了换位思考，担心自己的真实想法会给别人带来麻烦。可是许苓纭并非别人，对她而言，乔北城就是她最重要的人，是不是麻烦，也得由她来决定。

这些道理，面对早熟懂事的儿子，许苓纭或许很难说出口，但作为一个单身父亲，方铭觉得自己有责任和一个即将面对家庭破裂的男孩子进行一番推心置腹的交流。

说到最后，方铭轻轻揉了揉他的头发："北城，伯伯知道你是个好孩子，但很多时候，你可以不用那么懂事，因为就像你妈妈说的，你的成功固然很重要，但更重要的是，你可以在她的陪伴下，不那么着急长大，快乐开心地过自己的人生。"

没等乔北城说话，他带着满脸的笑容朝手上的塑料袋指了指："好了，这个话题到此为止，咱们先回家吃螃蟹。如果以后你有什么事想找人聊聊，欢迎随时找我。"

乔北城点了点头，嘴巴不自觉地抿了一下。

再开口时，他的表情似乎变得有些释然："谢谢方伯伯，以后遇到问题，我会给你打电话的。"

许苓纭坐在北江市初级人民法院的审判庭里，安静地等待着。

很多年前,她尚在盈江律师事务所实习时,曾以助理律师的身份陪同公司前辈来过这里很多次,如今以原告的身份重归故地,百感交集之下,也有种恍若隔世之感。

距离发现乔卓远出轨,下定决心离婚的那天,已经过去了大半年。在这期间,她听过无数来自乔卓远的哀求、亲朋好友的劝告,以及院方工作人员的调停。如果说她曾经有过瞬间的心软和困惑,甚至后悔,那么此时此刻,真的走到了和乔卓远法庭相见的这一步,她的心里只剩下疲惫的平静。

距离开庭还有十分钟,乔卓远和他的律师暂未出现。审判庭里除了法官,就只有一名书记员。

许苓纭不知道乔卓远是因为交通问题还未抵达现场,还是像他在商务谈判时习惯的那样,想用踩点出现的方式给她增加心理压力。正琢磨着一会儿开庭之后法官可能会问她的问题时,坐在一旁的徐菲整理好文件,悄无声息地把一杯水推到了她面前。

"怎么了?一直不说话,心里紧张?"

"没有,都这个时候了,紧张什么啊?而且不是有你在吗?"许苓纭笑了笑,拿起眼前的水喝了一口,"就是不知道乔卓远会不会让他爸妈一起过来。要是他爸妈都跟着来了,两位老人家情绪又容易激动,我怕场面会不太好看。"

"应该不会。之前乔卓远那边申请了本次案件不公开审理,因为你也没打算带亲属,所以我就没告诉你。再说了,是他出轨在先,到了辩论陈述的阶段,这些事可都得当众宣读,他是有多强的心理素质,才会把他爸妈拉过来听他这些破事啊?"

"这倒也是。"

回想起乔卓远父母在听闻自己要和他们儿子离婚时那一再哀求的模样,许苓纭轻声叹了口气,不再说话了。

距离开庭还有五分钟时,乔卓远跟在律师身后,一脸严肃地走进了审判庭。

几个月没见,他看上去憔悴了不少,比起昔日虽工作繁忙但有家庭做支撑时那意气风发的模样,简直判若两人。

作为一个事业有成的独立女性,徐菲向来最恨男人发达后背叛糟糠之妻,见他出现,忍不住低声吐槽:"看来他和那个汪小敏勾搭之后过得也不怎么样嘛,我还以为找了个年轻漂亮的小姑娘会意气风发好一阵呢,现在看来,可比之前差远了。"

许苓纭犹豫了一下,还是有一说一地交代道:"他和那个汪小敏已经没来往了,现在这个样子,大概也怪不到那个女的头上。"

徐菲有点吃惊:"你怎么知道?他和你说的?"

"不是,是他妈妈打电话告诉我的。说她儿子一时糊涂,意识到自己犯了大错后就一直很后悔,在我提出离婚以后很快就和对方断了联系,希望能用实际行动取得我的原谅。"

"我呸!那他早干吗去了?一顿胡搞搞完了,觉得还是老婆好,决定要回归家庭了?这天下的便宜事都让他占尽了?"徐菲咬牙切齿地骂了一阵,见许苓纭一直不吭声,不由得惊了一下,"怎么?你该不会是心软了吧?要是想改主意,开庭后还会有一个例行调解,你在那个时候说明情况就行。"

"这都什么时候了,还开玩笑?"许苓纭瞪了她一眼,"真要调解我还等到今天?"

"这就对了。"徐菲轻声一笑,拍了拍她的肩,"出轨这事我见多了,有一次就会有无数次,你既然都下定决心了,就别再多想,赶紧把官司打完,整理好心情重新上路,到时候再找个靠谱的好男人。"

说话间,法官宣布庭审正式开始。

许苓纭迅速调整好情绪,正襟危坐地等待着庭审流程逐项进行。

一开始的法庭调查部分进行得很顺利,因为双方目标明确,许苓纭的诉讼请求、事实和理由在等待开庭的这段时间里都没有产生过任何增加和变更,而乔卓远那边的意见也和最初提交的答辩状并无二致。

直到进入举证和质疑环节,一直还算平和的气氛才因为徐菲阐述许苓纭起诉离婚的原因而变得尴尬起来。虽然明白对离婚原因进行举证是诉讼离婚的必要环节，然而当徐菲把乔卓远和汪小敏之间那些撩骚、开房的证据一桩桩一件件地摆上台面时，许苓纭还是忍不住觉得难堪。她找了个上洗手间的借口，举手申请了休庭。

暂离审判庭后，她去洗手间洗了把脸，又站在走廊上吹了一阵风，才感觉心跳平复了一些。她正准备回到审判庭，口袋里的手机忽然发出轻微的一声响。

许苓纭拿出手机查看，是方铭发来的一条消息。

"情况怎么样了？方便的话，结束之后给我回个电话。"

许苓纭笑了笑，慢慢地回了一个"好"。紧接着，她调整了一下表情，推开了审判庭的大门。

庭审重新开始，对方律师开始举证，徐菲忽然暗中拽了她一把："邓饶你认识？"

许苓纭没想到站长的名字会在这个时候出现，一时间也有点愣神："当然，他是我工作那个地方的站长。"

"你俩有矛盾？"

"没有啊，老邓对我一直挺客气的，工作以来对我也算照顾……怎么了？"

徐菲像是有些无语，皱着眉表示，对方律师提供的证据里，包含了一份许苓纭工作以来的业绩表现和直接领导的评语，目的是想证明她工作能力不行，随时有被辞退的风险，经济情况并不适合抚养乔北城。

许苓纭闻言只觉得惊怒，一时间竟不敢相信自己的耳朵。

她自知业绩不算太好，但也一直在进步，之前的晨会上邓饶还对她进行了表扬，怎么现在却站在了乔卓远那一边？

没等她想明白这其中的状况，徐菲又把一沓材料往她面前一推，A4纸上赫然是她的业绩和站内几个表现突出的同事的对比，以及洋洋洒洒的数百字差评。

整份材料的最后，邓饶的名字规规矩矩地落在那儿，为表正式，甚至还加盖了一个业务专用的红章，这让许苓纭好笑之余，也被深深地刺痛了眼睛。

见她神色怔怔，徐菲赶紧提醒道："这些东西是出自你们那个站长之手没错吧？"

许苓纭苦笑着点了点头："业绩数据是没错，但评语应该是这两天赶工弄出来的。"

徐菲无语了："乔卓远真够恶心的，居然把主意动到了你领导头上。不过，你和这个邓饶共事了得有大半年吧，他居然这么对你？也不怕以后见面了尴尬？"

此情此景之下，许苓纭也顾不上抱怨了，满脑子想的都是该如何应对这份材料。

按照她之前在律所的工作经验，这份业绩材料虽然是客观存在的，但怎么去理解却是比较主观的事，徐菲可以通过相关数据说明她工作上的进步，对方律师也能做出不同的解读。而且比较麻烦的是，她的直属领导邓饶给出了负面的评价，这必然会对法官的判断产生影响。

如果想要推翻这些评价，她只能请站子里的其他同事来对她的工作表现进行证明，可如今庭审进行到一半，哪有临时叫人出庭做证的道理？

对于这份材料，徐菲虽然感到气愤，但她镇定自信的态度并没有因此而受到影响。

稍稍抱怨了几句后，她没再多言，直到对方律师结束发言，她才冲着法官点了点头："法官您好，关于我的当事人许苓纭女士和被告乔卓远先生两位的儿子乔北城抚养权的问题，我们双方都做了相关的陈述，并就经济条件、社会地位、陪伴程度等抚养条件进行了举证和辩论。但我想说的是，乔北城马上十四岁了，他的个人意愿或许才是最重要的，既然双方都有意愿抚养他，那我们不妨看看他自己怎么说……"

这番话不仅让许苓纭感到意外，就连进门后一直垂着眼睛，在两位律师唇枪舌剑之际都没有表露过半点情绪的乔卓远也迅速抬起了头。

在一屋子人的注视下，徐菲拿出了一封信："这是乔北城亲手写的个人意愿书，上面有他的签名。在此作为补充材料一并附上，希望能对今天的案子有所帮助。"

二十分钟后，法官宣布庭审结束，虽然判决并未当场宣读，但有乔北城的那封意愿书做筹码，结果显然不言而喻。

徐菲心情不错，收拾材料的过程中一直面带微笑。

许苓纭憋了一肚子的话想问，只是在乔卓远还未退场的情况下不便多说，直到两人走出法院大门，她正准备开口，徐菲忽然扬起手臂，冲着不远处高声打了个招呼："喂，老方，你好啊！"

许苓纭顺着她招呼的方向看了过去。

法院大门外的一棵梧桐树下，方铭推着他那辆小电动面带焦灼地站在那儿，像是已经等了好一阵。

许苓纭赶紧快步迎上去："老方，你怎么在这儿？"

方铭有点局促地搓了搓手："后来一直没见你给我发信息，也不知道结果怎么样了，刚好有个单子送这边，就顺带过来看看。对了，法院怎么说？北城的抚养权最后怎么判的？"

"没那么快啦，审判结果还得等上一阵才会出。不过根据我的经验，北城判给许苓纭，应该没什么问题！"许苓纭还没来得及回答，徐菲已经先一步把话接了过去，紧接着又打趣道，"苓纭，虽然你这帮送外卖的同事里有那么几个不靠谱的，但也有老方这样的热心人，等案子判下来，你可得好好谢谢人家。"

见徐菲言笑晏晏，言辞间对方铭的态度甚是亲切，许苓纭不禁有些疑惑："说起来，你俩是怎么认识的？怎么感觉还挺熟的？"

"之前不认识，还不是因为你才打的交道吗？"徐菲朝方铭挤了挤眼，"哈哈"笑了起来。

几日前，乔北城在方铭的陪同下找到徐菲，一通详聊之后，终于表明了自己的态度。也是直到那个时候，徐菲才知道，自打许苓纭和乔卓远闹离婚起，乔北城就决定要和妈妈一起生活，但因为担心给她造成负担，也怕伤害到乔卓远，才一直缄口不言。在方铭的劝导下，他最终决定勇敢面对自己内心的真实感受，写下了那封个人意愿书。

原本考虑到乔氏父子的关系，如果庭审情况顺利，那封个人意愿书不拿出来也罢，但既然乔卓远用邓饶做文章，徐菲也就顾不上那么多了。

了解到在她不知道的时候居然发生了这么多事，许苓纭只觉得既惊讶又感激，忍不住对方铭连连道谢。

方铭没想到徐菲是个直性子，许苓纭不过随口问了一句，她就把事情竹筒倒豆子一样交代得干干净净，尴尬之下还没来得及说点什么，人忽然就僵住了。

几步之外的地方，乔卓远一脸阴沉地站在那里，对于他们之间的对话也不知道听到了多少，那压抑僵硬的气场，让许苓纭和徐菲下意识收起了愉悦的表情。

面面相觑之间，方铭挤出笑脸主动打了个招呼："乔总，你好。"

"我好？"乔卓远冷哼一声，始终淡漠的一张脸上浮现出一丝讥讽，"老方，你也好。我倒是没想到，之前一直小瞧你了。"

方铭从他那阴阳怪气的语调中嗅出了浓浓的敌意，只觉得诚惶诚恐："乔总，你这话从何说起？"

乔卓远冷笑阵阵："因为离开了绿盈，你就一直记恨着，想找机会报复我是吧？亏我之前还一直惦记着帮你找工作，把你介绍到老郑那里，结果你呢？你就怂恿我儿子这样来对付我？"

被他这一顿斥责下来，方铭的脸立时涨得通红。

许苓纭气愤之下，恨声反驳："乔卓远，你当初费尽力气把老方弄出公司，如今又口口声声说要给他介绍工作，打的什么主意以为别人不清楚？再说了，就算老方没配合你，你不是还找了别人吗？至于北城,他快十四岁了,凡事有自己的判断,至于他为什么会写下那份个人意愿书,难道不是你自己应该反省的吗?"

没想到她会为方铭出头,乔卓远微怔之下,没再争论下去。

紧接着,他朝方铭瞪了一眼,留下了一句意味深长的"你等着"之后,很快疾步而去,消失在了众人的视野之中。

第十五章
彩礼困局

一个月后,针对许苓纭和乔卓远的诉讼离婚案,北江市初级人民法院正式下达了判决书。按照判决书的决定,两人离婚之后,乔北城的抚养权归许苓纭所有。

收到这个消息后,许苓纭重重松了一口气,回想自己这大半年以来经历的点点滴滴,只觉得百感交集。在确定乔卓远不再上诉,一切成为定局后,她买了水果、零食,招待昔日帮助过自己的站点同事们热热闹闹地吃了一顿。

待到晨会结束,众人散去,她提上几个单独准备的干果礼盒,主动敲开了邓饶办公室的大门。

自许苓纭离婚案开庭那天起,邓饶面对她时的态度就异常别扭,但凡需要当面交代的工作,都会弯弯绕绕地找个第三方来沟通。

等到离婚案的结果下来,站子里得知消息的同事纷纷向许苓纭道喜时,邓饶才像是略微松了一口气,但即便如此,对待她的态度依旧小心拘谨,不再如当初一般亲切随和。

许苓纭进了屋,客客气气地叫了一声"老邓"后,就把那几个礼盒摆上了桌。

邓饶心中有愧,晨会的时候看着大家热热闹闹地在那儿吃零食、分水果,就知情识趣地没参与,此刻见她提着礼盒进门,只当是她为了当面嘲讽,心虚之下,只能干笑一声:"你这是干吗呢?没节没假的送这么些东西过来,不知道的还以为是在提前庆祝我退休呢。"

"退啥休啊?你这干得好好的,我们都还指望着在你的带领下,把业绩再往上提一提呢。"许苓纭开了两句玩笑,才正色表示,"老邓,我今儿是来谢谢你的,这些东西是我的一点心意,希望你不要推辞。"

在她诚恳的道谢声中,邓饶只觉得如坐针毡,忍了半天没忍住,重重一声叹了出来:"许苓纭,你心里有什么不痛快就直接说吧,这么冷嘲热讽的我听着难受。还有,你现在官司也判下来了,如果你觉得在这儿工作看着我不舒服,想要离职的话,也可以直接告诉我,我绝对不会为难你的。"

"离职?我干吗要离职啊?我还有儿子要养呢。除非是你觉得我业绩太差,想把我给开了。"

"当然不会!"

"那不就结了吗?"

许苓纭的这番举动并非赌气,也不是为了给邓饶难堪。虽然当初在法庭上看到对方写下的那些评语,她的确生气,但冷静下来想想,她不得不承认自己的业绩就摆在那儿,邓饶也不算冤了她。

何况在此之前,是邓饶顶住压力,在女骑手业绩普遍不怎么样的情况下给了她这份工作,让她有了赚钱养家的机会和争取儿子抚养权的底气,就冲着这份恩情,她也不打算再计较。

更何况,邓饶家里的情况她多少知道一些,同样为人父母,她也能体谅对方的难处,所以思来想去,她干脆主动上门,解了对方的心结,以便大家以后能够继续愉快地一起工作。

邓饶原本就满怀愧疚,听她真情实感地一番解释,顿时脸都红了。

许苓纭的业绩在站子里不算突出是不争的事实,但她进步快,也是有目共睹的。所以乔卓远以重金诱惑,让他直接开人时,他并没有答应,但是为了给儿子买房,他还是出具了那份差点把许苓纭推进火坑的材料。案子判下来后,乔卓远并没有按照之前说好的条件支付他酬金,邓饶自觉有愧,也没主动去要。

如今许苓纭主动示好，又对他一再宽慰，邓饶也算是放下了心结，说了几句抱歉的话后，客气地把她送出了门。

许苓纭姿态漂亮地解决完这件事，心情轻松，正式开工之前，她忍不住在五人小群里发了条消息，邀约大家周末来自己家里吃大餐。

周六下午两点刚过，方铭就带着方豆豆登门，帮许苓纭做起了饭前准备工作。

经过这几个月的来往，方豆豆和乔北城早已成了无话不谈的好友，见面之后在客厅里坐了没几分钟，就钻进卧室打游戏去了。

下午四点，边响和陈涛拎着熟食、水果现身。见方铭系着围裙在厨房里刀影纷飞地切着菜，边响忍不住吹了声口哨："方哥你可以啊！这下厨房的活儿在自己家干着不过瘾，都兼职兼到许姐家来了！"

"你少在那儿废话，没事的话就过来帮忙。"

"别了！我这人知情识趣，喧宾夺主的事可不会瞎掺和，今天的主场还是留给方哥你好了。"

边响嘻嘻哈哈地和方铭拌了两句嘴，又和许苓纭开了两句玩笑，见陈涛接了个电话后慌慌张张地跑进了阳台，看架势是要长聊，百无聊赖之下，他跑到乔北城的房门前，探头探脑地问他们在做什么。

方豆豆扬起手机，热情安利："我俩在组队玩游戏，边响叔叔你要一起吗？"

边响凑近看了看，只觉得游戏画面华丽、制作精美，当即来了兴趣："这游戏我没玩过欸，好上手吗？"

"挺容易的！不过玩这游戏需要组队，要不叫上陈涛叔叔一起？咱们两两组队进行PK。"

"行啊，那你等我去叫他。"

陈涛站在许苓纭家的阳台上，眼睛紧盯着地面，脑子里嗡嗡作响。

一窗之隔的花园里，花树摇曳，风景正好，与客厅紧邻的厨房里不时飘来阵阵饭菜香。然而这一切对于此刻的陈涛而言没有任何吸引力,他全部的注意力都放在了电话那头女人的唠叨上。

"阿涛啊,你也知道,你堂弟年纪不小了,在咱们这地儿找个媳妇也不容易。好不容易谈了个对象,人家也愿意结婚,可现在就卡在这彩礼上。我们也是实在没办法了才给你打电话……"

陈涛安静地听着,不时配合地"嗯嗯"两声,心里却满是说不出的苦。

打电话来的是他名义上的婶婶,虽然同住在一个镇上,平时却甚少来往,直到陈涛的父母相继过世,他开始外出打工,彼此间的电话联系才渐渐多了起来。

顾念着大家是亲戚,自己又在外奔忙,照顾爷爷的事大多落在叔叔、婶婶头上,陈涛每逢过年过节回老家时,除了拿钱孝敬爷爷,也会给他们包上一个数额不菲的大红包。

最开始,收到红包叔叔还会客气两句,说些阿涛你在外打工不容易,赚了钱就自己存起来,把自己照顾好就行之类的话。然而随着时日渐长,尤其是在堂弟交了女朋友之后,给他打电话的人逐渐从叔叔变成了婶婶,电话内容也从关心问候变成了哭穷要钱。

陈涛在外打工这几年,虽然省吃俭用,但因为薪水有限,攒下的积蓄并不多。从牙缝里挤出的那点钱,是盼着能回去买套好点的房子,让爷爷安度晚年。婶婶一次次打来电话,他虽有心帮忙,但实在是力有不逮,眼下面对对方那阵阵哀叹,他只觉得分外为难。婶婶的难处他清楚,唯一的儿子谈了多次恋爱,总算找到一个愿意结婚过日子的,家里不可能不重视。可是上个月婶婶才说家里的房子要重新装修,他已经打了一笔钱过去,现在再要的话,他实在是拿不出来了。

电话那边的女人絮絮叨叨地说了一通,像是说累了,见他拿不出钱来,很快话锋一转:"你的情况我们也知道,今天给你打这个电话,也不是说找你借钱,我和你叔叔商量过了,你爷爷现在年纪大了,一个人住,身边没个人照顾大家都不放心,我和你叔叔家房子小,又是五楼,要接老人过来住的话,爬上爬下的也不方便,所以我们就想着,把你爷爷送到养老院去，怎么说那地方二十四小时有护工，比他一个人在家里有点什么事都没人知道强！至于你爷爷那个房子，我们打算顺手卖了，拿到的钱二一添作五，也可以解决咱们两家的燃眉之急，你说怎么样？"

"那怎么能行？"

陈涛没想到对方说了半天，居然打的是这么个主意，一时间也急了。

对方口中的养老院他之前去看过，离他们村子好几十公里，距离远不说，条件也是一言难尽，住在里面的老人没几个过得像样的。爷爷现在住在自己的房子里，身边虽然没人，但周围的环境起码熟悉，隔壁邻居也天天见，有什么事能帮着照顾着点。要是让他去一个人生地不熟的地方住着，不仅老人家不会乐意，作为孙子，陈涛也不能放心。

听他出言拒绝，婶婶只当他是顾忌老人家的意见，立马又表示："其实打电话给你之前，我和你叔叔已经和你爷爷商量过了，老人家的意思是，他那房子本来就是留给你和小光的，只要你同意，他现在搬走卖掉也是可以的。你爷爷那么疼孙子，你也好，小光也好，他肯定希望你俩都能早点成家立业。现在有这么个对双方都好的解决方案，咱们何乐而不为呢？"

饶是对方滔滔不绝，一副苦口婆心的模样，陈涛总觉得不对劲，无论婶婶如何逼迫，始终都是一句："我不同意！"

婶婶没想到这个向来软弱好欺负的侄儿态度会这么强硬，但没有他点头的话，老头子那边铁定不会同意搬走卖房子，气急败坏之下，当即撕破了脸皮："你有什么资格不同意啊？你在外面这些年，自己倒是逍遥快活，你爷爷的事你管过几回？平日里什么事不是我们在操心？现在小光遇到了难事，你帮不上忙不说，还铆着劲儿不让老头卖房子，你是不是看不得我们家小光好？"

陈涛被她连哭带嚷吵得心慌，又担心对方为了儿子的婚事真的不管不顾地把爷爷送去养老院,情急之下只能安抚道:"婶,我不是那个意思。爷爷年纪大了,没个住的地方真不行。要不你给我点时间,我再想想办法,一旦凑够了钱,我马上转给你。"

"这可是你自己说的,反正小光提亲也就是这两个月的事,要是事情解决不了,我可就去找老爷子帮忙了!"

见他口气松动,婶婶的态度才算软和下来,絮絮叨叨地又强调了一顿后,才挂了电话。

陈涛愣愣地站在原地,想着刚刚那通电话,一时间也不知如何是好,直到边响拉开阳台门,对他吹了声口哨,他才回过神来。听到对方说想和自己组队打游戏,陈涛不想扫了他的兴致,勉强收拾心情后,跟在他身后进了屋。

几分钟后,边响在方豆豆的指挥下下载好游戏,略加熟悉后,就拉着陈涛加入了战局。

几局比赛打下来,方豆豆和乔北城配合默契,胜绩连连。

一开始,边响还试图挣扎一下,然而一局局地被羞辱,也被虐到没脾气了,最后气急败坏地把手机一扔:"不玩了不玩了,这游戏没意思,就你们这些小屁孩才玩得起劲!"

见他不服气,方豆豆忍不住笑道:"你才第一次玩,输了又不丢人,但是输了还怪游戏没意思,那就太没品了。"

边响被她一顿嘲笑,只觉得面子上挂不住,习惯性地给自己找借口:"刚开始玩怎么了?我的表现也不差啊!要不是小师父太笨,一直拖后腿连累我,谁输谁赢还不一定呢。小师父,你说是不是?"

陈涛勉强笑了笑,低着头没说话。

边响急于找回面子,见他不表态,往他身边一凑:"小师父,你也别愣着了,趁着吃饭之前我再带你玩两把,吃完饭咱俩好报仇。"

陈涛实在没心情,摇了摇头道:"算了,我不想玩了,你们玩吧。"

"别啊,咱俩可是个组合,你这一跑,我一个人怎么报仇啊?"边响没注意到他那神游天外的状态,见他拒绝,干脆抓着他的胳膊开始耍赖,"你别因为输了就不想玩了嘛!俗话怎么说的?勤能补拙。虽然你学得是慢了点,但有我教你,你就好好练一下嘛……"

在他反复闹腾之下,陈涛只觉得心情越来越坏,那些原本压抑着的情绪忽然绷不住了:"我都说了不玩了,你怎么还没完没了了?我就是笨,就是没本事,可我也已经尽力了啊!我就是这种智商,这个能力,再努力也就这样了,你还要我怎样?"

面对他骤然发作的情绪,方豆豆和乔北城都惊讶地抬起了眼睛。

边响也愣住了,隔了好一阵才小心翼翼地问:"小师父,你怎么了?我就是随口开个玩笑,我也是输急了才这么胡说的,你怎么还急了?"

陈涛脸上红一阵白一阵,像是对于自己这突如其来的过激反应又是愧疚又是自责,想要开口说声对不起,却又提不起那个劲。

几人面面相觑之间,门铃忽然响起。

乔北城朝方豆豆使了个眼色,说了句"去开门"后,两人很快冲向了客厅。

陆屿换好鞋子,把带来的水果礼盒塞进乔北城的手里后,回身牵住了秦嘉妍的手。

许苓纭听到动静,从厨房里走了出来,见是他俩来了,笑盈盈地招呼起来。

之前因为江雪萍住院的事,秦嘉妍和屋子里的这帮人早都混了个脸熟,落落大方地和众人打了一圈招呼后,正准备坐下,晃眼间看到一个小女孩正探究地打量着自己,不禁有些疑惑。

陆屿也从方豆豆那一脸不爽的表情中意识到了什么,笑着哄她:"豆豆你好啊,好久不见,最近还好吗?"

方豆豆撇了撇嘴，抱怨道："小陆叔叔你真不够意思，交了女朋友也不告诉我，亏我有什么事都会第一时间和你说。"

边响刚好从乔北城的卧室出来，一听这话只觉得不对劲，忍不住伸手在她脸上轻轻一戳："方豆豆你这个小没良心的，亏我对你这么好，隔三岔五地给你搞小偶像的情报，结果弄了半天，你心里惦记着别人呢？来来来，咱们今天把话说清楚，你还有什么秘密是陆屿知道我不知道的？"

方豆豆被他一通调侃，脸色瞬间涨红，见一屋子的人都眉眼带笑地看着自己，乔北城的脸上甚至还带着几分惊异，当即一跺脚，嚷了句"我懒得理你"，就扭身躲到了一边。

被边响这么一打岔，气氛很快热闹了起来。

趁着陆屿和陈涛去厨房帮忙的工夫，边响往秦嘉妍身边一坐，悄声问道："你和陆屿谈恋爱的事，你爸妈知道了吗？"

"还不知道，怎么了？"

"那你准备瞒到什么时候？"

"我没打算要瞒啊。"秦嘉妍被他神神秘秘的样子弄得有点啼笑皆非，"本来我是想带陆屿回家吃个饭，把他介绍给我爸妈的。只是他最近工作忙，难得有个休息日我爸又在加班，所以时间一直没凑上。"

"你就不担心你爸妈有意见？"

"谈恋爱是我自己的事，他们能有什么意见？"

话虽这么说，但边响的顾虑秦嘉妍其实也明白，毕竟在常人眼里，外卖骑手这个职业前途有限，不仅赚不到太多钱，还时常遭人白眼。那日陈涛在兰花会所的遭遇，就是一个很现实的例子。

她出身不错，家境优越，父亲是医院院长，母亲则是一家金融公司的高管，虽说都不是势利的人，但为人父母，总是希望女儿能嫁个门当户对的好人家，要是知道她交往的男朋友是个送外卖的且连大学都没有上过，解释起来怕是得费上一番口舌。

况且除了父母，她还有身边的一帮朋友要应付。

自打那日被杨铭一行人撞见她和陆屿约会,来自朋友的各种探问就没停过,闺蜜们更是紧张,一再追问她是不是被人下了降头,才会无视杨铭的一再示好,选了个没钱没势的穷小子做男朋友。

秦嘉妍态度坦然,一直没带陆屿在亲友面前亮相,主要是考虑到谈恋爱是两个人的私事,没必要搞得那么大张旗鼓。眼下被边响这么一提醒,倒是觉得有必要给这件事做个交代,于是拿起手机,点开相册翻找一阵后,递到边响眼前:"你眼光好,来选一张。"

边响被相册里那一张张姿态亲密的合影闪瞎了眼,把头一拧:"你干吗呢?撒狗粮也不用冲着我这个'单身狗'吧?"

秦嘉妍不为所动,坚持道:"少啰唆,快选!"

边响拗不过她,只能眯着眼睛,冲着某张照片指了指。秦嘉妍像是颇为满意,对着手机戳戳点点操作了一番:"行了!"

边响只觉得有什么不对劲,赶紧凑过去看了看。

对方那久不更新的朋友圈里,刚刚选出的那张照片已经赫然登场,搭配的文字言简意赅:"迟来的官宣。"

官宣照下方的点赞人数即将突破三位数时,厨房里的工作终于告一段落。

在许苓纭的招呼下,大家围着桌子坐下,对着眼前香气四溢的一桌子菜,忍不住欢呼起来。

动筷子没多久,一群人正对女主人的厨艺展开热烈的点评,边响和秦嘉妍的手机却开始轮番作响。见边响一手忙脚乱地回信息,一边时不时冲秦嘉妍瞪上两眼,两人显然藏着什么小秘密,陆屿坐不住了:"你俩是不是有什么事?需要帮忙吗?"

边响只觉得气不打一处来:"你还好意思问?还不是都因为你?秦嘉妍这一秀恩爱,有人不敢直接去问她,就只能来骚扰我。我这都快成咨询热线了!"

在他的吐槽声中,众人纷纷欣赏起了秦嘉妍的官宣朋友圈。陆屿看了一阵，笑着夹了只虾到她碗里："选照片的眼光不错，值得奖励。"

秦嘉妍一脸谦虚："这和眼光没关系，主要是你长得帅。"

边响被他俩旁若无人的腻歪劲给噎到，委屈之下只能抓着陈涛的胳膊抱怨："小师父，你看看，这俩也太欺负人了！咱俩也得抓紧时间，赶紧交个女朋友，才不至于被人这么欺负。"

陈涛正满腹心事，恍惚间没听明白他们在闹些什么，忽然听闻"女朋友"三个字，只当边响又在打趣他，当即慌乱地摆起了手："没有的事，边响你别乱说，我才没打算交什么女朋友……"

在众人的哄笑声中，边响郁郁气结。

陈涛呆坐当场，也不知道大家在笑什么。他始终惦记着堂弟的那笔彩礼钱，忍不住借着酒劲，问起了秦嘉妍对于彩礼的要求，想着可以做个参考。没想到秦嘉妍笑着表示，自己已经和陆屿商量过了，只要相爱的两个人能终成眷属，开开心心地在一起过日子，嫁妆、彩礼这类东西他们都没什么要求。

听她这么一说，陈涛一时间也说不出是心酸还是羡慕。以秦嘉妍这样的条件，对彩礼都可以不在意，可到了堂弟那里，给不出女方要求的彩礼，这婚就结不了。

他这边还在满心纠结，边响那边也因为受不了眼前这对小情侣的腻歪劲，开始抱怨："说起来咱们这个小群也不知道是中了什么邪，单身率居然高达百分之八十，作为群主，这事我得好好管管！方哥，这里你年纪最大，就从你开始说说呗。你都单身这么久了，以后打算找个啥样的？"

方铭喝了几杯酒，微醺之下原本已经有点恍惚，骤然听到自己被点名，还是和找对象有关的话题，下意识一个激灵："你小子喝多了吧？没事扯我干什么？"

"豆豆和北城都下桌玩儿去了，咱们这儿又没外人，你害啥羞啊？有什么想法就说说呗，说不定谁身边有合适的人，还能帮你介绍介绍呢。"

虽然知道对方是在借酒起哄，但这个问题还是让方铭心里起了阵阵涟漪。如果说尚在绿盈科技工作时，他还对未来的另一半有过些许畅想，那么到了眼下，那些畅想已经因为社会角色的变化，变得越来越模糊了。

作为一个年近四十的单身父亲，干着一份没什么大前途的工作，在婚恋市场上，他大概早就没了提要求的资格。只要对方人品好，心地善良，愿意善待豆豆，能够用心经营一个家，他就别无所求了。

话是这样说，但在察觉到许苓纭看向自己的目光时，方铭还是禁不住有些心跳加速。为了掩饰自己那微妙的紧张感，他拿起茶杯喝了一口，敷衍道："其实这种事呢，主要还是看缘分。缘分到了，那些所谓的条件也就不重要了。"

"方哥这话我可不同意啊！"边响摆出了一副经验老到的模样，"缘分又不能从天而降，你不主动去争取，那都是白搭。就说陆屿和秦嘉妍吧，要不是我费了老大劲儿牵线搭桥，现在还不知道在哪儿哭呢，你俩说是吧？"

陆屿默默翻了个白眼："那我还真得谢谢你。"

秦嘉妍夫唱妇随："同意！"

边响一通邀功得不到回应，只觉得郁闷，扭脸看向了许苓纭："许姐你呢？你以后什么打算啊？"

"我？"许苓纭摇了摇头，有些自嘲地笑了起来。

她对爱情原本满是憧憬，把最好的年华都奉献给了家庭和婚姻，最后却因为丈夫的背叛惨淡收场。如今好不容易才从婚姻的牢笼里逃出来，哪会让自己再轻易陷进去？

看她这个态度，边响不由得又是一顿劝："许姐，你之前是遇到过不好的人，经历了一些不顺心的事，但你不能因此就否定爱情。再怎么说，你还得养北城呢，有个知冷知热的人在身边帮把手不是挺好的？"

一直没怎么发表意见的陈涛也主动站进了劝说的队伍："许姐，边响这话说得没错，生活里这么多事，北城又还小，万一遇到个什么麻烦，靠你一个人怎么行？你要是觉得心里没谱，要不就比着方哥这样的找？像他这种脾气好，又顾家，还对北城好的男人，绝对能和你一起把日子过好的。"

听他越说越起劲，陆屿和秦嘉妍忍不住开始憋笑，直到边响狠狠地在他腿上踢了一脚，陈涛才骤然惊觉："许姐，我不是让你和方哥好，我就是说像他这样的人，真的挺不错的。"

"行了行了，我知道了！"在他越描越黑的解释里，许苓纭也忍不住笑了出来，"你方哥平时是给了你多少好处，让你这么夸他？看看他这脸，你再夸下去，他都得钻地洞了。"

她这全无芥蒂的坦然表现让陈涛不由得松了一口气。

方铭也跟着笑，心情却始终有点激荡难平。

晚餐结束，秦嘉妍主动拉上陆屿他们几个年轻人，做起了饭后的清理工作。盛情难却之下，许苓纭只能让出主战场，坐在客厅里看着他们几个年轻人来来去去地忙活着。

方铭站在旁边看了一阵，发现在秦嘉妍的分工下，一切都被安排得井井有条，不禁有些感叹："以前我还想着小秦那么娇滴滴的一个姑娘，和陆屿相处起来怕是不能长久。没想到她既懂事又能干，两个人还挺配。"

"那可不？"许苓纭剥了一个橙子递给他，"我第一眼见到秦嘉妍这姑娘就觉得不错，懂礼貌，性格也好，还是个很有主见的人。现在他俩在一起，应该也没什么要操心的，过一阵子应该就可以喝喜酒了。"

方铭把橙子接到手里，却没急着吃，翻来覆去地捏了一阵后，他才像是终于鼓起了勇气："那你呢？你刚才说的那些话，是认真的？"

许苓纭没反应过来："什么？"

"你说准备以后自己带北城，不再考虑结婚。"

"是吧……婚姻太麻烦了，吃过一次亏，就不想再折腾了。"许苓纭随口答着话，正准备剥下一个橙子，却像是忽然意识到了什么，动作微微一僵。

方铭没注意到她的反应,低头掰下一瓣橙子塞进嘴里,那微酸的味道让他的语气也变得有点不太自然:"如果你真的这么打算,那也挺好。以后如果遇到什么麻烦的话,别客气,随时来找我。"

中午一点的江记快餐店里,边响拿了两个餐盘,挑挑拣拣地把饭菜装好,又去冰柜拿了两听可乐,这才走回角落的那张餐桌旁,把餐盘和可乐往前一推:"喏,小师父,吃饭了!赶紧的!"

陈涛趴在桌子上,双眼微阖,像是身心俱疲之下正在打盹儿。

听到招呼声,他猛地起身,反应了好一阵,才像是清醒过来一样,赶紧把手机拿出来:"多少钱?我转给你。"

"得了吧,这点钱转来转去的多麻烦,就当我请你的。你要是觉得过意不去,明天请回来不就行了?"边响扒拉了两口饭,见陈涛始终丧着一张脸,没什么胃口的样子,忍不住抱怨道,"小师父,你说你们最近都怎么了?自打去许姐家聚餐后,一个个都很不对劲啊!"

最近这段时间,陈涛都在为堂弟那彩礼的事而烦恼着,根本无心八卦,听他这么一说,也琢磨出了些许不对劲。

距离许苓纭家的那次聚会已经过去了三四天,中午吃饭除了他和边响,其他人基本不见踪影。陆屿还好说,为了赚钱争分夺秒抢单子,耽误吃午饭也是常事,可方铭和许苓纭也像商量好了似的,没再一起出现过。

换作之前,他俩若是有点什么事,中午不和大家一起吃饭,都会在群里说一声,现在这样不声不响地各自行动,倒像是闹了别扭故意躲着对方。

"方哥和许姐该不会是吵架了吧?可是也没发生什么事啊,他们为啥生气?"

面对陈涛如此"不解风情",意欲讨论八卦的边响也没辙了,一声苦笑后,低头喝起了可乐。

方铭和许苓纭之间那点微妙的暧昧他早已觉察,只是中年人的关系不比他们这些小年轻,只靠单纯的喜欢和欣赏就能发展推进。边响自知插不上手,除了偶尔暗示几句,大多时候秉承着看破不说破的原则,任由他们自己发展。

不过,方、许二人的事他管不了,眼前这个小师父的事,他却不能袖手旁观。

自打那天在许苓纭家阳台接完电话后,陈涛的心情一直就不怎么好,这两天更是像丢了魂似的。边响暗中观察了几天,始终不得要领,借着眼前的机会,干脆直截了当地问了出来。

陈涛身边没几个朋友,遇到事情能开口求助的无非就是小群里的这几个同事。事发之后他前思后想了好几天,始终想不出什么解决办法。如今被人连哄带劝地这么一逼问,也有些扛不住了,犹豫了一阵,很快竹筒倒豆子般把烦心事倒了个干净。

边响家三代单传,他自小就被长辈们众星捧月般捧在手中,没有经历过亲戚间为了财产钩心斗角、相互压榨这些事。听陈涛说完,他只觉得不忿:"她儿子结婚是他们家的事,怎么还打上你和你爷爷的主意了?小师父,这事你不能管,今天你要是接了这茬,以后她家但凡有要花钱的事,可都得赖上你!"

陈涛明白他说得有道理,但也做不到他建议的那么洒脱。对方是他婶婶,每次过年回家,总是得见面打交道的,要是小光的婚事就这么黄了,大家以后还怎么相处?而且,虽说爷爷平时不和他们住在一起,但若是有个头痛脑热的进了医院,还得靠叔叔一家照顾,就冲这一点,他也做不到袖手旁观。

边响被他那糊里糊涂的逻辑搞得十分闹心,只能义务给他上上课。

首先,他叔叔也是他爷爷的亲生儿子,照顾爷爷给他养老送终,是对方应尽的义务。其次，作为孙子，陈涛虽然没有陪在爷爷身边，但是在外打工赚的钱几乎都寄回去了，不仅负担了爷爷的日常生活，还支援了叔叔一家，这已经很难能可贵了。最后，他自己都还没女朋友，堂弟结婚的事就更和他没关系，有余力的话出钱帮忙那是情分，在他自己都过得节衣缩食的情况下，先照顾好自己才是本分。

陈涛听懂了道理，却依旧愁容满面，只觉得面对婶婶，这些话无论如何也说不出口。

边响做完人生导师，自觉一番话说得在情在理、无懈可击，心中正是得意，见陈涛还是畏畏缩缩犹豫不决，干脆把手一勾："来，把你手机给我。"

陈涛不明就里，但还是把手机递了过去："干吗啊？"

"帮你写个备忘录，下次你婶婶再打电话过来，你就照着念。"

"神经……"见他真的开始在自己的手机上戳戳点点，陈涛赶紧把手机抢回来，"你说的这些我都记住了，等找个合适的机会，我会和她说的。"

当天下午，陈涛一直在琢磨怎么和婶婶好好沟通，不料到了黄昏时分，对方的电话先一步打过来了。

"陈涛你出息了啊？遇到事不想帮忙就算了，还学会找外人来数落我们了？你说你爸妈走了以后，什么事不是落在我和你叔叔头上？家里但凡有个什么事，哪一次你能在身边帮忙？现在好了，小光他要结婚，找你借点彩礼钱，你就搞得我们欺负你一样。我们怎么这么倒霉啊，遇上你这么个没良心的……"

电话里的女人连哭带骂，仿佛受了天大的委屈。

陈涛被她骂了半天，也没听出个所以然来，只能忍声吞气地听着，直到对方骂到没力气，才赶紧问："婶，你在说什么啊？什么叫找外人来数落你们啊？"

"你还不承认？"女人喘了口气，刚刚落下去的声音立马又提了起来，"我和你叔吃饭那阵，有个男的打电话来，说是你领导，知道了咱家现在的情况,来找我们谈谈。听他那说话的口气,歪理一套套的,还说因为我们找你要钱,你心情不好,让我们多体谅你一点!我们怎么就不体谅你了?卖房子分钱也没少算你的啊,这不是你自己不乐意吗?俗话说清官难断家务事,我们和你才是一家人,现在你找个外人掺和进来算什么事?"

听完这通抱怨,陈涛总算明白究竟发生了什么。

想来是边响见自己满心烦忧又犹豫不定,干脆冒充他领导亲自上阵试图解决问题。对此,陈涛只能低声下气地安抚对方,表示"领导"就是个热心肠的,出于对他的关心才会打这个电话。

婶婶却仍不依不饶:"他说什么我可以不往心里去,可是阿涛你得和我说清楚,你自己到底是个什么态度!我没指着找你要钱,但是小光要结婚,彩礼肯定是要出的。至于这笔钱怎么弄,你要是不帮忙,就别从中添堵!"

好不容易结束通话,陈涛只觉得心乱如麻,想要打个电话质问边响为什么要擅作主张联系自己的家里人,最终还是放弃了。

对方会做出这种事,毫无疑问是出于天真的善意,但他不会懂,对于自己这样的家庭,道理或者同理心根本解决不了问题。

满心焦虑之下,陈涛连送餐的心情都没有了,他站在街角一边思考着,一边下意识地点开了朋友圈。

他的好友构成非常简单,除了骑手同事,就是一些商家老板和因为各种机缘巧合添加的客户。对于那些客户,其他骑手一般处理完事情后都不会保留,可他偏偏舍不得删。仿佛只有这些人的存在才能证明他和这座城市的联系。

朋友圈一条条翻下去,有人晒着饭菜,有人晒着妻女,有人在和朋友小聚……工作时的汗水和尘埃被精心过滤之后,每一张照片都洋溢着幸福和温馨。

倘若在往日,他会毫不吝啬地一一给这些照片点赞,甚至会评论几句"好幸福""真羡慕"之类的话,可是此时此刻,他的眼睛却不由得被深深刺痛，眼泪也跟着流了下来。

重新上路奔忙之前，他紧咬着牙，擦干了泪水。

紧接着，他打开了自己的手机银行，把仅剩的两万块转进了婶婶的账户。

第十六章
工伤赔偿

晚上九点半,许苓纭把车子骑到小区门口,还没停稳,一道熟悉的身影忽然映入了她的眼帘。

"老方?你怎么在这儿?"

"你回来了啊。"方铭像是已经等了一阵,见她出现,赶紧迎了上去,"周末来你家的时候,不是发现厨房的下水管道特别堵吗?今天刚好豆豆去她奶奶那儿了,我也没什么事,就说来给你弄弄。"

厨房下水管道的堵塞问题,自打许苓纭住进来,就没消停过。为了解决这个问题,她花大价钱找过好几次修理工。可不知是修理工为了持续有生意可做,故意没把活弄好,还是管子本身有什么隐患,修理工治标不治本,没有找到问题的源头,每次弄好之后都是勉强通畅个几天,又会接着堵。

方铭帮忙做饭的那天,发现问题后随口过问了几句,没想到,他不仅把事情放在了心上,还把工具也带来了。见他一脸真诚,许苓纭也不好推托,把车子停好后,就带着他进了家门。

对于方铭的出现,乔北城诧异之余,显然也有些惊喜,正准备端茶倒水招呼一下客人,方铭已经把外套一脱,拿着工具进了厨房。

二十分钟后,在一阵"哗哗"的水流声中,方铭捶了捶腰,从地上起身,紧接着又拿起抹布,要把地上那些污水和废弃物处理干净。

许苓纭站在厨房门口,见他一直跪在地上,对着橱柜内部的下水管道敲敲打打，有心过去帮忙，却又不知道自己能做点什么。

正手足无措之际，忽然听他宣布修理完成，许苓纭不禁长吁了一口气，见对方还要继续忙碌，她赶紧伸手一挡："老方，你别忙活了，赶紧去客厅里坐着休息休息。"

方铭"嗯"了一声，手上的动作却没停，直到满地狼藉被清理干净，他才嘿声一笑，进了客厅。

乔北城早已给他泡好了茶，见他浑身是汗，脸上还多了几道不知道是什么东西蹭上的污渍，很快跑进洗手间拿来了一块洗好的毛巾。

方铭坐了几分钟，感觉休息得差不多了，拿起手机看了看，随即收拾好工具包站了起来："时间也不早了，你们早点休息，我就先走了。"

许苓纭见状，拿了件外套披在身上，送他下楼。

两人并肩下了楼，却一路无话，直到走到小区大门处，方铭指了指停在不远处的电动车："你别送了，我车子就在那儿。"

许苓纭闻言笑了笑，在他即将离开之前，还是忍不住叫了一声："老方！"

方铭一愣，赶紧把车子熄火："怎么了？还有事？"

许苓纭看着他，一时间却不知该如何开口。

活到三十多岁的年纪，一个男人对自己怀着怎样的心思，她不是看不懂。对于方铭一直以来的体贴和关心，她也不是不动心。可她毕竟刚结束一段失败的婚姻，身边还带着一个半大不小的儿子，要她这个时候重新建立一段关系，她只觉得压力重重。自觉无法给予对方回应，方铭的种种示好在她心中就成了一种负担，一方面担心对方失望，另一方面又害怕日后不好相处。

"今天真的谢谢你。不过以后我们家的事，你真的不用这么操心。这大晚上的，你忙活了这么久，最后连水都没喝一口，我真的很过意不去。"

"这有啥？之前陈涛、陆屿家有点什么事，我不也经常过去帮忙吗？有次帮着给陆屿家那间小杂物间刷墙，还干了一个通宵呢。"方铭从她欲言又止的表情里读懂了她的心事，"哈哈"笑了一阵后，坦然劝慰道，"许苓纭，不说别的，咱们怎么着也算是朋友吧？朋友之间互相帮个忙，真的不用那么在意。你再这么事事小心，凡事客气，大家以后抬头不见低头见的，还怎么相处？"

在他真诚的解释下，许苓纭只觉得释然："老方，你真是个好人。"

"别了，你怎么又开始给我发好人卡了？"方铭佯装悲催地捶了捶胸口，临走之际忍不住问道，"对了，明天中午一起吃饭吗？我看边响之前推荐的那家快餐店还不错，要不要去试试？"

"好啊，那一会儿我在群里约一下。"

"行，那我先走了，明天见。"

在电动车轻微的轰鸣声里，许苓纭站在原地，心情复杂地看着那辆小电动渐行渐远，逐渐消失在了夜色之中。

上午十点刚过，陆屿骑车来到长青小区门口。

找了个合适的位置把车停好后，他给秦嘉妍打了个电话："秦小姐是吗？你的外卖到了，你看是现在给你送上门呢，还是你一会儿到保安室来拿一下？"

秦嘉妍先是有些吃惊，随后很快"哧哧"笑了起来："到小区楼下了都不愿意送上楼，你们现在的服务这么差吗？"

陆屿跟着笑："这不是怕你爸妈来探病，我不方便上去吗？"

秦嘉妍夸张地叹了口气："巧了，知道我病了以后呢，我爸妈还真是一大早就过来了，现在一个在厨房里给我煲汤，一个坐在客厅里看电视。你要是觉得不好意思见他们，我也不勉强你，不过这么好的机会，你真的不考虑一下吗？"

对于见秦嘉妍的父母这件事，陆屿一直有些顾虑。

他和秦嘉妍的父亲秦刚在他上高中时曾有过数面之缘，印象中秦刚是个风度翩翩、正气儒雅的男性。和秦嘉妍正式交往后，他从边响口中得知，秦刚对于女儿的那些富二代追求者并不感冒，一心想撮合她和自己的某位得意门生。

对于他们这样的高知家庭而言，身价财富或许不是评判一个人的全部标准，但作为父母，肯定希望女儿找一个家世匹配，有一定社会地位，受人尊敬，并能带来安全感的恋人。

不久前，秦嘉妍在朋友圈晒亲密合影官宣了他们的关系，陆屿曾旁敲侧击地询问过她父母的态度，对方却只是轻描淡写地表示了一句"他们觉得你很帅"，就没再说过什么。对于两位长辈是否知道他当下的处境，是否因此而心怀芥蒂，甚至是否因此和女儿有过争执，秦嘉妍不曾提起，陆屿也没有多问。

但他内心深处的忐忑，并未因这看似风平浪静的表象而就此消融。

既然迟早得见面，索性择日不如撞日。既然今天已经来到楼下，就更没有半途退缩的道理。

按响门铃后，前来开门的是一位气质优雅的中年女性。

意识到他的身份后，对方有点吃惊："你是来送外卖的？"

"是的，阿姨。"

"可是家里没人点外卖啊！"女人一边念叨着，一边回头确认道，"老秦，嘉妍，你俩谁点外卖了？"

"没人点，这是爱心定制服务。"只见秦嘉妍笑盈盈地探了个头出来，伸手把他手里的保温箱一接，"爸，妈，给你们正式介绍一下，这是陆屿，我男朋友。"

坐在沙发上看电视的秦刚听到"男朋友"三个字，很快扭了扭头，表情看上去有点错愕。

面面相觑之间，还是秦母俞新兰先一步反应过来，把他让进了屋。

进屋后，陆屿在秦父斜对面的沙发上坐下，客客气气地打了个招呼。

秦刚已经从惊讶的状态中平复下来，朝他上下打量了一阵，主动寒暄道："小陆是吧？我们之前是不是见过？"

当初江雪萍住院时，陆屿作为病人家属，和秦刚匆匆打过几次照面，只是对方身为一院之长，见过的病人及家属不计其数，能对自己留有印象，大概也是托了秦嘉妍的福。

江雪萍出院后，他原本想携礼登门致谢，但秦嘉妍总以他工作繁忙为借口，一直拖着。陆屿拿不准对方此举是不希望他破费，还是不想太早把他介绍给父母，几经耽误之后，也就没再坚持。眼下骤然登门，他却两手空空什么也没准备，尴尬之下，只能一边点头称是，一边连连道谢。

秦刚却不以为意，反而像是想起了什么："除了医院那次，你上高中时我们应该也见过，就是你和嘉妍一起参加数学竞赛获奖那次，我也去了，你领完奖下台后，咱们还聊了几句呢。"

说起往事，秦刚似乎有些感慨，他这温和的态度，让陆屿从进门起就紧张的情绪放松了不少。

寒暄之间，俞新兰把茶水端了上来，陆屿还没来得及喝，秦嘉妍已经姿态亲密地往他身边一坐："你这大早上的不干活，都给我送什么来了啊？"

"早上不算忙，来看看你的时间还是有的。"

陆屿一边解释，一边打开了保温箱。食物、饮料、药品之类的东西塞了一箱子，里面甚至还有两个暖贴。

这种无声的体贴让俞新兰有点感动，和丈夫交换了一个眼神后，主动表示让他留下来一起吃午饭。

虽然机会难得，但陆屿仍惦记着手上的工作，谢过对方的好意后，对秦嘉妍轻声交代道："你好好在家休息，有什么事随时联系我。"

秦嘉妍含笑点头，顺手塞了块巧克力在他口袋里："知道啦，你好好工作！这个奖励给你，一会儿饿了吃。"

她这坦然无畏的亲昵态度让陆屿不由自主地脸颊发烫，又想到她这是故意在父母面前秀恩爱，觉得有点感动。

正要起身告辞，秦刚跟着站了起来："既然小陆有事要忙，我们就不留你吃饭了。正好我有点东西要买，咱们一起下楼。"

下午一点半，陈涛一边啃着包子，一边往客户那里赶。

虽然边响早早就点好了单，一个劲儿在群里催他赶紧过去吃饭，他却装作没看见一样，一条消息都没回。自打边响那自以为是的做派引发了婶婶的哭闹后，陈涛就开始避免和他见面，以免对方觉察到自己的沮丧，再次好心办坏事。

与此同时，他也做好了决定。爷爷的房子是坚决不能卖的，那么小光结婚彩礼的事就还是落在了他头上。虽然他一次性拿不出那么多钱，但只要隔段时间给一点，让婶婶那边的心思有个着落，他们也就不至于再去打爷爷房子的主意。

事实证明，这样的做法暂时安抚住了对方的情绪。那两万块打过去以后，婶婶整整消停了一个星期，再打电话来的时候，口气也缓和了不少。

虽然对方口口声声说"体谅他的难处"，也表示"为了不给他添麻烦，婚期考虑往后拖一拖"，但陈涛心里明白，自己既然松了口，彩礼的事就已经成了他的事，早晚都得解决。

有了这个认知后，陈涛开始积极加班，平日里用来午休的时间，他也会抱着能赚一笔是一笔的心态，开着系统接单。

眼下他送餐的目的地是北江市一个知名高档小区，那里居住的都是身价千万的有钱人，门禁安保相当严格。他好不容易应付完保安的盘问，一路来到客户家，按响门铃。

门铃"叮咚"响了一阵，一个身材微胖的女人开了门。

还没等陈涛开口，女人满是嫌恶地问道："你是干吗的？"

送外卖这些年，脾气奇怪的客户陈涛见过不少，所以他也没计较，赔笑解释道:"我来送外卖的。"

"送外卖?"女人抓过订单,对着上面的订餐信息看了两眼,随即把外卖一抢,像吃了火药般"咚"的一声把门砸上了。

虽然不明白对方是心情不好,还是自己哪里得罪了她,但餐点总算是顺利送到了客户手中。下楼后,他正准备关闭接单系统,找个地方休息一下,一个陌生号码忽然打了进来。

"你他妈是不是看不懂人话?脑子有病就赶紧去治啊!干啥啥不行像个废物一样,你妈是怎么把你生出来的?"

电话刚一接起,一阵愤怒的咒骂随即在耳边炸响,虽然刻意压低了声音,但很显然电话那头是个正值青春期的少年。

陈涛莫名其妙挨了一顿骂,愣了好一阵才反问道:"你是谁啊?是不是打错电话了?"

"打错电话了?你刚才给锦绣佳苑三栋送过外卖吧?"

"是啊,怎么了?"

"怎么了?我他妈骂的就是你!"电话那头的人咬牙切齿道,"我都再三交代了,外卖到了放门外,然后给我发个短信就行,千万别按门铃也别打电话,不然会惊动我妈。结果呢,你他妈是瞎了吗?现在好了,我外卖没吃成,还被我妈骂了一顿!被你这么个废物拖累,我究竟是倒了什么霉?"

陈涛茫茫然听到这里,大概反应过来是怎么回事了。

印象里,他在送餐之前是收到了一条客户发来的信息,但因为同时接了个催单的电话,解释了老半天,挂了电话后就没再想起去看看那条信息说了什么。

虽然是他失误在先,但对方这样的侮辱实在难以忍受。

在对方的阵阵谩骂声中,陈涛喃喃申辩道:"对不起,没有看到你的提醒是我的问题,我向你道歉。但是你也不用骂得这么难听吧?大家都是人,应该互相尊重……"

"尊重?你也配?"对方冷笑了一声,骂得更加难听了,"你们这种送外卖的就是城市垃圾,早就该滚出北江市了。你们留在这儿只会污染环境,影响我们的市容市貌!像你们这样的蠢货就该滚回老家去,别在这儿丢人现眼,看到你们这些贱种每天在城市里晃来晃去,我就觉得讨厌!恶心!"

说完,对方挂了电话。陈涛呆立当场,如坠冰窟般浑身颤抖着,就连眼泪是什么时候掉下来的都不知道。

等他终于恢复了神志,擦干了脸上的泪水,愤然回拨电话想要和对方说理时,却发现对方已然关机。

经过这么一耽误,尚未关闭的工作系统"嘀"的一声响,又一个订单被推送进来。

气怒交加之下,陈涛原本想把订单拒掉,然而一想到堂弟那还没凑齐的彩礼钱,还是忍气吞声重新骑上了车。好不容易到了取餐点,一心赶着午休的小伙计也没给他什么好脸色,马马虎虎地把餐点做好,连打包盒的盖子都没盖严实,就把东西朝他面前一扔。

五人小群里,边响像在进行现场直播,美食的照片发了一张又一张,仿佛一种无声的催促。

发了一阵后,他干脆指名道姓道:"@陈涛 小师父,你究竟到哪儿了?不方便打字就说句话呗,再不来我可把你那份吃了。"

陈涛不敢接话,担心自己一开腔就会忍不住号啕大哭。

在这座城市里打工谋生,他遭遇过无数漠视、冷眼,再怎么委屈,他都会告诉自己,人生处处有坎坷,忍忍就过去了。

但眼下,他第一次体会到了濒临崩溃的感觉。

满心烦乱下,陈涛努力振作了一下精神,把餐品打包好后,打开了工作台自带的导航系统。虽然送货地址他并不陌生,但此时此刻他身心俱疲,分不出半点精力规划路线。

伴着机械而冰冷的语音提示,他拧动油门,开始在熟悉的道路上飞驰。

扑面而来的秋风带着夏日的余温,重重地拍打在他脸上,残留的泪痕很快被吹干，然而心中的委屈、不甘、烦闷和痛苦却像是被越吹越乱，陈涛下意识地拧紧油门，一路疾驰。

十几分钟后，在导航的提示下，陈涛拧过车头，在一个丁字路口左转。

左转之前，看着熟悉的街道，他隐约感觉自己似乎是逆行上了某条单行道，然而系统导航还在字正腔圆地提示着："左转后直行八百米，即将到达目的地……"

陈涛犹豫地看了看时间，距离单子的预计送达时间只剩下不到五分钟。如果这时掉头重新绕路的话，单子肯定会超时。

主意尚未打定，一阵尖厉的喇叭声忽然自身前响起。

紧接着，迎面而来的那辆小轿车车窗降下，车主恼怒地探出头："你他妈不要命了？这是单行道不知道啊？一天到晚瞎闯什么？"

陈涛被骤然响起的刺耳喇叭声震得浑身一哆嗦，着急避让之下，车头一歪，连人带车摔进了道路旁的一个土坑中。

车主见出了事，一时间也有点吃惊，将车停下后，将头探出窗外骂骂咧咧地问道："你没事吧？摔到哪儿没有？"

陈涛摇了摇头，心里惦记着那份还未送达的餐点。刚想起身把车扶起来，一阵钻心的疼痛自小腿处传来，让他立马跌坐了回去。

见此情形，原本准备再教训他两句的车主脸色也变了，赶紧下车，紧张地站在土坑边："喂，你怎么了？这儿有监控，刚才可是你自己摔下去的，我可没碰到你啊！"

陈涛暗中使了使劲，只觉得腿部的痛感越发强烈。他无奈地哀求道："大哥，我知道你没碰到我……但是我腿不能走了，估计得去趟医院才行……能不能麻烦你帮我打个车？"

陈涛受伤进医院的事，原本不想惊动同事们。毕竟干外卖骑手的，谁没伤过？过去他为了抢时间，擦碰、翻车引发的大大小小的伤就没断过。只要没有伤筋动骨，靠云南白药气雾剂和跌打膏，凑合着就能把那点伤给熬过去。

为了省钱省时间,他主动进医院的次数屈指可数,就算真的严重到了要就医的程度,大多时候也是独来独往,生怕麻烦到别人。

所以中途边响打来电话时,陈涛没有接听,就想着等一切处理好后,依照伤势的轻重再编个合适的理由。然而当他从出租车上下来,连从医院大门口走到急诊大楼都做不到时,他才终于意识到了事情的严重性。

想着自己就算真的能勉强单腿蹦过去,接下来的排队、缴费、问诊、拿药等每件事都需要爬上爬下,陈涛不敢再逞能了,当边响的电话再一次打来时,终于委委屈屈地道出了实情。

边响原本因为他半天不回消息憋了一肚子的气,好不容易打通电话,正准备抱怨一通,结果刚听了没几句,立马就急了。

"摔坑里了?那你现在怎么样了?人在哪儿啊?"

"你现在还管什么单子啊,单子的事我去找老邓,你先把自己管好行吗?"

"已经去医院了啊?哪家医院?发个定位给我,我现在就过去!"

好不容易从陈涛那不着重点的陈述中问明情况,边响很快打了辆车直奔目的地。结果人还没下车,远远就看到陈涛耷拉着脑袋,坐在医院门口花坛旁的石凳上。

边响赶紧跑过去,气急败坏地想把他抓起来。然而使了半天劲,边响也没将他抓起来。陈涛紧张地抓紧了他的衣角:"边响,你估计得扶我一下。我都休息半天了,可这腿还是疼得没法走……"

边响心下一沉,叮嘱道:"那你别走了,在这儿等着,我去给你弄个轮椅过来!"

等小群里的其他人收到边响的消息,先后赶到医院时,陈涛已经拿到了医院的诊断报告,正对着报告上"胫骨骨折"几个大字发怔,也不知道在想些什么。

见熟人出现,边响赶紧上前搬救兵:"方哥,许姐,你俩赶紧给劝劝吧，这可是骨折欸！多大的事啊！可小师父一直巴巴地问医生，不住院可不可以，能不能开点药自己在家里敷，你说他那脑子到底在想什么？"

方铭知道陈涛的顾虑所在，好言好语地劝道："既然骨折了，陈涛你还是听医生的，赶紧先住院吧。早点养好了，才能早点回归工作岗位不是？至于钱的问题，你是在工作过程中受的伤，是可以申请工伤赔偿的，我们先帮你垫付，等赔偿下来了，你再还就成。"

听到"工伤赔偿"四个字，陈涛的情绪终于缓和了一些："那能赔多少啊？"

对于赔偿的具体数字，大家心里都没谱，还没想好该怎么回答，许苓纭已经应声表示："我以前实习的那个律师事务所办过几个这样的案子，对方也是工作中受的伤，导致十级伤残，最后赔了十多万。十级伤残是工伤里最轻的一档，你可以参考参考，而且那都是很多年前的事了。像你这种情况，住院费全部报销，应该没什么问题。"

有理有据的一席话说下来，陈涛显然信服了不少，其他人趁热打铁跟着一劝，住院的事情终于就这么定下来了。

住院手续办完没多久，秦嘉妍也匆匆赶到了医院。

了解到陈涛已经顺利办理了住院手续，无须她再帮忙后，她的注意力很快转移到了陆屿身上。

听她问起上午秦刚送自己下楼时两人谈话的内容，陆屿笑而不语，摆明了是要卖关子。情急之下，秦嘉妍不禁提醒道："陆屿，我们之前可是说好的，咱俩的事自己处理，你可不能因为我爸说了点什么，就自己瞎琢磨。"

见她像是真的急了，陆屿这才慢悠悠地解释道："你爸没说什么，就是问我有没有想过换个工作。如果我愿意的话,可以在医院里给我找个事做,虽然没有编制,但也还比较稳定,不用风里来雨里去的那么辛苦。"

"那你怎么回答的?"

"我拒绝了。"

"我就知道……"

"你就不问问是为什么?"

卖了半天关子,秦嘉妍却表现出了一副不出所料的模样,陆屿这下真是有点吃惊了。

秦刚主动提出帮他换工作,其实也算是对他"准女婿"身份的一种变相认可。虽然以他目前的处境而言,他和秦嘉妍之间的差距不小,但他高中时期的表现,应该是给秦刚留下了聪明好学、积极上进的印象。

为了让女儿未来的生活幸福安稳,秦刚愿意用自己的资源人脉帮他铺设一条稳定且体面的职业道路。对于秦刚的善意,他心存感激,但细细想来,他没有医科方面的专业背景,就算借着关系进了医院,也只能干行政、后勤方面的活儿,专业不对口,收入估计也不会比现在好。

更重要的是,他生来就怕欠人情,靠准岳父的面子混工作,他只会觉得别扭、憋屈。

对于他的决定,秦嘉妍并没表现出任何不高兴,仿佛只要他愿意,做什么工作她都会无条件支持。但陆屿心里很清楚,秦刚身为一家医院的院长,女儿找了个送外卖的男朋友,要说一点顾虑都没有,显然不可能。而且即便不谈收入和社会地位,就陈涛这么个活生生的例子摆在眼前,光是安全问题,就足够让对方担心。

干他们这一行,虽然可以趁着年轻熬夜加班赚点钱,但终究不是长久之计,所以陆屿早就在工作之余开始自修课程,为以后转行做准备。只是他向来脚踏实地,在一切尘埃落定之前,并不想无端给旁人画饼。

所以最后,他也只是迎着秦嘉妍理解和鼓励的目光,将她轻轻拥进了怀里。

在院方的特别照顾和同事们的关心下,陈涛住院期间一切顺利。

边响心疼自己的小师父,憋着劲儿薅自家餐厅的羊毛,每天换着花样给他送营养品。

虽然情况日渐好转,体重也增加了不少,但陈涛始终情绪低落,像是遭遇了什么严重打击。

众人只当他还在操心医疗费用的事,免不了好言好语地一通安慰,直到某天边响来送饭时无意间听到了陈涛和他婶婶的电话,才骤然明白是什么让对方在病中也不得安宁。

当天从病房出来后,边响实在气不过,忍了一阵没忍住,又给陈涛婶婶拨去了电话。只是比起上一次他假装领导,又是讲人情又是说道理的耐心态度,这次他明显暴躁了些。

自打收到陈涛转的两万块后,婶婶其实已经消停了不少,但为了保证"分期付款"能及时到位,她时不时还会打着问候的旗号来提点几句。

骤然接到边响的电话,她最初只觉得恼火,口口声声强调"我们老陈家的事,关你一个外人什么事",等到边响把陈涛骨折住院的事一说,婶婶那边立马急了。

"你说什么?阿涛他住院了?具体是个什么情况啊,有赔偿吗?"

虽然接触不多,但两次电话打下来,边响大概也明白了对方的为人,见她一心惦记着赔偿,便阴阳怪气道:"阿姨,陈涛受伤这事是自己倒霉,怨不得别人,所以住院费、营养费什么的,也只能自己掏腰包。不过你也说了,你和陈涛是一家人,一直把他当自己的亲儿子。那现在这亲儿子住院了,身边也没个人照顾,住院费还是我们几个同事垫的,你看你那边是出个人还是出点钱,也尽尽你们做长辈的责任不是?"

听他提到钱,电话那头彻底噎住了,支吾了几句"我和他叔商量商量",就此没了声响。

对方这唯恐避之不及的态度本就在边响的意料之中,他内心虽然不齿,但能由此暂停对陈涛的骚扰,也总算是让他松了一口气。

两周之后,陈涛出了院,开始在家休养。方铭和许苓纭拿着他住院期间的费用单据找到了邓饶,希望对方能够帮忙和企业方沟通,尽早解决陈涛工伤赔偿的事宜。

让他们没想到的是,邓饶只看了眼那些单据,就立马摇头表示,他日常联系的只是天瑞餐饮的人,他们不会管这件事,陈涛的赔偿问题,只能找平台方鲜城汇解决。

方铭闻言一阵蒙:"那不对啊!咱们的劳动合同不是和北江天瑞新餐饮管理有限公司签的吗?既然合同这么签,那天瑞不就是咱们的雇主吗?"

"合同是合同,实际情况又是另外一回事嘛。"邓饶显然在处理这种事情上有一定的经验,当即详细解释起来,"天瑞虽然是和你们签了合同,但本质上来说,它是一家服务外包公司,在它上面还有好几层配送商呢……无论这活儿怎么转包,归根到底你们还是在为鲜城汇干活,外人也只会说你们是鲜城汇的员工。所以要找公司担事的话,找鲜城汇这种大公司,肯定比找天瑞靠谱不是?"

邓饶这一番话听下来,方铭不禁觉得有些犯迷糊。他总觉得哪里不太对劲,可是一时之间又想不出个所以然来。

无奈之下,他只能先找许苓纭商量。

所幸许苓纭在律师事务所待过一段时间,对于劳动仲裁有所了解。在她的建议下,他们决定先整理一下陈涛的收入流水和个税情况,弄清楚具体的劳动归属问题。

只是谁也没有想到,所有信息汇集起来后,结果却让他们越发困惑。

从工作系统上看,陈涛所在的配送站点和合同显示的一样,属于北江天瑞新餐饮管理有限公司，他的银行流水记录却显示，每个月给他发工资的是一家叫太荣的企业。

等他们开始查看陈涛个税 App 上的资料时，情况变得更加复杂起来。

从相关信息来看，每个月都有两到三家公司给陈涛缴纳个人所得税，而这几家公司的名字，他们从未听说过。

在方铭的认知里，对员工进行管理，给员工发放工资、缴纳个税和社保的应该是同一家公司，如果有特殊情况，也是企业通过第三方给身在外地的员工进行社保的代缴，如今这样的情形，他不仅见所未见，而且闻所未闻。

许苓纭显然比他先一步意识到了问题的严重性，信息整理完没多久，就拖着他再次找到了邓饶。

"老邓，你在站子工作了这么久，陈涛这样的情况应该不是第一次碰到吧？之前那些遇到工伤或者需要走保险赔偿的员工，都是怎么处理的？"

"能怎么处理啊？不都是在各个公司踢皮球的过程中认命，闹上一阵后没什么结果，最后回老家了吗？"

邓饶深深叹了口气，脸上露出了一点兔死狐悲的同情。

陈涛这事在外卖骑手中不算罕见，之前就有个他招进来的小年轻因为雨天赶时间，把一双腿给弄瘸了，不依不饶地找上面闹过赔偿。小年轻在北江市申请了劳动仲裁，法院确认了他和天瑞餐饮之间存在劳动关系，他以为自己可以顺利申请工伤认定，拿到工伤赔偿，没想到不久之后，天瑞餐饮返回了注册地南庆市，在当地法院提起了一审。

这一次，小年轻的运气不再那么好，在南庆市的一审二审都遭遇了败诉。就在陈涛住院那阵子，邓饶还特地打电话给他询问情况，结果对方表示，截至目前还没结果，就连最基本的劳动关系也没有得到确认。

正是因为这一桩桩劳心劳力却没有结果的官司，邓饶平时总是叮嘱大家路上小心点，一切以安全为重。因为一旦涉及工伤、保险、赔偿，那真不是这些背井离乡的小年轻能轻易解决的。所以在他看来，陈涛的事如果一定要办，与其找天瑞，不如直接找鲜城汇问责。毕竟鲜城汇是大公司，有钱有实力不说，也很在意对外口碑和形象，如果能多找几家媒体闹上一闹，说不定会有结果，比起花钱花精力和天瑞打官司，那可划算多了。

邓饶的一番话说得掏心掏肺，也是和陈涛共事几年有了点感情，不忍心看他劳碌奔波，最后失望无果。

但这样的结果并不是方铭和许苓纭想要的。

从邓饶的办公室出来后，许苓纭一直紧握着那沓资料，始终没有说话。

方铭和她并肩走了一阵，忍不住问：“陈涛这事，你怎么想？”

许苓纭"嗯"了一声，声音缓慢而坚定："我明白老邓的意思，但我不认为闹事撒泼或者用舆论逼迫是好的解决方案，因为陈涛这事不是个案，从现在的情形来看，我们这些做外卖骑手的，其实都面临同样的问题。"

"所以你的意思是……"

"我的意思是，这官司得打！因为它的意义不仅在于陈涛，更在于我们所有人。"许苓纭重重吁了一口气，像是下定了决心，"至于究竟该怎么打，我得去找个人咨询一下，他在劳动仲裁方面很有经验，想来应该可以给到我们帮助。"

许苓纭打算咨询的对象叫黎万江，是她在盈江律师事务所实习时的直属领导，事业发展至今，已经成了这间律师事务所的合伙人。

当年，对于自己看好的员工为了家庭而放弃工作的做法，黎万江觉得十分遗憾，在她提出离职后，还曾苦口婆心地和她进行过好几次长谈，试图留人。只是当时的许苓纭被各种家庭琐事折磨得焦头烂额，分身乏术，哪怕心里再不舍，也只能含泪谢绝对方的好意。

所幸黎万江性格大度，即便和许苓纭再无共事的缘分，依旧保留着对方的联系方式，逢年过节，祝福也从没忽略掉她这一份。感念昔日领导的厚爱，许苓纭这些年也找过不少机会登门拜访，从徐菲那儿得知对方一路高升的喜讯时，也是毫不吝啬地道喜祝贺。

有了这段交情打底，许苓纭在找他帮忙前没做太多铺垫，直接用一顿晚饭就把人给约出来了。

黎万江本就是个热心肠，又颇怀侠义之心，这些年来功成名就的同时，常常帮助弱势群体。电话里听许苓纭介绍完陈涛的家庭情况，他就明确表态愿意帮忙，等两人见了面，他认真看完材料，表情却变得严肃起来。

许苓纭对他的行事作风有所了解，如果不是棘手的案子，他不会表现得如此凝重。见他看完材料后一言不发，全然不是刚坐上饭桌时那谈笑风生的模样，她的一颗心不禁沉了沉："黎总，这事是不是挺难办的？还是说费用方面，对陈涛来说有难度？"

黎万江摆了摆手："费用方面倒不是重点，不过这事的确挺麻烦的。关于外卖骑手的劳动仲裁问题，陈涛的案子不是孤例，在此之前，我也和业界同僚有过探讨，但结论不容乐观……"

对方身为业界大牛，又在劳动仲裁案方面有丰富的经验，如今这样表态，显然事情比他们之前预想的要棘手得多。

焦虑之下，许苓纭还想再说点什么，一直安静坐着的方铭轻轻在她手背上拍了拍，示意她少安毋躁，然后礼貌地问道："黎总，这个官司的难点具体在哪里，您可以和我们说说吗？我俩和陈涛都是同事，知道问题在哪里了，才好进一步给您提供资料。"

所谓的难点，其实主要集中在骑手和外卖平台的关系上。

过去，外卖平台还没有介入的时候，遇到需要送餐的情况，通常是商家直接雇用外卖骑手，所以那时的劳动关系非常简单，你雇用我，我就是你的员工，但凡发生点什么事，商家就得负起相应的责任。

到了二〇〇八年外卖平台出现以后，情况就有了变化。一开始，外卖平台直接或通过劳务派遣公司和骑手建立劳动关系，这种情况下，用工方式也简单合规。但是随着外卖行业市场规模不断扩大，配送商、众包服务公司和灵活用工平台等开始介入这个用工系统，层层外包和分包情况下，劳动关系就被打碎了。

以陈涛为例，他所服务的公司、签合同的公司、发工资的公司、缴纳个税和五险一金的公司都不尽相同，这些公司某种程度上都参与了他的劳动管理。它们和转包公司一起，形成了一道道防火墙，这就大大增加了陈涛打官司的难度。

方铭自毕业以来，工作过的都是劳工关系健全的大公司，除了偶尔抱怨加班严重，涉嫌违反劳动法，正常的劳动关系方面的事从未让他操过心。如今被黎万江深入浅出地一通扫盲，他只觉得满心麻乱："那按照这种情况，陈涛工伤赔偿的事，就彻底没着落了吗？"

"那倒也不至于，就像我之前说的，现在有那么多外卖骑手，他的情况不是孤例。你们给我点时间，我回去再研究一下，有什么想法再和你们沟通。"

方铭和许苓纭也知道心急吃不了热豆腐，情况错综复杂，只能靠专业力量解决。那天之后，许苓纭没再给黎万江打电话，只是一边和同事们一起照顾陈涛，一边耐心等待着。

相较于方铭和许苓纭虽然急切，但知道有专业力量介入后还算平和的心境，陈涛则要显得焦虑得多。

虽然所谓的工伤赔偿在一定程度给予了他安抚，但这笔赔偿究竟能不能到，什么时候到，能给多少，始终是个未知数。觉察到他的焦虑后，边响曾安慰过他，明确表示如果赔偿下不来，他垫付的那些住院医疗费用也就不用还了，就当他这个做徒弟的孝敬小师父的。然而这些安慰不仅没能让陈涛感觉轻松，反而让他更加压力重重。

所谓的保险、赔偿对陈涛而言，都是太遥远的事，在他过去二十多年的人生经验里，只在电视和报纸上见过。对他而言，这些东西是有钱有身份的城里人的专属福利，像他这样的底层劳动者，根本无力争取，也无法享受。

更何况，他连索赔的流程都不知道该怎么走。

许苓纭和方铭从他这里要走了一些资料，并表示会帮他打这场官司，陈涛的内心也曾燃起过希望。可是随着日子一天天过去，他的腿伤几乎都快痊愈了，所谓的官司却依旧没有任何动静，这让他满怀期待的那颗心也一点点地冷了下来。

某天下班后，边响特地拎了一堆吃的上门探望，闲聊了一阵后正准备把打包过来的银耳花胶鸡汤热一热，却发现原本放在床头柜上那个陈涛以往用来煮泡面的小锅子不见了。

边响只当他是在医院住了一阵，没怎么收拾屋子，于是耐着性子找了一番。然而十几分钟找下来，他却惊觉，除了那个锅子，冬天用来取暖的小太阳、平时消遣听的那台老式收音机，都没了踪影。

边响这一惊非同小可，立马就要打电话报警，看看是否有窃贼进宿舍偷了东西。

陈涛却一脸的不在意："你别忙活了，那些东西我送人了。"

"送人？为啥啊？准备换新的？可那个锅子你不是才买不久吗？"

"不是。我准备走了，想着那些东西也不方便带，干脆送人了。"

"要走？去哪儿？"边响只当他是想跳槽，"北江市外卖生意做得最好的也就是鲜城汇了吧，还是说，你不打算干外卖了？"

"都不是。"陈涛垂下了眼睛，"边响，我打算回老家了。"

回老家的念头并不是第一次在陈涛脑海里萌生，但从未有哪一次像现在这般强烈。

和边响这种从小在这座城市里长大的人不一样，作为一个外来打工者，他在这里没有房子、没有户口、没有亲戚，也没有归属。他要花很大的力气才能留在这里,才能有机会和边响这种含着金钥匙长大的同龄人一样,逛同一个超市,去同一家餐厅。

有时候他送餐路过中心区,看着一座座高楼耸立,又壮观又气派,那是他在家乡永远看不到的风景。可那又怎样呢?这里一切再好,他再喜欢,也和他没关系。

边响被他这副生无可恋的样子吓到,像是怕他立马就走,紧紧抓住了他的袖子:"北江市政府都说了,来了就是北江人,无论是出生在这儿的,还是外地来打工的,只要在这儿工作,都是在为北江做贡献啊!而且即使你在这儿没房子没亲戚,你还有我们这些朋友啊,你真的舍得就这样走啊?"

"朋友"两个字一出,陈涛瞬间动容,但他还是摇了摇头。

能够认识边响,认识站子里那些同事,是他的幸运,可他也始终记得受伤那天来自客户的那些侮辱和谩骂,这让他清晰地认识到,在这座城市里,自己其实是不受欢迎的。

所以这些日子里,他一直睡不着,辗转反侧间,反复思考自己留在这里的意义是什么。在这座城市打拼了三四年,他没能存下什么钱,家里有困难也帮不上多少,到头来受伤住院还得麻烦同事们。

如果赖着不走,坚持留在这儿,他肯定饿不死,可生活也不会有什么本质性的改变。与其看不到希望,一天天地混下去,不如早点回去,还可以照顾一下年迈的爷爷。

陈涛为什么会做出回家的决定,边响不是不懂,所以他也很清楚,再多的劝慰也平复不了对方此刻的沮丧和失落。

沉默了好一阵,他勉强挤了个笑脸:"方哥和许姐那边还在问工伤赔偿的事,结果咋样还不一定呢,钱的事你就别操心了。就是你回家这件事,能不能再考虑一下?这里一定有值得你留恋的人和事,或许再坚持一下,以后一切都会好起来呢?"

"或许吧……"

陈涛无声地笑了笑,像是忽然想起什么,他站起身来,一瘸一拐地走到窗前，推开窗子。窗户下，一只瘦小的流浪猫蹲在那儿，听见动静，"喵喵"地叫了起来。

陈涛拿了个小碗，抓了几块肉放进去，朝它招了招手。小猫闻到食物的味道，用力一跳，来到他眼皮子底下开始大快朵颐。

陈涛看了一阵，慢慢抬起眼睛。

一窗之隔，那灰扑扑的水泥路，陈旧的路灯，枝丫稀疏的树木，都是他平日里早已看习惯了的，然而这一刻，这些琐碎而平常的画面却让他倍感留恋，像是怎么也看不够似的。

这座城市如此繁华，那些摆放在高级商场里的奢侈品，随便一件可能都抵得上他一年的工资。他日夜穿梭其间，无数的灯红酒绿让他大开眼界，让他在回到老家的时候有无数的谈资，仿佛自己也是其中的一员，但梦醒之后，一切都是海市蜃楼，所有的美好都只属于别人。

他就像眼前这只讨食的小野猫一样，就算某天消失了，大概也不会有多少人会察觉，会惦记，会留恋。

心绪起伏间，边响不知什么时候来到了他身边："小师父，如果你真的已经决定了，那我也就不劝了。但你什么时候走，总得告诉我一声吧……再怎么说我也是你带出来的，你要是就这么偷偷摸摸走了，我会很难过的。"

"大概……下周吧。"陈涛轻轻吁了口气，忍不住提醒道，"不过这事你先别告诉方哥他们，我想自己去和他们说。"

"没问题。"边响点了点头，继续问，"那小师父你走之前，还有什么想做的事吗？"

"之前好像有不少，如今真的要走了，一下子又想不到什么特别的了。"

"既然这样，要不咱们去趟欢乐谷吧？"边响热切地看着他，像是已经打定了主意，"你之前不是念叨过好几次，说你来了这么久，一直想去看看吗？你走之前留一天给我，咱俩过去好好玩一趟！"

第十七章
面试风波

就在陈涛下定决心要离开北江市的同时，黎万江也终于做好了一系列准备工作，再次联系了方铭和许苓纭，然而见面之后没多久，原本满怀期待的方、许二人都变得忧心忡忡。

从黎万江所取得的调研数据来看，有些法院对平台经济持支持态度，推崇灵活用工，因此倾向于不认定骑手的劳动关系，而另外一些法院则觉得需要穿透表面上的法律安排去保护劳动者，认定劳动关系，让他们享受劳动法的一切权利保障。

简而言之，各地法院不仅对于骑手劳动关系的认定差异巨大，对于用工平台的认识、态度和立场更是千差万别。选择法院的那一刻，几乎就注定了骑手最后的命运。

官司上的事一旦涉及运气，就意味着充满了不确定性，尤其是对于陈涛这样一个既无财力也无人脉的普通打工人而言，是否能投入那么多时间和精力去赌一个未知的结果，作为旁人，实在是无权越俎代庖替他做决定。

饶是黎万江经验再丰富，也无法确定这场官司的胜算能有多少，因此照他的意思，这件事和方、许二人没有直接关系，既然前途未卜，大可不必耗费过多的时间、精力。

许苓纭明白对方是冲着他们之间的交情才会实话实说，但陈涛不仅是他们的同事，也是交情不错的朋友。如果他们不管，对方就只能吃闷头亏。而且这种事今天是落在了陈涛身上，明天保不准就是自己，如果能争取到一个结果，对于外卖行业的从业人员都将有积极的意义。

方、许二人的坚定态度激发了黎万江的战斗欲，他再次寻找起了突破口："陈涛这个案子虽然比较复杂，存在一定的概率问题，但也并不是说完全没有机会。就拿我查阅的司法数据来说，模式越复杂，法院越有可能偏离认定劳动关系的客观标准，转而根据场景的严重程度决定是否认定劳动关系。"

黎万江所说的场景严重程度，指的是如果骑手是因为工资、加班费或者违法解雇之后寻求经济赔偿金等问题而起诉，劳动关系的确认会相对困难，但如果是因为工伤甚至是意外死亡打官司，法院就更有可能找一家公司来承担相应的责任。

回到陈涛这个案子本身，他在送餐过程中受了伤，涉及身体伤害，根据之前的案例，法院应该会找一家公司来承担责任。

对于具体的起诉对象，黎万江倒是和邓饶不谋而合，与其和天瑞纠缠不休，不如直接锁定鲜城汇这家平台公司。

对于他的这个建议，许苓纭却颇有顾虑，鲜城汇家大业大，法务方面的制度和人员肯定比一般的小公司更周全，这就意味着官司一旦打起来，他们面对的将会是经验丰富的专业团队。更何况，从合同上看，和陈涛签约的主体是天瑞，就这样贸然找上鲜城汇，只怕胜算堪忧。

许苓纭提出的这些顾虑，黎万江显然在搜集材料的过程中也考虑过，当下会给出这样的建议，也是深思熟虑后的结果。

天瑞的注册地不在北江市，按照邓饶所说的情况，即便北江市的法院判定陈涛劳动仲裁胜诉，对方也很有可能回到注册地南庆市向法院提出一审。且不说南庆市法院如何看待灵活用工平台这个问题，对于那边人生地不熟的，陈涛很难跑过去打官司。但鲜城汇就不同了，无论是注册地还是集团总部都在北江市，且北江市的法院也接触过不少骑手劳动仲裁的案子，沟通起来会更有优势。

另外，从查得的企业信息来看，天瑞的注册资本数额偏低，想来实缴资本更少。这样一家公司就算打赢了官司，后续的赔付恐怕也不会顺利。既然如此，倒不如就把鲜城汇作为起诉对象，一鼓作气把官司打下来。

和黎万江见完面，时间已是深夜。

虽然一番长聊下来，案子的方向已经确定，黎万江也表示会亲力亲为地跟进此案，但方铭的情绪并未因此而放松下来。

见他眉头紧锁，神思恍惚，显然还在为陈涛的事情烦恼着，许苓纭忍不住劝慰道："老方你别这么担心，黎总既然都表态了，这事他肯定会负责到底的。"

方铭这才像是回过神来，慢慢点了点头："我知道。虽然我和黎总就见了两次面，但能感觉到他态度认真，而且是个热心肠的好人。只是……"

"只是什么？"

"只是最近边响找我聊了几次，虽然没明说，但听他那意思，陈涛像是已经提前放弃，准备回老家了。"

这个消息来得如此猝不及防，让原本正摩拳擦掌准备大干一场的许苓纭也陷入了深深的沮丧之中。同为打工人，陈涛在商家和客户那里受过的气，她一样不落地也经受过，只是有乔北城作为寄托，她能够一再催眠自己，把那些羞辱谩骂当作耳旁风。

如今工伤索赔的事落在了头上，面对千头万绪又不知该如何处理，心灰意冷之下萌生退意，大概是一个农村孩子能做的唯一选择。该劝的话想必边响都已经劝过了，至于官司的事，黎万强虽然尽心，结果却不能保证。若是用这个理由劝陈涛留下，最后又不尽如人意，他的处境只会更糟。

"老方你什么想法？就这么让他走了？"

"当然不！他想回老家不是不可以，但就这样走的话，也太憋屈了。"说话间，方铭已经打定了主意，"这样吧，你和黎总比较熟，官司的事就麻烦你多费点心。我这边找机会去下鲜城汇，看看能不能和他们负责人事的高管沟通一下，请他们以企业方的名义对陈涛进行慰问及补偿。"

"什么？你要去找鲜城汇的高管？"

许苓纭简直要被他这不切实际的想法给打败了。

鲜城汇再怎么说也是全国闻名的大企业，没点业务上的正经事，最多只能在前台那儿打个照面，以他们现在这样的普通骑手身份，进去后怕是连个主管的面都见不着，更何况是高管？

退一万步说，就算方铭运气好，真的见到了鲜城汇的高管，对方又怎么会答应他的要求，对一个受伤的普通骑手做出慰问和补偿？

许苓纭的这些顾虑方铭不是不清楚，可是他也有自己的打算。

对于陈涛而言，除了赔偿，更需要的是对于这个城市的归属感，以及自我价值的认同，换言之，企业方的态度对他很重要。所以即便在许苓纭看来这是一次不可能完成的任务，但为了保护陈涛的尊严，让他的人生不会因此事而被击垮，方铭还是想竭尽全力试一试。

虽然已经下定了决心，但许苓纭那震惊的态度还是让方铭有点不好意思："你是不是觉得我这个人过于理想主义，总在干些没什么意义的事？"

"当然不是。"许苓纭看着他，目光温柔如水，"老方，我之前说过很多次，但现在还想再说一次，你真的是个很好的人，我也很高兴能够认识你，和你成为同事和朋友。既然你已经想好了，那就去做吧，在陈涛离开之前，我们都尽力而为。"

虽然好人这样的称赞方铭之前听她说过很多次，但不知道为何，此刻听在耳里，却多了几分微妙而异样的感觉。

许久之后，他深深吸了一口气，下意识地握了握拳："好！我们一起加油！"

陈涛坐在椅子上，看着陆屿把他那床脏兮兮的床单拆下来，扔进洗衣机里，紧接着又从柜子里翻找出一床干净的换上。直到对方开始给他换被褥，他终于忍不住站了起来："陆屿，你说你这大晚上的折腾啥啊？不是说来送个饭就走吗？"

"我是想送个饭就走，可你看看你这床还能睡人吗？"陆屿板着脸，满脸嫌弃道，"前两个星期过来，你就说想换床单被罩了，这都多久了，也没见你换新的。"

担心他觉察到自己的心思，难免又得掰扯一番，陈涛只能指着自己的腿，干笑着解释道："我这不是不方便吗？"

"不方便就老老实实在那儿坐着。等我换好了，你晚上直接睡就行。"

陆屿也不和他多废话，手脚麻利地把整张床收拾干净后，才拉了张椅子坐下来："说起来，你这宿舍里不是有个电扇吗？怎么没见着？"

"我也不知道。出院以后屋子一直没怎么收拾，等过一阵腿彻底好了，我再仔细找找。"

"算了，反正这季节也用不上，等你好了再慢慢找。还有，你这窗帘也太旧了，下次来我帮你换个新的。"

听到他还惦记着改善自己的居住环境，陈涛心酸之下赶紧阻止："你平时上班够忙的了，家里又有一堆事，我这人皮糙肉厚，这么住也习惯了，不用那么讲究的！你与其在这儿忙活，不如去陪陪你女朋友。"

见陆屿不接腔，他忍不住有些心慌："说起来，你和秦嘉妍现在怎么样了？我出院以后你总过来帮忙，她会不会有意见？"

"你又不是女的，她能有什么意见？"提起秦嘉妍，陆屿的语气温柔了不少，"她最近也忙，为了个项目成天加班，没多少时间和我见面。不过她挺关心你的，还说等过段时间不忙了，请你吃饭呢。"

"那就好，那就好……"陈涛重重吁了一口气，原本有些忐忑的心终于放了下来，"陆屿，秦嘉妍是个好姑娘，能遇见她是你的福气。你俩可得好好在一起，千万别出什么问题。"

"你还操心这个？"见他一脸认真，陆屿似笑非笑地模仿起了边响的语气，"小师父，我怎么觉得你这样子不像是在送祝福，倒像是在交代临终感言？"

陈涛一愣："啊？"

陆屿没再解释，起身拍了拍他的肩膀："我知道，因为受伤的事你心情一直不太好，不过人生总是有起有落，咬咬牙挺过去就好了。等我结婚的时候，你还得来给我当伴郎，所以你得早点打起精神来，别让我的婚礼太寒碜了，知道了吗？"

在对方的注视下，陈涛有些慌乱地垂下了眼睛，隔了老半天才勉强哼了个声音出来："好的，我知道了。"

从陈涛的宿舍出来，陆屿给秦嘉妍打了个电话，电话刚响了两声就被接了起来。

电话那头传来浪漫悠扬的背景音乐，表明对方并非在工作场所。

陆屿无声地笑了起来："这么晚打电话给你，没打扰到你吧？"

"我谢谢你啊！你这电话敢来得再晚一点吗？"秦嘉妍的语气听上去气哼哼的，像是带着点委屈的怨气，"老实交代，刚才干吗去了？"

"还能干吗啊，不就在陈涛那儿献爱心吗？"

"他现在怎么样了？出院养了这么一阵，差不多能复工了吧？"

"看样子不乐观啊……"回想起陈涛那一脸生无可恋的表情，陆屿不由得叹了口气，"身体是恢复得差不多了，但是精神不太好。虽然没明说，但我感觉他可能想跑路了……对了，你那边怎么样了？还在相亲路上和你妈斗智斗勇啊？"

"那可不？"

说到自己的问题，秦嘉妍也跟着叹了口气。

那日见过陆屿之后，俞新兰旁敲侧击地对他的工作、家世进行了一番了解。虽然在女儿的坚持和老公的默许态度下，她没有明着表示反对，但开始频频拉着秦嘉妍出席各种饭局。

秦嘉妍最初不明就里，只当母亲是想为自己拓展人脉，配合得还算积极，直到留意到每场饭局上都会出现那么一个所谓的青年才俊，饭后还被问及"观后感"，她才骤然意识到，母亲这是在绕着弯子给自己安排相亲。

对于母亲的苦心，秦嘉妍不忍辜负，于是和陆屿达成约定，饭局可以参加，相亲一概免谈。反正只要她没那个心思，旁人也不能强摁着她的头谈恋爱。母亲一时想不通，她和陆屿一起继续努力就好，加上秦刚对陆屿的印象还算不错，他俩再多使点劲的话，说不定还能将其"策反"，拉进支持者的队伍。

只是今晚见的这位青年才俊表现欲实在太强，刚坐下来没多久，就开始给她显摆近几年的投资战绩。秦嘉妍实在不感兴趣，只能"嗯嗯啊啊"地应付着，好不容易等到陆屿打来电话，才借机出门喘了两口气。

长吁短叹了好一阵，发现电话那头一直没人接腔，秦嘉妍忽然紧张了起来："喂，你人呢？怎么不说话了？该不是看着形势不妙，准备跑了吧？"

"跑什么跑，你这是看不起谁呢？"陆屿低低一声笑，"我这不是在想自己能做点什么把你妈'策反'过来吗？"

"这事从长计议吧，最近你就先把陈涛照顾好，至于我妈这边，估计等她身边的资源耗完了，也就肯坐下来和我们聊聊了，到了那个时候，再'策反'也不迟。"

秦嘉妍说了一阵话，意识到这通电话的时间有点久了，赶紧交代道："我妈还在饭局上坐着听'投资讲座'呢，我得先回去应付一下。你忙完了也早点回家，咱们晚点发消息。"

"嗯。"陆屿轻轻应了一声，挂断之前忍不住又补充道，"秦嘉妍，谢谢你。还有……我爱你。"

"我也爱你。"电话那头，秦嘉妍的声音温柔且坚定，"陆屿，其他人怎么想不重要，我既然选择和你在一起，就绝对不会轻易放弃的。"

打定主意要去找鲜城汇后，方铭点开了尘封已久的朋友圈，开始联络起了昔日的同事。按照他的想法，互联网行业是个圈，只要肯用心，外加拉得下脸面，总能靠之前的人脉和鲜城汇的高管们攀上点关系。

然而不知是他脱离这个圈子太久，非亲非故的，旁人不想给自己找事，还是在激烈的竞争之下，鲜城汇的高管们都忙于业务，对生意以外的事都懒得应付，反正几圈电话打下来，好几个答应帮他问问的老同事最终都无声无息的，没有结果。

他这边还没想到合适的解决办法，邓饶那边却先一步找上门来，说是陈涛已经口头上向他提出了辞职，只等相关手续办完后，就准备离开北江市。

这一惊非同小可，方铭正琢磨着要不干脆直接冲到鲜城汇的办公大楼去堵人，前同事曹月华的电话却忽然打来了。

收到方铭的求助后，曹月华的确把事情放在了心上，只可惜她虽和鲜城汇的人力资源高管打过交道，但只是基于业务来往，如果因为非业务的私人事务从中牵线，以后的工作只怕不好开展。思来想去之下，她忽然想到，鲜城汇眼下正在招聘一批技术工程师，她又和负责招聘的职员交情甚好，如果能把方铭的简历递进去，再请对方帮帮忙，放他过了初试，复试的时候应该能见到人力方面的负责人。

这个建议乍听有些荒唐，细细想来又的确不失为一个既保险又不得罪人的办法。方铭认真考虑了一下，觉得操作上没有什么问题，于是按照对方的建议,把自己的简历美化一遍后,很快就发了过去。

不知是互联网企业效率高,还是曹月华在其中起了作用,简历发出的第二天,鲜城汇就来了电话,约他次日上午面试。

因为曹月华事先的交代,方铭本以为所谓的初试不过是走个过场,便也没怎么认真准备,一门心思都放在了和对方的人力负责人的谈判上。没想到进门做了登记后,鲜城汇的人力专员把他带到了一间巨大的会议室里,紧接着拿出了一套测试题。

方铭毫无思想准备,一时间有点发蒙,趁着人力专员还没走,赶紧问了问情况,这才知道,鲜城汇的大老板对技术工程师这个岗位比较重视,要求也就比较严格。为了提高效率,用人部门的领导临时在初试阶段增加了测试题环节,这样就可以根据成绩直接筛掉不合适的候选人。

因为相关变动的通知也是今天早上才接到,曹月华根本不知情,这才让他两眼一抹黑陷入了被动。

解释了一通后,见方铭一脸犹豫,人力专员忍不住提醒道:"方先生,您看今天的面试还需要参加吗?如果为难的话,现在走也是可以的……"

"来都来了,哪有现在就走的道理啊!"方铭一声苦笑,下定了决心,"测试题我做,就是我身上没带笔,能不能请你借支笔给我?麻烦你了。"

虽然离开昔日的工作岗位已有一年多,但在互联网行业干了这么多年,累积的经验和工作技能依旧根深蒂固地长在身体里,等对方送笔来的那段时间里,方铭认认真真地把测试题看了一下,原本有些无奈的心情居然逐渐莫名兴奋了起来。

等到他心无旁骛地把题做完,时间已经过去了一个多小时。负责初试工作的人力专员收走他的试卷后,将他带去了茶水间,说是请他稍作休息,等相关负责人阅卷之后,再反馈后续的安排。

这种初、复试在同一天的安排,虽然时间长,但也省去了奔波之苦。方铭反正已经请了假，于是耐心地等待着。

过了一会儿，茶水间里陆陆续续来了好几个人，随口聊了几句，发现都是做完测试题等待初试结果的。

虽然方铭此行另有目的，并非真的为了求职而来，但见四周或站或坐的竞争者们个个意气风发，大多是三十岁上下的年轻人，即使在等待初试结果的过程中也在接听电话或者用笔记本电脑处理工作，口中偶尔还会冒出几个他不太听得懂的词，一时间不禁感慨万分。

对他而言，工作可以再找，但短期内能见到鲜城汇高管的机会或许只有这么一次，如果被无情刷下，陈涛可能就真的要带着满腹的遗憾和失落离开。所以无论如何，这个机会他必须争取到，可竞争如此激烈，他的胜算又能有多少？

正在患得患失之际，消失了一阵的人力专员脚步匆匆地来到了茶水间。

见她出现，所有人都不由得精神一振，赶紧停下手上的动作，等待着命运的宣判。

人力专员显然已经见惯了类似的场面，在所有人期待的目光中，十分礼貌地宣布道："非常感谢各位来参加此次面试，所有的答卷，用人部门的负责人和相关领导都已经看过了。为了不过多耽误大家的时间，领导希望能先和以下几位候选人聊聊，至于其他人，请回去等待我们的通知，谢谢大家……"

随着她报出几个名字，等候在茶水间里的数名面试者站了起来，面无表情地离开了。

方铭没想到在经历了一场意料之外的考试之后，自己的名字真的出现在了复试名单里，这让他不由得松了口气。

又等了二十分钟，人力专员把他带进了一间小会议室，里面坐着好几个西装革履的人。

从人力专员的介绍中，方铭得知这些人中不仅有人力资源部门的总监，还有两位副总裁，一时间只觉得压力重重。束手束脚地找了张椅子坐下后，他挤了个笑脸，朝着对面那排位高权重的男性做起了自我介绍："各位领导好，我是来面试技术工程师岗位的方铭。"

坐在他正对面的男人一脸和气地点了点头："方先生你好，我是鲜城汇人力资源部门的总监 Chris。你的简历和初试成绩我们都已经看过了，总体感觉还是 OK 的。现在我们想了解一下，你离开绿盈科技已经有一年多了，这段时间里在干什么，简历上没有体现，可以具体说说吗？"

对于这个问题，方铭早有准备，当即坦然回答道："离开绿盈科技之后我一直没有找到合适的工作机会，所以就加入了鲜城汇，在贵司旗下的金融城站点做一名外卖骑手。"

这个答案显然出乎在场所有面试官的意料，面面相觑一阵后，Chris 笑着打了个圆场："这么说起来，大家其实已经是同事了啊。"

方铭吞咽了一下口水，试探道："所以您的意思是，就算我是送外卖的骑手，咱们也算是同事吗？"

Chris 没有觉察到他的用意，依旧表现得平易近人："那是当然！我们鲜城汇是一家以外卖平台运营为主的企业，秉承的理念一直是以人为本。除了集团总部的几百名员工，身在一线的外卖骑手们也是我们很重要的人才资源。"

方铭眼睛一亮，还没来得及说些什么，对方已经再次提问道："既然你已经做了一段时间的外卖骑手，想必对我们的整个工作系统有更深的了解，要不就结合你自己的体验聊聊，对于今天应聘的这个岗位，你是怎么看的？"

方铭凝神屏气，开始切入主题："聊这个问题之前，我能先麻烦您一件事吗？"

没想到面试还没结束，求职者倒先提起了要求。Chris 吃惊之余，还是保持着惯有的风度："请说。"

"是这样的，我有一名骑手同事，叫作陈涛，也在金融城站点工作。几个星期前，他在送外卖的途中出了意外，跌进了一个坑里，左小腿骨折了……"

在他急切的讲述声中，几位面试官始终没吭声，直到他发言结束，彼此之间才交换了一下眼神。

冷场几分钟后，Chris再次笑了起来，只是这一次的笑容看上去多了几分敷衍的意味："方先生，关于你的诉求，今天的面试结束后，人力部门会找时间进行讨论。至于现在，我们还是继续把面试流程走完如何？"

方铭很清楚对方这是在给他递台阶，想让他顺势下坡，将局面重新拉回正轨，但他依旧坚持，希望能当面要到一个结果。陈涛已经提出离职，过不了多久就要离开，所以在此之前，比起面试结果，方铭更希望鲜城汇能够表达一个态度，让陈涛心里能够舒服点，就算离开这座城市，也能感受到被尊重。

他这油盐不进的态度让面试官们一时乱了阵脚，Chris正准备好言相劝，坐在他身边那个戴着黑框眼镜、从方铭进门起就一直没吭声的男人忽然猛地一拍桌子："你当这次面试是什么？大家专门空出时间，难道就为了在这儿听你说这些有的没的？身为骑手，自己工作时不小心受伤，该住院该离职都是他自己的事！我们没因为他工作没完成让公司口碑受损而处罚他，就已经是便宜他了！"

Chris毕竟是人力总监，日常工作就是和人打交道，眼看对方怒气勃发，气氛陷入尴尬，很快朝方铭使了个眼色："方先生，这位是我们分管人力资源的副总裁James。James平时非常忙，今天也是特地抽时间参与到这次面试中来。原本他对你的资料很感兴趣，现在听你说不是来面试的，难免会有点失望……"

"失望？我失望什么？"对于Chirs一心打圆场的行为，James似乎并不打算领情，喘了几口气后，狠狠地把方铭的简历朝他脸上一摔，"就你这种水平的，满大街都是，不想面试就赶紧滚，别在这儿浪费大家时间！"

方铭站起来，趔趄着后退了半步，在一众面试官的注视下，慢慢把简历捡了起来。

拉开会议室的门后，见大办公区里一众人等都在朝他这个方向瞄，显然是刚刚的那场怒骂引发了不小的动静，他想了想，又把身体转了回去。

"各位领导，刚才你们问我，作为一名外卖骑手，我对公司的工作系统以及应聘的这个岗位怎么看，我现在回答这个问题。在我看来，作为一家成功的互联网企业，鲜城汇在技术方面的实力是毋庸置疑的。因为算法的一再优化，客户能够在最短的时间内拿到他们订购的餐点，这也有效提升了公司的竞争力，可是对于骑手而言，却就此陷入了和时间赛跑的困局。"

他顿了顿，目光看向了依旧满脸怒容的James："刚才这位领导说，骑手受伤，是因为不小心，一切结果都应该由他自己负责。可我想说的是，正是因为算法的挟持，才会造成这样的悲剧。所以在我看来，作为一名技术人员，利用自己的专业技能帮助公司提高运营效率、获取利润固然很重要，但更重要的还是以人为本，真正帮助到奔波在一线的骑手，解决他们和用户之间真正的需求……"

说完，他深深鞠了一躬："今天耽误了领导们的时间，我再次表示歉意。不知道各位领导还有没有什么需要了解的？"

"今天就先到这里吧。"一片寂静之中，Chris轻轻挥了挥手，"如果有进一步的安排，我们会通知你的。"

经历了这么一场不甚愉快的面试，方铭知道自己的计划算是彻底泡汤了。

就那位副总裁震怒的态度来看，他在鲜城汇是否还能继续干下去，恐怕也是个未知数。

失望之下，他就近找了个快餐店，心不在焉地吃了顿午餐，正打算吃完饭后联系一下许苓纭，看看黎万江那边的进度如何，一个陌生的号码忽然打了进来。

"方先生您好，我是鲜城汇人力资源部的总监 Chris，您还有印象吗？"

"啊……您好您好，我记得您。"

距离那场火药味十足的复试才过了不到两个小时，对方就把电话追了过来，显然不是为了道喜，可要说是因为他刚才的言辞得罪了高管，准备让他走人，应该也不至于劳动一个部门总监亲自通知。

忐忑之下，方铭只能小心翼翼地询问对方打电话来的意思。

对方的回答听上去却有点微妙："是这样的，您初试的测试卷和复试的表现，我们周总都已经了解了。如果您有时间的话，能不能再来公司一趟？周总想和您亲自聊聊。"

"周总？哪位周总？"

方铭努力回忆了一下，面试他的那群大佬里，似乎没有哪位姓周。

"咱们鲜城汇还有哪位周总啊，当然是公司老板兼创始人周一鸿先生啊！"

"什么？周一鸿？"

方铭这下是真的震惊了。

对于互联网从业人员，尤其是做技术的人来说，周一鸿是个传奇般的人物。

他二十多岁开始创业，先是在软件行业里打拼，赚到第一桶金后，敏锐地把握住了时代的风口，投身互联网，历经几起几落，在四十出头的年纪创立了鲜城汇，然后用了不到五年的时间，把这家企业做成了全国知名的行业巨头。

像这样一号人物，即便如今已然功成名就，手握巨大财富，却仍保持着当年做普通技术人员时的做派，衣着简朴，行事低调，平常工作时也不喜欢待在豪华的独立办公室里，而是时常拎着一台笔记本电脑，直接坐在开放的大办公区里，导致初入鲜城汇的愣头青们常常看走了眼，把他当作一名平平无奇的普通员工。

接到电话半个小时后，方铭再度坐进了鲜城汇的一间会议室里。

负责接待他的人力专员态度礼貌，甚至带上了几分小心翼翼，但他的心境已然大为不同。

刚坐下没几分钟，会议室的门被人轻轻敲响。

紧接着，一个身穿白色T恤、个头不高的中年人面带微笑走了进来，主动和他打了个招呼："方先生你好，我是周一鸿。不好意思让你又跑一趟。怎么样，要不要先喝杯水休息一下咱们再聊？"

"周总您好！很高兴见到您！"方铭赶紧站了起来，颤抖着伸出手，用力地和他握了握。

比起商业杂志上精心修饰过的精英气十足的照片，现实中的周一鸿看上去要亲和许多。和方铭握过手后，他坐下来，笑呵呵地道："听说方先生上午的面试表现很精彩啊，把我们向来厉害的副总裁James都怼到没话说了。"

方铭脸上一烫，拿不准对方这句话是开玩笑还是斥责，一时间不敢出声。听周一鸿主动聊起才知道，原来，上午会议室动静过大，引起了他的注意，特意把Chris叫去问了问才知道了事情的前因后果。会把方铭重新叫回来，也是因为他的表现引起了周一鸿的兴趣，想要就一线骑手工作中的困难和他面对面认真地聊聊。

听他这么一解释，方铭那颗忐忑的心逐渐放了下来，继而只觉得千言万语涌上心头。

鲜城汇这样的外卖平台的存在，给普通人提供了就业机会，让他们可以凭劳动赚钱，这让他非常感激，但与此同时，公司为了保障客户利益，不断通过技术手段提升配送效率，也实在是让骑手们有些喘不过气来。

一年前他刚入行时，两公里的单子要求的最短配送时间是三十二分钟,而到了现在,这个时限变成了三十分钟以内。对于平台来说,这两分钟的压缩,是技术的进步,是效率的体现,可是对于骑手而言,就意味着他们要通过闯红灯、超速、逆行等方式才能完成,同时也意味着他们将更大程度地承受受伤甚至死亡的风险。

具体到陈涛的例子,抢时间送单肯定是首要原因,但另外一方面也是因为被算法误导,才会造成逆行受伤的悲剧。

在他情真意切的表述中,周一鸿的神色逐渐变得凝重。得知他们目前在准备打官司,这次来无非是想为陈涛这样背井离乡来城市打拼的年轻人争取一点尊严,他很快点了点头道:"关于你的诉求,我会仔细考虑,尽快给你一个答复。不过,不管你最初的目的是什么,今天既然坐在了我面前,咱们要不要聊聊关于你工作的问题?"

方铭没想到他在得知事情的前因后果后还会提起工作的事,一时间没能反应过来。周一鸿却从口袋里掏出了他的测试卷:"你的简历和测试卷我都看过了,从过往履历和专业能力上来看,我个人是挺满意的。当然,虽然我是公司创始人,但专业的事情还是要交给专业的人来做,所以最后发不发 offer,怎么定级定薪,还是要看用人部门的决定。我现在只是和你沟通一下你的个人想法,如果你仍对这个岗位感兴趣,后续的工作我让 Chris 那边照常推进。"

能得到周一鸿这样的大佬的认可,还主动向他抛出橄榄枝,这是方铭年轻十岁也不敢奢望的事。

只是,虽然自认业务能力不拉胯,但对方见识多广,自己的表现再好,也不至于到让他眼前一亮的地步,更何况以鲜城汇的实力,要找一个差不多水平甚至资历更好的人也不难,干吗偏偏对他一个年近四十的中年人青眼相加呢?

周一鸿看出了他的顾虑,很快给出了解释。

互联网企业工作节奏快,压力也大,所以希望多一些年轻人加入,这是不争的事实,但这并不意味着经验丰富的老员工就完全没有机会。之所以看重方铭,除了专业水平,更因为作为一个技术人员,方铭能关注到技术之外的东西，而这对于鲜城汇这样的企业而言是非常重要的。

对方的解释真挚而坦诚，就此打消了方铭不少顾虑。

只是想起上午会议室里那剑拔弩张的场面，他难免有些忧心："今天上午我的面试表现，恐怕已经给副总裁留下了不太好的印象，在我答复您之前，是不是应该先找他道个歉？"

"你说James啊？"周一鸿笑着安慰他，"James那人性子是严肃了点，不过后来我也和他谈过了，对于你入职的事，他会公事公办，不会因为被你怼过就从中作梗。如果你对这个岗位还有兴趣的话，我就去和Chris打个招呼，让他把后续的流程走完，你看怎么样？"

"谢谢您，周总，谢谢您愿意给我这个机会。"

在对方期待的注视下，方铭深吸了一口气，然后重重点了点头。

第十八章

柳暗花明

陈涛学着边响的样子,小心翼翼地将门票上的二维码对准闸机上方的扫码框。随着"嘀"的一声响,闸门向两边开启,他赶紧小跑两步,进入了园区。

欢乐谷是北江市人气最高的主题公园,即便是非节假日,也是游人如织。为了提高游玩效率,减少排队的时间,刚一入园,边响就打开地图做起了攻略。

等他把路线规划好,想拉着陈涛朝前赶,却发现对方还瞪着手里的门票,像是在为了什么事犯愁。

边响赶紧提醒他:"小师父,这票进门就不用了,要不扔了吧?"

"别吧……"陈涛指着他的腰包,有点害羞的样子,"这票还挺贵的,我回老家后应该也没什么机会再来了,想留着做个纪念。不过我没带包,放口袋里又怕弄坏了,能先放你包里吗?"

边响闻言只觉得心下酸楚,接过对方的门票后,他把自己那张也小心地叠放在一起:"小师父,要不我这张也留给你吧,到时候我在上面签个名,你以后看到它,就能想起我了。"

见陈涛不说话,眼神变得有些暗淡,他又拍了拍自己的脑袋:"哎呀,如果以后你女朋友看到了,会不会误会我是个女的啊?"

在他的插科打诨之下,陈涛终于笑了起来:"你少胡说八道!"

边响赶紧举起手机:"为了避免误会,咱俩合个影,以后你交了女朋友,你就告诉她,照片上的这个帅哥是你最好的朋友!"

陈涛点了点头,冲着镜头咧出一个大大的笑容。

随着"咔嚓"一声,美好的回忆就此被定格。

接下来,在边响井井有条的安排下,陈涛在各种热门项目里活跃着,享受着过去二十多年里从未有过的新鲜体验。

等到午饭结束,他们在人气最高的跳楼机项目前排队时,边响只觉得双腿发软,几次想找借口开溜,最后还是沉默了。

他这人别的毛病没有,就是恐高,所以从小到大去主题公园,类似跳楼机、海盗船这样的项目从来不玩。可是从陈涛那兴奋的表情来看,显然对眼前的项目充满了向往,如果这个时候不陪他过把瘾,那实在是太扫兴了。

十分钟后,从跳楼机上下来的陈涛还在回味刚才那惊险刺激的体验,边响连卫生间都来不及找了,直接蹲到一旁"哇哇"吐了起来。

陈涛赶紧买了瓶矿泉水,等他翻江倒海地吐干净了,才瞪眼教训道:"你不能坐就别逞能啊,现在吐成这样,多难受啊!"

边响休息了一阵,感觉总算缓过劲儿来了,才"嘿嘿"笑了笑:"我这不是刚吃了午饭没来得及消化嘛,吐完就没事了。你接下来想玩什么项目?"

"就你这样还想接着玩啊?"陈涛简直无语了,"看你这状态,咱们还是回家吧。"

"别啊!这欢乐谷的门票一张可得几大百,咱们才玩了一半项目,就这么走了,岂不是亏大了?"边响只怕再这么掰扯下去,陈涛真的要走,赶紧举手发誓,"小师父,我保证从现在开始,凡是搞不定的项目绝不挑战,乖乖在旁边帮你拍照。总之你别担心了,真要因为我让你留了遗憾,以后我会难受的。"

那一天,在边响的陪同下,陈涛将欢乐谷里所有的项目都畅快淋漓地玩了一遍,直到和卡通人偶互动完拍完照,才心满意足地离开。

想着边响为了了却自己的心愿,奔来跑去地陪着自己折腾了一天,连中午吃的那点东西都吐了出来，陈涛只觉得过意不去，走出园区大门后，主动提出要请对方吃晚饭。

对于共进晚餐的建议，边响欣然接受，却不愿意他请客花钱。

经过一番讨价还价，两人最后决定点外卖，在陈涛的宿舍里边吃边聊。

回程的路上，边响坐在出租车后排，一直低着头对着手机戳戳点点，也不知道在忙些什么。

陈涛从后视镜里偷瞄了一阵，忍不住提醒道："要吃什么你随便选，选好了记得把链接发给我，别想着偷偷付款啊！"

"哎呀，这种事我拎得清，绝对不会和你抢的，就是你别嫌我太能吃就行！"边响抬起头来冲他笑了笑，手上的动作却一直没停过。

即将到达目的地时，边响忽然示意司机把车开到站子，说是想去拿点东西。

陈涛不知道对方究竟在打什么主意，只能跟在他身后。自从受伤以来，他已经有好几个星期没来站点打卡了，想着自己走了以后，这里的一切终将成为回忆，陈涛心里一时有些不是滋味。

百感交集间，他抬眼看向熟悉的会议室，忽然发觉有什么不对劲。

时间不早了，往常这个时候，同事们要么在路上奔波，要么已经回家休息，站子里不会有什么人，可是此时，会议室却意外地亮着灯。

陈涛放心不下，赶紧快步走过去，刚推开门，他就愣住了。

除了开晨会，其余大多时候都冷冷清清的会议室里，现在正坐着十几号人，有日常来往的同事，还有好几个他熟悉的商家和客户。不仅如此，中间那张灰扑扑的桌子上堆放着不少熟食、饮料，仿佛一场聚餐即将开始。

听到动静，原本正和旁人聊天的邓饶赶紧站起来，热情地朝他招了招手："陈涛，你可算是来了，大家等你好久了！"

"等我？等我干什么？"

"等着给你开庆功宴啊！"

在众人七嘴八舌的道贺声中，陈涛这才知道，他在家休养的这段时间里，鲜城汇为了激励骑手，举办了一个"骑手之星"的优秀员工评选活动。经过讨论，金融城站点有两位骑手获此殊荣，一个是陆屿，另一个就是他。为了庆祝这一喜事，今天消息刚一确定，邓饶就拉了一群人把庆祝仪式给准备好了。

面对眼前这一切，陈涛并不敢相信，只当邓饶是在安慰自己。他的业绩自己清楚，和陆屿肯定没的比，就算放在整个站子里，也是个中不溜的水平。

邓饶看出了他的心思，悉心解释道："这个评选可是有奖金的，没凭没据，谁敢拿它做安慰奖啊！而且这个评选不只看业绩，还要综合同事、商家和客户的意见。活动通知出来后，这些和你打过交道的哥哥姐姐叔叔阿姨可没少给你写好评！"

在他夸张的解释里，一屋子的人都纵声笑了起来。

陈涛这才知道，得知有这样一个评选后，很多他之前服务过的商家和客户都在积极地为他投票。庄爷爷更是口述了一段长长的话，让边响帮忙记录后，上传到了官方网站。

听说他表现突出获了奖，要邀请几个代表到现场一起参加庆祝活动，庄爷爷原本想来，只是考虑他年纪大了，特意跑这么一趟不方便，便委托了村委会的一名工作人员过来，转达自己的祝福。

说话间，邓饶已经把他拉到桌子旁坐下，然后大手一挥道："既然今天的主角都到了，咱们就先拍张合影吧。合完影就吃饭，顺便趁这个机会，请大家给我们站子的工作提意见！"

在他的建议下，陈涛呆呆地坐在人群中央，微笑，比剪刀手，听着耳边掌声阵阵，却始终没有回过神来。

从小到大，他从来没有哪一刻像此刻这样，以主角的身份成为全场关注的焦点，这突如其来的关注和认可，让他倍感温暖，却也手足无措。

合影结束，大家开始对着满桌的美食大快朵颐时，方铭走到他身边，带来了又一个他期盼已久的好消息。

因为周一鸿的介入，陈涛受伤一事受到了鲜城汇高层的关注。经过讨论，鲜城汇表示愿意以雇主的身份承担相关费用。此外，鲜城汇会对目前的用人机制、员工保障和算法问题等进行修正和调整，避免类似的事情再次发生，而"骑手之星"的评选，也是他们在员工激励方面迈出的第一步。

原本这个消息应该由鲜城汇高管面见陈涛后宣布，但是考虑到他近期可能会有一些变动，时间上耽误不起，方铭就越俎代庖，提前在他面前透露了。

这接踵而来的好消息让陈涛又是意外又是欣喜，同时也疑惑这些事情是怎么办成的。在此之前，别说索赔，就连官司和谁打他都不清楚，甚至已经做好了自认倒霉的打算，没想到还能迎来峰回路转、柳暗花明的一天。

方铭不欲在他面前表功，只云淡风轻地表示："事情怎么解决的不重要，重要的是对方已经表明了态度。我想再问问你，关于回老家的事，你愿意再考虑一下吗？说实话，大家都很舍不得你，也都很希望能和你一起继续工作。"

在他期待的注视下，陈涛抬起了头，看向四周那一张张或熟悉或陌生的面孔。

平日里，身处这样的热闹场合，他会兴奋，会激动，会跃跃欲试地想要加入，但从来没有打心底里觉得自己是其中的一分子。他觉得自己只是无意中闯入了一片蜃景，大雾散去之后，终究还是会被打回原形。

可是如今，在一片温暖的烟火气里，他第一次觉得自己真正地被这座城市接纳了。

庆祝仪式结束后，陈涛拉着边响进行了一次大采购，把那些或扔或送的生活必需品统统又买了回来。等到东西都置办得差不多了，他又叫上陆屿，把宿舍里那斑驳的墙皮重新粉刷了一通。

虽然尚未正式回归工作岗位，但从陈涛种种积极的表现来看，显然是准备留下打长久战的意思，这让方铭倍感欣慰。因为鲜城汇在处理陈涛这件事上表现出来的社会责任感，他对这家公司多了几分憧憬，对于那个已经进入审核流程的职位，也越发期待起来。

比起他，许苓纭则显得要积极得多。

自打知道了周一鸿亲自见过他，并表达了招揽的意向后，她隔三岔五就跟他打听进度。

对于她表现出来的关心，方铭感激之余也难免有些惆怅，某天在对方又一次提及此事时，忍不住以半开玩笑的口吻试探道："你就这么希望我走啊？"

"这不是机会难得嘛。"没有觉察到他语气中那股一言难尽的味儿，许苓纭认真分析道，"那可是鲜城汇啊，多牛的公司！我听说现在的小年轻去相亲，只要是在这种大厂工作的，那可都是抢手的香饽饽！"

方铭被她逗乐了："我又没想着要相亲……"

许苓纭挥了挥手："我就那么个意思，你领会一下精神！"

对于方铭而言，这个机会要是放在半年前，他肯定会高兴得睡不着觉，可是到了眼下，他反而期待中带着些许犹豫。尤其是在陈涛决定留下，大家可以继续一起工作后，他更是觉得留恋。即便知道同事之间聚散终有时，不可能一直长久下去，但他还是希望能将眼下这种和谐的关系延续得更久一点。

更何况，这些同事中还有许苓纭。

对于他这些千回百转的微妙心思，许苓纭多少有所察觉，却觉得为了一时的同事情而放弃一个更好的工作机会，不是一个好选择。

这大半年，她其实想了很多，即便是对乔卓远，也释怀了不少。

在她看来，无论是同事、朋友，还是恋人、夫妻，都讲究缘分，未来能走多远，需要共同的努力和相互的理解。如果两个人前进的方向不一样，速度有快慢，那么就算能同行一段，终究还是会分开，但换个角度想，就算分开了，只要有心，彼此间的情谊依旧可以维系。

听她这么一劝，方铭也觉得自己过于多愁善感。人生分分合合，能陪着一路向前的，其实也就寥寥几人而已。

但内心某种微妙的冲动还是让他忍不住试探道："许苓纭，如果我真的去鲜城汇总部工作了，咱们还是可以经常联系的吧？"

"那是当然。"许苓纭微微一怔，像是觉察到了他的潜台词，有点不自然地开起了玩笑，"常言说'苟富贵勿相忘'，只要你飞升之后还惦记着现在和你一起打拼的这些朋友，我们……至少是我，肯定是不会忘记你的。"

有了许苓纭的这番话，方铭的心安定了不少。

虽然对方给出的回答并不是他期待的那个，但他心里也清楚，经历乔卓远的背叛后，许苓纭把所有的心思和精力都放在了儿子身上，爱情对她而言，似乎已不在考虑范围之内。

就他目前的情况而言，一个靠送外卖为生、整日奔劳的单身父亲，似乎也没有办法去奢求更多，能像现在这样，两人经常一起聊天、吃饭，但凡有点什么事，能够第一时间和对方分享，似乎也不错。

至于未来，等到自己的情况更好一点，他或许能多一点勇气去推进他们之间的关系。而现在，在自觉没有太多资本的情况下，一切能够维持现状，他也算是心满意足了。

陈涛正式复工那天，距离方铭和周一鸿那次见面已经过去了整整两周。

这两周的时间里，鲜城汇的人力资源部门不仅高效地将陈涛工伤赔偿的事宜处理妥当，甚至还安排代表来站点对他进行了一次慰问。

与此同时,有关方铭的入职事宜却没了声息,仿佛被彻底遗忘了一般。就在方铭疑心当初周一鸿对他的热情招揽只是逢场作戏说漂亮话时,Chris的电话终于打了过来。

令人失望的是,这通电话带来的,并不是那个他期待已久的结果,而是告诉他,他的初、复试成绩都很不错,包括周一鸿在内的面试官们也对他的专业表现给予了肯定,然而,在最后的背调过程中,人力部门发现他过往的一些行事和企业的用人标准不相符,经过讨论,领导层决定放弃合作。

等了这么久,方铭对于被拒的结果已经有了一定的思想准备,但骤然听到这样的理由,还是有些震惊:"不好意思,请问一下您所指的背调,具体包括哪些人、哪些内容,方便告诉我吗?"

Chris略微犹豫了一下,还是给出了回答:"关于您的背调,我们主要参考的是您的上家公司,也就是绿盈科技直属领导的意见。很遗憾,对方对您的评价不太高。而且除了业务,评价还涉及工作之外的道德品质问题,这就让我们不得不慎重考虑了……"

方铭被他那欲言又止的语气搞得越发疑惑:"道德品质问题?什么问题?"

Chris支支吾吾了一阵,才委婉表示:"听您的前领导说,他和太太之间之所以会闹到不好收场,和您有很大的关系……"

"什么?"方铭万万没想到乔卓远为了报复他,居然会这样指鹿为马、颠倒黑白,一时间也是气结,"乔卓远的太太为什么会和他离婚他心里不清楚?他怎么好意思这样说?"

"所以这里面其实是有误会的,是吧?"Chris显然也在为这个问题犯难,听他怒气横生,赶紧表示,"方先生,既然这样,我私下给您个建议。您不是有周总的联系方式吗?这两天可以主动联系一下他,当面向周总和James澄清误会,您看怎么样?"

"行吧……谢谢您。"

对方虽然是个总监,但职权毕竟有限,面对这些工作之外的鸡飞狗跳也不可能事无巨细地追究真相到底为何，因此听完了对方的建议，他随口客气了两句，很快就挂了电话。

原本算得上板上钉钉的事中途横生枝节，究其原因还是乔卓远从中作梗，方铭不是不心堵，但他并没有像Chris建议的那样，主动去联系周一鸿。

一方面，对方作为业界大佬，时间宝贵，要处理的事情桩桩件件，关系到公司的发展和手下员工的饭碗。当初能和自己见上一面，亲自过问陈涛的事情，已经属于意外之喜，如今要是为了自己这点小事再去叨扰他，未免显得太不懂事。

更重要的是，一旦解释，必定会牵涉许苓纭的私隐。为了证明自己的清白而把让对方痛苦难堪的旧事翻出来，不是他愿意看到的。

几经权衡之下，方铭就此打消了为自己辩白的念头，打算就当一切都没发生过，继续把骑手这份工作做下去。

面对许苓纭的关心，他也只用了一句"竞争太激烈，最终评估没过"作为理由糊弄了过去，再没有多余的解释。

就这样无风无浪地又过了一个星期，就在这件事几乎被方铭抛到脑后时，一个意料之外的电话忽然打了过来。

"方先生您好，我是鲜城汇人力资源部的小莫。之前您来面试的时候是我接待的您，您还有印象吗？"

"你好，请问有什么事吗？"

"是这样的，刚才有一位姓许的女士来了公司，坚持要见我们部门的负责人。考虑到她是公司的外卖骑手，周总近期又特别交代过要重视一线骑手的意见，Chris就同意和她见面了。没想到见了面之后，她好像是为了您背调没通过的事情来的，还表示如果Chris解决不了，她会要求见更高级别的领导。Chris 觉得这事可能有点麻烦，就想问问您能不能过来看看……"

"什么？姓许的女士？你是说许苓纭？"方铭只觉得脑袋"嗡"地响了一声，立马应道，"好的，麻烦你转告 Chris，我马上就到！"

等方铭一路风驰电掣地赶到鲜城汇大楼的办公室时，莫小姐早已等在那里。一番说明后方铭得知，Chris 原本是想先安抚住许苓纭，等他来了以后大家坐下来聊一聊，把事情给说清楚，没想到半途 James 知道了这事，现在也被惊动了。

在之前短暂的接触中，方铭对 James 那暴躁的脾气已经有所了解，此刻听对方这么一说，更是焦急："许苓纭呢，她在哪里？"

"现在应该在 Chris 的办公室里坐着呢……"

说话间，莫小姐带他走过了一条长长的走廊，在一间磨砂玻璃墙隔断的独立办公室前停住了脚步。

正准备敲门，James 那带着怒气的声音从里面传了出来："我说你们这些骑手究竟是怎么回事？一个个花样百出的。之前为了点工伤赔偿，冒充应聘者过来面试，现在干脆直接找上门了！你们为了所谓的江湖义气，就可以不顾公司的规章制度，由着自己的性子乱来吗？"

许苓纭的声音很快响起："领导您好，我这次过来，并不是出于什么江湖义气，而是作为当事人之一，希望能把有关方铭背调的事情当面和您说清楚。"

"当事人之一？"James 似乎愣了一下，"方铭背调的事和你有什么关系？"

"如您所见，我和他是同事，在金融城站点共事了快一年。除此之外，你们在背调过程中联系过的方铭的前领导乔卓远，是我的前夫。"

听她毫不避忌地自爆隐私，方铭只觉得心下一沉，连礼貌都顾不上了，直接把门一推，急声制止道："许苓纭！"

许苓纭朝他点了点头，算是打了个招呼，继续不徐不疾地说："我和乔卓远离婚，是因为他婚内出轨，而那个时候我和方铭仅仅是点头之交。离婚后，我加入鲜城汇，成了一名外卖骑手，在此期间，方铭作为一名老员工，给了我不少帮助，从而得罪了乔卓远，所以在有关方铭工作的问题上，他才会刻意差评，用以打击报复。"

她顿了顿，口气略微激动起来："从我成为骑手以来和他的接触来看，方铭他工作认真负责，人品正直。俗话说兼听则明，既然他的业务能力你们是认可的，为什么不能多听听其他人的意见呢？"

在她条理分明的陈述里，James的眉头越皱越紧："许女士，按照你的说法，你和方铭只是普通同事，对于他的了解也仅限于你们共事期间。在此之前，他在绿盈科技工作时，表现究竟如何，你其实并不知情，那你又凭什么质疑我们的背调结果呢？"

"方铭在绿盈科技时的具体表现，我确实不清楚，但除了乔卓远，我想其他同事、领导应该也是可以做证的。此外，我可以和乔卓远对峙，关于我们为什么会离婚，方铭当初又为什么会离开绿盈，我想他应该心知肚明。"

James哼笑了一声，似乎对她这一厢情愿的做法充满了不屑："许女士，你的想法我们都了解了，但是很抱歉，企业招人不是菜市场买菜，不是说有人不满，吵嚷几句就能解决。另外，需要说明的是，我们人力这边对方铭的背调评估流程已经结束，中间或许有一些做得不够到位的地方，以后我们会优化改进。至于现在，岗位人员已经招满，下次如果有新增headcount（员工人数）的话，我们会优先考虑。"

在他带着嘲讽的语气里，方铭笑了笑，像是完全不在意他说了什么，眼睛都没斜一下。他走到许苓纭身前，柔声劝慰道："许苓纭，我们走吧。这边领导事情多，咱们就别为这点小事耽误人家时间了。"

离开鲜城汇的路上，许苓纭一直没说话。

见她沉着脸，显然还没消气，方铭一时间也不敢吱声。

到了地下停车场，许苓纭迈上电动车，却一直愣愣地坐在那儿，没有要走的意思。方铭鼓起勇气，正准备主动搭句话，许苓纭猛地一抬头,狠狠瞪着他:"方铭!你怎么就这么怂?大好的工作机会就这么没了,你准备就这么算了?"

"嗐,你说这事啊……"方铭摇了摇头,耐心劝说道,"工作的事看缘分,既然结果已经这样了,那顺其自然就好。而且说实话,他们那个副总裁面试的时候对我的印象就不太好,真要入职了,指不定给我什么小鞋穿呢。"

他嘀咕了一阵,见许苓纭没再吭声,眼眶却开始泛红,只觉得手足无措。还没想好该怎么办,许苓纭已经低声哽咽起来:"对不起……会发生这样的事,都是因为我。要不是为了帮我,你也不至于和乔卓远翻脸,也就不会这么被动。像你现在这样的情况,以后不管去哪里应聘,背调这关总是免不了的。如果以后再遇到这样的事……"

"遇到了再说嘛,说不定以后我就不换工作了呢?"

方铭原本想找张纸巾给她擦擦眼泪,翻了半天口袋没找到,只能伸手轻轻揽住她的肩膀,将她拥在了怀中。

丢了工作机会,还被人造谣栽赃,要说一点怨气没有,那是不可能的。但一想到许苓纭为他在鲜城汇高管面前据理力争的模样,他的心里就只剩下满满的心疼和柔软的感动。

许苓纭把头埋在他的肩膀上,低声抽泣着。

得知周一鸿主动向方铭抛出橄榄枝后,她就一直在等方铭入职鲜城汇的好消息,然而过了许久,录用 offer 迟迟不来,她就怀疑是背调环节出了问题。刚好黎万江在准备陈涛官司的时候接触过鲜城汇的一名人事,她就托他侧面打听了一下,就此了解到整件事的前因后果。

原本以为,她亲自上门为方铭正名,就能解除其中的误会,然而,即便她把自己最不堪的过去赤裸裸地摆在台面上,还是没能争取到一个令人满意的结果。

半晌之后,她像是终于把满腹的委屈和不甘发泄完了,慢慢抬起头来。

见她的情绪终于平复,方铭松了口气,等了一阵,他低声咳了咳:"许苓纭,为了不让你老是觉得我厌,咱们商量个事呗?"

许苓纭愣了愣,手不自觉地握紧了:"什么事?"

"马上要过年了,如果你没其他安排的话,就带北城来我家,跟我和豆豆一起过除夕?"

许苓纭没说话,眼睛垂了下去。

这个邀请乍听起来没什么特别的,但对于方铭这样内敛的人而言,大概已经是此时此刻他能做出的最有勇气的表白了。

就在方铭担心自己这番话是不是说得不合时宜之时,许苓纭抬起了眼睛:"好啊。那到时候提前两天我们一起去逛超市,把食材先准备好。"

方铭的眼睛一亮:"你这是……同意了?"

"嗯,虽然之前没这个打算,但仔细想想,感觉也不错。"许苓纭看着他,眼睛亮晶晶的,像是终于做好了某个重要的决定,"就这么说定了,除夕那天,我带北城去你家过年。"

第十九章
风雨无阻

距离过年还有半个月，站子里已经被一派热闹喜庆的气氛盈满。

只要骑手们凑在一起，讨论的都是什么时候回家、假期要去哪里过、准备置办什么年货之类的话题。

得知方铭和许苓纭准备在一起过除夕，五人小群的其他成员都是一副了然于心的表情，边响更是嫉妒地表示，要不是自己知情识趣、知道做电灯泡不好，他都想过去凑个热闹。

因为"骑手之星"的那笔奖金，陈涛手头难得宽裕了不少，因此早早买好了回家的车票。发现边响一直在那儿唉声叹气，便热情地邀请他和自己一起回老家过年。

对于陈涛的邀请，边响十分心动，只可惜过年期间历来是餐饮业最忙的时段，为了给家里帮忙，他只能伤心婉拒，并准备了一些年礼让陈涛带回去孝敬爷爷。

怀着对假期和新年的期待，日子一天天向前推进，然而就在距离春节还有三天的时候，北江市发布了一则强台风预警信息。

北江市地处沿海，历年来遭遇台风的次数不少，冬季台风也偶有光顾，所以消息发布后，大部分人并未在意。而平日里热衷于在各种社交媒体平台上"5G冲浪"、紧跟八卦资讯的边响，却已经有所警觉。

这次的台风来势汹汹，沿路不仅引发了强烈的风暴潮，还带来了狂风暴雨，导致山体滑坡、泥石流、桥梁坍塌等一系列问题发生，前期被它侵袭过的几个地区都受到了严重影响。眼下它即将在北江市登陆，按照走势，极有可能带来持续半个月的降雨，暴雨和海水倒灌很可能造成城市内涝等次生灾害，甚至引发交通瘫痪、地铁停运等问题。

虽然北江市政府已经做好了相关准备，但预警由蓝转红，还是让过年的喜庆气氛被冲淡了不少，昔日热闹繁华的城市，也因此次台风引发灾情的种种报道，而陷入了紧张的氛围之中。

除夕的前一天，陈涛特意起了个大早，想趁着晨会之前将回老家的行李好好收拾一下，还没来得及洗漱，边响的电话就打了进来。

"小师父，你起了没有？起了就赶紧查查，你明天的动车还能正常走吗？"

对方的语气听起来十分焦急，陈涛不由得紧张起来："怎么了？是发生什么事了吗？"

"你还不知道啊？"边响重重地叹了口气，"为了保证铁路运输安全，未来三天内，有五十多趟列车停运了！"

列车停运的消息犹如一颗重磅炸弹，一夜之间成了全民关注的热议话题。远在异地的亲人是否能顺利回家过年，这座城市是否能有序运转……所有人都忧心忡忡。

到了晨会时间，邓饶例行交代完安全事项后，表情严肃地做起了动员工作："今天的晨会应该是春节长假前最后一次，按理说，这个时候我应该少说点工作相关的事，提前祝大家春节快乐，但是目前的情况想必大家也都清楚，因为台风和暴雨的侵袭，政府建议市民春节期间尽量减少外出。在这样的情况下，物资的运送就需要我们这些外卖骑手来解决。只是眼下就要过年了，大家一年忙到头，有个假期也不容易，所以我也不做强制要求，过年期间有愿意留下来帮忙的，散会后来我这儿报个名，能回家的同事，也务必一路小心！"

会议室里静默了好一阵，慢慢有窃窃的讨论声响起。

紧接着，不知是谁喊了一句："老邓，听你这意思，你是不打算回家了啊？"

"我回家了,站子里的这些事你替我扛啊?"邓饶冲着声音的方向狠狠地瞪了一眼,"你要是有这个能耐,我现在就想走。"

"老邓你不回,让嫂子一个人在老家过年,那嫂子不得打电话来骂死你?"

"放屁!我这是在为社会效力,你嫂子表扬我还来不及呢!"

哄笑声中,原本凝重的气氛被冲淡了不少,骑手们也就是否回家过年认真讨论了起来。

边响坐在角落的位子里,一边听着身边人的议论,一边刷着微博。

过了一会儿,他起身走到陈涛身边:"小师父,你查票了没?回你老家的车,明儿能走吗?"

"能……"

"那就好。"

"可是我已经把票退了。"

"什么?"

对于陈涛的举动,边响只觉得无语。他从小在北江市长大,想跑也跑不了,方铭等人也都在这儿安了家,所以春节期间留下也是正常的。可陈涛不一样,一年就回去这么一次,如今把票一退,爷孙这一期一会的春节团圆,就只能泡汤了。

陈涛有自己的考虑。接到边响的电话后,他特意上网看了看新闻,从媒体报道中了解到了这次台风影响的严重性。他老家在内陆,不受影响,有叔叔和邻居在,爷爷总有人照顾,想着那句"来了就是北江人"的口号,他就琢磨着干脆留下来,多少能帮个忙。

除夕当天,许苓纭顶着狂风骤雨,带着儿子跑进超市里进行了一番大采购。

超市里人满为患，到处挤着采买食材和日用品的人。

许苓纭在人群中挤了一个多小时，总算把清单上的物品买齐了，结账后打了辆车直奔方铭的住处。车子刚在对方小区门口停下，她就看到全副武装、骑在电动车上准备出发的方铭。

许苓纭赶紧下了车，挥手冲他打了个招呼："老方！今天你不是休息吗？你穿成这样准备去哪儿呢？"

对于她的出现，方铭似乎有点意外，他从车上下来，回道："刚才老邓在群里发消息说今天单子多，很多人又已经回家了，站点那边人手不够，让有空的同事都去帮帮忙。我想着你不会来得很早，就想先出去跑几单，没想到你这么早就来了。"

"我这不是想着今天过年，菜什么的要早点准备嘛。"许苓纭扬了扬手里的袋子，紧接着又问，"老邓那边单子多吗？要是实在忙不过来，要不我也去？"

"算了吧，你人都到这儿了，再回去取车换衣服也太麻烦了。再说，两个孩子在家，总得有人看着。"方铭摇了摇头，又叮嘱道，"风太大，雨又下得厉害，好多路段都封了。你既然来了，就和北城、豆豆好好待在家里，尽量别出门，我去帮着跑几单就回来。"

眼下这情况，留乔北城和方豆豆两个中学生在家里确实让人不放心，许苓纭没再坚持，叮嘱了几句后，就带着北城匆匆上了楼。

眼下已是除夕，加之受到台风的影响，平日里人流不断的街道上冷清了不少。昔日熟悉的城市骤然变成眼前这番模样，方铭惊叹之余不由得有些感慨。

和邓饶联系后，他打开工作系统，没几分钟，一个个订单相继弹了出来。

因为台风，许多商家已经提前关门闭户，要把单子上的东西买齐得花不少力气。饶是如此，方铭还是按照订单上的要求，兢兢业业地跑了起来。

如此这般折腾到下午五点，方铭几乎将半个北江市跑了一遍，面对后续的单子，他只觉得无能为力，只好一一打去电话道歉，请求客户把订单取消。

电话打到最后一个，接听者是个和他年纪相仿的男人，一听说他要退单，立马急了："兄弟，这事你无论如何得帮帮我，实在不行，我加钱行吗？"

光听口气就能感受到对方的焦急，但方铭还是无奈地表示："先生，这不是加钱不加钱的事，现在赶上台风，加上又是春节，大部分商家都关门了，您要的那些年菜实在没地方买，抱歉啊！"

"年菜实在买不到就算了，那些药你能帮帮忙吗？"男人怕他挂电话，口气变得越发焦急，"兄弟，今天这单是帮我爸下的，他身体不好，得靠这些药保命。我们在北江市也没什么亲戚，平时都是我给他买，可这次遇上节前出差，高铁停运回不去，就只能拜托你帮帮忙了！"

在男人急促的解释声里，方铭的心不由得紧了紧。

略略犹豫后，他出声安慰道："先生您先别急，我帮您想想办法，有消息我第一时间联系您！"

挂断电话后，方铭在工作大群里发了条求助信息。等了十多分钟，见无人回应，他只能重新骑上车，一路寻找起药店来。

好不容易找到一家还在营业的药店，方铭买好药，仔细算了算，从他现在所在的位置到送货地点大约三十公里，抓紧点时间，顺利的话大概能在七点回家。

不料刚进入城北没多久，许多道路受暴雨影响被临时封锁，无奈之下，方铭只能对着导航反复绕路。在距离送货地点只有两公里时，电动车轻微震动了一下，接着，车速慢慢降了下来，方铭对着那电量告罄的指示灯，一时间也是哭笑不得。

这里不是他日常的配送区域，他对周边环境也不熟。眼下又已是除夕夜，商家大多已经关门，不好找充电的地方。等他好不容易找到一个二十四小时值班的岗亭，向对方借了个电源给电动车把电充上，许苓纭的电话打了过来。

"老方，你现在到哪儿了？饭菜我都做好了，就等你回来呢。"

"不好意思啊，有个单子要送浦北路这边，我怕是没那么快能回来。要不你和孩子们先吃？"

"那哪行啊？这大过年的讲究的就是个团圆，你这个主人家都不在，我们怎么好动筷子？"

"和我你还客气啥啊，就算过年，也不能饿着孩子不是？"方铭怕她真就这么等下去，赶紧补充道，"我这边估计还得耽误一阵，要不这样吧，你陪孩子们先吃，等我回去了，你再陪我吃点？"

"那也行吧。"听他这么说，许苓纭也没再坚持，"不过老方，天气这么糟，你千万要小心点，路上注意安全！"

"知道了，我小心着呢，放心！"方铭"哈哈"笑着，很快挂了电话。

考虑到车子一时半会儿充不完电，方铭没继续等，点开导航查起了步行路线。

那天晚上，他冒着狂风暴雨走了近三公里，才把药品交到老人家手里。在对方的千恩万谢下，他连水都没喝一口，又走回充电的岗亭，骑上自己的电动车返家。

推门进家时，时间已经接近晚上十点。许苓纭正陪两个孩子坐在沙发上看春晚，心不在焉的。听到开门声，她赶紧站了起来，一边招呼着方豆豆去拿拖鞋，一边示意乔北城和自己一起把桌上的菜拿去热热。等方铭换了衣服洗了手，在椅子上坐下时，饭桌上已经摆满了色香味俱全的菜式，一派热气腾腾。

这种忙碌了一天，回家就有饭菜相迎的日子，方铭已经久久未感受过了。满心暖意之下，他拿起酒杯朝许苓纭举了举："谢谢你，今天真是辛苦你了。"

许苓纭闷声笑了起来："这有什么，你在外面跑了一天，不是更辛苦？"

"不辛苦,就像老邓说的,为社会做贡献嘛。"

两人边吃边聊,时间不知不觉已至深夜。等到把一桌子的东西收完,两人才发现,方豆豆和乔北城分别倒在沙发的一头,已经睡着了。

方铭只觉得不好意思:"抱歉啊,因为我的关系,把你们耽误到现在。"

"说什么耽误啊?你这不也是为了工作吗?"许苓纭像是犹豫了一下,轻声说道,"老方,我想和你商量件事。"

春节期间的加班,许苓纭也报了名,但是这样恶劣的天气下让她把乔北城一个人留在家里,她又觉得不放心。几经考虑后,她想让儿子在方铭家暂时住下,不但两个孩子可以做伴,两个大人也可以轮流照顾。

对于她的要求,方铭并无异议,只是想到许苓纭会因此几边奔波,觉得不忍心:"北城住在这儿没问题,只是咱们两家距离不算近,这种天气你两边跑,辛苦不说,也让人不放心。如果你不介意,也暂时住这儿吧,到时候你住我房间,北城睡书房,我睡客厅就行。"

这个提议来得如此突然,却又是如此体贴温暖,许苓纭一时间不由得有些失神。

在等待方铭回来的那段时间里,听着窗外呼啸不断的风声,看着漫天的瓢泼大雨,她的心其实一直在发慌。虽然这种心慌之前也有过,但从来没有哪一次像这次这么强烈。

狂风骤雨的除夕夜,城市里一片兵荒马乱,各种坏消息接连不断地出现在媒体上。她不知道如果自己去工作了,有没有余力把儿子保护好。可方铭回来以后,往那儿一坐,和她一起吃着饭聊着天,她就感觉自己好像没那么焦虑了。

随着她点头的动作,方铭上前一步,轻轻握住了她的手。

零点的钟声敲响,漫天暴雨中,邻居家的阳台上零星地跃起几点烟花。虽然比不上往年除夕夜里那样盛大璀璨,却像是黑暗之中燃起的不灭希望。

陆屿把车停在了某个小区门口,拎起一个巨大的塑料袋就往里冲。

他进小区之前,保安探了个头出来,似乎想拦一把,在留意到他穿的外卖骑手服后,还是慷慨地放了行。

陆屿进了小区,按照单子上的地址来到了某栋高层的十二楼。

打开密码锁后,随着"喵呜"几声,一个脑袋圆圆的小家伙屁颠颠地扑了过来。陆屿蹲下身子,在它头上摸了两把,随手将带来的猫粮放下。在屋子里找了几分钟,他很顺利地在客厅的角落里找到了一个早已颗粒无存的小碗。

小猫像是饿得不行,在他打开袋子往碗里倒猫粮时就不停哀叫。等他终于装好猫粮,把碗放回地上,虎头虎脑的小家伙立马埋下头,大快朵颐起来。

完成了喂粮的任务,陆屿又按照主人的要求收拾了一下猫砂盆,还清理了自动饮水机。等到这一切都完成,他对着从柜子里翻出的几瓶药水开始犯愁。

除夕夜,他最后接的这个单子来自一个在北江市打工的小姑娘,因为节前出了趟差,遇上高铁停运暂时没办法回来,无奈之下只能找外卖骑手来照顾家里的小猫。

按照猫咪主人的说法,出差之前小猫正在生病,因此想拜托送猫粮的骑手顺便喂点药。对于如何给小动物喂药,陆屿全无经验,在网上搜了一堆理论知识后,还是把求助电话打给了秦嘉妍。秦嘉妍读书时有过喂猫的经验,接到他的电话后立马开视频进行了一番远程教学。陆屿顺利地给小猫喂好了药,才借机问起了对方的近况。

赶在台风来袭前,秦嘉妍就已经住回了父母家,有她陪在身边,俞新兰还算安心。只是秦刚因为要配合政府的救援工作,一直在医院里忙前忙后,时至今日连电话也没能通上几个,这让秦家母女不由得有些担忧。

陆屿不想对方因为惦记父亲而在这大雨天里冒险出门,伸手在那只小猫头上揉了一把后,很快表示:"要不这样吧,有什么要带给你爸的,你和你妈赶紧准备一下,我一会儿给他送过去。"

半个小时后,陆屿一路飞驰,赶到了秦嘉妍父母家小区的地下停车场。然而让他意外的是,等在那儿的除了秦嘉妍,还有秦母俞新兰。

自打秦嘉妍生病那次,他上门探望,见了两位长辈之后,接下去的日子里,他们再也没有打过照面。虽然并未明说,但从俞新兰频频拉着秦嘉妍去参加各种相亲局的举动来看,她并不打算接纳女儿这个所谓的男朋友。

陆屿理解一位母亲的想法和担忧,也不想因为这样的事情让秦嘉妍身陷窘境,于是一边安慰对方,一边等待着破冰的机会。

只是让他没想到的是,他与俞新兰会在这样的情形下再次相见。

有长辈在场,陆屿不好意思和秦嘉妍有太多互动,简单打了个招呼后,他把几个大袋子递了过去:"这种台风天,你们买东西估计也不方便,来的路上刚好有超市没关门,我就顺便买了些蔬菜、水果,你们先拿着。"

俞新兰像是有些吃惊,愣了一阵才开口道谢:"小陆,谢谢你啊!吃的东西我们家倒是还有,就是小区里有些独居老人家里可能比较麻烦。这些东西我们就先收下了,晚点去问问他们是不是需要,你不介意吧?"

"怎么会?"陆屿笑了笑,"我就是干这个的。如果身边的人有什么需要,也可以随时联系我,虽然不一定都能解决,但能帮上一点总是好的。"

说话间,秦嘉妍将两个保温桶递到了他手里,仔细叮嘱道:"这个红色的给我爸,里面都是他喜欢吃的菜,麻烦你一会儿交给他的时候让他尽快趁热吃,好好过个年。"

陆屿点了点头,问道:"那另外这个呢?"

"这个是给你的。"

"给我的？"

见他一脸诧异，秦嘉妍笑了起来："没错，这是我妈亲手给你准备的。"

俞新兰之所以会这样做，一方面是因为女儿的坚持，另一方面也是这段时间对陆屿暗中观察的结果。虽然没什么来往，但是从女儿和丈夫的言谈中她能感受到，这个小伙子虽然学历不高，家境平平，但自尊自爱，努力上进，对女儿一片真心，从未想过要从这段恋爱关系中谋求什么。

听说他在这样的台风天里不顾风险，主动请缨，一直忙前忙后地送物资，俞新兰越发觉得陆屿人品不错，得知他要上门帮着给秦刚送东西后，做饭的时候特意问了女儿，把他爱吃的菜也备上了一份。

对于母亲态度上的转变，秦嘉妍看在眼里，此刻见她对未来女婿主动示好，更是多了几分"革命终将成功"的喜悦："总而言之，你这段时间的表现已经大大改变了俞女士对你的刻板印象，成功提升了她的好感度，接下去请继续加油，忙碌的同时也要记得保重你自己的身体。"

"好！"陆屿跟着欣然一笑，"秦小姐请放心。我先去把之前那个单子给取了，然后就去你爸那儿挣印象分！"

为期七天的春节长假，在一片兵荒马乱之中走向了尾声。

依旧受到台风影响的北江市，却并未因为长假的结束而恢复热闹。

长假后的第一个工作日，回到站点复工的骑手人数比往日少了不少，看着晨会时间坐在下面那稀稀拉拉的一群人，邓饶不禁愁容满面。等到晨会结束，他把尚未到岗的人员一统计，发现边响的名字赫然在名单上。

春节期间加班，边响原本也是报了名的，结果没来两天人就消失了。

邓饶只当他是散漫惯了，娇生惯养吃不了苦，就也没在意，然而现在都已经正式开工了，边响却还没出现，他不由得紧张了起来。

站子里和边响关系最好的要数陈涛，心急之下，邓饶找他询问情况。陈涛原本还想打马虎眼，然而在邓饶的一再逼问下，还是道出了实情。

原来，边响家里经营着好几家餐厅，往年春节期间是生意最好的时候，所以今年他们家也提前备了很多食材，就等着过年期间接各种宴席。没想到，台风一来，大家都闭门不出，堆在仓库里的食材开始逐渐腐坏。眼见一天天过去，边响爸妈愁得不行，气急之下先后住进了医院。

这些私事，边响原本并不想广而告之，只是父母双双住院，家里、店里有一堆事情等着他处理，分身乏术的情况下，才不得不请陈涛帮忙。

知道了事情的原委后，众人一时都陷入了沉默。

谁都清楚，因为这场台风，许多行业都受到了影响，餐饮业更是首当其冲。可大自然带来的困境，并不是单靠他们几个人就能解决的。

面面相觑间，还是许苓纭先开了口：“小师父，你知道边响现在在哪儿吗？趁着现在还不忙，咱们过去看看他吧。哪怕解决不了什么实际问题，有朋友陪着说说话，也总比他一个人闷着强。”

边响坐在聚福楼大厅的角落里，闷头抽着烟。

桌上的烟灰缸里已经积了数个烟头，他的嘴巴里也满是苦涩的味道。

聚福楼是他家经营的餐厅里档次最高、生意最好的一家，往年春节期间都是生意火爆，一桌难求。

然而今年，整个大厅里空空荡荡的，一桌客人都没有，要不是厨房的大师傅出于同情,在他父母生病期间过来帮忙做饭,让这熟悉的地方偶尔还能传出一点烟火气,边响几乎要以为这家酒楼已经在这场天灾中消失了。

一支烟抽到最后,边响站了起来,走到厨房门口,挤了个笑脸:"孟叔,你忙完了吗?"

"就好了,最后一个汤,马上烧好了。"身材肥胖的中年大叔掀开盖子看了看,又把火拧小了些,这才带着一脸的同情走过来,"边响啊,叔知道你这段时间挺难的,但还是得提醒一下你,这台风估计还得持续一阵,生意也不是一时半会儿就能恢复的,但仓库里囤着的那些食材怕是等不了,要怎么处理,你赶紧拿个主意,要是全烂在那儿,就实在太可惜了!"

边响茫茫然听着,只觉得自己的心在一点点地揪紧。

在此之前,他一直挺把自己当回事的,觉得自己学历高,为人处世也不错,就没有自己干不成的事。创业的事遭到父母反对就和他们赌气,跑去送外卖证明自己。和同事之间虽然相处不错,但优越感总是有的。

如今家里一出事,他才发现自己过往之所以那么顺利,其实都是父母在庇护着,真有事落到自己头上,他根本就是满头抓瞎,什么都拎不清。

就拿眼下这事来说,父母都在病中,他连个可以讨教、商量的人都没有,只要一想到那些堆在仓库里无人问津的食材,他就整夜整夜地睡不着。

见他不知所措,孟厨师也有些难过,想要开口相劝,却不知该说些什么。

尴尬之际,一阵熟悉的铃声忽然响了起来,边响勉强振作了一下精神,摁下了接听键:"喂,小师父,你找我?"

"是啊!"电话里,陈涛的声音听上去有些急切,"你现在在哪儿?"

"在聚福楼呢,给我爸妈弄点吃的,准备送过去。怎么了?"

"噢……那你先别走，我现在过来找你啊！"

半个小时后，最近这段时间无人光临的聚福楼里呼啦啦地进来了好几个人。

面对眼前这一张张熟悉的面孔，边响又是震惊，又是感动。

"小师父，你把方哥他们叫来干吗？"

"不是我叫的，是他们知道你现在有困难，想过来帮帮忙……"

陈涛之前被他千叮咛万嘱咐过，不能透露他家里的事，眼下被他一问，满脸都是心虚。反正人都来了，边响也没打算继续硬撑，在众人的询问下，很快道出了眼前的困局。

方铭送了一年多外卖，已经形成了本能反应，听他这么一说，立马建议他在堂食没生意的情况下，暂时主攻外卖市场。

对于方铭的建议，边响不是没考虑过，只是聚福楼这样的酒楼定位比较高，相应的运营成本也高，若要保证盈利的话，外卖的定价就不太适合普通工薪阶层。如果量上不去，再算上人工、水电，估计情况比现在也好不了多少。

讨论间，从进门起就一直没吭声的陆屿忽然开口问："你家仓库里囤的食材还有多少？都还新鲜吗？"

"我还没来得及仔细盘点，那些是为了过年期间的生意备下的，数量肯定不会少。至于新不新鲜……蔬菜什么的估计有部分是不能用了，鸡鸭鱼肉那些都放在冷冻库里，应该还能撑一阵……"边响说了好一阵，忍不住问，"你问这个干什么？"

"我就是忽然有个想法，不过还得再琢磨琢磨……"

春节长假期间，陆屿一直在加班，因此也切身感受到了暴雨给普通市民带来的购买食材上的麻烦。边响家仓库里囤了那么多食材，可以去小区里做做宣传，有人需要的话就联系骑手送货，这样既能有效回笼一部分资金，还能帮助那些被暴雨困在家中的市民渡过难关。

听完他的构想，众人都觉得可行，方铭更是给出了进一步的建议："这个想法不错，只是零散送货的话，运送成本恐怕不低。咱们是不是可以考虑一下,想办法把一个小区的需求凑在一起,然后一次性配送。"

"这个应该不难。"

陆屿一边说着话,一边拿出手机,向众人展示起来。

前段时间给秦嘉妍家里送东西,他顺便给她同小区的邻居们提供了不少帮助。为了方便搜集信息,他干脆写了个小程序,让他们可以自主下单,组团提需求。

只是时间有限,小程序做得挺粗糙,无法满足多样化的要求。所以在展示的同时,他希望方铭能够提点意见,毕竟对方才是专业的。

陈涛被他亲手打造的成果震住了:"陆屿你怎么这么厉害啊?你啥时候学的这玩意儿?"

"你陆哥读书的时候可是学霸,为了提升自己,已经自学很久了,还经常来找我讨论,你都不知道吗?"方铭"哈哈"笑了起来,只觉得浑身都是斗志,"听你这么一说,我感觉咱们能做的事情好像还挺多。等晚上工作结束了,咱们几个再讨论一下,做个具体点的方案。如果可行,咱们就请小秦帮着宣传宣传,以他们小区为试点,先弄弄看……"

"行啊,"许苓纭立马补充,"要不就在站子的会议室里讨论吧,那地方清静。"

陈涛也赶紧表态:"你们讨论的时候也带上我成吗?虽然我出不了什么主意,但力气活我还是能帮上忙的!"

一片热闹的讨论声中,边响愣愣地站在那里,直到许苓纭走过来,轻轻推了他一把,他才像是醒过来一样,朝众人鞠了个躬:"谢谢你们为了我家的事花这么多心思,也谢谢你们一直关心着我……"

"嘻,边响你说这些干吗啊?"陈涛被他郑重其事的态度吓了一跳,赶紧拽住他的胳膊,"你之前不是说过吗,我们大家是组合,是朋友。既然这样,哪有遇事不帮的道理?"

之前随口说的玩笑话,被陈涛这么认真地重复着,边响一边笑着,一边觉得内心五味杂陈。

像是觉察到他复杂的心事，方铭在他肩上拍了拍："没事的，边响，困难谁都会遇到，想办法解决就好。作为朋友，我们都会陪着你，而你自己，也要尽快振作起来。"

"是啊，困难谁都会遇到，想办法解决就好……"

边响喃喃重复了一遍，很快把头抬了起来，冲着眼前那一张张熟悉的面孔，露出了一个真心实意的笑容。

第二十章
新的希望

半年后,盛夏已至。

方铭坐在一间简陋的小办公室里,聚精会神地对着电脑键盘敲敲打打。工作了一阵,他像是实在热极了,拿起身边的杂志当纸扇,呼啦啦地扇起了风。

许苓纭刚好从门外进来,看见他这副样子,忍不住乐了:"我说老方,你热的话就开空调呗,再怎么说你现在也是个公司创始人,把自己搞得这么寒酸,让合作方的人看到了像什么样子?"

方铭跟着笑了起来:"创业不易,该省的地方还是得省着点……再说了,现在办公室里不就咱们自己人吗?要是合作方的人来了,我肯定好好招待。"

半年前,因为陆屿的那个提议,经过几次讨论,综合了大家的建议后,方铭很快做出了一个适合社区用户拼团买菜的小程序,并在秦嘉妍的帮助下,在他们那个小区进行了推广。

让他们没想到的是,因为有效地解决了暴雨期间的买菜难问题,这个小程序很快在周边小区里风靡开来,吸引了越来越多的用户。

就在边响家仓库里那些囤积的食材因为这款小程序而迅速销售一空后,方铭意识到,这件事或许可以坚持干下去,就算暴雨结束,居民出行恢复,这种社区团购买菜的方式也会因其优质、便捷、低价的特性,成为他们优先考虑的选择。

有了这个想法后,方铭再次拉着小群里的人开了个会,提出了以现有的社区团购模式为基础,进行创业的想法。没想到,这个想法一提出,就获得了所有人的支持和赞同。

有这样一群伙伴坚定地站在身边,接下去的事情就顺利了很多。

或许是为了表示感谢,又或许是真的看好这个项目,公司刚注册没多久,边响的父母就主动提出要投资,表示要入股。

公司前途未卜的情况下,方铭不好意思把太多人绑在一条船上。虽然启动资金紧张,但他并不打算收这笔钱,最后还是边响劝了半天,表示自己身为合伙人之一,这个公司多少也算是自己的创业项目,反正结束了外卖骑手的考验后,父母迟早要出那笔钱,方铭才小心翼翼地收下了这笔投资。

公司运营至今,磕磕碰碰的事没少遇到,所幸一起做事的都是昔日知根知底的同事,经过送外卖工作的历练后,不仅性格坚韧,而且都能吃苦。磨合了一段时间,他们相互之间配合默契,且都找到了自己擅长的领域,齐心协力之下,倒也把这个小公司经营得有声有色。

许苓纭进门之后没多久,方铭的手机上接连收到好几条消息。

细读后,他赶紧放下手里的工作,朝许苓纭招了招手:"陆屿他们几个现在在公司里吗?如果不在的话,给他们打个电话,通知他们下午两点前都得回来,有人要来咱们这儿考察。"

"考察?谁啊?"见他一脸紧张,许苓纭忍不住打趣道,"看你这架势,感觉是要接待什么大人物啊!"

"那可不?"方铭"嘿嘿"笑着,有点骄傲的样子,"是周总想过来看看,刚给我发了消息,把时间定下来了。"

许苓纭一下子没反应过来:"周总?哪个周总?"

"鲜城汇的创始人啊!"

"你说周一鸿啊?你之前不是没去成他那儿上班嘛,怎么还有联系啊?"

"不做同事也可以做朋友嘛,这不,以后还有可能发展成合作伙伴呢。"

台风期间，骑手们的杰出贡献受到了北江市政府和媒体方面的大力赞扬，鲜城汇作为平台方，在综合了各方意见后，选出了一批表现特别突出的员工进行嘉奖。

因为这份名单，周一鸿再次留意到了方铭，并对他之前未能入职一事进行了追溯。从 Chirs 那里了解到事情的来龙去脉后，他专门打了个电话对方铭做出邀请，然而彼时方铭的全部心思都放在了社区团购的项目上，几经考虑之后，还是婉拒了这个来之不易的机会。

所幸周一鸿慧眼识人且宽容大度，在得知他的想法后，不仅没有因为他的不知好歹而心存不满，反而从自身创业经验出发，给了他不少良心建议。

等到方铭他们这个社区团购项目开始在媒体上频频亮相，公司规模也有所扩大后，周一鸿主动提出想来和他以及创始人团队见个面，顺便学习取经。

大佬的态度如此亲和，方铭自然乐于交流。只是对方业务繁忙，虽然早早就表露了意向，但时间上始终未能确定。如今对方主动发来信息，确定了见面时间，这让方铭期待之余，也不由得有些紧张。

中午时分，接到许苓纭电话的一众人等前后脚都回了公司，在方铭开口宣布那个振奋人心的消息之前，每个人先一步汇报起了自己手里的工作进度。

方铭听了一阵，屡次想要插话，然而工作伙伴们的态度一个比一个认真，他再是着急，也只能憋着。

等大家把相关工作汇报完，沟通会算是暂时告一段落。见方铭坐立难安，陆屿忍不住了："方哥，你今天这是怎么了？急着把我们叫回来，又不说是什么事。和你说工作吧，你又心不在焉的……"

听他这么一说，方铭也觉得自己实在是有些兴奋过头了，"嘿嘿"笑了好一阵，才把事情给交代了。

听闻经常在媒体上出现的商界大佬要大驾光临，小年轻们惊喜之余也不禁有些忐忑。

窃窃讨论了半晌之后，边响先一步问道："方哥，你说周总他来见咱们是为了什么啊？该不会是来偷师学艺的吧？如果是这样，那咱们和他聊天时，可得悠着点。"

"想什么呢！鲜城汇多大一公司，里面能人有的是，会专门跑咱们这儿来偷师？"

方铭被他那警惕的态度给逗乐了，赶紧解释道："周总说了，他是觉得我们这个项目不错，但是复制性也强，希望深入沟通之后看看能不能有所合作，利用鲜城汇现有的资源来增加我们的竞争壁垒。换句话说，如果考察顺利的话，鲜城汇有可能进行投资，成为我们的股东！"

"哇，那敢情好啊！"听他这么一说，边响立马跳了起来，"有这么个金主爸爸在背后，那以后我们干起活来不就容易多了？趁周总还没到，咱们得好好想想，下午穿什么才能显示出我们的专业实力，给他留下个好印象！"

见他兴奋得开始自说自话，陆屿忍不住吐槽道："行了吧，周总他是来看项目的，又不是来看选秀的。想要给人家留下好印象，到时候你就安安静静地坐在一边，别开口就行。"

"陆屿你又要找事是不是？"边响瞪眼怒视了他一阵，见他没有要接茬的意思，很快把嘴角一撇，拉住了陈涛的袖子，"小师父，姓陆的他欺负我……"

陈涛一脸茫然："他不是就叫你别说话吗？哪里欺负你了？"

在几个年轻小伙子的笑闹声里，方铭目光带笑地看向了站在一旁的许芩纭，对方也正温柔地看着他。

一窗之隔的地方，阳光明媚，天高云阔。

最灿烂的时节已经近在眼前。

全文完

感谢《人物》杂志2020年推出的特别报道《外卖骑手，困在系统里》，

让这篇小说在我的脑海里萌芽。

感谢书旗小说编辑苏绿绮和四川人民出版社编辑陈纯，

让这本小说可以和更多的读者见面。

最后，特别感谢每一个翻开并阅读这本书的你。

愿大家都能拥有不被生活打倒的勇气。